rororo

Über den Autor

Helmut Krausser, geboren 1964 in Esslingen, lebt in München. Er schrieb Erzählungen, Theaterstücke und ein Opernlibretto sowie die Romane «Melodien» und «Thanatos».
«Schweine und Elefanten» ist der erste Teil der Hagen-Trinker-Trilogie (geschrieben 1986 bis 1988; Neufassung 1997/98).
Sein Roman «Fette Welt» (rororo Nr. 13344) wurde von Jan Schütte mit Jürgen Vogel in der Hauptrolle, der Roman «Könige über dem Ozean» (rororo Nr. 13435) von Wolfgang Panzer verfilmt. «Könige über dem Ozean» und «Fette Welt» sind die Folgeromane der Trilogie.
Sein Roman «Der große Bagarozy» (rororo Nr. 22479) wurde von Bernd Eichinger mit Til Schweiger und Corinna Harfouch verfilmt.
Ferner lieferbar: «Spielgeld. Erzählungen & andere Prosa» (rororo Nr. 13526) sowie seine Tagebücher «Mai 1992, Juni 1993» (rororo Nr. 13716) und «Juli 1994, August 1995 und September 1996» (rororo Nr. 22335).

HELMUT KRAUSSER

Oktober

Tagebuch des Oktober 1997

November

Tagebuch des November 1998

Dezember

Tagebuch des Dezember 1999

Rowohlt Taschenbuch Verlag

Veröffentlicht im
Rowohlt Taschenbuch Verlag GmbH,
Reinbek bei Hamburg, November 2000

Umschlaggestaltung C. Günther / W. Hellmann
(Abbildung: Gallery Contemporanea,
Jacksonville / SuperStock)
Satz aus der Meridien PostScript (PageOne)
Gesamtherstellung Clausen & Bosse, Leck
Printed in Germany
ISBN 3 499 22888 2

Oktober

Tagebuch des Oktober 1997

1. Oktober, Mittwoch

Nach einem Bilderbuchseptember Nieselregen.

In der AZ eine Liste des US-Magazins LIFE der wichtigsten Persönlichkeiten der letzten **1000 Jahre**.

1. Thomas Edison 2. Christoph Columbus 3. Martin Luther 4. Galileo Galilei 5. Leonardo da Vinci 6. Isaac Newton 7. Ferdinand Magellan 8. Louis Pasteur 9. Charles Darwin 10. Thomas Jefferson.

Schon bis dahin sind fast alle anfecht- oder austauschbar. Hat da Vinci der Welt mehr gegeben als beispielsweise Shakespeare? War Magellan wirklich wichtig? Solche Listen kommen zustande, weil man viele viele Leute nach ihren fünf Favoriten fragt und den Befragten irgendwelche fünf einfallen. Sigmund Freud wurde auf Platz 16 gesetzt, Karl Marx (18) und Albert Einstein (21) folgen knapp dahinter. (Wo ist Nietzsche? Wo Wagner?) Hitler wurde nach Napoleon auf Platz 13 gesetzt. Seltsam inkonsequent.

Bezeichnend (gibts in den Zeitungen gar kein Korrektorat mehr?) ist der letzte Absatz des Artikels:

Unter den 100 Persönlichkeiten sind nur zehn Frauen, angeführt von Früh-Feministin Mary Wollstonecraft (26). Und Jesus Christus kommt überhaupt nicht vor. (Siehe oben Fettgedrucktes)

Lustig vor allem, weil Jesus wirklich die einzige geschichtliche Persönlichkeit ist, deren ungefähres Geburtsjahr jedem Europäer bekannt sein müßte.

Ich erinnere mich: In der SZ stand mal das Interview einer Lokalreporterin mit einer amerikanischen Schriftstellerin.

Frage: *In Ihrem Buch äußern Sie große Bewunderung gegenüber dem Maler Edward Hopper, obwohl sich der gegenüber seiner Frau sehr grausam verhalten haben soll.*

Antwort: *Ach wirklich? Das wußte ich nicht. Hätt ich es gewußt, hätt ich die Passagen sicher gestrichen. Ich schreibe nämlich durchaus feministisch.*

Da frierts einen.

✧

Beim Tippen von Kapitel 19 der *Schweine* 80er Jahre-Flashback, Gedanken u. a. an die Spex-Typen. Die nicht schreiben, die nicht denken konnten, nix zu ficken, aber immer so viel zu sagen hatten. Destructo-Anarchos propagierten Poprevolution im Milch- und Honigland. Mutierte Glockenjeanswohlstandsbengel. Mutwillige Paranoiker. Die Entpolitisierung der Jugend in den Achtzigern hatte u. a. den simplen Grund, daß es in der BRD ganz gemütlich war. Sozialstaatsbemutterung pur. Um das, was sich noch ändern mußte, kümmerten sich irgendwelche Verbände. Alles lief, und es gab keinen Grund, es nicht laufen zu lassen.

Ein dumpfes Schädeltrauma wie Alf B. schrieb bisher für Spex-Tempo-Prinz – das nächste wird, wie Marcel hübsch gesagt hat, irgendein Stadtmagazin sein, das umsonst verteilt wird. Der natürliche und logische Weg. Hätte dieser demutslose Dreck nur einen Hals, ich fräße mich da durch, von Ostern bis Neujahr, wenns sein muß.

Inzwischen wird K. von seiner eigenen Fraktion angefeindet. Hab seinen Artikel nicht gelesen, es interessiert mich nicht mehr, liegt zurück, aber was Meinecke in der Woche verzapft hat, war wirklich unerträglich. Schlimmer kann Politycki nicht gewesen sein. Auch Goetz in der Zeit – völlig durchgeknallt, bis hin zur Behauptung, Rossini sei ein toller Film, den alle gut fänden – die ganze verlogene Bagage der Vierzigfünfundvierzigjährigen, die den Sprung in die Gegenwart versäumt haben, ranzen um die Wette, buhlen um Aufmerksamkeit und (im nachhinein) um eine historische Rolle. Kleinbürgerliche Scharlatane, die sich ihren Eltern überlegen fühlten und, fortan von sich begeistert, die Welt erwecken wollten. Scheiß drauf. Alte Säcke. Ich wollte in *Schweine* dezidiert drüber schreiben, aber es interessiert niemanden mehr. In zehn Jahren wird die Erinnerung daran codiert sein, für Nachgeborene nicht nachvollziehbar. Unbegreiflich, wie man popmäßig über den letzten Krampf noch pseudowissenschaftliche Debatten geführt hat. Die Frage, was erlaubt war und was nicht, was gerade noch so und was weshalb so eben nicht, wird absurd in einem posterioren Einerlei des Recyclens und Rehabilitierens. Inzwischen darf man wieder sagen, daß die beste Band der frühen Siebziger Genesis gewesen ist.

Ich habe meiner eigenen Generation den Krieg erklärt und gewonnen, auf ganzer Linie. Es fällt nicht weiter auf. Die komplette Erfüllung einer Prophezeiung beraubt sie ihrer Größe, läßt sie schrumpfen zur banal korrekten Vorhersage. Die ehemals gewagte Vision wird logische Selbstverständlichkeit, beim Nachlesen fragt man sich, wie jemand jemals zum Thema eine andere Meinung haben konnte.

✧

Schlingensief, auch so eine späte Schindmähre des Pop – erregt Aufsehen als eigenes Versagenseingeständnis. Das offensivste Nichts seit der Erfindung des Nihilismus. Täuscht vor, zu enttarnen, spielt nur dasselbe alte Spiel schlecht, wertfrei gesagt: anders, verkauft es aber als neu und provokativ. Böses Spiel. Ein Nobody dürfte das. Nicht aber ein Buhler und Schleimer, eine Nebenwirkung demokratisierter Kunst.

Der SZ-Artikel neulich über die Sucht nach Übersinnlichem und die Notwendigkeit, ins Weltall zu expandieren, ein Aufbruchssignal wider den Engstirndebattenkram meiner Kollegen, wurde zuvor von PRINZ als zu kompliziert abgelehnt. Wie populistisch müßte man denen denn schreiben? Die Macher trauen ihren Lesern nichts mehr zu, senken das Niveau im Sinne einer unterhaltsamen Bequemlichkeit immer weiter herab, dagegen muß man angehen, durchaus mit Pop-Strategien – also: das seriöse Feuilleton von all der geistigen Altlast, vom drögen Spezialistentum befreien. Aber wenn Claudius jemanden wie U. druckt, wenn ihm also Provokanz und Bizarrerie des Doofen wichtiger ist als Qualität, werden wieder dieselben Fehler gemacht, am Ende triumphieren die Honorarprofessoren.

Was ist das Thema der Neunziger? Die Entwertung des Pop als dominantem Kulturcode und der Mut zur Bürgerlichkeit nach Aufgabe der politischen Utopien.

Pop wurde ekelhaft, als, nach dem Punk, das Schwimmen im eigenen Saft, die Selbstreflexion, das kulturpolitische Definieren der laufenden Ereignisse begann, kurz: das Geschwafel. Als die Bürokratie endgültig die

Revolution vereinnahmt hatte. Als die Diskurse kamen, die zusammengezimmerten Terminologien, die Geschmacksanweisungen, die Denkverbote. Als Leute, die keine Musik machen konnten, trotzdem im Pop irgendwie ihr Auskommen suchten, eben, indem sie drüber redeten und Platten auflegten. Und – in einer geglückten Verschwörung plattenauflegender Familienväter, den DJ zum Künstler stilisierten, zum Pop-Archivar und -Priester in Personalunion.

Als man die Parole ausgab, daß alles, was groß und artig, komplex und mühsam, ambitiös und auf Sinnstiftung aus sei, also Kunst, verdächtigt und verworfen werden müsse. Als man jede Popmusik verfemte, die den Stempel des Kunstverdachts trug. Damals wurden supertolle Platten, Ummagumma, Yessongs oder The Lamb Lies Down on Broadway, als Mega-Scheiße diffamiert. Und es ging durch, weil die Zahl der Ärsche ohne Ohren die der anderen naturgemäß übersteigt. Pop war nach dem Punk nichts anderes als DDR im lockeren Stil. Verfeinerte Prollkultur, übermantelt von wichtigtuerischen, pseudowissenschaftlichen Debatten. Verbotene Musik wurde fortan heimlich gehört.

Bis dahin hatte sich der Pop als, mit den Großvätern gesprochen, Leichte Muse verstanden, sich nicht gegen die maßgeblichen Werte der Kultur und ihrer notwendigen Hierarchien aufgelehnt. Jetzt verstand und machte sich der Pop zum weltumspannenden Code, aber es war nicht mehr nur ein Emblem, ein Signal für Spaß und Abtanzen, es war bereits ein Code gemeint wie der Code Napoleon, ein Gesetzbuch, oder wenigstens ein Knigge, Kanon.

Nun mußte die Billigkeit, der Verzicht auf mögliche Größe (Haßwort: Elite), eine verbale Uniform, ein Fundament aus Ästhetik und systemimmanenter Wissenschaft erhalten. Kriterien mußten her, von denen abzuleiten war, wann ein Popprodukt gut genannt werden durfte. Zu definieren war, warum das oberste Gut der Popkultur, meinetwegen eine Velvet-Underground-LP, gut war, und so zweifellos gut. Dieses ‹Gut› mußte im Groben diffus, in den Details dennoch eindeutig bestimmt werden, damit einerseits auch in der Popkultur das elitäre Bewußtsein der Stilbildner möglich war, sie also ihre Lieblingsmusik benennen, puschen und etablieren konnten, andererseits mußte dieses Gut-Kriterium jeden Vergleich mit E-Musik überleben können, um nicht von den Vertretern der traditionell-abendländischen Werte an die Wand geredet zu werden. Ein Seilakt, ein Eiertanz. Aber lange kein Problem, weil kaum Leute zweigleisig fuhren, und, wenn doch, selten von beidem gleichermaßen und genügend Ahnung hatten. Weshalb das peinlichste Phänomen der Musik der letzten 20 Jahre Pop-meets-Classic-Veranstaltungen waren. Damit aber alle Velvet-Underground-Platten gegen auch nur eine gute Arie von Mozart eine dauerhafte Seinsberechtigungs-Chance hatten, mußte Komplexität vorgetäuscht, mußte der Spaßmusik ein künstlicher Tiefgang, ein heimlicher Ernst, ein Nimbus für die Eingeweihten aufgenäht werden. Was ganz leicht war, wenn man nur vergegenwärtigte, daß jedes Ding mehr ist, als es scheint (weil wir vom Sein nur ahnen, der Schein aber ist, weil wir ihn definieren).

Der Schein begann ein rhetorisch animiertes Leben, blühte auf, gerade wo er am wenigsten, im Sinne von augenfälliger Leuchtkraft, vorhanden war. Dieses Leben bestand aus dem eingehauchten Atem jener, die über nichts blumig zu reden verstanden. Und im nachhinein will uns Meinecke – advocatus diaboli und Schelm? Nein, ganz im Ernst – einreden, sogar die Discomusik hätte danach geschrien, gegen den Strich gelesen zu werden. Aus Scheiße wird Gold. Genau diese Haltung, diese alchemistische Lust, die letztlich jedes Faktum, jede Wahrheit negiert, macht Pop zur Kunst der Scharlatanerie, zum Geschwätz, zur Seifenblase. Jetzt tut man so, als ob das ja nichts Böses sei, Seifenblasen, die bunt schillern, bald zerplatzen, ja selbstverständlich war das nichts Böses, natürlich gab es die helle Seite des Pop, die Unschuld der frühen Jahre, vor dem Kommerzterror, und viel schlimmer, vor dem Geschmacksterror von Spex bis Zündfunk, so verkrampft, dogmatisch, wichtigtuend, denkverbietend – nichts als Agitprop – aber das eigentlich Kranke, Unverzeihliche war – diese Typen nehmen sich immer noch ernst, halten ihre bürokratische Akribie weiter für wichtig. Aber Pop itself ist nicht mehr wichtig. Techno, Hip-Hop. Beides ist Musik für Idioten oder Feinde des Melos. Alles andere ist aufgebrühter Kamellen-Tee. Da ändert noch so viel Gelabere nix dran.

Pop war eine Revolution, und wie jede Revolution Katharsis und Seuche. Pop soll wieder Spaß sein, und Musik ernst. Eine Richtigstellung, eine klare Kompetenztrennung, mehr will ich ja nicht. Der Rest ergibt sich dann von selbst. Wer das Wort Hochkultur ablehnt, glaubt nicht länger an die Mission der Kunst. Dessen Welt muß eine Wüste sein.

✧

Unsre Band: Das war schon toll, über Land ziehen, in kleinen Clubs Musik spielen für Fremde, die oft mit dem Zahlen des Eintritts beschlossen hatten, eine gute Zeit zu haben. Verdammt schade, daß das einzige Konzert, das je ordentlich aufgezeichnet wurde, eins der ersten, in der

Alabamahalle, ziemlich scheiße war. Mannheim, Augsburg, Immenstadt – heute gibt es nichtmal mehr die Clubs, in denen wir auftraten, nur ein paar Bänder, die nichts vermitteln.

✧

Nachmittags konzentriertes Arbeiten an *Schweine.* Vier Fünftel sind geschafft. Jetzt Pause. Sammeln fürs Feuerwerkfinale.

Schütte hat nicht angerufen. Hat R. vorgeschickt, was besser war, so durfte ich, ohne Rücksichtnahme auf die Kreativkraft, meine Meinung sagen. Was für ein Drecks-Drehbuch das ist. Klaus Richter eben.

Alles Comichafte, Überdrehte, Poetische, Romantische, Surreale ist weggelassen worden. Ergebnis: Sozialkitsch, jammervolle Pseudohärte, handwerklich schlicht schlecht, plakativ und platt, Dramaturgie sehr unproportioniert, erst zerdehnt, dann Schweinsgalopp. Unmotiviertes Unhappy End. Milieu verwechselt, zudem. Nicht die Bier- und Kornpenner werden porträtiert, sondern die Rotweinpenner, das ist die Schicht darunter. Von Hagens Schizophrenie und Kindheit ist im Drehbuch nichts drin, gut, das hätte ich auch so gemacht, aber alles andere, was möglich gewesen wäre, wurde fahrlässig verschenkt. Der Film wird mit meinem Buch so gut wie nichts zu tun haben, dem Regisseur liegt auf dem Marsch zur Kunst sein soziales Anliegen im Weg. Schütte würde am liebsten in Schwarzweiß drehen, ja, das würde allerdings zum Drehbuchinhalt passen. Meine völlig ernstgemeinte Anti-Punk-Aussage, es sei eine fette, fette Welt, im letzten Dreck blühe noch die Möglichkeit zur Poesie, wurde böswillig ins Ironische verkehrt. Da kommt dann sowas raus wie z. B. die Szene im Rohbau: Da klauen die Penner (Warum nicht Berber?)

einem Hund seinen Knochen, damit das Süppchen, das sie kochen, gehaltvoller wird, Mann, in München gibt es überall Klöster, wo abends Brote und Suppen verteilt werden, für drei Mark am Tag kann man sich, wie ich es gemacht habe, von fünf Salamisemmeln ernähren, niemand, der auf der Straße liegt, muß hungern oder lefzenden Hundemäulern Knochenmark entreißen. Schütte kann wohl nicht begreifen, daß wir trotz unsrer Arbeitslosen in einer Überflußgesellschaft leben, das scheint seiner Auffassung von Kunst nicht ins Konzept zu passen. Edgar, der Liane umbringt – unglaublich, die Szene ist nichts anderes als eine fad-Fassbindersche Carmen-Doublette usw., nein, das wird nichts, ist alles Mist. Zuwenig Kunst, zuviel Sozialdemokratie. Hagen (Jürgen Vogel mit schwarzen Haaren kommt auf den Castingfotos ziemlich gut) hat kaum Text außer Scheiße, Saufen, Ficken, No Future – oh nein, nein, nein, sind wir in den frühen Achtzigern stehengeblieben? Nichts mehr ist glaubwürdig – wie sollte ein Typ wie der Film-Hagen eine Anstellung als Bestattungsgehilfe bekommen? Das funktioniert nur auf der Comic-Ebene, nicht bundesdeutsch-real. Und selbst die geringste Recherche hat offenbar ein enthaltsamer Idiot besorgt: Hagen ordert am Kiosk mal Johnnie Walker (bäh), mal Jim Beam – was soll man da noch sagen?

Tarantino müßte Fette Welt verfilmen, oder wenigstens, im Rahmen des Machbaren, Schadewald oder Wolfgang Becker oder Uwe Schrader oder Tom Tykwer. R. meinte, man wollte keinen ‹unangenehmen›, sprich ‹sophisticated-zynischen› Hagen zeigen. Eine unangenehme Hauptfigur, das ‹ginge dem Markt gegenüber nicht›. Scheiße! Brad Pitt in Kalifornia! Zum Beispiel. Alles in Deutschland ist so kleinmütig, ängstlich, risikolos. Ob ich die 68 oder die 78 mehr hassen soll, weiß ich nicht. Sesselfurzer ohne Talent. Ohne Vorstellungskraft.

Dieses Drehbuch, und das ist keine Übertreibung, hätte ich in zwei Tagen schreiben können.

Und es ist ein Produkt *einjähriger Arbeit,* die *vierte Fassung.*

Ich wollte nie ein Drehbuch schreiben. Aber – und das ist das Schlimmste an der Tragödie – hätte man mir diesen Haufen Mist wenigstens noch vor drei Wochen geschickt, und nicht erst zwei Tage vor Drehbeginn, ich hätte mich, sogar unentgeltlich, hingesetzt und den Film zu retten versucht. Stattdessen warteten die Herren Filmschaffenden bewußt bis ultimo, damit ich ihnen nicht in den Kreativprozeß pfusche. Für wen halten die sich? Für Fellini bei den Warner Brothers? Das Kreativste an Jan Schütte war sein Kumpel Thomas Strittmatter, und der ist tot.

✧

In der Post ein netter Brief von Nike Wagner, eine der redegewandtesten mir bekannten Frauen, deren Ähnlichkeit mit ihrer Uroma vom Sitzfleisch Lisztscher Gene zeugt.

✧

Wenn der Pinguin zweimal klopft heißt das tolle neue Buch von Moers. Radikal ad origines. Seine Sprechblasen kommen inzwischen über weite Strecken ganz ohne Buchstaben aus.

Von Marcel erfahre ich, daß der Rezensent der FR mir vorwirft, ich hätte mit dem Buch «auf den internationalen Markt geschielt». Komischer Vorwurf. Warum hat der das nicht gleich viel drastischer formuliert, z. B.: «Dieser

Autor will für seine Arbeit auch noch bezahlt werden!» Oder so. Die gute Nachricht: Erste Auflage bereits abverkauft. Und im Spiegel Spezial eine Hymne, in der auch Thanatos grandios genannt wird. Toll. Jetzt kann ich unter dieses Buch zwei Spiegel-Meinungen pappen: Ohne Talent (Spiegel) und: Grandios (Spiegel).

✧

Abendhimmel über München stammt heute von Munch: Violett, Gelb, Orange, Braun und sehr viel Grau.

Um acht Uhr bei Albert, dem, bei allen Hymnen, gerade die Verrisse in der FAZ und der Zeit nutzen werden, so ungewollt interessant machen sie Stück und Autor. Von der Kritiker-Karikatur Stadelmaier verrissen zu werden, gehört zu den höheren Weihen jedes Dramatikers. Hierzulande ist die Perversion zum Normalfall geworden. («Ostermaier lallt wie alle aus seiner Generation, er lallt nur härter und alerter.» Wer so einen Satz niederschreibt, sollte sich mal ernsthaft überlegen, ob ein schneller Suizid nicht die sauberste Lösung ist.)

Die deutschsprachige Theaterlandschaft wird von einer Clique untalentierter Stückeschreiber beherrscht, die einen Pakt mit minderbemittelten Rezensenten geschlossen hat. Jede Form von Qualität kommt diesem Arbeitsplatzerhaltungs-System als Bedrohung vor.

Lederfresse wird bald zum 53. Mal inszeniert, am Nationaltheater Ljubliana. (Die 50. Aufführung war in Athen. In Estland ist Leatherface eine so unbekannte Figur, daß man allen Ernstes das Stück unter dem Titel *Batman Mootorsaega* laufen läßt, ich sah ein Bild der Aufführung, tatsächlich saß der ‹Er› im Batmankostüm herum, mit spitzen Ohren.)

Spät Weit Weg, relativ zum Erstling ein großartiges Stück, wurde hierzulande böswillig und substanzlos hinweggeredet. Es gibt Niederlagen, die kalkuliert sind, es gibt Siege, die nichts nutzen, und es gibt Niederlagen, die man nicht versteht. Ich dachte, geht es lustiger, schärfer? Nein, selbst der, der mit der gesellschaftlichen Kritik darin nicht übereinstimmt, wird sich totlachen, wird somit aus dem Weg geräumt sein. Und wie erwartet, die eineinviertel Stunden wirkten wie eine halbe, das Haus tobte, Buhs und Bravi, herrlich.

Dann kamen die Kritiker, haben überhaupt nichts verstanden, rührt vielleicht daher, daß Theaterkritiker in Theatern rumhocken, wenn anständige Leute fernsehen.

Die Deppen, die man kennt, sind nichts gegen die Masse der Deppen, die man noch kennenlernen kann. Bei Stadelmaier hat man deutlich gemerkt, er hängt geistig noch in den Debatten der frühen Achtziger fest. Franz Wille schrieb hilflos nur, ich hätte total versagt, ohne irgendeinen Grund zu nennen. Heute weiß ich, das alles macht wenig aus, mein Stück kommt wieder, nimmt derzeit einen Umweg über Frankreich, wo es Furore macht. Hier: nur tote Hose. Genugtuung kommt nie zu spät; Rechthaberei immer zu früh. Russegger meinte, ich hätte den Teufel mit dem Beelzebub austreiben wollen. Da ist was dran.

Bis auf Schwabs *Präsidentinnen* gabs eigentlich kein gutes Stück in den letzten 15 Jahren. Seit Dorsts *Merlin* nicht. Und wir müssen wohl noch einige Zeit Handke, Strauß, Bernhard, Jelinek, Tabori, Turrini und andere Streeruwitze ertragen, bevor das Theater wieder interessant sein und ein Schlingensief sich nicht länger im anything goes suhlen kann. Bis dahin hab ich keine Lust mehr, für dieses zombieeske Medium zu schreiben.

✧

Es ist immer so mit dem Selbstlob: Wird aus einem was, kommts gut. Wird aus einem nix, ists wurscht.

✧

Bayern gewann souverän in Göteborg 3:1. Das ist ein Stück Realität. Ich meine, wenn ein Sportjournalist schriebe, das Spiel sei 5:5 ausgegangen, würde er spätestens im Wiederholungsfall rausgeschmissen werden. Im Feuilleton gilt das 5:5 als kritische Sicht, vertretbare These, tiefere Analyse, ironische Brechung, weiß ich was.

Daß Kritiker sich eine ärmliche Literaturgegenwart herbeiphantasieren, um selbst, in ihrer betrauernswerten Sekundärexistenz, eine beachtete Rolle zu spielen, ist ekelhaft. Die deutschsprachige Literatur ist, wie es für eine der führenden Industrienationen mit bewegter Vergangenheit ja auch wahrscheinlich sein müßte, eine blühende, fruchtbare, vielfältige.

✧

Albert ähnelt im Profil auffallend Gordianus Africanus II., einem römischen Kurzkaiser des Jahres 238.

Michael fuhr mich heim, obwohl ich darauf bestand, die S-Bahn zu nehmen. Einer meiner Lieblingsmenschen, an ihn gekommen zu sein in der Not, rechne ich den glücklichsten Konstellationen meines Lebens zu. Er war derjenige, der damals verrückt genug war, mir meinen ersten Buchvertrag zu geben, Schweine und Elefanten, der Roman, der jetzt erst, genauer gesagt 1999, erscheinen wird, mit einer Dekade Verspätung. Dekade, die sich gelohnt hat, weiß Gott. (Was war das damals für ein Scheiß-Buch!)

Ach, heute gehts mir ganz leidlich. Die letzten Wochen – allesamt beschissen, ohne Schlaf, voller Wut, war ich eine lamentierende Last. Heute gehts. Aber so richtig gut gehts mir schon seit Jahren nicht mehr.

2. Oktober, Donnerstag

Seltsame Träume: Mir war ins linke Bein das Datum 5.10. eintätowiert, über Nacht, und Bea fand das gruselig, bestand auf einer Erklärung, auch träumte ich von einer Frau im Badischen, die ich versehentlich geschwängert hatte, und die mich jetzt erst, Tage vor der Geburt, benachrichtigte. Bea, der ich das gleich beichtete, nahm es sehr gelassen auf. Soweit noch alles Traum.

Als ich Bea die Träume erzähle, behauptet sie, heute nacht nicht in meinen Träumen rumgehampelt, sondern tief und fest geschlafen zu haben – ob ich was ausgefressen hätte und sie drauf vorbereiten wolle? Nein, hab ich nicht – alles ganz langweilig …

✧

In der Post drei Leserbriefe und eine Rezensionsmappe voll Bauchpinseleien. Vor allem die Frauen mögen das Buch. Heike hatte dafür eine bemerkenswerte These, nämlich, daß das Buch sehr interessante und gut visualisierbare ‹locations› enthalte. Darauf wär ich nicht gekommen, nein.

Bagarozy ist tatsächlich sowas wie ein Schlüsselwerk geworden, besser gesagt: Gelenkstück. Nicht nur Destillat aus den Themenbereichen der beiden Brocken, Melodien (Genealogie des Mythos) und Thanatos (Wechselspiel von

Schuld und Lüge), sondern auch Vorstudie zum Thema von Eros (über die Illusion der Selbstbestimmbarkeit des Lebens).

Die meisten Leser verschlingen es aufgrund seiner Leichtigkeit, das geht auf Kosten der Poesie, der vielen kleinen versteckten Zeichen und untergründigen Netzwege. Das Buch fordert für den echten Genuß langsames Lesen, wie bei einer Gedichtsammlung. Aber die Leute ziehen es sich rein wie Pizza am Straßenrand. Vielleicht zweimal? Wäre zu hoffen.

Man kann den Bagarozy als Schelmenstück lesen, auch als Märchen, obwohl der Protagonist nicht eindeutig zuzuordnen ist. Nirgends steht, daß es sich wirklich um den Teufel handelt, und nicht nur um einen bejammernswerten Psychopathen. Erstaunlich, daß die meisten Rezensenten sich für den Teufel entscheiden, es scheint, als bestünde eine Gier nach ihm, ja ein Bedarf – für das Erzählen, für die Bilder – kurz: für das große Spiel. Gerade dann aber ist der Bagarozy ein gesellschaftsphilosophisches Buch, und keineswegs harmlos. Der Teufel ist in der Literatur immer eine Allegorie des Sinnzustandes der Menschheit. Luzifer. Der Lichtbringer. Prometheus. Er führt, müde geworden, in einem langen Monolog eine Debatte darüber, wieviel Böses die Welt als Unterhaltung duldet. Darstellung der Psyche in einer beginnenden moralischen Restaurationsphase. Das Buch ist nebenbei auch eine Parodie auf derzeit gängige Starkfrauenromane – die Psychiaterin hat begriffen, daß sie sich in ihrer Praxis alles erlauben darf, daß sie Handlungsfreiheit besitzt, einen abseits fehlender Liebe gar nicht so schrecklichen Mann, ein Haus, keine Sorgen, dennoch ist sie unglücklich, sucht, ob bewußt oder nicht, nach Sinn für sich selbst und die Welt. Wie fordert man als bekennender Individualist eine Rückkehr zur ethischen Norm, ohne reaktionär zu wirken? Man projiziert. Nagy – der angebliche Teufel – bezeichnet sich ausdrücklich einmal als Projektion. Eine unendliche Kippfigur. Das Buch besteht, wie zwei Spiegel, die einander gegenüberliegen, aus unendlich vielen Ebenen.

Vielleicht wird man das alles in 20 Jahren verstehen.

In einem der letzten Kapitel wandern Nagy und die Psychiaterin über die Torquato-Accetto-Brücke («Das Lob der Lüge») hinein in Nagys Keller, das Archiv der Bilder. Beide entscheiden sich für die Lüge, d. h. den Mythos, die Mythifikation der Dinge, ohne die das Leben nicht lebbar, weil zu öde wäre.

Wenn man liest, wie wenig die Rezensenten, selbst, wo sie mich loben, verstanden haben, vergehen einem alle Illusionen. Ein Halbaffe wie A. wirft mir fehlenden Tiefgang vor und behauptet im gleichen Satz, die Callas habe gesangstechnisch keine einzige präzise Phrase zusammengebracht. Früher hätte man so einen lebendig verscharrt und draufgepißt, heute suhlt sich so einer in den Medien, nur weil er Redakteure findet, die noch doofer sind als er.

✧

Als Marcel vorschlug, *Schweine* in der neuen Paperbackreihe zu veröffentlichen, schon in anderthalb Jahren, hatte ich jede Menge Bedenken, jetzt weiß ich, es ist das Bestmögliche, der Roman muß raus, endlich raus, eine Trilogie ohne ersten Teil belassen, das geht nicht, und es macht Spaß, wieder in diese Sprache zu tauchen, pyromanen Spaß, es funkelt und glimmt und brennt, das Buch hat zehn Jahre lang in mir gegärt, jetzt kann ich es in drei, vier Monaten zum Abschluß bringen, je schneller es von mir fortgeht, desto besser.

✧

Abends im BR: die dritte Folge von Kir Royal *(Das Volk sieht nichts)*. Immer noch um die geniale Obermayr-Szene im Beichtstuhl zensiert.

3. Oktober, Freitag

Schlimme Nacht. Scheinbar grundloses Zittern. Depressionen. Untätigkeit, schmerzhafte Leere, gegen die auch der Wein nicht half. Mir ist zum Sterben elend, und ich weiß nicht warum. Als läge alles Gloriose im Leben hinter mir, selbst Phasen der Schmerzlosigkeit fühlen sich erzeugt an wie von schweren Medikamenten, die in Kürze abklingen werden.

– Der Tag eine Folge von Ereignissen, die ihn verkürzen helfen.
– Das ist eine Definition des Sterbens, nicht des Lebens.

Es gibt keinen schlimmeren Zustand, als die genaue Ahnung dessen, wie alles sein müßte – aber zu keinem Detail davon bringt man die Kraft auf. Jede Anwandlung von Disziplin zieht gleich den nächsten Sündenfall nach sich, aus Angst heraus, ausgelacht zu werden, bzw. sich zu ernst genommen zu haben.

Mein Abgrund ist klein und nur für mich –
es wäre schrecklich, da unten nicht allein zu sein.

✧

Das Streben nach Größe schon ist Größe. (Hermann Broch)

Da tröstet einer sich und seine Leser. Und recycelt Properz:

in magnis et voluisse sat est – In großen Dingen genügt es auch, gewollt zu haben.

✧

«Wußtest du, daß GmbH auf österreichisch GesmbH heißt?»

«Da unten liegt alles nen Halbton tiefer.»

✧

Das Nibelungenlied ist die Brücke Deutschlands zur römischen Antike. Ein (und nicht der geringste) Grund für dessen Zauberkraft.

Jeder gebildete Europäer fühlt sich durch seine pädagogisch-historische Sozialisation als Nachfahre Roms. Der Deutschen Germanenkult um die Varusschlacht war Gedöns für den Pöbel. In Frankreich sind die Gallier um Asterix ebenfalls nur eine Spätwirkung der nationalen Erhebungen. Künstliches Bekenntnis zu einem schwammigen Wunschvorstellungskeltentum.

Napoleon dagegen nahm (nicht unbewußt) die Imperatorenkrone dem Papst aus der Hand, symbolisch also die Idee Roms aus der Hand des Christentums zurück. (Auch Ludwig der Bayer nahm die Kaiserkrone nicht vom Papst an, sondern von Vertretern des römischen Volkes, seine Motivation dürfte allerdings nicht von antichristlichem Charakter geprägt gewesen sein.)

Das heilige römische Reich deutscher Nation war ein merkwürdiges Zwitterwesen aus Sehnsucht, Anmaßung und Zufall, fiel in eine Zeit geringer geschichtlicher Bildung, selbst der noblen Stände. Das römische Imperium war damals als Idee nicht mehr kraftvoll, war nur noch Schatten und Mumie. Erst mit der Renaissance kehrte sein Geist zurück, seither ist Europa eine Sehnsucht, entsprungen dem Kulturschock, zu begreifen, daß ein so hochentwickeltes Staatswesen wie das römische Reich uns in vielen Belangen ähnlicher und vertrauter als jede nachfolgende Zivilisation in den 1000 Jahren Dunkelheit, untergehen konnte im Ansturm der Barbaren. Das vereinigte Europa ist der späte Triumph über das Christentum, das nicht fähig war, ein Weltreich gegen die Barbarei zu verteidigen, ist die Restaurierung des imperialrömischen Reiches – nur daß es heute keiner Kaiser mehr bedarf.

(Der Rienzi-Stoff. ‹Inspirierte› sowohl Wagner als auch Hitler. Wäre diese Oper nur musikalisch interessanter! Der vom Kaiser titularisch zum Volkstribun mutierte Führer, der scheitert – da steht doch schon alles drin.)

✧

Nachmittags, um etwas zu unternehmen, in den Tierpark. Nur nicht länger hier rumsitzen.

(Vielleicht muß ich zum Zahnarzt, vielleicht kommt das Seelenschwarz vom Amalgam der halb herausgebrochenen Plombe, heut früh hatte ich viel Metallgeschmack im Mund.)

Es gab u. a. zu sehen: Einen ungewöhnlich aktiven Tigerpython, niedlich ineinander verschlungene Kattas, traurig zusammenhockende Manteläffchen, jeder einen Arm über seines Nächsten Schulter. Eitle Erdmännchen, die sich in Positur stellen, wenn genügend Zuschauer vorhanden. Beatrice entdeckt ihre Liebe zum Pinselohrschwein. Kronenkraniche beim Balztanz – ein wegen der gestutzten Flügel tragikomisches Schauspiel. Viele Kinder im

Zoo, die meisten am Pinguinbecken, wo gerade kleine Sardinen verfüttert wurden. Wenn man hier an große Fische Pinguine verfüttern würde, dürfte sicher niemand zusehn:

Sehr hübsch, in Rotbraun, Orange oder Ockergelb die Alpakas, von denen ein Junges sein linkes Auge verloren hat, die Lider waren zusammengenäht, die Nähte vernarbt. Angeblich werden Alpakas irgendwo in Niederbayern als Nutztiere gehalten, wetterfeste Art, deren Wolle ebenso dick wie teuer ist.

✧

Abends gleich zwei deutsche Filme: *Jenseits der Stille* und *Nach 5 im Urwald*. Beide ganz in Ordnung, lassen hoffen. Gleich kehrt die Wut wegen *Fette Welt* zurück, aber wer weiß, vielleicht wird der Film ja besser als das Drehbuch.

Emanuelle Laberit, die in Jenseits der Stille die stumme Mutter spielt, ist eine der schönsten Frauen, die ich je gesehen habe. Französin? Und wirklich stumm? Das krieg ich raus.

✧

Zu den Liedern: Thomas und Barbara haben ihre Sache wirklich gut gemacht, aber alle drei Lieder sind mir von der Vokalstimme her zwei Töne zu hoch – und zu textlastig. Wie wärs mit einer Fassung für Cello und Klavier? Dies mit Sebastian besprechen.

Zur Zeit viel Lektüre: zum zweiten Mal *Tacitus-Annalen*, Raoul Schrott – *Finis Terrae* – liest sich mit Bruckners Vierter im Hintergrund viel besser, aber was er damit bezweckt, ist mir noch nicht klar. Altenburg – *Landschaft mit Wölfen* (beginnt stark), und eine skurrile Trouvaille – Erich

Przywara. Aus dessen Aufsatz (*Widerspruch*; Oldenbourg 1965) lohnt ein Zitieren:

Dem deutschen Denker wie dem deutschen Politiker ist kaum jene Weltläufigkeit gegeben, wie sie das Charakteristikum des französischen und englischen Denkers und Politikers ist (in Richelieu, Mazarin, den beiden Pitt, Disraeli; Montaigne, Rochefoucauld, Hume). Er steht hierin in einer merkwürdigen Verwandtschaft zum Spanier wie zum Russen. Zum Spanier: Wie dieser das Abgründige liebt (man denke an Unamuno, aber auch an das seltsame Gebilde des «Krausismo», der verstiegensten Philosophie der Widersprüche, die Spanien, bis heute, aus deutscher Philosophie übernahm). Zum Russen: wie dieser nicht nur Abgründiges «denkt», sondern wie in ihm immer eine jähe Explosion des Abgründigen ausbrechen kann. Aber das Abgründige des Spaniers ist gebändigt durch den strengen Stil des Dienstes der Repräsentation, während der Deutsche solchen Dienst als Unwahrhaftigkeit und Heuchelei verabscheut (um der subjektiven «Aufrichtigkeit» willen). Und das Abgründige des Russen bleibt immer noch warm eingebettet in die «Brüderlichkeit» und in seine Erde als «Mütterchen Rußland».

So ähnlich las sich Kestings Callas-Biographie.

Immer fällt mir, wenn ich an den Indianer denke, der Türke ein. (Karl May)

✧

Fundstück aus Julianus' Orationes: **scapham scapham** (dicere) – einen Kahn einen Kahn (nennen), also, das Kind beim Namen. Klingt wundervoll, wie ein zweimaliges Stampfen auf Holz eines uralten Saales.

Julianus – Er liebte die Götter, folgerte Gegenseitigkeit daraus, die nicht bestand – ja, ausgerechnet an ihm statuierten sie ein Exempel ihrer Unbestechlichkeit.

✧

Ein Schriftbild, das ohne Großbuchstaben auskommt, reizt immer zu dem Verdacht, hier wolle jemand wenigstens visuell suggerieren, er hätte was Neues zu sagen. Spät in der Nacht das erste Gedicht der povera-Reihe fertig – da macht Kleinschreibung Sinn.

karg. was bleibt.
ohne alles ein fluß.
man kann darin
einen taucher vermuten.
kann. muß nicht.

4. Oktober, Samstag

Fast acht Stunden geschlafen. Dann den Piper-Beitrag korrigiert und um ein paar Sätze gestreckt, wie befohlen. Sehr viel Post. Anter schickt Dirks Manuskript zurück, war zu erwarten und schmerzt doch.

Ein Marienkäfer. Um diese Jahreszeit. Das Wetter hat sich gebessert, die Sonne kommt raus. Die letzten Oktober enthielten alle mehr Trakl als Hesse.

Ein höchst merkwürdiges Gilchinger Pilzjahr geht zu Ende. So gut wie überhaupt keine Parasole oder Schopftintlinge, dafür Heere von wohlschmeckenden Rotfuß- und giftigen Gallenröhrlingen. Fanden kaum was.

✧

Der Rest des Nachmittags: Bochum–Bayern im TV. Tischtennisspielen, Korrespondenz erledigen. In der FAZ eine neue Schweinerei – geht um die Verleihung eines Theaterpreises an M. Rinke: *«A. Ostermaier, der offenbar nach dem Zusammenbasteln von drei kleinen Nicht-Dramen als schon so arriviert gilt, daß er Preise vergeben darf.»*

Sowas geht einfach nicht. Sind keine Manieren, so geht man nicht mit Menschen um. Wer sowas schreibt, den müßte man an seinem eigenen Gedärm erhängen. Üble Umgangsformen zur Zeit im Feuilleton. Ich bin viel zu sensibel für diese Grabenkämpferei.

✧

Ich verstehe nicht, wie ein Selbstmord mit 20 heute in Europa noch möglich ist – es gibt soviel zu sehen, zu hören, zu lesen, zu entdecken, das Abenteuer Mensch, geteert und geebnet, mit Schildern versehen, handlich portioniert – da geht mir jede Pietät verloren. («Soll halt rübermachen, wer zu doof ist!») Die Menschheit begeistert mich unendlich. Zu wissen, daß man irgendwann da nicht mehr zusehen darf, ist eine Bedrückung, der wir immerhin all das verdanken, was uns so bewundernswert groß macht. Perfekte Symbiose und Wechselwirkung.

Der Tod ist das Eintrittsgeld ins Zauberreich.

5. Oktober, Sonntag

Im Teletext gesehen: Swidler stoppt Kasparovs Siegeszug beim Turnier in Tilburg.

Das schöne Herbstwetter hält an. Schlaf war von schweren Träumen durchsetzt, alle Gemeinheiten, die es bei *Helle Nächte* gegeben hat, kehrten wieder. Weg damit! Weg!

Wir beschließen einen Ausflug in die Berge, muß sein, ein Bilderbuchherbsttag wartet, 21°, keine Wolke am Himmel. Apart am Straßenrand: leuchtrote Mohnblumen zwischen schillerndem Herbstkolorit. Tanz der Lichtreflexe in den Alleen: Ein Prunksterben!

Mit dem Oktober werden vom Tagebuchprojekt alle klimatisch schönen deutschen Monate abgedeckt sein. Winter kommt. Erst der April, als Abschluß, wird wieder einen Lichtblick ermöglichen, eine kleine Frühlingsfeier. Das war vom Zufall schon gut ausgewählt. Mit dem Oktober ist auch die Hälfte des Tagebuchprojektes geschafft, sechs Jahre gingen vorbei wie nichts.

Still und schön, ohne Surfer, der Pilsensee. So glatt, daß alles Land umher in ihm gespiegelt wird. Der blaue Himmel gegen die roten Bäume. Durch Herrsching über Wartaweil Richtung Peißenberg. Was für eine fette Gegend.

Der allerorts gepflanzte wilde Wein knallt rot in die Augen. Besonders prächtig, wenn er an Blautannen emporwächst. Den Ammersee entlang ist die Straße über uns fast zugewachsen, ein Rausch auf der Lichtorgel.

Spaziergang am Strand. Bea: Tut richtig weh, so schön ist das.

Denke unwillkürlich daran (im Fernsehen startet morgen wieder *Löwengrube* – spielt zu Beginn im Jahr 1898), daß in 100 Jahren alles, was jetzt lebt, ausgewechselt, eine neue Welt entstanden sein wird, wie Zellen eines gewaltigen Körpers, und daß das gut ist, natürlich, aber die Neugier, also, ich wüßte gern, aus welcher Welt man in 100 Jahren auf diese Zeit der Jahrtausendwende zurücksehen wird und mit welchen Empfindungen, vor allem – wie wird man unsre Epoche kostümmäßig darstellen, bei der gegebenen Vielfalt, dem schnellen, hypersaisonalen Wandel, dem Nebeneinander von Zyklen und Recyceltem. Als signifikant wird gelten, was eigentlich nur Randgruppen-Uniform ist, Rapperhosen, z. B. Selbst die zur Zeit entsetzlich hohe Damenschuhmode, die mit den Plateauabsätzen, wird zwar von vielen, aber längst nicht von einer Mehrheit der jungen Frauen getragen. Wie dem auch sei, ich glaube, ein Zeitreisender wäre von jeder Vergangenheit überrascht, vielmehr überwältigt. Weil die Bilder, die man davon im Kopf hatte, nichts wären gegen die Realität. So gut man diese auch dokumentiert geglaubt hat. Was für ein grandioser Tag!

Sahen im flachen Wasser einen unterarmlangen toten Fisch. Bea meint, eine Felche. Noch keine Möwe hat sich am appetitlichen Kadaver delektiert, warum?

Die Ahorne hier draußen, unten viril strotzgrün, nach oben hin gelb, rot, bis zum dunkelsten Braun am Wipfel. In der Stadt kippen, scheint mir, die Ahorne mit allen

Blättern gleichzeitig farblich um. Hier diese feinen Abstufungen. Woran liegt das?

Brüllend rot auch die Essigbäume. Beim Niederschreiben kommt es mir bescheuert vor, jemandem den Herbst erzählen zu wollen, aber das Herz ist voll, geht auf wie ein Soufflé, ich will mich erinnern an diesen Tag, und überhaupt denk ich zuviel über andere nach, dieses Buch ist für mich, wenn wer dran teilhaben will, soll er, wenn nicht, ist es mir auch egal. Wer dieses Rot, dieses R O T nicht, in welcher Weise immer, für erwähnenswürdig hält, sagt Nein zum Leben.

Vor Hohenpeißenberg: Gang durch Moorlandschaft, das Gras orange bis braun und violett, starker Cumingeruch (ähnlich Waldmeister). Heut liegen alle Kühe glücklich herum. Starke Fernsicht, der Kondensstreifen eines einzigen Flugzeugs fällt auf zwischen den Bussarden.

Und wir, wir beide lieben einander (frei nach Celan) wie Mohn und Vergessen, summen Lieder, sind zwei Organe eines Wesens.

Später, bei Wies, zum letzten Mal in diesem Diarienzyklus, in die Pilze. Viel Bärlapp gibt es hier, Herbivorenfutter der Urzeit. Und – Euphorie! Massenhaft Rotfußröhrlinge, einige davon mit knallgelbem Schwamm – und das bei ausgereiften Exemplaren. Viele Maronen, sogar noch zwei Steinpilze. Wir schleppen an die dreieinhalb Pfund nach Hause.

Nichts auf dem Anrufbeantworter. Mir fällt auf, daß ich von einem gewissen Alter an sonntags immer weniger, schließlich kaum noch Anrufe bekam. Ist das ein Generationensymptom? Daß man am Feiertag nicht mehr stören will? Wäre schrecklich, so schrecklich wie die meisten Sonntage.

✧

Spät im Fernsehen: Bilder von der Stuttgarter Lulu. Eine Symbiose aus Berg und Puccini fände ich sehr interessant. Die zweite Hälfte von v. Einems ‹Dantons Tod› käme dem nahe. Ein wunderbares, aber wohl sein einziges bedeutendes Werk. Die Repopularisierung der E-Musik kann nur den Weg über die Melodie gehen.

In den Gesprächen mit Moritz geb ich mich oft rückschrittlicher als ich bin. Er hat zuviele nischenverseuchte Freunde, die die Nische brauchen, um irgendwer zu sein.

✧

Nachts noch Missa Solemnis, jüngster Versuch. Es ist schließlich Beethoven, irgendwas muß daran doch sein. Seit über zehn Jahren versuche ich zu ergründen, wo die Größe der Missa Solemnis liegt, oder wenigstens irgendein kleiner Reiz. Ich höre nichts. Wieder schleppt sich die Solemnis unfeierlich an meinem Arsch vorbei, geduckt, und würdigt mich keines Blickes.

6. Oktober, Montag

Im Spiegel eine positive Kritik zu *Contact*. Verkehrte Welt. Angeblich fliegen ‹die Frauen› auf den männlichen Hauptdarsteller, Matthew McConaughy, während ihn ‹die Männer› für einen Blender halten. Blender? Widerlich häßlicher Typ, mit einem Rollentext, der einen IQ von 50 suggeriert. Frauen, die auf sowas fliegen, müssen im letzten Leben Flügel und Stechrüssel getragen haben.

✧

Dumm fickt nicht besser, nur preiswerter.

✧

In der S-Bahn Richtung Hauptbahnhof meine Lieblingsstelle aus dem ersten Buch der Tacitusschen Annalen:

Crispus, der in dürftigen Verhältnissen lebte, war ein umtriebiger Mensch von niederer Herkunft, schlich sich bei dem zur Grausamkeit neigenden Princeps (Tiberius) mit geheimen Anklageschriften ein, brachte so die berühmtesten Männer in Gefahr, gewann bei den einen an Einfluß und zog sich Haß zu bei allen. Die Nachahmer seines Beispiels machten aus Armen Reiche, aus Verachteten Gefürchtete, stürzten andere und zuletzt sich selbst ins Verderben.

Den Marcellus beschuldigte er, über Tiberius beleidigende Äußerungen gemacht zu haben, eine Anklage, bei der es kein

Entrinnen gab, da Crispus von den Wesenszügen des Princeps gerade die abscheulichsten ausgewählt hatte, um sie dem Angeklagten zu unterstellen. Und weil es der Wahrheit entsprach, glaubte man, daß es Marcellus auch wirklich so gesagt habe.

Das Bild des Marcellus habe einen höheren Standort gehabt als die der Cäsaren, bei einem anderen Standbild habe Marcellus den Kopf des Augustus abgeschlagen und den des Tiberius aufgesetzt. Darüber geriet Tiberius derart in Wut, daß er sein Schweigen brach und ausrief, er werde in dieser Sache seine Stimme abgeben, offen und unter Eid, womit auch alle anderen dazu gezwungen worden wären. Aber immer noch gab es Spuren der sterbenden Freiheit. So fragte Cn. Piso: «An welcher Stelle willst du, Caesar, deine Stimme abgeben? Wenn an erster, weiß ich, welcher ich mich anzuschließen habe; wenn an letzter, befürchte ich, unwissentlich anderer Meinung zu sein.»

Von dieser Frage betroffen, nahm Tiberius, so impulsiv er aufgebraust war, umso ruhiger und reuevoll hin, daß der Angeklagte von der Majestätsbeleidigung freigesprochen wurde.

Kurz darauf kann man auch erfahren, daß ein Prozeß nach erfolgtem Freispruch den *reciperatores* übertragen werden konnte, also auf das zivilrechtliche Gebiet überging, wo es zum Beispiel im Falle einer Erpressung nur um die Rückerstattung des unrechtmäßig angeeigneten Geldes ging, nicht aber ein kriminelles Vergehen verhandelt wurde. Vorläufer und Parallele zum heutigen amerikanischen Recht, dessen Paradoxpotential von O. J. Simpson her bekannt ist.

✧

Nachrichten von neuen Massakern in Algerien. Man muß es als Marginalie abtun, als späte mittelalterliche Zuckung, es gibt hier, von europäischer Warte aus, keine passende Reaktion.

✧

Zum Porträt der Jenny in *Schweine und Elefanten:*

Kennzeichnend für jene späten Achtziger Jahre – daß so viele Begabte verlausten, unsicher treibend zwischen Kaltem Krieg und Spaßkultur, auf ihr Talent vertrauten, ohne zu ahnen, daß Talent allein nicht genügte, daß andererseits etliche Läuse die Gunst der Stunde nutzten, und ihre Begabung entdeckten, sich mit quasi Nichts günstig in Szene zu setzen. Bis irgendwann, von Zeitgeistphilosophen auf dringenden Wunsch herbeibegründet, letztgenannte Fähigkeit höher gehandelt wurde als jede Kreativität.

✧

Beatrices Urururururgroßvater war der Cousin vom alten Händel, seither höre ich dessen Musik mit anderen Ohren. Frappierend, was noch die entfernteste Verwandtschaft bewirkt.

Ich bin ein sehr religiöser, gottloser Mensch
ungläubig abergläubisch, mit einer Sehnsucht,
die das Nichts nicht aufzufüllen versucht.
Das sei schwer zu verstehn? Ich glaube nicht,
weiß nur –
die Welt, die du glaubst, gleicht nicht der, die dich weiß.

7. Oktober, Dienstag

Heute kam ich in den Annalen zur Stelle, die Shakespeare als Vorlage für die Szene im Nächtlichen Lager in *Henry V* diente. (Heerführer Germanicus verkleidet sich und mischt sich am Abend vor der Schlacht unter seine Soldaten, um die tatsächliche Stimmung im Feldlager zu erkunden.)

Shakespeare, muß man mal sagen, hatte es auch verflucht einfach. Überall unverbrauchte historische Stoffe, keine Tradition, auf die er Rücksicht nehmen mußte, Plots, die ihre Dramaturgie geradezu aufzwangen, keine Originalitätsfanatiker ringsum, was bedeutet, er konnte die Antike ausschlachten, wie immer er wollte. Konnte ohne Brechungen erzählen. Mußte nur noch vorgezimmerte Gerüste sprachlich auffüllen. Das hat er virtuos getan, jedoch merkt man inzwischen allgemein, daß seine Komödien den Tragödien stark unterlegen sind. *Was Ihr wollt* oder den *Mittsommernachtstraum* – wüßte nicht, warum ich mir sowas heute noch ansehen sollte.

Um 15 Uhr Münzauktion bei Aufhäuser. Was attraktiv war, war zu teuer, trotzdem gingen fast alle Stücke weg. Hier sitzt die Hochfinanz unter den Sammlern. Konnte mir nur zwei sehr häufige Stücke leisten, Severus und Domna, aber mit hervorragenden Porträts in Stempelglanz. Caligula wäre, aktienmäßig betrachtet, der dickste Fisch, sein Preis ist in den letzten zehn Jahren um 100 % gestiegen – dadurch, daß viele Amis nur das erste Jahrhundert n. Chr. sammeln und systematisch vom Markt wegkaufen. Sah später noch bei J. vorbei, meinem Stammdealer, kaufte eine vorzügliche Mariniana (klingt nach Droge – und hat ähnliche Wirkung auf mich) – und als ich grade gehen wollte, zeigte er mir noch etwas, das so unglaublich schön war, so unfaßbar, M wollte er haben, ich bekams 20 % billiger, es wird das Weihnachtsgeschenk für Beatrice sein, ein römisches Zahlenschloß aus dem 2. Jahrhundert, streichholzschachtelgroß, bei dem man 5 Rollen mit verschiedenen Zahlen, Lettern und Symbolen korrekt kombinieren muß, mindestens so diffizil gearbeitet wie heutige Zahlenschlösser, prächtig erhalten, Zier für jedes Museum, ich mußte das einfach besitzen, ungeachtet des Kontostandes. Und sehr sehr glücklich fuhr ich heim. Das Fertigungsniveau des römischen Reiches, was Skulpturen, Schmuck und Glaswaren betrifft, wurde erst im 18. Jahrhundert wieder erreicht.

✧

Abends, beim Blättern im *Schönen Guten Baren*, dem genialen Bildband von Gernhardt, entdecke ich das Tiefsee-Distichon. (*«Aus dem Nordmeere steigt des Untiers schreckliche Fratze – Selbst zu Tode erschreckt sinkt es gebrochen hinab.»*)

Meine eigene Parodie (mein «Fallbeilspiel») muß ich deswegen nicht wegschmeißen, ist bestimmt die hunderttausendste, und die schlechteste auch nicht.

Nachts an der Freundesgalerie von Schweine gearbeitet. Viele Erinnerungen kehren zurück. Wie Vögel aus dem Winter.

✧

Schiller veranschaulicht das Distichon. (Frühfassung)

Im Hexameter knirscht des Fallbeils ächzende Winde
Im Pentameter drauf saust es geschmeidig herab.

8. Oktober, Mittwoch

Noch mehr Leserbriefe.

Einer: «Würde für Dich kostenlos auf Deinen Lesungen Marimba spielen. Ist das ein Angebot?»

Hm.

Ein anderer: «Jetzt müssen Sie nur noch früh sterben, dann sind Sie einer unsrer Größten.»

Hm. Wohin sortiert man das? Unter ‹Fromme Wünsche› sicher nicht.

C. K. ruft an, hat in meinem Namen einen Termin für SAT 1 zugesagt, ich war anfangs erbost, hab dann nachgegeben, weil auf der Messe gedreht wird, und ich Idiot versprochen hab, auf der Messe dem Verlag zur Verfügung zu stehen. Einladung zum SWF-Dichterclub dagegen mit deutlichen Worten abgelehnt. Die brauchen mich nicht, und ich brauche die nicht.

✧

Heute auch positive Kritik zu *Contact* in der SZ, von Althen – sind denn alle verrückt geworden? Wenigstens gibt er zu, daß der Hauptdarsteller grauenhaft, die Liebesgeschichte unnötig und die Geschichte insgesamt zu langsam sei. Dennoch, so Althen, funktioniere der Film, und zitiert, um das Überfließen seines Herzens in Worte zu fassen, sogar Goethe.

Vielleicht funktioniert der Film tatsächlich besser bei denen, die qualitativ hochwertige Science-Fiction nicht gewöhnt sind. Das Drehbuch hätte man z. B. mal Straczynski zum Umschreiben geben sollen. Wenn Kommerzkino sein Ziel erreicht hat, ist es gut? Aber ich hab ja überhaupt nix gegen Kommerzkino, Unsinn, Riesenmißverständnis, ich sag ja nur, daß man mit besseren Drehbüchern noch viel mehr Zuschauer hätte erreichen können, sowohl bei *Lost World* als auch bei *Contact,* das werf ich den Studiobossen vor (der einzige Vorwurf, der solche Leute aufhorchen macht).

✧

«Wenn ich mit anderen Frauen gevögelt hab, hab ich mir immer dich dabei vorgestellt.»

«Das find ich ausgesprochen doof.»

Heute ist es schon wieder ein halbes Jahr her, daß *Helle Nächte* Premiere hatte. Entweder wird gute Musik wieder populär, dann braucht man sich um diese Oper nicht zu sorgen. Oder es ist ohnehin egal. When the music's over, turn off the lights, macht der letzte das Licht aus, dann leuchten beharrlich fluoreszierende Zombies, aufgeladen mit Sehnsucht und Zorn.

Helle Nächte ist ein musikalisches Fanal, wie ich es mir im tollkühnsten Traum nicht herbeiphantasiert hätte. Angriffe sind da selbstverständlich, ja wünschenswerte Bestätigungen. Das muß Moritz erst noch lernen: Sobald ein Riese erscheint, nennt den die Gegenwart einen Zwerg mit langem Schatten, nicht einmal nur aus Neid, nein, oft in tiefster Überzeugung, bzw. Verstörtheit.

Wenn man VB-Schüler hämisch grinsen sieht, die fünfzig Jahre studieren könnten, und nicht einen Takt solcher Musik fertigbrächten. Wenn man von oben die Finger der Götter spürt und von unten den Mundgeruch der Schweine. Da ist man schnell versucht, Schweinefutter abzuliefern und materiell saturiert den Rest dieses kurzen Lebens abzusitzen, bis der Chronos die eigene Leiche unbesungen ins Meer spült. Es ist überhaupt keine Frage, was in dreißig Jahren musikalisch von unsrer Zeit übriggeblieben sein wird, welches Ärgernis, daß man trotzdem dreißig Jahre lang diskutieren muß. Die Repopularisierung der Oper – wenn Moritz und ich es nicht schaffen, dann niemand. Bessere als wir müssen erst geboren werden, und dazu wird verdammt viel Rumgeficke nötig sein, verdammt viel.

Henze war grün vor Eifersucht – sein Zeug kann natürlich nur fortleben, wenn es keinen Qualitätssprung nach oben gibt. Lachenmann, das hätte ich nicht gedacht, zeigte Größe, zeigte neidlose Begeisterung. Warum auch nicht? Seine Baustelle liegt woanders.

J. und B. sagten nichts, zeigten nichts – zeigten ihr wahres Gesicht.

Der 8. April. Es war ein großes Datum. Die Wiedererweckung der Melodienkunst durch die Oper. Und eine Summe.

Wenn man dann, paar Tage später, in der Biennale zweite Oper geht, *Juniper Tree*, ein Haufen mieser englischer Musik, wie er schrecklicher, altbackener, spießiger, blutleerer nicht sein kann, unter einer Regie, die kaum mehr als gehobenes Schülertheater darstellt, mit einem Libretto, das höchstens von der Frau des Komponisten stammen kann (und stammt), wenn dann ein Kritiker der Deutschen Bühne auf Moritz zukommt und ihm sagt:

«Sehen Sie, das ist gute Dramaturgie – die hat bei Ihrem Stück gefehlt» – liebe Güte, das ist Gegenwart – warum muß jemand, der schon Detlev heißt, auch noch so aussehen?

Wieviel Kompromisse und wieviel Demütigung haben wir hinnehmen müssen in dieser Stadt, die uns beinah, ja, man muß froh sein, froh – eingespart hätte.

Dieser Abend – ich habe geheult vor Glück. Seit Elektra gab es so etwas nicht mehr. Alle drei Vorstellungen plus Generalprobe hab ich mir gegeben, wie Opium, nicht die beschissenste Regie konnte mein Glück trüben, und nicht die miesesten Ratten.

Es war ein großer Publikumserfolg, bei der Kritik aber eher eine Niederlage, Moritz gilt jetzt als umstritten. Und obwohl ich die Oper in keinem Moment auch als meine Arbeit betrachtet habe – der Librettist ist nichts – fühlte ich mit ihm, als gälte die Ablehnung mir.

✧

Im Nachtkonzert Sonate für Cello und Klavier op. 40 von Schostakowitsch. Der Mittelsatz ist atemberaubend schön und schlicht. So möchte ich komponieren können.

Habe ein paar Grünfeld-Varianten repetiert für Freitag. Augenfällig, wie sehr mein Schach unter den neuen Hobbies gelitten hat, wieviel Theorie mir aus dem Gedächtnis verdunstet ist.

Weiter im Altenburg. Ungebrochen starker Eindruck.

Ich hab keine Ruhe im Leben. Kann nichts Erreichtes genießen.

✧

Serie: *Alternative Lebensformen.*

Eine nicht unhübsche Wasserleiche namen. vorbei. So als Idee.

In Wahrheit eine als Leiche getarnte Flußfreßmo nährt sich von den Schwänzen Nekrophiler, hat von nen heute schon fünf im Magen. (Wie die von der Möse den Magen gelangen? Schleierhaft.)

Das ist schon ziemlich krank, das alles, jetzt kotzt die Leiche in den Fluß und treibt zufrieden weiter. Ella. Nun gut.

(Sie hatte übrigens eine Statistenrolle in Short Cuts. Aber Regisseur Altman befahl ihr, auf dem Bauch im Wasser zu treiben, und strich auch noch die Freßszenen heraus. Ella war bitter enttäuscht. In welchem Fluß sie gerade herumtreibt, weiß niemand genau, viele ihrer Opfer schweigen. Aus naheliegenden Gründen.)

9. Oktober, Donnerstag

Scheck von Fischer. Rettung.

Bernhard ruft an, diesmal erster Testleser von *Schweine,* bzw. der vorliegenden vier Fünftel. Mäkelt ein wenig an der offenen (Sampling-)Form, dabei ist's doch genau das, was den Text kennzeichnet. Natürlich hab ich ältere Stimmen in mir zurückgerufen, ist doch klar. In Sachen wilder Jugendlichkeit, Experimentierfreude und breitem Stilspektrum muß Schweine zu den anderen Romanen der Trilogie passen, und – bei Könige als kurzem Adagio – ein Gegengewicht zu Fette Welt bieten.

✧

Sowohl Brutus als auch Cassius nahmen den Titel Imperator an, regierten nach Cäsars Ermordung heldenstolz und selbstherrlich in ihren Provinzen. Während man vom Hörensagen den Eindruck haben müßte, sie wären bei Nacht und Nebel aus Rom geflüchtet, zerknirscht von der Grabrede des Marc Anton, gejagt vom Volkszorn.

Der Reiz, Münzen zu sammeln aus der vorfotografischen Historie, liegt vor allem im präzisen Porträt. Wir wissen ganz genau, wie Brutus (es gibt eine Gedenkmünze von 43 v. Chr. zu den Iden des März, mit Brutus' Antlitz, und der Freiheitsmütze zwischen zwei Dolchen), wie Nero, Titus oder Vespasian ausgesehen haben.

✧

Laut Beatrice ist der ideale Taubenschwarm (bei blauem Himmel) von ungerader Tierzahl, optimal sind neun oder elf, wobei 20–25 % der Vögel weiß sein dürfen.

✧

Am Nachmittag fertig: Die Elegie Fis-Dur. Ich glaube, das ist es. Erinnerung an den 5. Oktober und dessen trunkene Schönheit. («Alles stirbt, und alles stirbt gern.») Über den Herbst kann man dieses Jahr nicht lästern, nein, gestern 26°, heute 24°, der Sommer war verregnet (extraordinär schön dafür – ausgerechnet – der Februar). Kulinarische Sensation der Saison ist der Lindauer-Herbstapfel-Joghurt von Zott.

✧

Moritz – hatte mit *Helle Nächte* zwei Jahre härtester Arbeit, dann sprangen die Koproduzenten, Kotproduzenten, Augsburg und Wiesbaden ab, zuletzt zwang ihn die Stadt München noch, Stimmen und Klavierauszug selbst zu bezahlen. Der Regisseur (vor ihm hatte ich Moritz von Anfang an gewarnt – einen Blick für Menschen aber besitzt er nicht) haßte mein Libretto, ließ es unverständlich werden, die speziell auskomponierte Akustik des Prinzregententheaters wurde massiv verändert, die Partitur ausgedünnt, die Pause, die wir als unabdingbar vorgesehen hatten, gestrichen. Nach all dem – bei 16 Stunden Trotzdem pro Tag bis zuletzt – hat Moritz für die Oper kassiert: – (minus!) 44000, und mußte sich noch haufenweise doofer Kommentare anhören.

Dieses München ist so schrecklich.

✧

Im Anzeigenteil der SZ: Gefriertruhen werden mitsamt halbem Schwein angeboten. (Das halbe Schwein muß man beim Metzger holen.)

✧

Abends bei Ulrike mit Sauvignon, wir plauderten über Janssen, sie zeigte mir ihre reichhaltige Sammlung, ein Konvolut von Briefen, Zeichnungen, Drucken. Lieferte einige Anekdoten und Intima dazu, die in mir schnell ein überproportioniert eindringliches Charakterbild des Menschen Janssen entstehen ließen. Fast, als hätt ich ihn gekannt. Manche Menschen besitzen posthum noch die Aura, einen das glauben zu machen. Die Pontonbrücke der Anhaltspunkte. Schauklige Sache.

Um zehn noch im Stadtcafé, mit Bernhard und Kurt, bin in ein Gespräch über die amerikanische Eishockeyliga in den 50ern geraten. Kann passieren.

Ob ich den Artikel in der Woche gesehen hätte, wo ein Witzwack mich angepißt habe?

Der Witzwack? Der nebenbei auch selber zu schreiben versucht, und das in München? Allerhand. Man bleibt von nichts verschont. Kaum steht man mal im Menschengedränge, guckt nicht nach unten, schon wuselt ein Witzwack daher, erleichtert sich und wuselt wieder fort. Und wenn man auch gar nichts gemerkt hat davon, die Freunde erzählen's einem doch. Und Witzwacks Name wird überdauern die Zeit.

✧

Man verläßt die letzte S-Bahn, vor einem her geht eine häßliche Frau, sie bleibt vor der Auslage der Buchhandlung stehen, schon begeht man den Fehler, ebenfalls stehenzubleiben, da dreht sie den Kopf, sendet einen bedrohten Blick, nun muß man sie demonstrativ überholen, schnell vor ihr hergehen, ihr zeigen, man will ihr nichts Böses, ihr, die man nicht einmal zur Rettung der Menschheit penetrieren würde.

✧

Interessant ist das Angebot der SZ, über ‹Bildung heute› zu schreiben, also, wovon man unbedingt eine Ahnung haben müsse. Comics und Science-Fiction und Kino gehörten eher dazu als die meisten angeblichen Pflichtliteraten. Altgriechisch und ein Instrument zu beherrschen, unzweifelhaft nicht mehr. Das ist schwierig. Endet vermutlich in der diffusen Feststellung, daß speziell überhaupt nichts mehr notwendig ist, solange vom Rest des Buffets genug gegessen wurde. Die Bandbreite macht es. Das zu sagen, ist keinen Artikel wert.

10. Oktober, Freitag

Traum: Die Umgebung ähnelte einer Mondlandschaft. Vulkanisch, felsig, karg. Die Sonne ging unter, tauchte den Platz in ein schrägdoppelbödiges Licht, warm und morbid. Zypressen säumten das Grundstück, eine an jeder der acht Ecken, gewannen der Dämmerung etwas Arkadisches ab, traumhaft im inszenierten Sinne eines Böcklinschen Ideals. Das Anwesen bestand aus einem riesigen Bungalow aus geschwärztem Metall und Glas, mit Sonnenkollektoren auf dem Dach, die seinem gotischen Nimbus nichts raubten, im Gegenteil. Die Quelle, die einem, man ist versucht zu sagen: Zierfelsen entsprang, speiste einen winzigen Bach, der wand sich, in einer Rinne aufgefangen, einmal in großem Bogen ums Haus, bevor er am Drahtzaun, unter einer der Zypressen, versickerte. Zwischen Bach und Haus war dem Sand ein gepflegter Rasen abgerungen worden, mit kugelförmig geschnittenen Büschen. Gab auch ein Poolbecken, aber das Wasser war abgelassen, und eine Natternfamilie lag auf dem warmen, blaulackierten Beton.

✧

Ereignisloser Tag. Am Abend im Club gegen Ludwig eine gewonnene Stellung weggeworfen, konnte mich einfach nicht mehr konzentrieren, sah den Gewinnzug, hielt ihn aber nicht für entscheidend genug und probierte statt dessen ein blödsinniges Figurenopfer. Auch die Intuition setzte aus, wo die Rechenkraft schon abgestürzt war.

✧

Beim Heimkommen Zapping. Kurz im Lit. Quartett. Die in einen Sessel gebahrte Leiche des Reichsranitzkers, die mit Hilfe von Verwesungsgas Sprechblasen zustande bringt.

11. Oktober, Samstag

In der SZ am Wochenende ein intelligenter und einfühlsamer Artikel über den Briefwechsel Schlichter – Jünger von Günter Metken. Es scheint, als habe die Ära der Entkrampfung eingesetzt, subtilere, differenziertere Beurteilungen würden möglich.

Trotzdem: Willms mokierte sich neulich in derselben Zeitung darüber, daß in einer Berliner Autographenhandlung Fotos von Jünger «mit Kahlkopf» im zweiten Weltkrieg aufgetaucht sind, allesamt nach dem 102. Geburtstag signiert. Ja und? Ein geldgeiler Leser schickt Jünger die Fotos, der signiert sie, und der Leser trägt sie zur Versteigerung. Soll Jünger etwa sagen, nein, das bin ich nicht, dazu steh ich nicht, oder: Haben Sie keine anderen Fotos von mir? Lachhaft.

In der Post ein Brief von Insa, klug, bis auf die Stelle, wo es um ein stilistisches Problem geht.

Ein anderer Brief teilt mir meine Aufnahme ins Lexikon der deutschen Gegenwartsliteratur mit.

Die Münzmesse heute war eine Enttäuschung. Habe ein paar Bagatellen erstanden, gelagert in einer bunten alten Zigarettendose aus Messing (*Mes Passions – Garbaty, Berlin*). Mir war nicht bewußt, daß man Zigaretten je in solcher Verpackung über den Ladentisch gereicht bekam.

Die Zeit hat aus dem banalen Konsumartikel ein Schmuckobjekt gemacht. Manchen Büchern ergeht es ähnlich. Solchen, die, oft unbeabsichtigt, die Atmosphäre ihrer Gegenwart aufgefangen haben.

Der haptische Umgang mit Geschichte, vertreten durch kunstloseste Alltagsgegenstände, übt immer mehr Zauber auf mich aus. Als Jugendlicher waren mir Antiquitäten schnurz. Zuerst müssen die ‹Dinge im aktiven Dienst› aufgearbeitet, muß ein Gefühl für Zeit entwickelt werden.

✧

Die Nacht hat Leim geschnüffelt, der Himmel bricht unter Sternen zusammen.

12. Oktober, Sonntag

Beatrice überraschte mich mit einem Frühstück aus selbstgemachten Raviolini in Rahm-Weißweinsauce. Ich erzählte ihr, was ich gestern in den Tagesthemen gehört hatte: Wissenschaftler haben in einer Versuchsreihe festgestellt, daß noch lebende Austern durch das Beträufeln mit Zitronensaft ein Hormon ausschütten, welches sie in einen ekstaseartigen Zustand versetzt. So wird ihnen das Ableben durch attackierende Magensäure versüßt, und es läge beim Verzehr lebendiger Austern keine Tierquälerei vor, sondern eher eine im Zusammenspiel von Mensch und Tier herbeigeführte dionysische Apotheose. Was des einen Todesrausch, ist des andern Gaumenkuß.

✧

Blättern in vielen Büchern, darunter in Voigtlaenders ausgezeichnetem Buch über Fälschungen. Lockere Lektüre an einem verregneten Nachmittag.

Petrarca gilt als erster Münzsammler der Neuzeit, frühes Signal zum Rinascimento. Das Phänomen des Sammelns ist eines der Symptome von Kultur. In der Antike gab es bereits große Sammlungen gefälschter Münzen, und nicht etwa nur kursierender Währung, sondern auch rein dekorativer Stücke. Der Bedarf solcher Fälschungen entsteht erst durch Sammler. Man weiß von Augustus, der Mammutknochen sammelte. Sicher hat man ihm manchen toten Elefanten verkauft.

Was ich nicht wußte: Ein Großteil der Schriftrollen der Bücherei von Alexandria verbrannte nicht bei dem berühmten Feuer von 47 v. Chr. sondern erst viel später, 391 n. Chr. bei einem zweiten Brand, und ein noch ansehnlicher Rest erst unter dem Ansturm der Muselmanen, 642 n. Chr.

Unbekannt war mir bisher auch, daß das Wort Snob eine lateinische Abkürzung ist: s. nob. – sine nobilitate – ohne Adel, so bezeichnete man in Oxford Studenten nichtadliger Herkunft.

(Näheres über Alceo Dossena herausfinden, das Fälschergenie, das seine genialen Nachempfindungen jeder Stilrichtung zu einem Spottpreis an Zwischenhändler verkaufte und 1937 im römischen Armenhaus starb.)

Selbst in Lexika wird oft Replik (vom Künstler selbst hergestellt) mit Replikat (Kopie von fremder Hand) verwechselt, bzw. nach Belieben verwendet. Vielleicht zu Recht. Die Unterscheidung ist außerhalb des Kunsthandels nicht allzu wichtig. Wer auf eines der Spezifika Wert legt, wird es ohnehin, um Miß- oder Nichtverständnis zu vermeiden, zur Sprache bringen müssen.

Wohlfeil ist ein hübsches Wort für billig oder preiswert, das man wieder reaktivieren sollte. Die ironische Verwendung obsoleter Floskeln wird immer beliebter. Z. B. weiland – war zwischendurch fast ausgestorben, hört man jetzt oft. Auch das Wort Gemächt ist plötzlich wieder groß in Mode, wenn man aus irgendwelchen Gründen «Schwanz» vermeiden will. ‹Penis› oder ‹Glied› würde momentan kaum jemand sagen, sei denn ein Mediziner, beides klingt zu steril bzw. verschämt. Neulich, in der (genial synchronisierten, muß auch mal gelobt werden) TV-

Soap Roseanne, der wir seit Monaten treu sind, tauchte (aus dem Mund von John Goodman) der Satz auf: «Dann mußt du mir zu Willen sein …»

Sowas klingt in meinen Ohren sehr entzückend. Es gibt Leute, die verstehen das nicht als ironisch, für die ist es einfach nur veraltet. Phänomen, wie die Blindheit gewissen Farben gegenüber, oder die Unfähigkeit, das Wesen einer Melodie zu erkennen. Gerade in Rezensentenkreisen erstaunlich verbreitetes Syndrom.

«Man muß nicht alles haben, was schön ist.»

«Aber man muß alles, was schön ist, haben wollen.»

Aus dem Voigtlaender:

Am 24. März 1628 wurde in Ulm der Falschmünzer Hans Mayer durch den Strang hingerichtet. Er hatte sein Vergehen auf der Folter gestanden. Dem Henker erlaubte der Rat der Stadt, «vom Malifikanten das Schmalz zu nehmen».

In der von abergläubischen Vorstellungen aller Art durchsetzten Heilkunde jener Zeit nahm das Armsünderschmalz unter den Heilmitteln einen hervorragenden Rang ein, und die Scharfrichter zogen einen guten Gewinn aus dessen Verkauf.

✧

Sahen um 17 : 30 im Breitwand *The Fifth Element* von Besson. Amüsierten uns gut. Ein Knallbonbon, ein bunter Comic, SF-Slapstick auf hohem Niveau, mit atemberaubenden Bildern und schicken Kostümen von Gaultier. Sehr einfallsreich vor allem am Anfang – der Schluß kam um gut zwanzig Minuten zu spät. Viele, die den Film kritisierten, erwarteten sich eine Art *Brazil,* aber das wurde hier weiß Gott erst gar nicht angestrebt.

Auffallender tontechnischer Mangel: die Spitzentöne der Arie der Allen-Operndiva stammen von der Soundkarte. Oder? Ganz sicher bin ich nicht.

Ärgerlich: Der Abspann wurde nach einer halben Minute vom Vorführer abgewürgt. Sowas war hier bisher nie Usus. Hätte so gerne erfahren, wem diese glitschige Gesangsstimme gehört.

Was mich sehr ärgert, ist ein Detail am Drehbuch von Fette Welt – eine groteske Penner-Begräbnisszene, die im Roman nicht vorkommt. Was Schütte und Richter nicht wissen konnten: in Schweine und Elefanten kommt eine ganz ähnliche Begräbnisszene vor, nur tausendmal besser und witziger. Wenn man dann irgendwann Schweine verfilmt, was gut möglich ist, muß man vielleicht auf diese Szene verzichten, um eine Doublette zu vermeiden. Oder? Ach was, muß man nicht. Die Filmleute haben mich nach dem Gespräch mit R. nicht mehr angerufen, dabei wollte ich gern mal am Set dabeisein. Ich habe sogar ausdrücklich versprochen, schweigend dabei zu stehn und mich nicht einzumischen. Gab mich emotionslos und kooperativ. Trotzdem kein Anruf.

Vor Mitternacht auf 3sat noch eine Folge vom *Kommissar.* Edelstoff aus den Arsenalen der spät-schwarz-weißen Zeit. Jahrgang 75. Schon der Titel ist klasse: *«Warum es ein Fehler war, Beckmann zu erschießen.»*

✧

Aus einem Klappentext: Die Frankfurter Rundschau stellte Raoul Schrott in eine Reihe mit Christoph Ransmayr, Umberto Eco und Vladimir Nabokov.

Hoffentlich passiert mir das nicht auch mal. Klingt nach

der zusammengewürfelten Beute eines Erschießungskommandos. Ob Finis Terrae nun gut ist oder nicht, weiß ich selbst nach Seite 120 noch nicht. Seit die Handlung ins Jahr 1988 übergewechselt ist, finden sich in jedem zweiten Satz stilistische Reibungspunkte. Nicht, daß ich nicklig werden möchte, aber es ist mir manchmal unbegreiflich, warum hier nur ein Komma, dort aber ein ‹und› steht, gegen die Fließrichtung des Satzbaus. Eine Stelle fiel mir unangenehm auf (dtv – S. 109).

Man hat mich von Zimmer 1, das direkt neben der Rezeption liegt, nach 24 verlegt; sie hat mein Husten gestört. (Wen? Die Rezeption? Das ‹sie› ist nicht näher bestimmt, warum nicht einfach: Mein Husten hat gestört.) *Das Zimmer besitzt einen kleinen Erker, in dem ein Schreibtisch unter dem Fenster steht, das auf den Hafen geht.* (Ich möchte nicht wie Gustav Seibt klingen, aber der Reim ‹steht› – ‹geht›, wäre zu vermeiden gewesen. Mir hat Seibt angekreidet, daß in einem Satz der – angebliche – Reim ‹lang› und ‹an› vorkommt. Immerhin resultierte aus solchem Unsinn ein schönes Gedicht: ‹Der Reigen aus unreinen Reimen› – nahezu alles ist für irgendetwas gut.)

Nachts sehe ich den Tejo mit den Positionslichtern der Schlepper und der kreuzenden Fähren, Sternbilder, flußabwärts ausglimmend. (Die ‹Sternbilder› sind Reflexe der Positionslichter, schon kapiert, dennoch hätte ich vor Sternbilder ein ‹sie sind› eingefügt, denn sonst können da sowohl Positionslichter wie auch reale, sich im Fluß spiegelnde Sternbilder gemeint sein, man stutzt unwillkürlich. Flußabwärts ausglimmend – kommt mir portugiesisch vor. Von Melodie und Rhythmus her ist das ‹aus› nicht nötig, sie glimmen ja auch nicht ‹aus›, werden nur unsichtbar, seis aufgrund Nacht oder Erdkrümmung. Das Licht macht vor nichts halt, Grenzen sind nur der Sehkraft gesetzt.)

Der Trog des Mondes. (Wie bitte? Barke oder Sichel, je nach Breitengrad, von mir aus. Wenns ein Behältnis sein muß, dann vielleicht die ‹Schüssel des Mondes› – klingt auch scheiße. Aber ein *Trog* hat üblicherweise zylindrische Form.)

Von sieben Uhr abends an ziehen die Wolken meereinwärts … (nur zwei Zeilen zwischen flußab*wärts* und meerein*wärts*. Mich würde sowas stören.)

✧

Nein, das ist schon ein ganz gutes Buch, mit starken Bildern und Sprachkraft, es riecht nur stark nach (Recherchen-)Arbeit und weiß nicht recht, wo es hinwill. Könnte leserfreundlicher sein, ohne an Poesie und Kunstfertigkeit zu verlieren.

Der Anfangsverdacht – Schweißperlen für Säue, die gern glänzen möchten – hat sich keineswegs verflüchtigt.

✧

Reigen aus unreinen Reimen

Poem, verfaßt
im Dorngeäst,
ein Muschelrest
vom Meer, das töst.
Gedankenfloß –
bin ich's, bist du's?
Uns unbewußt
treibt, mondgeküßt,
was war, ins Ist.

13. Oktober, Montag

Bekomme einen Schreck, als mir C. K. die Pressetermine durchgibt. Gestopfter gehts nicht mehr.

für die povera:

stilleben. aes candidum.
äpfel in einer gefälschten
schale.
kupfer, zinn und mangan
wollen silber sein.
die äpfel aber alle heißen
jonathan.

✧

Über die Titulierung für Gedichte. Konsequent sein, auch bei den saturae. Titel – manche Autoren können nur Titel schreiben, nichts anderes. Ich will keine Titel, nein.

Die Seite mit dem Gedicht – und es sollte immer nur ein Gedicht (egal wie kurz) pro Seite sein, sollte nichts als das Gedicht enthalten, auch keinen Titel. Es sei denn, der Titel ist zum Verständnis notwendig, oder auf andere Weise Teil des Kunstwerks.

Mögliche Lösung: den Titel (wenn er denn sein muß, also falls die erste Zeile zur Identifizierung nicht taugt oder unpassend klingt oder zu lang ist) nur hinten im Inhaltsverzeichnis anzugeben.

Ein Grenz- und Mischfall ist der *Reigen aus unreinen Reimen,* der genau das beinhaltet, was er betitelt.

Zum Begriff *Epigonie.* Das Wort Imitation hat, abseits der Parodie, als poetisches Genre im Deutschen einen anrüchigen Nimbus. Der Originalitätswahn seit 1919 vergißt, daß Imitazione in der Renaissance ursprünglich definiert war nicht nur als Handwerksbeweis, als Hommage an oder Anleihe von, sondern auch als fruchtbare Symbiose und kritische bis kombattante Auseinandersetzung mit dem Adaptierten, bei der man den eigenen Ton nicht abzuschalten brauchte. Es handelt sich weder um einen Ähnlichkeitswettbewerb, noch um eine schizophrene Anverwandlung. Eine formale Divergenz von der Praxis des Imitierten kann natürlich immer Unvermögen sein, aber auch bewußte Sprengung oder Kritik. Ein Beispiel:

In der Epigonie an Rilke «Sie schreitet wie ein ferner Vorfahr» *(Die Greisin vom Luxembourg)* hätten wir ein (bis auf die sonettformale Umstellung der Drei- und Vierzeiler) typisches Rilke-Gedicht vor uns, wenn der erste Vers der letzten Strophe reimgemäß «Ihr Blick jedoch fliegt auf zu jeder» lauten würde.

Dies wäre aber lang nicht so wirkungsvoll wie in der freien Fassung, mit der Pause, die nach «auf» durch das Zeilenende entsteht, und, daraus folgend, dem größeren Schwung, den die nächste Zeile durch ihre nunmehr gestaute, fünfkiebige Metrik bekommt.

✧

Kälteeinbruch, aber kein Regen mehr.

Anruf aus Frankfurt. Wenn es stimmt, daß große Künstler die unleidigsten Menschen sind, ist M. zur Zeit ein Gigant. Gigante arrogante.

«Wir haben *Fifth Element* gemocht.»

«Gratuliere zu eurem schlechten Geschmack!»

Bin ich auch manchmal so? Steht zu befürchten. M.s Filmgeschmack ist dabei von Reife wirklich nicht gesegnet.

✧

Heute gelesen, daß ein Kabelsender (TNT) die fünfte Staffel von Babylon 5 gerettet hat, die letzten 20 Folgen aber ohne Aussteigerin Ivanova auskommen müssen.

✧

Wie soll ich es so aushalten auf der Messe? Schwere Depression. Ich gehe durch die Stadt, kann kaum in klaren Sätzen sprechen und denke, das Leben sollte an einem solchen Tag enden, weil man's dann leichter losläßt. Denke sofort das Gegenteil, schließlich, daß es egal ist, alles egal.

Mit mir muß auch physisch was nicht in Ordnung sein, ich zittere wieder. Beklemmungen.

Tacitus hilft. Der schonende Reiniger für den Geist.

✧

In der Stadt gewesen. Zugkarte gekauft. Im Hugendubel den Artikel im Lexikon für deutsche Gegenwartsliteratur gelesen. Vier Seiten. War von meiner Bedeutung sehr beeindruckt.

In der Abteilung Biographien: ein dicker Bildband, das Gustav-Mahler-Album. Zeigt auf der Vorderfront ein anrührend nahes Foto von Mahlers Brille. Muß im Besitz eines Museums sein, denke ich, diese Brille darf keiner Privatperson gehören, die sie hin und wieder aus der Vitrine nimmt und aufsetzt – das geht nicht, darf nicht sein, wäre zu intim. Eine Brille, so lange getragen, wird Körperteil, sollte als Grabbeigabe enden, nicht als Devotionalie. Die Welt durch sie zu sehen, muß *ihm* vorbehalten bleiben, ich ahne, daß, wenn ich sie besäße, sie natürlich ausprobieren würde, sicher, aber mit ungutem Gefühl. Ich trat, schwer aufgewühlt, auf den Marienplatz hinaus, wenn man drüber nachdenkt, – ich sage prompt man, aus künstlich gewonnener Distanz – wird man das für eine unangemessene Reaktion halten, war ja nur eine Brille, Metall und zwei Gläser, und davon nur ein Foto, dennoch, es war da eine starke Verbundenheit, eine magische Brücke, mitsamt der Scham, am Leben zu sein, als wären hinter den Gläsern Augen gewesen, die mit dem Sehen noch nicht fertig waren.

✧

Abends wohltuende Anrufe von Russegger und Palzer.

Zapping. Wickert in den Tagesthemen: Er (Günter Grass) ist unumstritten der größte lebende deutsche Erzähler.

Verblüffend.

✧

Heiner Müller im Interview ist immer faszinierend, stärker jedenfalls, ausgenommen ‹Quartett›, als in den Stücken. Als er über seine lebensbedrohende Operation an der Speiseröhre berichtet und über das lange Warten auf den entscheidenden Termin, erwähnt er Wolfgang Harich, der in der DDR als Beleg für Ernst Jüngers angebliche Menschenverachtung den Satz anprangerte: *In der Somme-Schlacht war der Angriff wie eine Erholung.* Müller: «Ein völlig richtiger Satz. Vor dem Operationssaal lernt man das.»

In der Stadt eine Videoreihe gesehen – Ägypten, Alexander, Rom, Dschingis-Khan, Maya, Azteken, China, Napoleon … Irgendwann wird es in der Reihe auch eine Folge geben, die die Nazi-Herrschaft über Europa zur videoproportionierten Epoche erklärt. Wir sollten dafür sorgen, daß diese Folge Hitler heißt, nicht Deutschland. Hitler bezieht seine Faszination aus vielen Faktoren, einer davon ist das winzige Defizit, das seinem Tun den Erfolg verwehrt hat. Ein wenig mehr Geduld, und deutsche Atombomben auf New York hätten den Krieg schnell und siegreich beendet. Die Beschäftigung mit Hitler ist meist hypothetischer als faktisch. Ist immer auch von der Angst durchsetzt, wie wir heute denken und fühlen, ja sein würden, hätte er gesiegt. Das Gebrabbel, daß ein Hitler dank seiner selbst nie hätte triumphieren können, ist historische Moralität – dämlichstes Substadjekt überhaupt.

Wer 1933 dachte, die faschistische Bewegung sei zwar abzulehnen, werde die Welt aber in den kommenden Jahrzehnten beherrschen und gestalten als die neue, alles überwältigende politische Kraft, darf meiner Meinung nach nicht als Dummkopf verurteilt werden, nur weil glücklicherweise der Lauf der Geschichte den Faschismus zeitlich stark eingegrenzt hat. Hätte Hitler seinen Krieg nicht oder nur in «vernünftigem Rahmen» geführt, das Jahrhundert hätte anders ausgesehen, braun, vielleicht weit über unsere Zeit hinaus. Dem widersprächen die Technizisten, die darauf verwiesen, daß ein blühendes faschistisches Reich z. B. durch die elektronische Kommunikation ausgehöhlt worden wäre / werden würde, die also mit McLuhan darauf bestünden, daß ein politisches System in seiner Gestalt immer abhinge von dem ihm zur Verfügung stehenden Medienapparat. Tatsächlich: ein Drittes Reich mit Internet läßt sich schwer vorstellen. Aber – ist es nicht so, daß Faktizität sich den ihm genehmen Ethos auf den Leib schneidert? Das Böse ist das Besiegte. Bejahung der Gegenwart – zu sagen: Seien wir froh, daß alles ist, wie es wurde. Wir sagen es, weil wir sonst nicht wären, was wir sind. Würden es immer sagen, in jeder Parallelwelt vergangener Konjunktive. Fürchte ich.

Wir Hitlerdeutsche, ich zähle mich als Nachkommen dazu, wir waren die Stars des Jahrhunderts, über uns wird man noch in tausend Jahren Filme drehen. So findet das großkotzige Führerwort vom tausendjährigen Reich doch noch Bestätigung. Ob etwas groß war oder nur monströs, der Unterschied verwischt sich im Kinosaal der sich entfernenden Geschichte. Man hat dem Mythos in die Hände gespielt, indem man diese Größe / Monstrosität zu verlächerlichen versuchte. Ethische und psychologische Ansätze können posthum eine Person leichthin der Lächerlichkeit preisgeben, aber es gibt auch noch das Phänomen jener Person, das anderen Gesetzen unterliegt. Der nächste Mensch hat darauf keinen Zugriff, weil immer die übernächsten Menschen Geschichte als Epos der Extreme genießen, und froh um jede Riesenschweinerei sind, liegt sie nur hinter ihnen, Erfahrung, die sie nicht teilen mußten, die ihnen aber über die Langeweile mit kaltem Schauder hinweghilft. Der Mensch ist zusehr Mensch, um den Namen Herostrats nicht mehr zu überliefern.

Mythosophisch gesehen, war es falsch, Hitlers Haus am Obersalzberg in die Luft zu sprengen. Die Ruine, bzw. der nackte Punkt in der Landschaft (von den übriggebliebenen Ruinen Hitlers Teehäuschens weiß kaum jemand) zieht die Leute genauso an. Und völliger Unsinn wars, die Leichen der Nürnberger Gehenkten zu verbrennen und im Fluß zu zerstreuen. Ein Grab ist durch seine Präsenz der Beweis, daß der Tote unter der Erde, sozusagen geschichtlich gegessen ist. Das Verbergen der Leichen kam einer mythischen Auszeichnung gleich, einer Apotheose auf lange Sicht.

✧

Im Spiegel TV – Reportage über die letzten Tage des Uwe Barschel. Schon zehn Jahre her. Man sieht ihn noch einmal sein Ehrenwort geben. Anhänger der intuitiven Physiognomik (Charakterzüge können in vielen Fällen am Gesicht abgelesen werden, aber keinesfalls systematisierbar) gelten oft als Apologeten des Irrationalen, tatsächlich versuchen sie nur das, was jeder tut, bewußter zu tun.

Menschen, die sich an den Händen fassen, um politische Lieder zu singen, sind jedenfalls äußerst schlecht getarnte Bestien.

✧

Zur Nacht Mozart, Nozze, erster Akt. Das wringt die Schläfenlappen aus. Letztes Antidot, wenn das Gift sonst nicht mehr zu bekämpfen ist.

Wie aus der Seele spricht mir auch eine Seite von Altenburg. (S. 22 K&W)

Früher dachte ich immer, das Eigentliche werde erst noch kommen. Heute glaube ich das nicht mehr. Heute glaube ich, daß das Eigentliche immer gerade jetzt passiert oder daß man es womöglich schon hinter sich hat, was ja das Schlimmste wäre (…)

Meine rechte Hand zittert. Es ist sechsuhrsiebzehn. Ich wüßte gerne, ob ich wirklich ohne Hoffnung bin oder ob ich mir das nur einbilde. Ich weiß nicht, ob man ohne Hoffnung überhaupt leben kann. Würde man die Kraft aufbringen, ein Bein aus dem Bett zu heben, Kaffee zu kochen, die Post hochzuholen? Selbst um sich umzubringen, braucht man wenigstens die Hoffnung, daß der Tod besser ist als das Leben. Jedenfalls bin ich nicht verzweifelt. Verzweiflung kommt mir lächerlich vor. Ich weiß, daß der größte Teil der Menschen alles dafür tun würde, um mit mir zu tauschen. Um verzweifelt sein zu dürfen, braucht man triftigere Gründe, als ich sie habe. Mir geht es nicht gut, aber mir geht es auch nicht schlecht, und heute Abend werde ich mir vielleicht ein toskanisches Hähnchen zubereiten und einen halbwegs guten Wein dazu trinken.

Das ist stilistisch sehr gefeilt, als schlicht getarnt. Und es fängt eine Stimmung ein, die ich nicht nur an mir beobachte.

Habe die Befürchtung, er trägt am Schluß wieder zu dick auf, weil die Substanz zur Neige geht, wie bei den Toten von Laroque. Mir fällt übrigens auf, daß der Einmerker viel weiter hinten liegt, auf 42/43, ich habe diesen Absatz also vor Tagen schon einmal gelesen, ohne ihn recht wahrzunehmen.

Die meisten Bücher sind nur dann gut, wenn sich deren Stimmung mit der des Lesers trifft.

✧

Käme jemand und kündete dreist, daß am Ende des Lebens, im letzten Moment, das ganze Leben als Film noch einmal an einem vorüberzöge, aber in einem Sekundenbruchteil vor dem Tod jener Film die Jetztzeit überholte und in einer Art Trailer das Werden der Menschheit zeigte bis zur Kontraktion des Universums – ich würde ihm glauben, sofort und bedingungslos, so vielversprechend ist die Idee.

Geld zu verdienen, wäre als Religionsstifter um einiges einfacher.

✧

Epigonie für Rilke:

Sie schreitet wie ein ferner Vorfahr,
der in ihr spukt und schauen will,
durch Gärten, weil sich dort nichts ändert.

Was ist, nimmt sie als Schatten wahr,
was war, als Glanz, und lächelt still,
berührt arkane Türen, schlendert

mädchenhaft von hier nach dort,
tänzelt, dreht sich, immerfort,
bevor sie fällt. Und liegen bleibt.
In sich gekrümmt wie nie geboren.

Ihr Blick jedoch fliegt auf
zu jeder Wolke, die vorübertreibt,
und zieht etwas herab, das weder
vorhanden ist, noch ganz verloren.

14. Oktober, Dienstag

«Sag, wie heißt der Schauspieler dessen Namen ich mir nicht merken kann und den ich immer mit Lee Marvin verwechsle?»

«James Coburn.»

Diesen Dialog hatte ich mit Beatrice in fünf Jahren bestimmt ein Dutzend Mal. Es ist mein hartnäckigster Fall von Gedächtnisblindfleck.

✧

Das Zugvideo im ICE ist «Remains of the day» – «Was vom Tage übrig blieb». Die geglückteste von Ivorys Vergangenheitsbeschwörungen. Hopkins und Thompson auf dem Gipfel ihres Könnens.

Wetterdurcheinander. Regenbögen. Dunkelgraue und ockerfarbene Wolken mit Fasern zwischen Licht und Gilb. Ab Mannheim Sonne. Traf Regina Kammerer im Zug, plauderten über vieles und nichts. Bekanntschaft, deren Gestenkatalog auf Außenstehende wie alte Freundschaft wirkt, die aber nie vertieft wurde, man trifft sich auf der Messe eher als in München. Eigenartige Beziehung. Man kennt sich kaum, aber kommt man mal zufällig zusammen, kann man gleich über fast alles reden.

In der Messebeilage der FAZ ein flapsig-dummer Verriß des Altenburg-Romans.

Habe schon einige Stimmen gehört, selbst von Rezensenten, die das Buch als deprimierend abkanzelten, das Adjektiv wie einen Vorwurf in den Raum stellten oder als hinreichende Begründung, warum man sowas nicht zu Ende lesen müsse. Dies ist so deprimierend, daß es als Begründung hinreichen würde, gar kein Buch mehr zu schreiben.

Zum Hotel, geduscht, Roseanne geguckt. In letzter Zeit häufen sich schwache Folgen.

Treffen mit Marcel, schlenderten durchs Westend, betraten irgendein Lokal, das Café U.S.W. – ein Glücksfund. Gutes, dabei nicht allzu teures Essen. Der arme Marcel darf praktisch kein Fleisch mehr essen, ich bestellte den Fleischteller und lobte meine Wahl mit viel Gesums, war aber keine Absicht, nur Fahrlässigkeit. Sein Fisch soll auch recht gut gewesen sein.

Netter Abend, Einvernehmen in fast allen Punkten. Ohne Geheimniskrämerei. Redeten über Schweine, Kollegen, Kollegenschweine, alles mögliche. Wenn ich frage, wie er diesen und jenen Text von mir fand, gibt er immer eine ehrliche Antwort, hat man erst den Code heraus: ‹Nicht übel› ist ‹verbesserungsfähig›, ‹schwierig› heißt ‹das geht so nicht nochmal›, ‹gut› bedeutet ‹ganz okay›, ‹ganz okay› bedeutet ‹als Geldarbeit akzeptabel›, ‹ganz gut› ist ‹eher schwach›, ‹richtig gut› ist dagegen gleichzusetzen mit ‹super› und ‹schön› das höchste Lob.

22 Uhr. Am Bahnhof – Marcel mußte auf einen Verlagsempfang. Ich wollte eigentlich mal wieder ins Spielcasino, war dann zu träge. Kaufe Wein. Typus vor mir, der immer häufiger den Weg kreuzt: Fieses Narbengesicht mit Adler-

nase und Pferdeschwanz. Der Pferdeschwanz als Ja zum physiognomischen Nimbus der Unbarmherzigkeit. So einer *will* widerlich aussehen.

Spaziergang durch das Rotlichtviertel.

Junkienutten besorgen es ihren Freiern in den Videokabinen der Sexshops. Andere sitzen in Schrottlauben am Straßenrand und ziehen sich Crack rein, schaurig beleuchtet von ihrem auf Maximum gestellten Feuerzeug. Die schweren Jungs stehen in Gruppen herum. Ausgemergelte Gestalten schleppen sich von einer Gang zur anderen, ansonsten bleibt man für sich.

Zurück im Hotel: Harald Schmidt-Show. Hat an Qualität eingebüßt. Schnitt auf eine Zuschauerin – es ist Martina.

15. Oktober, Mittwoch

Frühstücksbuffet annehmbar. Das ganze Jahr über esse ich kein Rührei, nur in Hotels stopfe ich es in mich rein wie süchtig danach.

Nietzsches hundertdreiundfünfzigster Geburtstag.

Auf der Messe. Werbesprüche werden immer entlarvender: *Auch Männer lesen Claassen-Bücher.*

Sehr viele schöne Frauen, vor allem an den Ständen unwichtiger Verlage. Da wird mit Haut und geilen Strümpfen nicht gegeizt. Schärfste Mösen werden aufgefahren, wo es sonst an verlockenden Angeboten fehlt.

Michael ist nicht an seinem Stand. *September* bislang nicht geklaut.

Erste Termine verlaufen glimpflich bis gut. Bin eloquent, als hätte ich gespart darauf. S. S., schön wie immer, gibt mir spontan einen Kuß auf die Wange. Danke.

Man kann kaum zehn Meter im Laufschritt hinter sich bringen, ohne einem Bekannten zu begegnen, zwischen den Terminen ist somit der Radius des Auslaufs begrenzt.

Bis auf *SZ* und *Freitag* fehlt der Bagarozy in den meisten Messebeilagen. Gefüllt sind die mit dem abstrusesten Scheiß, allgemeines Kopfschütteln erzeugt die Auswahl der NZZ.

Im Laufe des Tages mehrere Frauen, die ihre Existenz in Erinnerung rufen.

Es gibt einen gewissen Cocktail aus Lächeln, nach unten transponiertem Tonfall und kaum nachweisbarem Zwinkern, der bedeutet soviel wie «Brauchst du noch wen für heut nacht?» Keine dabei, von denen ein solches Angebot willkommen wäre.

Auch sonst wird flüssig, was nicht soll. Pople ich zu tief im Gehörgang, finde ich prompt ein Stück Gehirn am Finger.

Idee: Ein Mann lädt zu einer Party alle Frauen ein, mit denen er je geschlafen hat, und bittet sie, im Knopfloch eine gewisse, vorab übersandte Blume zu tragen. Alle versammelten Frauen tragen die gleiche Blume, begreifen, zupfen sie gedemütigt ab. Peinlich-zorniges Schweigen. Er amüsiert sich königlich.

Michael ist nicht an seinem Stand. *September* bislang nicht geklaut.

Gute Nachrichten aus Halle Neun: In zwei Wochen wird in Holland *Melodien* mit beigelegter CD ausgeliefert.

Die Termine, nach SAT 1 nurmehr Hörfunk und Zeitungen, erledige ich mit untypischer Lust, bin heute gut drauf, glückliche Koinzidenz.

Sehr nettes Gespräch mit einer Frau von Spiegel Online, doch sucht auch sie vergeblich um eine Einladung zur Rowohlt-Party nach, habe mit Müh und Not M. und S. untergebracht, die Rowohlt-Party (in diesem Jahr voll wie nie) bleibt *das* Ding der Messe, diesmal werden strengste Einlaßkontrollen vorhergesagt.

Wahrnehmenmüssen unangenehmer Entitäten. Man muß sich manchmal nur vorstellen, daß jedes freundliche Nicken den Fall eines Beiles symbolisiert, schon steht man das würdevoller durch. Diese komatösen Waschlappen!

Diese hirntoten Bauchredner! All diese Arschlöcher aus Hinteranalphabethlehem. Gäbe der Großorden ungewöhnlicher Sterblicher ein Festessen nur für Mitglieder, die kämen, glaub ich, alle, fühlten sich alle stillschweigend eingeladen, nur um gleich großkotzig am Aperitif herumzukritteln.

✧

Schöne Begegnung: Elisabeth, die meine Hochachtung besitzt. Berichtet, sie sei in Marburg gewesen, habe sich den Kafka-Nach- und den Jünger-Vorlaß angesehen. Beider Geburtstage liegen nicht weit auseinander. Berichtet weiter von den Vorgängen in Ungarn, beim Mitbieten fürs Horvath-Archiv. Dessen gierige Witwe. Gespräch unterbrochen durch neue Termine. Hoffe, ich habe Menschen gegenüber, die mir wertvoll sind, nicht allzu kurz angebunden getan. Kann es nicht ausschließen.

Am Nachmittag noch einmal kurz am belleville-Stand. Michael nicht da. *September* bislang nicht geklaut.

– Sie sollten mehr Goethe lesen. Das bildet.

– Sie sollten mehr ficken. Das bildet zurück.

✧

Im Hotel. In den Heute-Nachrichten Bericht über die erste Symphonie von Paul McCartney – samt Klangbeispiel. Auch darin kann man etwas Positives sehen. Nicht hören. Nur sehen. Mit gutem Willen. Interessant die Taxierung aus einem Autographenkatalog: Die vier Unterschriften der Beatles auf einem Blatt erzielen heute bereits 1200 Mark. Für die Nachwelt interessante Information, die vermutlich ein ‹So billig?› hervorruft, wo es heutzutage teuer scheint.

✧

Laufe aus dem Hotel, winke ein vorbeifahrendes Taxi heran, es hält auch tatsächlich, und in den Sekunden darauf werde ich erst der langen Menschenschlange gewahr, die vor dem Hotel auf Taxis wartet.

Schamerfülltes, zugleich großartiges Gefühl.

Kaiserstraße. In einer Kneipe mit Premiere-Decoder miterlebt: die zweite Halbzeit Bayern – Stuttgart. 3 : 3. Tolles Spiel. Menschen, die kaum einen Satz grammatikalisch richtig hervorbringen können, glänzen mit beeindruckender Sachkenntnis, kennen jeden Spieler und dessen beruflichen Werdegang genau. In der großen Mehrheit hält man zu Stuttgart, gibt sich bayernfeindlich, so, als müsse die Liga spannend gehalten werden.

✧

Rowohlt-Party. Suche M. und S. Beide sind noch nicht hier. In der SZ war ein wunderschönes, madonnenhaftes Photo von Zoë Jenny, zum Niederknien und Anbeten, deshalb ist Zoë-Gucken-Gehn der Massensport des Abends, den sogar Frauen betreiben. Nun ja. Bild und Wirklichkeit. «Ein wirklich sehr fotogenes Mädchen», wie jemand es diplomatisch ausdrückt. Looking Zoë. Et ego. Die Räumlichkeiten sind ideal, um gewissen Leuten aus dem Weg zu gehen, ein Schlauch aus Zimmern, der sich zum Kreis schließt. Durchs Gewühl rennen Bedienungen mit überfüllten Tabletts voll Weiß- und Rotwein. Schlechte Lösung. Alle zehn Minuten geht was zu Bruch. Viktor Niemann verwechselt Marcel mit mir, «Wir haben neulich zusammen auf der Fauser-Nacht gelesen!» «Haben wir nicht.» Das passiert keineswegs zum ersten Mal. In Klagenfurt sprach mich mal eine Dichterin an: «Sie sind doch Marcel Hartges?»

Ich sagte: «Ja, was gibts?» «Sie haben ein Manuskript

von mir auf dem Schreibtisch liegen, haben Sie da schon hineingesehen?» «Ja, hab ich, es war fürchterlich, Sie kriegens noch diese Woche zurück.» Marcel war nicht sehr glücklich, als ich ihm die Geschichte erzählt hab, dabei wollte ich ihm nur ein bißchen Arbeit ersparen.

✧

Von Freunden verlange ich, daß sie mich in der Öffentlichkeit nicht kritisieren, von Aug zu Aug können die mir sagen, was sie wollen. H. kann von daher künftig schreiben, was er will.

✧

Hettche, Altenburg, Herbst. Alle drei haben eine ganz eigene Form von Humor, auf die man sich einstellen muß, damit sowas wie Konversation zustande kommt.

Zu Alban Nicolai: «Warum sollte eine führende Industrienation keine führende Schriftkultur besitzen?» Eine Selbstverständlichkeit, die überraschend auf ihn wirkt, was wiederum mich überrascht.

Denke unwillkürlich an Jüngers *Siebzig Verweht V.* Auf die Frage, was am Ersten Weltkrieg für ihn die schmerzlichste Erfahrung gewesen sei, antwortet er dort: «Daß wir ihn verloren haben». Und schreibt, man hätte es nach kurzer Verblüffung gelten lassen. Eine Selbstverständlichkeit wird Kuriosum.

A. zeigt sich allerdings kompromißlos, wo es um programmatische Bündnisse geht. Schlechte Autoren müßten solche bleiben und nicht in den Genuß irgendeines Reservatsdenkens kommen. Selbstverständlich, d'accord. Wir haben inzwischen soviele blühende Pflanzen, das Unkraut könne als solches ruhig benannt werden, erledige sich aber von selbst, durch eigene Hand, da müsse man weiter nichts beitragen. A. fasziniert, insofern er gewaltbereit wirkt, ein potentieller Mörder, der im letztmöglichen Moment die Literatur als Sparringspartner der Wirklichkeit entdeckt hat.

S. C. sieht nicht aus, als ob man den Zeitpunkt ihres Todes noch aufs Jahr genau bestimmen könnte.

Unterhaltsames Plaudern mit J. Wer im Gespräch langweilt, sage ich, kann schriftlich oft sehr lustig sein. Katja Langen-Müller, fügt er hinzu, kann eine Gesellschaft abendlang unterhalten.

Kurzes Gespräch mit Thomas. Gedichte sind wieder im Kommen, sofern nicht hermetisch. Aber ob das ein gutes Zeichen für die Literatur ist? Gedichte als komprimierteste Form der Prosa, geeignet für Fast-Food-Leser, deren Lesebedarf pro Tag mit einem Kalenderspruch schon fast befriedigt ist. Eine Form, reanimiert auch durch Eitelkeit, die wenig liest, dabei als belesen gelten will. Hat man von jemandem nur ein Gedicht gelesen, sagt man heute, man hat etwas von dem und dem gelesen. Mit viel besserem Gewissen, als wärs nur die erste Seite eines Romans gewesen. (Sogar mit Recht, denn jedes Gedicht ist ein abgeschlossenes Werk und muß, wohl oder übel, seinen Autor vertreten.)

Thomas (wir debattieren nie, das ist recht angenehm, die Messe ist stressig genug) hat genickt, und um Rat für eine Diät gefragt, weil mit dem Rauchen aufgehört.

Altenburg versteht Spaß wie sonst kaum ein Autor, macht ihn sehr sympathisch.

«Was machst du morgen abend?» frage ich.

«Da muß ich im Römer lesen.»

«Hab ich abgesagt.»

«Hast du abgesagt?»

«Ja, da lesen die ganzen Idioten, die das noch nötig haben.»

Er lacht schallend, während einige Umstehende sofort beschließen, mich für das arroganteste Arschloch der Welt zu halten.

Werde in Kleinsprech verwickelt, werde dreist angesprochen, von Allegorien der Neugier, der Ahnungslosigkeit, der Naseweisheit, bin viel zu höflich, lasse mir weite Strecken des Abends verderben, nur weil ich nicht einfach weggehen und «Schnauze!» sagen kann. Das Programm solcher Abende beinhaltet Defilierphase und Jagdsaison (letztes Jahr hätte mich ein besoffener Idiot beinahe erschlagen, weil Claudius mich ihm als Wolf Wondratschek vorgestellt hat), bevor sich schützende Zirkel bilden, die dann erst wieder durch Angetrunkene aufgebrochen werden. Finde eine gute Nische mit Peter und Tanja an der Bar. Gespräch über Schmetterlinge, Pilze, Sassicaio und Antinori. Erholsam. Bleibe sitzen, renne nicht viel herum, morgen wird man mir schon erzählen, was um mich her los war. Aller Klatsch der Welt landet sowieso bei mir, als wär ich irgendwas zwischen Beichtvater und Kolumnist. Sudelgeschichten über cholerische Dichter, sich gegenseitig fickende Verleger, das Übelste, was ich heute gehört habe, war das Gerücht, ein Deutscher (kein Name fiel) habe einen Holocaust-Roman geschrieben und sich eines jüdischen Amerikaners (Name fiel) als Strohmannes bedient. Ob das stimmt, oder nicht (ich glaube nicht, sowas käme doch immer heraus) – es geht um, von daher schreib ich es auf. Überlege, was ich täte, käme mir Detaillierteres zu Ohren. Unklar.

Später nette Gespräche über die große Rossini-Verarschung. Beträge gehen durch den Raum, die die Kinokritiker für ihre lächerlichen Lobhudeleien bekommen haben sollen. Nur Kilb soll nichts bekommen haben, weil man bei ihm davon ausgegangen sei, er würde den Film freiwillig gut finden. Der Feldzug, der Scheiße solange Gold nannte, bis die Leute nickten und sagten: «toll, und riechen tut's auch noch» – dreist wie gigantisch und generalstabsmäßig geplant, mit Hilfe von ein paar medialen Schlüsselgestalten.

Dabei war der Film gar nicht soo schlecht, ein aufgeblasenes Nichts, sehr gut ausgeleuchtet immerhin, aber die Tontechnik beschissen, die Musik penetrant. Gute Schauspieler retteten schwache Dialoge. Eine Art Spät Weit Weg in der Light-Version. Als Klamotte akzeptabel, wenn nicht die Lacher fehlten.

Höre auch viel, was hier auf keinen Fall niedergeschrieben werden könnte, ohne böse Folgen nach sich zu ziehen. Dann komm ich mir als Tagebüchner unwahrhaftig vor und ohnmächtig. Viele Leser haben von *Oktober* erwartet, daß mal kräftig in der Frankfurter Kacke gerührt wird. Aber ich bin hier kein rasender Reporter, es ist mein Tagebuch, nur weil es veröffentlicht wird, schreibe ich ohnehin vieles auf, das mir auch unaufgeschrieben im Gedächtnis bliebe. Es ist ein Eiertanz, der Wert des Ganzen zeigt sich irgendwann, und es wird in allererster Linie um den Wert gehen, den es für mich hat.

In dieser Branche muß man genau wissen, was geht und was nicht, das Ethos der Autorschaft wird dadurch nicht verletzt, daß man manches verschweigt. Ein Schach-Aphorismus von Savielly Tartakower lautet: Die Drohung ist stärker als die Ausführung. Nach diesem Prinzip wird hier ohnehin viel Information gehortet, ich sage mal voraus, daß Enthüllungsbücher über die Literaturlandschaft Konjunktur haben werden in den kommenden Jahren, es passieren phantastische Schweinereien. Am wenigsten Einblick in det janze haben Rezensenten, die sind teilweise unendlich naiv, Verleger haben aus ihrer Gipfelposition nur einen selektiven Überblick, der oft oberhalb der Wolkendecke endet, meist gilt dasselbe mit umgekehrter Blickrichtung auch für Autoren, sofern sie nicht wie meinereiner mit so vielen Verlagen zu tun haben. Am meisten berichten könnten die hochrangigeren Verlagsangestellten, die Player, die Käufer und Verkäufer, denen jedoch fehlt die Motivation.

Um Mitternacht hat Ulrich Baron Geburtstag. Schwer einzuschätzen, welchen. Die Nicht-Frage danach, wird sie als Desinteresse oder als Unaufdringlichkeit gewertet?

Gespräch mit Michael: «Heute war ich an deinem Stand, du warst nicht da, und ein Magnat kam an, wollte vom *Oktober* alle 555 Stück aufkaufen, 554 davon vernichten und mit dem Unikat reich werden.»

Flauer Witz, der sich als rentable Idee herausstellt, man wird fast sauer, daß keiner sie bisher gehabt hat.

Kleiner Flirt mit einem Double von Heike Makatsch. M. und S. sind nicht gekommen, und das, trotzdem ich soviel Aufwand trieb um deren Einladungen. Schoflig.

Gegen zwei, in gewachsene Harmonie hinein Auftritt einer sehr betrunkenen Frau, bei der ich mich dafür entschuldigen sollte, daß der ihr angetraute Kretin, der talentloseste Autor der Welt, mich trotz Stillhalteabkommens beleidigt hat. (sic!)

Im Schlepptau hatte die betrunkene Frau eine sehr anmaßende Frau, die mir dauernd «Geh in dich!», «Geh in dich!», «Geh in dich!» anriet, was reichlich kafkaesk kam und die Umsitzenden ratlos machte. Stellte an mir sonderbare Gelassenheit fest, die erst im Hotel in Traurigkeit umschlug. Eben hatte ich noch beschwichtigt, dann aber gemerkt, daß die Verhältnisse, die mich mit jener betrunkenen Frau verbinden, krank geworden sind. So nicht weiterlaufen können. Zuviele Lügen. Zu große Realitätsverschiebungen, um mit den Lebenszwängen fertig zu werden. Es ist ihre Tragödie, nicht meine. Kann ihr dabei nicht helfen. Sie ‹habe nicht damit gerechnet, mich hier zu treffen›. Den Rowohlt-Autor auf der Rowohlt-Party? Wie dem auch sei. Ihre Begleitung (sieht aus wie eine Landschullehrerin, hat aber Manieren wie eine Bauernmagd) nervt mich nachträglich noch bis vier Uhr früh. Jemand, der mitreden zu können glaubt, ohne das geringste Maß an Sensibilität und Höflichkeit. Bin in dieser Sache unschuldig, völlig unschuldig, und muß diesen ganzen Dreck durchmachen.

Die Party wurde übrigens viel zu früh, durch strikten Alkoholentzug abgewürgt. Um halb drei!

Bin wirklich sehr traurig.

✧

Ihr Talent, sich aufzublasen, könnte sie ruhig auch mal an mir ausprobieren.

16. Oktober, Donnerstag

Gleich zum Stand von Michael. Raoul ist da. Beglückwünsche ihn zur Resonanz, die seine Gedicht-Anthologie aus der Antike hervorruft, verschweige dabei nicht, ich hatte vor Jahren dieselbe Idee wie er, bei mir sollten es ausschließlich Liebesgedichte sein, *100 Gedichte für die Einzige* sollte das fertige Werk heißen. Wollte aber nur übersetzen, nicht recherchieren, habe deshalb alle mir befreundeten Romanistik- und Sinologieprofessorinnen angerufen und gesagt, sie sollten mir doch bitte mal ein entlegenes, schönes Gedicht einer exotischen Ära heraussuchen, das wär doch ein Klacks, und für die Lateiner hätt ich selber gesorgt. Da kam nie etwas, nie. Die haben ihre Lieblingsgedichte alle an Raoul geschickt.

✧

Was erstmal im Tagebuch drin steht, steht drin, und keine zehn Frauen schmeichelten es heraus. Sei denn –

✧

Ein Mensch von der Leipziger Volkszeitung fragt, ob es stimme, daß ich im Osten keine Lesungen geben wolle. Wer verbreitet bloß sowas? H., weil ich ihm abgesagt habe? Außerdem gebe ich gar keine Lesungen mehr. Neulich, die Fauser-Nacht, war eine schwer bereute Ausnahme.

Bis zum späten Nachmittag Interviews gegeben.

Anruf bei Bea. Die Nachbarskatze hat ein Rotkehlchen erjagt. Nach diesem an Rotkehlchen so armem Sommer! Wenn Zeichen, dann böses.

Beim Verlag Schöningh gesehen: *Gerhard Kock, Der Führer sorgt für unsre Kinder, Die Kinderlandverschickung im Zweiten Weltkrieg*. Für die Materialliste von Eros.

Habe die gestern betrunkene, inzwischen nüchterne Frau getroffen. Ihre Argumentation blieb dieselbe. Kausalkette, die jeder Logik spottet. Hat mich erschüttert. Sie schafft sich eine eigene Welt, mit eigenen Regeln. Jeder Realitätsbezug ist verloren. Ich sagte, es ginge nicht mehr, alles sei zu krank, wir sollten unsrer Freundschaft eine Pause gönnen, man müsse deswegen ja nicht die Straßenseite wechseln, wenn man sich begegnet. Melodramatischer Abgang ihrerseits, ohne ein weiteres Wort an mich zu richten.

✧

Im Hotelzimmer, auf 3sat – Kulturzeit – Heike! Very charming. Gibt ein Interview, zum Thema Schnorrer, die auf der Messe alles einsammeln, was es umsonst gibt. Und manches andere dazu. «Wenn jemand wirklich Begeisterung zeigt, hat er auch gute Chancen, ein Buch geschenkt zu bekommen, aber das dürfte ich eigentlich nicht sagen, sonst rennen die uns am Samstag die Bude ein.»

Gedanke: Hier sind wir alle eine große Familie, von Zeus und Hera bis Kain und Abel. Und jede Menge von Charleys Tanten und den Vettern aus Dingsda.

✧

Um 21 Uhr Taxifahrt mit einer sehr freundlichen Chauffeuse zum Bistro 77. Klingt nach nichts, sieht übel aus, weiß gekachelte Wände, rosafarbene Neonröhren, unbequeme Klappstühle, aber das Essen macht alles wett. Sitze F. C. D. gegenüber. Schweigsamer Mensch. Marcel neben mir bestreitet den Hauptteil der Konversation, bin ihm so dankbar.

Siri Hustvedt, Frau von Paul Auster, zwei Köpfe größer als ich, eine Art nordischer Artemis. Susanna Moore, deren Handrücken und Finger braun tätowiert sind. Wirkt wie in Form geschnittener Schorf, schlimm. Zwischendurch kam der Chef an unsern Tisch, ich machte den Vorschlag, Taschenbücher für Schullektüren billiger abzugeben, erhielt einen beeindruckenden Vortrag zurück über die wirtschaftliche Notwendigkeit der Buchpreisbindung, gerade für eher schwächer verkäufliche Autoren wie meinereins – so überzeugend wie deprimierend, vor allem wenn man gerade noch hörte, daß wieder mal Riesensummen für erbärmliche Amerikaner geboten wurden, die kaum ein Zehntel davon einspielen. Mein Satz aus dem Kulturnews-Interview, *Jeder tote amerikanische Schriftsteller ist ein schlechter Schriftsteller weniger,* wird eifrig kolportiert, sowas kommt an, macht die Runde, beides meint inzwischen dasselbe. Alle beigegebenen Relativierungen werden als Länge weggelassen. Man muß damit leben, wenn man sich den Medien preisgibt. Machte Werbung für *Tod auf Kredit,* den besten Roman, den ich kenne, der momentan als Rowohlt-Taschenbuch nicht erhältlich ist – ein Skandal.

Norden und *Von einem Schloß zum anderen,* das ist alles nicht so wichtig, und daß sich *Guignols Band II* schlecht verkauft, ist nach Lektüre der ersten Seiten auch nachvollziehbar.

Haben gemeinsam noch ein Szenario entworfen, über

die Möglichkeit historischer Romane, sowohl unterhaltsam als auch anspruchsvoll, (Brecht; Geschäfte des H. J. C. wiederlesen!) redeten über das präimperiale Rom (Fin de Siècle-gemäß durch viele Köpfe geisterndes Thema), Ransmayrs *Letzte Welt* – soviele Stoffe versage ich mir, weil andere dran versagt haben, Puccini kannte da keinerlei Hemmungen, der Chef warf die Staufer dazwischen, als keineswegs aufgearbeitet, nicht mein Ding, nein. Müssen mal ernsthaft werden bei passender Gelegenheit. Auf der Messe sollte man eigentlich nur über Sex reden, alles andere klingt vertreterisch.

Später setzte sich Heepe zu uns, mit breiter, goldfarbener Krawatte. Lehnt jede Art von Salat und Gemüse ab. Brauche man unbedingt Vitamine, gäb's kleine weiße Pillen. Sprunghafte Konversation. Eins seiner Bonmots blieb mir in Erinnerung: «Bevor ein Toller-Autograph wieder was wert wird, müßten sich die Verhältnisse schon gewaltig ändern.» Bezeichnender Satz, der das Dilemma politischer Literatur aufwirft. Politisch ist auch das Gegenteil von zeitlos. Euphemistisch ausgedrückt: Bestenfalls saisonal verwendbar.

Um kurz nach elf Aufbruch zur Fischer-Party. Uwe hat tolle Neuigkeiten, Spät Weit Weg soll auch in Paris aufgeführt werden, dieses Stück, diese bitterste Niederlage, macht doch noch seinen Weg, und verdammt gut ist es, über die ganze Scheiße auf Deutschlands Spielplänen erhaben, ich wußte es immer, Klatsch und Tratsch, selbst Peymann erscheint in neuem Licht, alles ist anders und glorios dazu, ich bin schon reichlich betrunken, aber nicht so wie Albert, der mich umarmt, ah, ihn hab ich gern, feiern wir, wo sind Weibsen? Bin so besoffen, daß es mir ein Herzanliegen ist, in Frankreich zu reüssieren. Da steht Katrin, schöner denn je.

Und Annabelle, die stundenlang anzusehen wäre. (Alban stimmt zu.)

Dorothee ist nicht gekommen. Wohl aber zwei Annettes, die unverblümt nach Unterhaltung verlangen, hat man sowas je vernommen? Ich entertaine folgsam, aber eigentlich – wer entertaint hier mich? – bin ja nicht so, bring sie zum Lachen, zwei Annettes auf einmal, Witze zur Verhinderung ihres verfrühten Abgangs, welche Nacht käme ohne Annettes aus? Eine von beiden erzählt, sie habe in London das Fitness-Center besucht, in dem Lady Di verkehrte, um dieser einmal zu begegnen. Ohne Erfolg.

Als vor nicht zwei Monaten die Todesnachricht kam, im Frühstücksfernsehen, waren Bea und ich gerade im Hotel Grosvenor, zwei Fußminuten vom Buckingham Palace entfernt, gingen spontan dorthin, sahen uns die Trauernden an, mischten uns sogleich darunter, beinahe willenlos. Überlegene Position zu behalten, wäre krampfhaft gewesen und unangemessen. Die Stimmung, wenn sich das so sagen läßt, riß unweigerlich mit, bleierne Massenbetroffenheit, an der aber auch gar nichts unehrlich oder inszeniert war. Man konnte sich kaum wehren, wollte es auch gar nicht, wurde still und besinnlich, auf seltsam erhebende Art. Gegen professionelle Kameraträger, sogar gegen die von der BBC, richtete sich aufflackernde Wut. Fotografen wurden verflucht und beschimpft, aber kraftlos, schnell fielen die Wutentbrannten in stille Trauer zurück.

Auch wenn einem die lebendige Prinzessin immer egal gewesen war, war man doch mit ihr aufgewachsen, gehörte ihr Bild zu den Bildern im Zeitdekor. Wir erlebten den Tod einer unwichtigen Frau mit und die Geburt einer bezaubernden Legende, unmittelbar und zweifellos, die

Sissi des 20. Jahrhunderts, verbesserte Version, das besaß melancholische Magie. Selbst die Pelikane im St. James-Park wirkten traurig und mager, wie auf Halbmast gesetzt.

Fahren alle zum Laumer, Albert, Hans, Michael, Katrin, Uwe, der Tisch wird ständig erweitert. Schöne Debatte mit Hans über 68er, 78er, aristokratische Literatur, Hierarchien der Kultur, neue gesellschaftlich-ethische Verantwortungsmöglich- und Notwendigkeiten. Steckte auf, besoffen, mit dem Hinweis, il faut chercher les femmes. Was sein Ding ja nicht ist. Uwe erzählt Schwänke über seine Zeit mit Tabori. Wenn der FC Bayern spielte, ruhte jede Probenarbeit. Tabori führte manchmal die Truppe ins Stadion, damit die lernen sollten, was es benötigt, um 70000 Menschen zu begeistern.

Komme nicht auf den Sinn der Aktion. Da ließ sich Tabori vermutlich, dialektisch verbrämt, seine Sitzplatzkarte vom Theater zahlen.

Hatte kurz vor drei noch den Brüller des Abends. Ging um den Spaß, Leute per Fremdwort zu beleidigen, ohne daß sie's merken. Gestern begrüßte ich ein paar Widerwarzen mit «Mein lieber Akranius!» – keiner fragte, was es bedeute.

«Was bedeutet's denn?»

«Embryo mit mißgebildetem Schädel.»

«Und wie haben die Leute reagiert?»

«Das Beste war: ‹Ich heiße aber Denis!›»

Das Lokal lachte sich scheckig.

Gab im folgenden Frauliches nicht zu finden, die Mädels blieben hart, unbeugsam, tranken mich gnadenlos unter den Tisch bis sechs Uhr früh.

17. Oktober, Freitag

Vier Stunden Schlaf. Spucke schwarzen Schleim.

Alliterationen, die ungeplant und zufällig kommen, wie diese, lass ich inzwischen stehen.

✧

Zugfahrt. Stuttgart in praller Sonne. Macht auch nicht viel besser.

In der Zeitung steht, daß ich das Villa-Massimo-Stipendium gewonnen habe. Zusammen u. a. mit Andi. Freut mich. Mal wieder Zuwendung vom Staat. Lange nicht gehabt. Marcel wird's auch freuen, kann uns beide dort besuchen kommen.

Nachdenken: Wem hab ich welche Versprechungen gemacht, ihm was und wann zu schicken? Amnesie. Da war irgendwer vom Ullstein-Verlag, wegen eines Fauser-Gedächtnisbuches. Glaub ich. In der SZ wieder eine Kritik von Christine Lübke-Maibock. Kann man fünfmal lesen, ohne daß sich erraten läßt, was die einem sagen will. Verhilft ihr keiner mal zu einem Mutterschaftsurlaub?

Das Breitwand Gilching ist nach drei zweiten Plätzen in diesem Jahr zum besten Kino Deutschlands gewählt worden.

Um vier Uhr nachmittags zuhause. Abends in den Club.

Blitzpartien gegen Ludwig, knapp die Oberhand behalten, erstaunlich nach der letzten Nacht.

✧

Selbst wenn sich das Buch verändert oder gar verschwindet, ist das kein kultureller Untergang, wird immer Surrogate geben, die mehr sind als nur ein Ersatz, oder Mischformen, z. B. glaube ich an eine Art Buch, das aus einer einzigen Seite besteht, diese Seite ist ähnlich einem LCD-Bildschirm, und man klickt auf ein Icon, um umzublättern, um Ton- oder Bildmaterial dem Gelesenen hinzuzufügen. Also ein Medium für Gesamtkunstwerke.

18. Oktober, Samstag

In der SZ vom Wochenende die Kurzkritik von Kraft zu Dirks Tagebuch. Okay so. Kann destilliert werden zu drei Wörtern: selbstironisch, lesenswert, talentiert. Der Quell-Verlag wird jauchzen vor soviel Rezeption.

✧

Beatrice hilft ihrer Großmutter beim Umzug, ich bin stundenlang allein und erledige Post, Leserbriefbeantwortung sowie Briefe an Kurz, Moers und die Korrekturliste für die Diarien im Taschenbuch. (Absurder Lapsus in Juli: Es muß natürlich heißen: Schrödingers Katze, statt Heisenbergsche Katze. Mich traf beim Wiederlesen fast der Schlag. Sowas passiert, obwohl man selber – nebst ein paar anderen – Korrektur las.) Das auszubessern ist keine entauthentisierende Maßnahme. Wieso aber einmal Pritchett statt Pratchett steht und einmal ein Wort fehlt, ist mir nach Vergleich mit den Disketten ein Rätsel.

✧

Moritz hat sich immer noch nicht gemeldet / entschuldigt, was ist da los? Ich rufe bei seiner Mutter in Frankfurt an und erfahre höchst Peinliches: Obwohl ich zusah, wie sein (und Sebastians) Name handschriftlich auf die Liste kamen, an alphabetisch richtiger Stelle, wurden sie im

Foyer, weil im Nichtbesitz einer schriftlichen Einladung, zurückgewiesen und so respektlos behandelt, als wollten sie sich auf die Party einschleichen. Es wurde sogar verweigert, nach mir zu schicken, um die Einladung zu bestätigen. Das ist unfaßbar. Bin zornig und blamiert, habe dabei gründlichst getan, was ich konnte. Bin schuldlos, habe aber die Verantwortung übernommen. Und das, wo Moritz zur Zeit ohnehin so schlecht drauf ist. Schreibe der Presseabteilung einen geharnischten Brief, aber was läßt sich noch tun? Eine schriftliche Entschuldigung ist das Mindeste.

✧

Um halb drei Uhr kurz noch auf den Flohmarkt. Gute Käufe, u. a. Kemmerichs Kultur-Kuriosa (München 1910), mit vielen inliegenden Zeitungsausschnitten, sowie ein Klavierhocker, der sich zur Trittleiter umklappen läßt.

✧

Pietätisch-pragmatisches Möbel: Gedenkstein zum Draufsitzen, in Form eines steinernen Stuhles römischen Stils mit Inschrift, die man sitzend nicht wahrnimmt. Lädt den Spaziergänger ein, zu verweilen und die Aussicht so zu genießen, wie es einst der Verstorbene tat. Fände ich gut, solange es nur einigen wenigen erlaubt wäre, und die Landschaft nicht von derlei Hinterlassenschaft verschandelt würde.

Im Grunde sind die vielen Parkbänke, deren Metallplaketten den Namen des Stifters mitteilen, nichts anderes. Man könnte sagen, eine Art Vorlaß.

✧

Beatrice macht Rouladen, und die wie niemand sonst.

✧

Zapping: WDR, Literatur aus dem Römer. Auftritt Saramago. Lesung zweier Seiten.

Literatur von vorgestern. Danach ebenso altbacken-belanglose Statements im Interview.

Auftritt Jostein Gaarder. Die Moderatorin kündigt an: *Sein neues Buch heißt Vita Brevis, wir als alte Klosterschülerinnen wissen, daß es sich hierbei nur um Augustinus handeln kann.*

(Ist doch Seneca, der Hippokrates zitiert. Eine der beliebtesten Humanistenfloskeln, Ars longa, vita brevis. Wenn mans nicht weiß, kann mans doch wenigstens nachschlagen.)

In ein solches Klima hinein kann Gaarder alles erzählen, und tut es auch, verbunden mit einem sehr medienbegabten Nichts. Mein Gott, glaubte ich nicht mehr an die göttlichen Werte und würde auf Geld aus sein, mein Leben wäre lustig, leicht und luxuriös.

Im Schrott ein rätselhafter Fehler auf S. 123: *Die Legion unter Decio Juno (!) Bruto.*

Muß heißen Decius Junius Brutus.

Vorher wieder eine Horrorstelle: *Auf der vom Sonnenuntergang abgewandten Seite des Zuges atmet das Land aus, es streicht sich die Falten glatt, zieht sich die Haut ab, reißt sie mit Stumpf und Stiel aus. Und darüber das eine Gesicht, der Mond, diese verzerrte schiefe Fratze eines Kretins.*

Dazu passend: In der AZ Beschreibung eines algerischen Massakers: 41 wurden aus einem Bus gezogen, allen die Kehlen durchgeschnitten, manche enthauptet. Einige aber hätten trotz durchschnittener Kehle überlebt. Das geht also. Auf diese Weise wird mir eine alte Frage beantwortet, zu deren Beantwortung sich nie eine Kapazität fand.

Oft, bis ins 19. Jahrhundert noch, wurden mehrere Delinquenten auch nach mehreren Arten hingerichtet, also z. B. einer durch Sieden, einer durch Enthauptung, ein anderer wurde gehängt, ein vierter gevierteilt. Das hatte schlicht den Zirkusgrund multipler Attraktionen für die Zuschauer.

Selbst jemand, der wie ich Länder nicht bereist, in denen es noch die Todesstrafe gibt, z. B. USA (aus lauter Verachtung und leiser Angst, glaube ich), mißt beim tragischen Ergriffensein mit zweierlei Maß, je nachdem ob Mörder oder eventuell Unschuldige hingerichtet werden. Das ist natürlich, aber inkonsequent. Der Unterschied existiert, weil da jemand bewußt eine Wahl getroffen hat, zu töten, sich also schuldig (absolut) und straffällig (laut Gesellschaftsvertrag) gemacht hat, aber die Unterscheidung muß verschwinden, geht es um den Fakt der Auslöschung eines Lebens. Da spielt keine Schuld mehr eine Rolle.

Mein Prinzip geriet neulich stark ins Wanken. Als mir eine Hochglanzzeitschrift (Max) eine perverse Aktion anbot. Ich sollte mit der Concorde nach New York fliegen, und mich von Steffi Graf zu meinem neuen Buch interviewen lassen. Man lese den letzten Satz nochmal. Ungelogen. Jeder meiner Freunde sagte: Mach es! Sonst giltst du als öder Spielverderber! Schaden kann dir das nix! Steffi Graf war mir egal, der lange Flug zuwider, es ging allein um eine schöne Anekdote. Ich sagte zuletzt ab, indem ich einen zusätzlichen Concordeplatz für Bea und 20000 Mark Taschengeld forderte. Das überschritt den Max-Etat. (War verflucht knapp.)

Stilvoller Ausweg. Und die Anekdote kommt viel besser so, als wohl alles, was draus geworden wäre.

19. Oktober, Sonntag

Zum Frühstück eine übriggebliebene Roulade von gestern. Dichter Morgennebel. Mannschaftskampf gegen Freising. Wir Absteiger in diese Liga spielen gegen Aufsteiger in diese Liga. Haben eine satte Klatsche verteilt. 7,5 : 0,5. Wir kommenden Aufsteiger aus dieser Liga gegen die vermutlichen Absteiger aus dieser Liga. Hier haben wir einfach nichts verloren.

✧

Heimfahrt gegen drei bei sonnigem, klaren, kalten Wetter.

Marktsonntag in Gilching, der Tengelmann hat geöffnet. Macht Spaß, sonntags in einem Supermarkt einzukaufen, selbst wenn man nichts benötigt. Koche abends ein Gulasch aus Rind, Schwein, Zwiebeln, Paprika, Ananas, Feigen und Maronen. Bin gespannt darauf.

Klärendes Gespräch mit Moritz, der von einem sehr guten Treffen mit Rostropowitsch erzählt.

✧

Nachtrag zur Messe: Wurde von den verschiedensten Fraktionen gelobt für meinen SZ-Artikel zur Notwendigkeit von SF und Raumfahrt. Unterschätze ich die Resonanz von Kultur-Leitartikeln? Auch die Spiegel-Kritik zum letzten Spielberg hat mehr Leser gehabt, als alle meine Bücher zusammen. Aber ich habe keine Botschaften zu übermitteln, sondern Geschenke zu machen.

Werde in Rom Ruhe haben für *Eros.* Kein Fernseher. Geld gibt es bei dem Stipendium nicht viel, das wenige geht für Telefonate und Flüge drauf.

✧

23:15. Zapping. Im Bayerischen Fernsehen eine Szene aus einem Hollywood-Report. Frauen jeden Alters wählen sich eine sehr naturalistische Schwanz-Attrappe und üben im Gruppenkurs, nach genauen Anweisungen der Übungsleiterin, das Masturbieren per Hand, den Blowjob, das richtige Überstülpen eines Kondoms. Das ganze läuft auch noch unter der Rubrik: *Erfolg haben in der Traumstadt.*

Kein Fernseher in Rom. Das halte ich nicht durch.

Faszinierendes New Yorker Phänomen aus der Prä-Aids-Zeit. Ein privates Mösenleckinstitut.

X. erzählte davon, die es 1982 noch selbst besucht hat. Kurz vor Ladenschluß. Gedacht für Managerinnen, die sich eine schöne Mittagspause, oder für Hausfrauen, die sich überhaupt mal was Gutes gönnen wollen. Absolut anonym und relativ preiswert (30 Dollar). Dabei sehr streng reglementiert – gerade das machte für die Kundinnen den Reiz aus. Funktionierte so: Halle, in Kabinen unterteilt, in denen Frauen sich, ohne zu wissen, von wem, ihre Mösen lecken lassen. Ein Sittenwächter achtet darauf, daß niemand, der von der Frau nicht dazu aufgefordert wird, seinen Schwanz hineinsteckt. Die Frauen haben es sehr bequem, lassen sich in eine Art Gynäkologenstuhl sinken, wobei aber eine klappbare Wand ihren Körper ab dem Bauchnabel verdeckt. Wenn ihnen danach ist, können sie Penetration per Kondom erlauben. Die Phantasie, von völlig Unbekannten anonym befriedigt zu werden, nicht zu wissen, wer hinter der Wand hockt, ob jung oder alt, häßlich oder apart, welcher Hautfarbe auch immer, erregt die Frauen ungeheuer, und viele, die in fester Partnerschaft leben, verlieren durch die Anonymität das Gefühl, ihre Männer zu ‹betrügen›. Zu Anfang hatten nur wenige den Mut, die aber brachten schnell Freundinnen mit. Man konnte bis zu eineinhalb Stunden bleiben, es sich so richtig lange lange lange machen lassen. Leckwillige Männer standen in Schlangen an, meist ohne Bezahlung zu erwarten. Gab aber auch ein paar fest angestellte, bewährte Kräfte. Machte es jemand nicht gut, hatte die Frau das Recht, nach einem anderen zu klingeln. Gefiel einem Mann eine bestimmte Möse nicht, konnte er sie ablehnen, mußte sich jedoch erneut in die Warteschlange der – Cunnilinguisten? – stellen.

20. Oktober, Montag

Briefe von Lutz (ein sehr rätselhafter) und Helmut R. (ein sehr beschwingter).

Das Gulasch ist noch nicht sämig genug. Thomas E. erzählt, das Mariandl sei sehr schön umgebaut worden und sehe jetzt wie ein großer Salon aus.

Der Computer spinnt wieder. Panik.

Zufallsentdeckung: In unsrer Fernsehzeitung, TV Movie, ist Bagarozy der Buchtip, wird nach dem Muster für Filme bewertet, das sieht klasse aus. Je ein Punkt (bzw. ein roter Stern) für Spaß, Erotik und Spannung. Zwei für Anspruch. Keiner für Action.

✧

Abends an der Zweitfassung des Klavierquartetts gearbeitet, danach Löwengrube, eine der besten Folgen, *Polterabend.*

✧

Wenn man, wie Bruckner, eine neunte Symphonie schreibt, die alles stumpf und still in den Boden rammt, er aber traurig starb, weil der 4. Satz noch fehlte, der vermutlich alles verwässert hätte – hört diese Sucht, Gutes zu tun, nie auf?

✧

Die Phantasie des Tötens bei den Chinesen – Beatrice liest mir eine Hinrichtungsmethode vor, bei der der Körper des Delinquenten über einen Bambussprößling gebunden wird, der pro Tag um bis zu dreißig Zentimeter wächst. Binnen einer unendlich langen Nacht ist der Bambus durch den menschlichen Körper hindurchgewachsen, das Opfer unter den schrecklichsten Qualen zu Tode gekommen. Eine andere Methode, Menschen mittels Bambus zu töten, ist es, die feinen Härchen, die man auf den Halmscheiden findet, jemandem ins Essen zu mischen. Diese Härchen sind spitz und hart, können die Schleimhäute im Magen-Darmbereich derart verletzen, daß es zum Tode führt.

Da fällt mir der Likör ein – wir sahen in der Asienecke eines spanischen Kaufhauses einen Whou-Zou-Likör aus Taiwan, in dem lagen, wie in einem Präparat, zwei Eidechsen, je etwa zehn Zentimeter lang, mit aufgeschlitzten Bäuchen. Ich habe nie etwas Perverseres gesehen und wollte die Flasche gleich kaufen, um sie zu Hause herumzuzeigen, aber der Gedanke, sowas im Gepäck zu haben, war Beatrice zu schrecklich.

✧

Bei den Guatemalteken sagt man: Ich habe mit Quallen gefickt, wenn man ein Zwischending meint aus ‹sich in die Nesseln setzen› und ‹mit Zitronen gehandelt haben›.

21. Oktober, Dienstag

Beim Frühstück in Premiere zum dritten Mal der vierte der *Four Rooms*. Tolle Schauspieler und ebensolche Dialoge machen aus der abgelutschten Story ein Ereignis.

Scheußlich trüber Tag. Wetter gleich Kopf. Fühl mich, wie drei Tage ohne Aspirin. Anruf von Franz, lädt mich auf seine Lesung ein in einer Kneipe in der Nordendstraße 8.

«Und wie heißt die Kneipe?»

«Nordendstraße Acht.»

«Ach?»

«Genau.»

Nichtstutag. Schönes Wort. Mistwettertee mit Pfirsichgeschmack. Bea arbeitet am 9000-Teile-Puzzle des Turmbaus zu Babel. (Benötigt etwa 100 Stunden Arbeit; zu Beginn dachte ich ernsthaft, man könne das zu zweit in vier Stunden erledigen, wenn man sich Mühe gibt. Existieren Schnell-Puzzle-Weltmeisterschaften?)

Die tägliche halbe Tischtennisstunde wird mir in Rom fehlen.

✧

Benn – viele Gedichte der mittleren Phase sind grauenhaft. Ein so schlichtes Rezept – entlegene Reime sammeln, diese, inhaltlich zwangsweise dunkel, zum Poem zu verbinden, das klingt nirgends originell, nur verkrampft, gesucht und melodienarm.

✧

Dialog beim Abendessen: «Darf ich in Rom eine Affäre mit ner Italienerin haben?»

«Aber nur, wenn sie schön ist.»

«Wieso?»

«Wieso nicht?»

«Ich dachte, Frauen würden Nebenbuhlerinnen umso mehr hassen, umso besser die aussehn.»

«Ich denke, wir sind über den Punkt hinaus, da es für unsre Liebe eine Rolle spielt, wie wir aussehen, und würdest du eine häßliche Frau vögeln, hätte die irgendwas anderes, das wäre viel gefährlicher. Logisch, oder?»

Eifersucht ist eine Untugend, die mir mit den Jahren immer weniger tolerierbar erscheint. Denke an Freunde und Freundinnen, die deswegen schlimme Zeiten durchmachen. Sexuelle Libertinage ist das einzige Phänomen, das am Mittelalter stellenweise modernistisch anmutet.

Las dazu heute einige Details, so z. B. daß der Ulmer Rat 1527 beschloß, Knaben unter 14 Jahren keinen Eintritt mehr in die Frauenhäuser (alter Name für Bordelle) zu gewähren. Viele Frauenhäuser beschwerten sich übrigens über die Konkurrenz von Nonnenklöstern, und Äbtissin wurde oft, wer die meisten Kinder in die Welt gesetzt hatte.

Je nach Region, Ära und Geschlecht wurde Ehebruch so oder so geahndet, aber Unverehelichte durften beinah alles. Erstaunlich dagegen ist die gesetzliche Lustgarantie für Ehefrauen impotenter Männer, die z. B. aus Westfalen bekannt ist. Konnte der Mann nicht, sollte der Nachbar aushelfen. In der Landfeste von Hattingen heißt es: *«Da ein Mann wäre, der seinem rechten Weibe ihr frauliches Recht nicht tun könne, so soll er sie sachte auf den Rücken nehmen und tragen über neun Zäune und setze sie dort vorsichtig nieder, ohne Stoßen, Schlagen, Werfen und ohne bösen Worte, rufe alsdann seine Nachbarn an, daß sie ihm seines Weibes Not wehren helfen. Und wenn dann seine Nachbarn das nicht tun wollen oder können, so soll er sein Weib senden auf die nächste Kirchweih und hänge ihr einen mit Geld gespickten Beutel an die Seite.* (Das Bochumer Landrecht schreibt hier nur ein neues Kleid vor.) *Und kommt sie von dorther wieder ungeholfen, dann helfe ihr der Teufel.»*

War der Frau glücklich geholfen worden, dann, so bestimmt das Benker Heidenrecht (III, 42),

«soll er sie wieder nehmen, sie wieder tragen nach Haus und setzen sie sacht nieder und ihr vorstellen ein gebratenes Huhn und eine Kanne Wein».

Jacques de Vitry (gest. 1240) schreibt über das Treiben in Paris:

Einfache Unzucht galt nicht als Sünde, Dirnen schleppten auf den Gassen und Straßen die vorübergehenden Geistlichen in ihre Bordelle. Und wenn diese sich weigerten, einzutreten, wurde ihnen der Schimpfname ‹Sodomit› hinterhergerufen. Denn dies ekelhafte Laster hatte in dem Grade die Stadt ergriffen, daß es für anständig galt, sich eine oder mehrere Mätressen zu halten.

Phasen strengerer Sittlichkeit hingen mehr mit medizinischen Erscheinungen zusammen als mit religionsinnovativen. Deutlich gedämpft wurde die Freizügigkeit durch das Auftreten der Syphilis im 15. Jhdt.

In Frankreich faßte Prüderie erst sehr spät Fuß. Ludwig

XV. besaß einen eigenen Beamten für das Arrangement seiner Sexorgien. Französische Damen zur Zeit Casanovas betrachteten respektvolle Zurückhaltung ihnen gegenüber als eine ‹ihren Reizen zugefügte Beleidigung›. Während der Revolution hatte Paris etwa 600 000 Einwohner, davon 30 000 Huren, das sind 5 % der Bevölkerung. Vielleicht ein Rekord. Natürlich, gab kein Kino, Bücher waren teuer, Kirchen außer Mode, und die Guillotinierungen durch ihre Vielzahl langweilig geworden.

Interessanter Fund auch zur Etymologie von ‹ficken› (das Mörike noch «mich fickts» im Sinne von ‹jucken› gebraucht. Sonst aber schon im 16. Jhdt. obszön verwendet): Ein Straßburger Beamter, der (15. Jhdt.) in sein Rechenbuch schreibt: «Hab a gebickt, thut 30 Pfennig.» Kemmerich: *Bicken ist der im Elsaß gebräuchliche Ausdruck für die Tätigkeit, um derentwillen man das Frauenhaus aufsuchte.*

Wird im Duden nicht erwähnt, nur das davon vielleicht herrührende oder lautverschiebungsverwandte vycken (niederrheinisch, 16. Jhdt.). B und V sind sprachgenealogisch einander nahe Buchstaben, wie sich vor allem im Spanischen zeigt.

Im Kemmerich finden sich – relativ spät – noch bizarre Wortformen, z. B. ‹Vegetarianer› statt Vegetarier, ‹pornologisch› (es gab ‹pornologische Clubs›, ähnlich heutigen Swinger-Clubs) und, ein Höhepunkt der Tautologie, das Adjektiv *nachweisbarlich.*

Besorgen: Pfister, Der Reliquienkult im Altertum, Gießen 1909.

Reliquien und Devotionalien wurden damals schon gezeigt, z. B. das Ei der Leda in einem Tempel zu Sparta (Pausanias) oder die Zähne des erymanthischen Ebers im Tempel des Apoll in Opike. Kemmerich: *Man ging im Blödsinn vielleicht nicht so weit wie das Mittelalter, das ein Stück von der ägyptischen Finsternis und ähnliches vorwies.*

Auch Warenautomaten sind keine Erfindung der Neuzeit. Heron von Alexandrien (2. Jhdt. vor Chr.) erzählt u. a. von Weihwasserautomaten, die in Tempeln aufgestellt waren und aus denen Wasser floß, wenn man ein Geldstück hineinwarf.

✧

In den Tagesthemen das Neueste aus der Biotechnik.

Ein bedingungsloses Ja von mir dazu. Skeptizisten sind mir zuwider. Was gemacht werden kann, wird sowieso gemacht werden, besser unter den Augen der Öffentlichkeit, als heimlich in den Labors der Konzerne. Gibt es irgendeinen technischen Fortschritt, vor dem nicht gewarnt wurde und den wir heute begrüßen? Sogar – und gerade – die Entwicklung der Atombombe hat, sozusagen nebenwirkend, auf den nichtmilitärischen Verwendungsgebieten riesige neue Spielräume geschaffen. Die Weltkriege haben die technische, politische und gesellschaftliche Entwicklung der Menschheit so sehr beschleunigt, daß man dem Wort vom Krieg als Vater aller Dinge wieder Respekt zollen muß. Ohne damit dem Krieg das Wort zu reden. Wir brauchen ihn nicht mehr, weil die Demokratie erreicht ist. Und alles zuvor hätte auch ohne Kriege überwunden werden können, nur langsamer. Pazifismus ist lebbar, Stagnation niemals. Man malt die Zukunft oft zu schwarz, weil man den Menschen der Zukunft für einen Trottel hält und ihm nicht zutraut, daß er es, profan gesagt, schön haben will und dies auch durchsetzen kann. Eine Ära, die ihre Lebensqualität als minderwertig begreift im Vergleich zu irgendeiner Vergangenheit, wird alles daran setzen, um diesen Mißstand zu beseitigen.

✧

Auf dem Schreibtisch stapeln sich Leserbriefe, die durch die Tagebucharbeit nicht beantwortet werden können. Einige müssen es auch nicht.

✧

Die mißbräuchliche Verwendung des Begriffes Mythos, der meist durch Ikone oder Legende, oft sogar einfach nur durch Topos ersetzt werden müßte, ärgert und bestätigt mich zugleich – es wird das strapazierteste Wort des 21. Jahrhunderts werden. Wenn Virtualität und Realität gleichberechtigt nebeneinander existieren. Die Welt als Erinnerung ihrer selbst; dieses Erinnern, sich aktionistisch vertuschend, verfällt in einen Rausch des Hochgeschwindigkeitswandels – Epochen werden saisonal, werden Jahreszeiten gleichkommen, eine hechelnde Abfolge zwangsläufiger Revivals. Alles originär Anmutende wird binnen kurzem zu Tode verglichen.

✧

Eine Superfolge der Harald-Schmidt-Show, so gut war er seit letztem Jahr nicht mehr.

22. Oktober, Mittwoch

Gewiefter Poet: Er schrieb sein schönstes Todesgedicht an jedem Morgen ab, für den Fall, daß es sein letzter Morgen sei. Manchmal plagte ihn Eitelkeit, dann war er versucht, jenes Opus doch nicht posthum zu veröffentlichen, selbst auf die Gefahr hin, daß es an Wirkung stark verlöre.

✧

Anruf Moritz, gute Nachrichten, der Auftrag für Linz ist perfekt. Premiere voraussichtlich Frühjahr 2000.

✧

In der Stadt bei meinem Dealer. Ein Gallus, eine Maesa, und, weil Geld fehlt, ein toller Caesar auf Stottern.

✧

Liebevoll und *haßerfüllt*. Das eine will man *geben*, das andere *loswerden*.

Catull. (Auch einer meiner polymorphen Zeugen) Kaum ein Jahr verging bisher, in dem ich irgendwann nachts nicht das Odi et amo übersetzt hätte, immer wieder anders, mal metrisch sehr präzise, mal dramatisch, mal ganz schlicht, mal inhaltlich frei, dann wortwörtlich bis silbentreu. Mal romantisch, mal flapsig, mal mit Bezug auf

Lesbia, mal ohne, quasi als immerschwarze Weltschmerzschizophrenie. Gute Etüde zur Stilbildung.

Daß es den Ehrgeiz so herausfordert, liegt hauptsächlich an der langen Liste der Übersetzervorgänger, der Originaltext ist nichts besonderes.

ódetamó quaríd faciám fortásse nequíris
néscio séd fierí // séntiet éxcruciór.

Eine Wortfürwort-Übertragung, ohne Rücksichtnahme auf die Metrik, wäre:

Ich hasse und liebe. Warum ich das tue, magst du wohl fragen.
Weiß es nicht, doch geschehen fühl ichs und werde gekreuzigt.

Eine metrisch korrekte, relativ authentische Übertragung wäre:

Hassen und lieben muß ich. Vergeblich fragst du, weswegen.
Weiß ja nur, daß es geschieht – fühl mich, als hing ich am Kreuz.

Oder romantischer:

Haß und auch Liebe quält mich. Warum? Berechtigte Frage.
Wüßte ich's nur! Es geschieht. Schlägt mich Verdammten ans Kreuz.

Oder, ein wenig auf schizoid:

Liebe und Haß – warum sie mich spalten, fragst du vergebens.
Weiß es nicht, spüre allein – wie's an mir zerrt, mich zerreißt.

Eine Punkversion ginge so:

Ob ich sie mag? Kann sein, was weiß ich? Verdammt, keine Ahnung.
Raff es nicht, Scheiße passiert. – Häng da so drin, gottverfickt.

Von den bisherigen Versuchen ist mir der von Mörike am liebsten:

Hassen und lieben zugleich muß ich – Wie das? Wenn ichs wüßte!
Aber ich fühls, und das Herz möchte zerreißen in mir.

Und wie geht das bei Raoul?

Ich hasse und ich liebe. warum fragst du vielleicht
ich weiß es nicht ich fühls. es kreuzigt mich.

Was soll das? Was ist das? Das macht Raouls Nachnamen alle Ehre. Ein Distichon soll man gefälligst als Distichon übersetzen, wenn dessen Form das augenfälligste Wesensmerkmal des Poems ist.

Blättern.

Manches (z. B. Nr. 18 alias carmen 39) ist gut gelungen, vor allem dort, wo künstlerische Freiheit nötig ist, um das mäßige Original zu veredeln. Dennoch. Von manchem geht mir der Sinn einfach nicht auf.

Cáeli, Lésbia nóstra, Lésbia ílla,
ílla Lésbia, quám Catúllus únum
plús quam sátque súos amávit ómnes
núnc in quadrúviis ét angipórtis
glúbit magnánimi Rémi nepótes.

übersetzt Raoul mit:

Caelius unsere Lesbia jene Lesbia
diese Lesbia die Catullus als einziges
mehr liebte als sich und die seinen –
sie holt nun auf den plätzen und gassen
Roms großen Söhnen einen runter.

Da ist vieles falsch. Die rhythmische Holprigkeit – als lägen gehackstückte Choljamben vor. Quadruvia sind sicher keine ‹Plätze›. Remi Nepotes enthält ein Wortspiel, gemeint sind Die Enkel des Remus, aber auch nepos als ‹Wüstling›. Sinn: die degenerierten Nachgeborenen. ‹Roms großen Söhnen› klingt nur ironisch für den, der das Original kennt. Na gut, ist im Versmaß vielleicht nicht angemessen übersetzbar. ‹magnanimo› – kühn, edel – ist sarkastisch gemeint, hier am besten: ‹großzügig›, wie man es aus Kontaktanzeigen kennt. («Frau sucht großzügigen Herrn zur gemeinsamen Freizeitgestaltung …») Die rhythmische Wucht des ‹nunc›, welches Orff in seiner Vertonung erkannt und prompt durch Wiederholung überbetont hat, geht hier in einem schwachen, mitten in der Zeile versteckten ‹nun› zugrunde. Und ‹glubit› – glubere – schnitzen, aushöhlen – ist eigentlich nicht obszön – entspricht ‹abzocken› – kann man aber obszön übersetzen (kann ja metaphorisch gemeint sein), aber warum dann nicht kräftiger?

In diesem Fall des carmen 58, wo es vor allem um die Übertragung des poetischen Impulses, hier des crescendierenden Staccato (von der seufzenden Klage unter Silbengehämmer bis zum Wutschrei) gehen muß, würde ich Caelius sowie eine Lesbia weglassen und metrisch eher frei übersetzen, den Fünf- zum Vierzeiler machen.

Meine Lesbia, Lesbia, jene, jene eine, die Catull
einst mehr als sich und alles geliebt hat –

Jetzt! – kniet sie in Winkeln und Gassen und
lutscht die Schwänze der Geldsäcke Roms.

Das ist geil. Big Bang. Was für eine tolle Welt ist das, in der man sich wieder solchen (den einzig lohnenden) Problemen zuwenden kann.

✧

Nochmal zu Raouls Buch: Details sind nicht wichtig. Er spricht keine alte Sprache, nichtmal Latein, das erklärt einiges. Scharlatan, aber kein schlechter. Kritteln kann man an allem. Das Buch ist ein wichtiges Zeichen für die neue Lust am Alten. In der Verbindung liegt enormes Potential bereit für Poesie, die wieder gelesen werden will. Ein Songtext wie

Tiefe Nacht und du bist fort.
Ein Arschloch kam vorbei und nahm dich mit.
Ich möchte tot sein.
Tot sein.

von 1985 bezog sich selbstverständlich auf die Antike viel mehr als auf Bukowski. Benötigt aber ob seiner schlichten, immergültigen Wahrheit keine Bürgen.

Lange schien mir sowas zu kunstlos. Erst jetzt beginne ich das Pure, artistisch Unverstellte zu genießen. Und es ist weiß Gott nicht einfach. Eine falsche Silbe kann alles zerstören, es ist wie im Schach, wo die reinen Bauernendspiele zu den kompliziertesten gehören.

Mit den povera hat das übrigens nichts zu tun. Die povera – das ist wieder was ganz anderes.

Satz für ein Van Gogh-Gedicht:
Der Mond hat eine Iris heut wie Heu so blau …

✧

Schöner erster Satz für eine Erzählung: *Als die automatische Schiebetür der Bahnhofsbuchhandlung sich nicht öffnete und X. mit dem Kopf gegen das Glas knallte, wußte er, etwas war falsch; noch glaubte er fest, es läge an der Tür.*

✧

Teheran verurteilt die Schlächtereien der algerischen Fundamentalisten.

Abends Bayern gegen Paris St. Germain. Gäste: Albert, Michael, Georg, Bernhard und Roland. Das Spiel, Elbers später Durchbruch, war zu einseitig, um aufregend zu sein. 5:1.

Danach erbärmliche schlechte Harald-Schmidt-Show.

Beim zweiten Versuch war X. scheinbar erfolgreicher, die Tür schwang auf, jedoch – im selben Augenblick schritt eine junge Frau von hinten auf ihn zu, drang durch den Rücken ein und trat aus seiner Brust heraus.

Er reagierte eher erschrocken denn verblüfft, lief der Frau mit dem langen roten Haar wie im Reflex hinterher, hielt erst vor den Bahngleisen inne. Eine Frau, deren Rückenansicht reizend war, nicht auch von vorne gesehen zu haben, war etwas, das stundenlang an ihm nagen konnte. Dennoch blieb er für dieses eine Mal stehen, blaß geworden, und sah an sich herab. Die Frau verschwand im Intercity nach Paris.

Geschult von Romanen und Filmen, hatte er binnen einer Sekunde die Möglichkeit dessen, was tatsächlich geschehen war, erwogen. Nicht daß er seinen Tod sofort als Faktum anerkannt hätte, dazu hing er zu sehr am Leben, doch spätestens als ein Trupp angetrunkener Bundeswehrausscheider ihre Bierflaschen quasi in ihm *gegeneinanderstießen, wurde die Beweislage erdrückend.*

23. Oktober, Donnerstag

Wetterbesserung.

Fühle mich platt, viel zu wenig Schlaf, genausowenig Post, und nicht die, die man erwartet. Keine Lust auf irgendwas, kann heute abend weder ins Mariandl noch zu Franz' Lesung gehen. Anruf Robert, Party verschiebt sich auf 31.10. Lese Zeitung, erledige Leserbriefe, sehr lustlos, lallig.

Den ganzen Tag gearbeitet, mit Fernsehpausen.

Gefühl, ich sei in einem unaufgeräumten Zimmer und wüßte nicht, wo anfangen, und ob nicht besser alles patiniert würde durch Spinnweb und Staub, wie es gerade liegt.

✧

Bis wir Lichtwesen sind. Jusqu'a nous sommes part de la lumière. Usque sumus lucis pars. Until we become part of the light. Fino siamo creature di luce.

Oder einfach: Usque sumus lux?

✧

Die Idee der povera: höchste Dichte ohne Hermetik, ohne ‹Story›, und ohne erkennbare formale Artistik. Kein

Reim, keine offensichtlichen Stilmittel, nichts Aphoristisches. *Cembalomusik* z.B wäre für die povera nicht geeignet, weil alle fünf Zeilen ein artistisches Element (Vokalaufteilung) gemeinsam haben, also etwas, was man als Ornament verstehen könnte. Das widerspräche der klösterlich-schlichten Reinheit.

✧

Könnte besser ins Tagebuch nicht passen: Harald Schmidt verarscht die Novemberausgabe der Zeitschrift Max, wo Steffi Graf auf 40 Seiten Journalistin spielen darf. Bin saumäßig froh, dem entgangen zu sein. Erfahre nebenbei, daß mein Ersatz Katja Riemann hieß.

✧

Brief an Hess (nach dem der Hessische Rundfunk benannt ist) und fürs Programmheft:

Synopsis der Denotation Babel.

Drei Veteranen, uralte Männer, nach eigener Darstellung ehemals mächtige Tiere aus der Führungsriege Babels, berichten am Stammtisch über Entstehung, Wachstum und Abbruch des Turms. Mit sarkastischem Witz und in rhythmischem Duktus sondern sie Anekdoten ab, verdrehen die Mythen, erklären die Zeitalter neu, verfallen dabei mitunter in Zynismus, Eitelkeit oder Pathos, machen die Geschichte vom Turmbau zur Geschichte der Menschheit, huldigen der Vergangenheit, versteigen sich selbstbeweihräuchernd zur Behauptung, der Turm sei niemals verschwunden, habe unter anderen Namen an anderen Orten fortgelebt. Die alten Männer beschwören eine ungebrochene Tradition, verlieren den bissigen Tonfall, konstruieren eine Teleologie der Beliebigkeit, deklamieren mit immer noch gesteigertem Pathos die Helden und Heldentaten der Historie. Bis ihr Stimm-

gemenge, untermalt von zersetzenden Klanggemälden, zum unverständlichen Raunen verkommt, Babel noch einmal im Wirrwarr der Sprachen versinkt.

Denotation Babel greift auf die Form des metrisch gebundenen Wechselsprechgesangs des antiken griechischen Chores zurück, wobei der pathetische Gehalt des Vortrags, ironisch unterwandert, einen zeitlosen Klang zu erreichen versucht. Und wirken die Veteranen vom Stammtisch manchmal sogar ekelhaft, soll ihr Beschwörungsversuch auch verführerische Momente enthalten, in denen der Turm als Symbol menschlichen Sinnstrebens ursprüngliche Bildkraft zurückgewinnt. Die Brisanz des Textes äußert sich in der Kippfigur, die er erzeugt. Gerade dadurch, daß man ihn durchaus als imposantes «Alles war gut so» verstehen kann, als immergültiges Richtfest der Geschichte, wird man gezwungen, Stellung zu beziehen, sich in der Tradition und Hierarchie des Turms zu positionieren, ob oben bei den Chefs, ob bei den Maurern, den Zulieferern oder den Ausgestoßenen.

Beim Schreiben im Hintergrund ein immergroßer Film: Sunset Boulevard von Wilder.

Für povera:

hügelkuppen in abglanz.
gras und wein.
lieder,
die vorausgehen sollen,
und nichts bliebe
ungetan zurück.

24. Oktober, Freitag

M. ruft an, er habe den albanischen Staatskompositionspreis gewonnen.

«700 Dollar – das ist für die ne Menge Geld.»

✧

Meredith Brooks, ‹I need›, ‹I'm a Bitch› – mal wieder ordentliche Popsongs.

Lou-Reed-Enkelin. Beeinflußt auch von Beck. Der Rest des Konzertmitschnitts auf 3sat kommt leider an die Smash-Hits nicht heran, auch trägt Meredith eine Hose, in der ihr Arsch wie eine aus Knochen geschnitzte Balalaika aussieht, sehr unerotisch.

Allgemein das Gefühl, mag täuschen, eines Rollbacks. «Techno ist nicht das Ende des Pop, aber der Tod der Rockmusik.» Hat Andi vor einem Jahr behauptet. Alles Käse.

Techno ist erledigt, seine Spielarten und Wurmfortsätze leben noch ein bißchen. War Musik für Leute, die für Musik nichts übrig haben, nahm also niemandem was weg.

In den Top Ten: Dylan, Stones, Genesis, Elton John. Protestwahl der grauen Panther.

Aber – von allen Genannten existieren tolle Platten, selbst von Elton John: Goodbye Yellow Brick Road hab ich als Vierzehnjähriger liebend gern gehört, und heute noch kommt sie zur rechten Zeit sehr gut.

✧

Wer als Autor in der Tagespolitik engagiert ist, sagt damit, daß er mit dem Schreiben nicht ausgelastet ist, also zu wenig zu sagen hat.

✧

Um sechs in den Club, fühle mich leidlich in Form, spontaner Entschluß, morgen doch das Münchner Open mitzuspielen.

Um zehn in die Blumenbar. Zu Beginn nur etwa 15 Leute, angenehmes Fensterschauen. Richtung St. Jakobsplatz mit Wein und Rauchware, bald auch einer gutaussehenden, Blödsinn labernden Frau, die gern geküßt werden möchte. Und so hanebüchene Geschichten sie auftischt, gute Beine in schwarzen Strümpfen besitzt sie ja auch. Ließ sie sitzen, um mir Probleme und Gerede zu ersparen, von meinem Rückzug ethisch-ästhetisch nicht restlos überzeugt, und wirklich, Thomas meint später, die Fähigkeit zwischen Körper und Mundwerk zu trennen, müsse sich Mann als Errungenschaft auf seine Fahne schreiben, er hätte in dieser Disziplin keinerlei Skrupel. Hat recht.

Heute las ich in einer Kritik zu dem Roman ‹*Sagt Lila*›, da kämen unter sich kaum bekannten Jugendlichen Sätze vor wie «Möchtest du mal meine Möse sehen?» Ist mir nie passiert, sowas, und mir ist viel passiert. Schriftsteller schreiben immer nur so verklemmt, wie die Frauen waren, denen sie begegnet sind.

✧

Um kurz nach elf Lesung von Andi, belang- und endloses Zeug, jeder zweite Satz inhaltlich falsch, ohne jede formale Ambition, aber – ihm nehme ich nichts krumm, weil gar nicht erst ernst, er lebt in einer anderen Welt, extrahiert seine ganz eigene Conclusio daraus, das hat seine Berechtigung, vor allem weil er nicht so großmäulig wie andere ist.

Bernhard. Michael. Heike. Robert. Thomas. Gewachsene Gemeinschaft.

Nach Mitternacht wird die Blumenbar überfüllt von Grünzeug, um halb zwei von einer Horde Rastaschwarzer, die keiner kennt, wir oben Genannte gehen noch zu *Mrs. Henderson,* einer kleinen Schwulenkneipe ums Eck, mit Kellner, der um jeden Gast seinen Arm legt. 70er Jahre-Disco-Music. Village People und Co. Die Spaghetti Bolognese sind annehmbar, rede mit Robert über Strauss, zu dem er (Lieblingsoper: *Frau ohne Schatten*) eine merkwürdig gewichtete Affinität besitzt.

Michael: «*70 Verweht V* ist schon ein klasse Buchtitel. Klingt wie *Stirb langsam 23.*»

Er fährt mich wieder heim, besteht darauf. Interessante Informationen. Freundschaft wächst mit den Geheimnissen, die man teilt.

Zuhause noch eine Flasche Fantinel und im Nachtkonzert Bruckner. Das paßt.

Das Schlimmste, was ich in meinem Leben gehört habe, war ‹Das große Tor von Kiew› unter Celibidaches Leitung. Klang, als hätte Uri Geller dirigiert. Und gerade dieses jeden Lebens und jeder Dynamik beraubte Stück hört man oft als angeblichen Beweis seiner Brillanz.

Mehta, Maazel und bald auch noch Levine. (Neulich Witz gehört: Der einzige Musiker, den L. als Konkurrenz empfindet, ist Michael Jackson.) Eine Geisterbahn. Sowas ist nur in München möglich. Die Szene hier ist sowas von krank, blöd und bigott.

Der schwule Musikkritiker schimpft Zeter und Faschismus, wenn sich jemand einen Witz über schwul-lesbische Chortreffen erlaubt. Selber sitzt er, das ist noch entschuldbar, dauernd sturzbesoffen im Konzertsaal, und, unverzeihlich, überzieht vorher abgelobte Komponisten mit Häme, nur weil er bei ihnen nicht andocken durfte. Zum Kotzen.

Ich würde gerne mal wieder in München in ein Konzert gehen, das das Eintrittsgeld lohnt.

Berlin hat Riccardo Chailly – diese Glücklichen.

25. Oktober, Samstag

Sino bereitet mir einen üblen Tagesbeginn. Ich nehme zu ihren Gunsten an, es war Fahrlässig-, nicht Bösartigkeit.

In der NZZ werden stilistisch brillante Stellen aus Bagarozy herausgestellt und mit dem Untertitel: ‹Scheiße› versehen. Dazu albernste Behauptungen über mich und meine Arbeit.

Ich wolle gern Balzac, Bukowski und Brinkmann sein.

Die ersten beiden sind Vorwürfe, der dritte eine Beleidigung.

Man muß schon viel Matsch in der Birne haben, um dieses Buch schlecht zu finden, aber wie blöd muß man erst sein, zu glauben, dieses Rezept, die Stärken des Feindes als Schwächen zu benennen, könne noch aufgehen. Ich müßte mich bedanken. Das macht die Hymnen umso hymnischer. Mühlenwasser muß nicht geweiht sein. Dennoch: ein bißchen Zurückstichelei kann ich mir nicht verkneifen. Obwohls natürlich vergebens ist.

✧

Brief von Insa, die mir wirklich ans Herz gewachsen ist.

«Wußtest Du, daß man sich in London bei einer Versicherung gegen Übergriffe von Außerirdischen versichern lassen kann? Stimmt echt. Bei Entführung kassiert man gut ab; ganz zu schwei-

gen von Schwängerung im All. Der partielle oder vollständige Verzehr des Versicherten lohnt sich für die Hinterbliebenen auch.»

✧

Um 16 Uhr Erste Runde Münchner Open, leichter Gewinn gegen einen Nobody, der als Weißer ein bizarres Eröffnungsexperiment probierte: 1.e4 c6 2.Sf3!? d5 3.Ld3!?? de: 4.Le4: Sf6 5.Sc3

Abends Briefe.

Gegendarstellung

In der Kritik von Gabriele Killert (NZZ 23. 10. 97) wird behauptet, ich möchte gerne Balzac, Brinkmann und Bukowski sein. Dies entspricht nicht der Wahrheit. Die Wahrheit ist vielmehr, daß ich Gabriele Killert sein möchte. Denn, um Gottfried Benns Zitat leicht abzuwandeln: «Dumm sein und rezensieren dürfen – das ist Glück.»

✧

Metaphysik, das Wort wird von mir immer im ursprünglichen, nicht im marxistischen Sinne verwendet, ist kein Antonym zur Dialektik. Einige Mißverständnisse rührten daher.

✧

Die meisten Science-Fiction-Bücher sind verkappte historische Romane im Mäntelchen der Zukunft. Zustände, Konstellationen, Aliens werden erfunden, die nur Befindlichkeiten unserer Geschichte reanimieren. Erdachte Zukunft ist oft nichts anderes als eine Parallelwelt von damals, eine vergebene Möglichkeit.

✧

Ich glaube, daß die wesentlichen physikalischen Erkenntnisse dieses Jahrhunderts sich auch durch konsequente Grundlagenphilosophie erarbeiten ließen. Vielleicht in einer mathematisch nicht brauchbaren Form, aber von tiefer, komplex strukturierter Poesie. Philosophie ohne Poesie ist Beamtentum.

✧

Quantentheorie, derzufolge nur Beobachtetes eindeutig geschieht.

Szenario Las Palmas. Ich sehe nachts vom Balkon aus:

Ein Junge wirft wiederholt seinem kleinen Hund den Frisbee weit in die schwere, kalte Brandung hinaus, belustigt sich an der Möglichkeit, der Hund könne ersaufen. Der Hund springt jeweils mutig in die Flut, kommt ein paarmal zurück, mit dem Frisbee im Maul, das Spiel geht weiter, wer ist schuld an dem, was geschieht?

Der Junge?

Der Hund?

Der Frisbee?

Das Meer?

Ich?

Ich.

26. Oktober, Sonntag

Niederlage gegen FM Lendroth aufgrund eröffnungstheoretischer Mängel im Nimzoinder.

Hatte mich auf sein obligates Damengambit vorbereitet, spielte 1.d4 Sf6 2.c4 e6 3.Sc3 und erwartete nun d5, kam aber Lb4. Hatte ich lange nicht mehr auf dem Brett, da ich normalerweise zuerst den Königsspringer entwickle. Eine Ungenauigkeit im achten Zug entschied die Partie schon. Im höheren Sinn.

Daheim schöner Trost von Beatrice, Schellfisch auf irische Art («Duglese») mit Tomatenstücken, Zwiebeln, Sahne und ganzen Pfefferkörnen. Dazu Kartoffelbrei.

✧

Abends viel Lektüre. Im Tacitus an Germanicus' Tod gelangt. Hier wird der Historiker zum Romancier. Wunderbare Stelle: Piso, der unter dem Verdacht steht, seinen Erzfeind Germanicus vergiftet zu haben, muß sich überlegen, ob er nach Rom ziehen und sich einer eventuellen Anklage stellen soll. Oder ob er sein Legat über die Provinz Syrien, das ihm vom Princeps übertragen, ihm aber von Germanicus entzogen wurde, mit Hilfe von Truppen durchsetzen soll. Sein Sohn meint hierzu:

Auch Gerüchten müsse man Zeit lassen, in der sie sich überleben. Sehr oft seien auch Unschuldige frischem Haß nicht gewach-

sen. Wenn er dagegen das Heer fest in der Hand behalte und seine Streitkräfte vermehre, werde vieles, was man jetzt nicht voraussehen könne, durch zufälliges Geschehen sich zum Bessern wenden.

Highlight einer verbesserungsfähigen, weil grammatisch zu authentischen Übersetzung, die sklavisch noch jede constructio ad sensum nachvollzieht. Was im Deutschen wenig Sinn macht.

Apropos: Jünger beschwert sich in *70 Verweht V* (Buch mit verblüffend starken und poetischen Passagen) über die Floskel ‹Sinn machen›. Schreibt hierzu: *Bedeutung wird zugemessen und zugebilligt, doch Sinn wird nicht «gemacht». Sinn existiert.*

Das ist Unsinn und ohne Bedeutung. Etwas hat Sinn, ja, aber man sagt nicht: Etwas ist Sinn. (Nur Unsinn ist.) Höchstens ist etwas sinnvoll oder sinnlos. Zum Phänomen der Sinnhaftigkeit gehört immer ein Objekt, das sie besitzt, und ein Subjekt, das sie als solche erkennt. Sinn *ist* nicht, Sinn *haftet an.* Man kann allem möglichen durch irgendein Zutun Sinn *verleihen,* also Sinn *erzeugen* durch Kombination diverser Elemente. Und ob nun Sinn *erzeugen,* Sinn *stiften* oder schlicht: Sinn *machen,* das ist nur die Wahl des Jargons.

Sinn *sucht* man auch, aber was man endlich findet, ist immer *selbstgemacht.* Alles andere entspräche einer numinosen Weltsicht, genau die versucht Jünger hier anderen aufzudrängen, es stört mich, obgleich ich ähnlich denke. Gegensatz sinnerfüllt – sinnvoll. Der Sinn hinter allem zeigt sich manchmal im Leben und immer nach dem Tod, aber wissen wir, ob das, was wir dort vorfinden werden, nicht nur ein Speicher ist, den wir im Leben gefüllt haben? Haben wir Sinn *angespart* und *gehortet*? Gestaltet sich jeder sein Jenseits selbst? Muß man von *Sinndesign* sprechen? Haben wir bereits eine heimliche Reise getan zum

Tod und dessen Zimmer tapeziert und passende Blumen geordert? Wird unsre posthume Existenz durch Grabbeigaben versorgt, die wir lebend erworben haben? Interessante Fragen, für jeden, selbst die Materialisten erkennen inzwischen den ‹Genuß virtueller Debatten› an.

Im Moment des Todes steht für den Sterbenden die Zeit still. Vielleicht verharrt er in diesem Moment ‹in alle Ewigkeit›, sozusagen – gibt ja keine Zeit mehr, wohl aber eine zeitlose Landschaft, die aus unseren Träumen und Lieben und Göttern besteht. So könnte ich mir das vorstellen, ohne darüber reden zu können. Jünger: *Vieles wird geschehen in einem Moment.*

Nichtssagend, aber vielversprechend. Das ‹nichtssagend› meine ich überhaupt nicht negativ.

Es gibt viele große Sätze, die eigentlich nichts sagen (nichts verraten), aber in beeindruckender Weise *da sind.*

✧

Weiter im Voigtlaender.

Danach, zum dritten Mal, *Jacobs Ladder* von Adrian Lyne. Genialer Film mit komplizierter Erzählstruktur auf mehreren Ebenen, eins der wenigen aufwendigen Konstruktionsraster, die in einem Film besser realisierbar sind als in einem Buch, dort würde die Verschachtelung quälen, bzw. viel zu viel Unterscheidungsmühe und -hinweise abverlangen, um nicht in Beliebigkeit zu enden.

✧

Ich vermeide inzwischen auch in der Prosa (bis auf Briefe und Tagebuch) drei aufeinanderfolgende Kürzen, sei denn, es gäbe triftige Gründe dafür. Zäsuren durch aneinanderstoßende Längen müssen immer ihre spezielle Bedeutung nachweisen. Sprache muß nicht unbedingt einen dem Inhalt gemäßen Rhythmus haben, kann sich auch mal treiben lassen. Aber sie sollte immer versuchen, Melodie zu werden.

«Die Jungfrau fiel zu Boden, tat sich weh, begann zu fluchen.»

Wurde von der NZZ moniert: «jede Regieanweisung sei eleganter». Gerade aber durch das Peng, Peng, Peng, veranschaulicht es, unterstützt die Situationskomik, dem Sachverhalt angemessener geht es nicht, rhythmischer auch kaum. Sieben Jamben.

Statt zu rezensieren, könnte Gabriele Killert doch Leprakranken helfen in der Dritten Welt, prompt ein wertvolles Leben führen.

Hier z. B. stand eben noch ein ‹und› vor dem ‹prompt›. Hätte die Wogen der Zäsur (zwei Brecher klatschen da zusammen) geglättet, den Satz somit verflacht. Den meisten Menschen wäre es völlig egal, sie läsen dasselbe, ob da ein ‹und› steht oder nicht, haben kein Gefühl dafür, lesen nicht laut, wie die Menschen der Antike. Das tu ich ja auch nicht, nicht im Sinne einer Ruhestörung für andere. Aber es gibt ein innerliches Laut-Lesen, ein metrisches Lesen.

Die Ausbildung dieser Fähigkeit ist ein Hauptargument für den Lateinunterricht.

27. Oktober, Montag

Morgens der erste Schnee. Non e vero.

Nachmittags gearbeitet, dann durch die Stadt gestreunt. Es ist bitterkalt.

Im Spiegel beeindruckende Bilder von Rudolf Schlichter. Im Hugendubel nachgefragt: Es existiert auf dem Markt kein einziger Bildband, aber die Tübinger Ausstellung wird ins Lenbachhaus kommen, da kann man dann den Katalog billiger erwerben.

Bei Zisska einige Autographen angesehen. Die winzige Schrift Friedrichs des Großen. Eine Zeichnung Lavaters. Machte kein Angebot, nicht mal für den recht preiswerten Ligeti. Kein Geld. Habe in letzter Zeit über meine Verhältnisse gelebt.

Münchner Open, dritte Runde.

In Zeitnot verloren gegen Tommy Lochte. Die Eröffnungsvorbereitung stimmte diesmal, kam als Schwarzer aus B12 mit g4, h4 und f4 mit leichten Vorteilen heraus, die ich fälschlich für große Vorteile hielt. Das kostete Zeit, weil ich zu lange nach einer klaren, entscheidenden Wendung suchte, die einfach nicht vorhanden war. War dennoch eine gute, sehr komplexe Partie, mit viel weniger Fehlern als ich zunächst dachte. Der Schluß – sowas passiert eben.

✧

Schon wieder eine belanglose Nyman-CD. Er gärt im eigenen Saft, und wenn es ploppt, fällt irgendwo in China ein Korken zu Boden. Es macht ihn nicht kleiner. Nur breiter.

✧

Puccinis «Requiem» – Fünfeinhalb Minuten, 1905 zu Verdis viertem Todestag komponiert – ungeheurer Eindruck, so schlicht wie ergreifend, ein kleiner Hit des sinistren Melos.

Eine Nähe Puccinis zu Wagner zeigt sich in den Jugendwerken, im ersten Vorspiel zu Le Villi ebenso wie im Capriccio Sinfonico, wo sich ein Parsifalzitat findet, auf das seltsamerweise kein Biograph bisher hingewiesen hat, soviel ich weiß.

Janacek: Andante aus Otce Nas: scheinbar simple Musik, die wie ein Echolot im tiefen Raum die Stille nach Widerstand abtastet. Die Harfe erinnert auffällig an Holsts fast gleichzeitig entstandene (?)Rig-Veda-Lieder.

28. Oktober, Dienstag

Weltweiter Börsencrash. Schlimm besonders auf den asiatischen Märkten. Das große Beben ist das wahrscheinlich noch nicht. Der amerikanische Markt erholt sich auch prompt.

Viele Freunde, selbst solche mit geringem Einkommen, haben in letzter Zeit ihr Glück mit Aktienkäufen versucht. War für mich, der davon so gut wie nichts versteht, Grund genug, mißtrauisch zu sein. Wo zuviele verdienen wollen, gehn viele leer aus.

✧

Anruf einer Regisseurin, die nächstes Jahr ein Intendantenamt antritt. Ob ich ein Stück für sie hätte, möglichst sofort und umsonst. Meine Auskunft, daß ich zuviel zu tun habe, faßt sie als Arroganz auf. Daß ich nicht umsonst zu haben bin, handelt mir die Bemerkung ein: «Jetzt bist du auch schon so ein Geldschreiber geworden.»

✧

Angenehm ruhiger Tag, mit Lektüre, Münzen, Tischtennis.

Im Voigtlaender wird von der besonders gelungenen Fälschung einer Fünf-DM-Münze berichtet. Zu erkennen sei sie nur daran, daß auf dem Rand nicht Einigkeit und

Recht und Freiheit eingraviert ist, sondern *Hilf dir selbst, so hilft dir Gott.*

✧

Bonmot aus *Roseanne.* «Was Gott von Geld hält, sieht man an denen, denen ers gibt.»

✧

Abends Pokalspiel der Bayern bei Kaiserslautern. Habe 100 Mark auf Unentschieden und 50 auf ein 1 : 1 gesetzt. Der Kommentator, nach einem Foul mit nachfolgendem Wortgefecht: «Die Emotionen werden freier.»

Bis zur 76. Minute stimmte das Ergebnis. Hätte mein Wettkonto ins Positive gewendet. Schlußresultat: 1 : 2

Um 22 : 30 ruft mich Beatrice, läßt mich die letzten elf Stücke ihres Babel-Puzzles einlegen, das allerletzte überlaß ich selbstverständlich ihr. Wir haben in diesem Jahr mehr als je gelacht zusammen, aber die Witze sind so kryptisch geworden, daß man sie oft nur mit ellenlangen Erklärungen versehen aufzeichnen könnte.

In den Tagesthemen: Die Hillhouse-Hammond-Versicherung gibt Stier-Geborenen einen kleinen Abschlag, da diese ‹laut Untersuchung› die besten Autofahrer wären.

✧

Die Idee, die der Quantentheorie zugrundeliegt, läuft, von der Physik zurückübersetzt in die Metaphysik, auf die Frage hinaus, ob die Welt, wenn man stirbt, zu existieren aufhört. Eitler Gedanke, aber konsequent zu Ende gedacht, gibt es keine Beweise für das Gegenteil, schon gar nicht irgendwelche Tote, die wir kennen.

✧

Sich der Stille aussetzen, ohne Alkohol, ohne Radio, Fernseher, Video, Telefon, ohne die Stellung anzusehen, die auf dem Schachbrett steht, ohne den Sekundenzeiger der Uhr zu verfolgen, mit dem Blick des Zurückgelassenen, der versäumten Dampfern hinterhersieht, von einem Pier aus, das Exil wird. Man beißt auf den Nägeln, könnte, das bleibt fast immer, onanieren, oder man erinnert sich an irgendetwas, schleicht sich also heimlich aus dem Zimmer.

✧

Finis Terrae – ich ahne, wo es hinwollte. Aber die Ahnung genügt nicht.

Der Altenburg dagegen wird immer prachtvoller. Das Flair der dunklen Seite unsrer Zeit, überzeugend zu Papier gebracht. Ein Meisterwerk.

✧

All der Aasgeruch aus frischen Büchern. Eine Kunst der Geier und Hyänen.

Die Kultur in Deutschland ist heute Nachzügler im gesellschaftlichen Bewußtsein, hat die Lust am Abenteuer verloren aus Angst, eventuell Schuld auf sich zu laden. Zweifelt an sich, an der Schönheit, an der Menschheit, am Wert von überhaupt allem – warnt zu sehr, wo sie voranweisen müßte.

✧

Die Wahrhaftigkeit und Konsequenz von Reitz' «Zweiter Heimat» gleicht vieles an formaler Schwäche aus.

Diese häßliche, lächerliche Zeit der späten Sechziger, die soviel erreicht und auch soviel kaputtgemacht hat. Die

Kunst unter der Diktatur des Sozialismus. Noch heute sind die poetologischen Strukturen verseucht von diesem Drama. Genau das macht es mir unmöglich, analytisch etwa über die frühen Achtziger zu arbeiten, ich will nicht nachträglich besserwisserisch sein, und ich will es nicht abbilden, wie es war. Ich kann mich selbst nur mit Ekel in diesem Panoptikum betrachten, wie sehr ich gelogen habe, wieviel ich damals schon, so blöde ich gewesen bin, besser gewußt habe und doch zu feige war, es so zu sagen, wie ich es empfand. Zeit der gespaltenen Rede. Das Schlimme daran ist nicht mein Versagen, sondern der Verdacht, daß es vielen anderen ähnlich erging, daß mit *gespaltener Zunge gedacht worden* ist, es eine heimliche und eine unheimliche Welt gab.

Harald Schmidt hat etwas getan, das von den Literaten hätte kommen müssen, aber nicht kommen durfte, weil vom Ausnahmezustand zuviele gut gelebt haben: Schritte hin zur Normalität. Eine Atmosphäre herstellen, in der wieder über alles gelacht und gewitzelt werden darf. Als ein paar FCB-Fans neulich im Heimspiel gegen Besiktas Istanbul Aldi-Tüten hochgehalten haben, wurde das von der pathetischen Alarmiertheit des Feuilletons (schlimm bis peinlich hierbei vor allem die AZ) wie eine Bücherverbrennung gehandelt, entsetzt stammelten sich da einige was ab, und fanden es vorher vorm eigenen Fernseher recht lustig. Diese Bigotterie, die scheinbare Hypersensibilität, die Schere zwischen privater Gelassenheit und öffentlichem Moralisieren – eine der Widerlichkeiten unsrer Kultur, die im Ausland nur noch Spott und Befremden auslöst.

Erinnere mich an einen Satz des Chefs, von der Messe: Das Jahr 2000 wird ein Scheidepunkt sein, danach werden einige Bücher nicht mehr funktionieren.

✧

Die Drückerzeit, eine der aufregendsten Phasen meines Lebens, Juli bis September 82, warum hab ich darüber nie geschrieben? Wahrscheinlich, weil, was geschah, sehr einschneidend war, sehr tiefgreifend, aber ein Text darüber, um dramaturgisch plausibel und für andere interessant zu sein, mit Phantasie angereichert werden müßte. Ich will mir aber diese Erinnerung unverfälscht erhalten. Vielleicht später mal, wenn notwendige Lügen Teil der Erinnerung geworden sind und ich mir ferner stehe als jetzt.

Siehe Hesse – oft macht der Zufall Kunst, und ein Auktionskatalog (Bassenge 70) aus einem guten Gedicht ein großes. So war das berühme ‹*Vergänglichkeit*› in der Autographenbeschreibung platzsparend ohne Mittelteil abgedruckt worden, statt zwanzig Zeilen nur elf, auf «Wie machst du trunken!» folgt «Alles stirbt, alles stirbt gern.»

Die entscheidende Verbesserung, die Hesse nicht gefunden hat.

So in *Schweine und Elefanten* aufgenommen.

Entdeckung im Radio: Sergei Wassilenko, Konzert für Horn und O.

29. Oktober, Mittwoch

Heute Post von Bassenge / Berlin, der Strauss-Brief auf dem dekorativen Papier des Hotels Vier Jahreszeiten Hamburg. Dazu sehr schmeichelhafte Leserbriefe.

(Hätte auch notieren können: in der Post ein Brief von Richard Strauss.)

Beim Frühstück Zufallsfund im TV: *Die Festung,* ein deutscher Spielfilm, 1964, von Alfred Weidenmann – für damals wunderbar schräg, unbeschwert, schwarzhumorig, beinahe comichaft, sogar sexy, in jedem Fall äußerst positiv anachronistisch, und die Rolle der Mimo wird gespielt von der sehr sehr hübschen Christa Linder in geilem Sechziger-Outfit.

Beim Nachlesen im Rororo-Lexikon: *Ein drastisch ausgemaltes Sittenbild, dessen bittere Schilderung deutscher Nachkriegswirren zum oberflächlichen Spektakel verkommt; allenfalls schauspielerisch bemerkenswert.* Man sieht, an Blödsinn herrscht nie Mangel. Das muß eine zeitgenössische Kritik gewesen sein, die das Gesehene nicht als skurrile Komödie begreifen wollte. Außerdem: Wieso Nachkriegswirren? Der Film spielt eindeutig in der Zeit, in der er gedreht wurde. Ursprünglicher Titel: *Verdammt zur Sünde.* Aus der Inhaltsbeschreibung des Lexikons weiter: *Menschenunwürdige Existenzbedingungen in einem Flüchtlingslager zerstören den Lebensmut und die Autorität eines Vaters und treiben seine Kinder in Prostitution und Kriminalität.*

Das darf doch nicht wahr sein. Der Film ist viel näher an Kottan als an de Sica, und das nicht etwa unfreiwillig.

Jeder Mensch lebt in einer anderen Welt.

Beim Gang durch Buchhandlungen viele Blicke auf zeitgenössische Lyrik. Dem zweiten Lesen hält nur weniges stand. Viele Blender unterwegs. Nettigkeiten werden zu Ereignissen stilisiert.

Schlichter, polymorph nach meinem Geschmack. Künstler, der vieles konnte, doch keiner Forderung nach Unverwechselbarkeit erlag. Typus, der mir zukünftig scheint: Des Zwanges zum Originären ledig, beantwortet er nicht jede Frage mit einer Gegenfrage.

Beim Münchner Open schneller Pflichtsieg.

Die S-Bahnen haben Verspätung, ‹Personenschaden› in Laim, 21 Uhr, eigenartige Tageszeit für Selbstmörder.

Abends Anruf von Peter Heinemann, Gespräch über Wein, ob es dekadent käme, Hagen in Valeries Haus die ganze Zeit über Mouton Rothschild saufen zu lassen, der pro Flasche nicht unter 200 DM kostet. Aber damals, Mitte der Achtziger, waren die Preise noch nicht explodiert, und es ist durchaus vorstellbar, daß ein reicher Münchner Kochbuchverleger davon hundert oder mehr Flaschen im Keller hortet. Außerdem ist nur die Signifikanz von Bedeutung, jeder Leser muß ahnen, daß Mouton Rothschild etwas sehr Exklusives ist, ohne lange Erklärungen.

Polt hat bei *Fast wie im richtigen Leben,* als Signum neureichen Genusses, den Begriff *Chateauneufdupape* gebraucht. Heute muß man Statussymbole weiter oben suchen. Ich selbst saufe selten über 30 DM pro Flasche, irgendwo wird die Kosten-Genuß-Schere unethisch. Bin außerdem seit zwei Jahrzehnten Raucher, Liebhaber der scharfen Küche, meine Geschmacksnerven sind versaut, Weinkennergehabe ist mir suspekt, deshalb war auch die Unterhaltung mit H. auf der Messe so wohltuend, ich mag es, wenn Leute einfach mal Unkenntnis eingestehen und um gute Tips bitten (Turriga '92). Es gibt soviele Fatzken und Dandys. Soviele Wohlstandsbengel und Schnösel. Soviele Muttersöhnchen, die ihre ausgedrückten Pickel schon zu den Wunden zählen. Gibt auch betuchte (geerbt habende) Literaten, die eine bodennah-proletarische Existenz vortäuschen, die sind noch schlimmer. Das rechne ich z. B. Bukowski sehr hoch an, immer ehrlich gewesen zu sein, kein erfolgreiches Penner-Säufer-Postboten-Image wider bessere Fortune anbehalten zu haben. Ich könnte weiß Gott längst reich sein, würde ich Drehbücher schreiben. Aber es wäre Unsinn, dies als Festhalten an der reinen Lehre zu werten. Ich bin gerade so faul, daß ich das erschreibe, was ich brauche, wenn ich dazu Drehbücher schreiben muß, werd ichs tun, vielleicht auch mal nur so, allein, um in Not geratene Freunde unterstützen zu können, in Deutschland läßt sich zu diesem Thema rein gar nichts sagen, was einem nicht übel ausgelegt würde.

✧

Prosa ist Wein.
Lyrik ist Branntwein.
Kling ist Rum wie STROH.

30. Oktober, Donnerstag

Gearbeitet, danach in der Stadt umsonst beim Dealer gewesen: wegen Krankheit geschlossen.

Einige Pop-CDs gekauft, ältere, wie die *Tales of Topographic Oceans* (auch so eine zu Unrecht jahrzehntelang als ‹Kunstscheiße› abqualifizierte Perle, die Texte sind zwar übel, aber wer hat je auf sie geachtet?) und *Growing up in Public,* um bestehende Sammlungen zu komplettieren, neuere, wie *Radiohead* oder *Pavement.* Warum? Ganz vom Pop zu lassen käme mir wohl zu puritanisch vor.

Beim Turnier wieder eine Lusche, leichter Sieg, zum zweiten Mal hintereinander mit Weiß. Meine Elo-Zahl geht so (trotz gesamt 5/7) den Bach runter. Scheiß-System. Werde dreimal auf mein Literatendasein angesprochen, IM Grünberg nötigt mir gar das Manuskript eines Freundes auf, und ich kann nicht ablehnen, weil er mir vorher ein Foto – den Abzug eines Fotos – vom WM-Kampf Lasker-Schlechter als Fangabe überreicht hat. Wird immer raffitückischer, die Bagage.

✧

Radiohead hört sich an wie leicht modernisierte Ur-Pink Floyd. Und alles von klassischen Vorbildern geklaut. Aber ein Schritt in die richtige Richtung – zur Schönheit.

✧

Ich bin immer noch verliebt in Amanda Brown. Warum aus Tallulah von den Go-Betweens kein Welterfolg geworden ist? Vielleicht wuchs das Album in eine Zeit, die Schönheit nur duldete, wenn sie sich den Anstrich von Gefährlichkeit gab.

Man muß sich beides bewahren, den Zynismus wie den Hymnus. Des einen Schönheit ist des anderen Kitsch, das eine erreicht man nie ohne den Verdacht des andern.

Es gibt ein Diktum Lichtenbergs, demzufolge die Welt vergnügt nur mit flüchtigem Blick erlebt werden könne, während man, je nachdenkender, desto ernsthafter werde.

Aber egal wie sehr man die eigene Existenz als sinnvoll oder unsinnig erfindet, über die eigene Ersetzbarkeit besteht ja nie ein Zweifel; diese Einsicht müßte immer zu befreitem Grinsen reizen.

✧

Foto: Himmler, entspannt im Korbstuhl. Das deutsche far niente.

Macht der Zeichen: SS-Offizier mit
Pferdepeitsche geht Allee entlang. Es sieht aus,
als warteten die Bäume auf seine gnädige
Geste, um sich endlich hinlegen zu dürfen.

Überhaupt: Das Kabinett der Paladine – Heß, Göring, Goebbels, Himmler, Speer, selbst der schmierige Sektvertreter Ribbentrop – als hätte sie der Regisseur der Regisseure ausgesucht, es hilft nichts, sie sind zu theatral, zu stark, viel stärker noch als Ney, Fouché oder Talleyrand.

Jedes Reden darüber, egal wie beschaffen, mündet in Mythifikation, was daran liegt, daß, jenseits von Moral und Intellekt, dem Phänomen Nazideutschland filmische Wucht nicht abgesprochen werden kann. In hundert Jahren werden die Touristen durch Auschwitz wie durch das Colosseum schreiten. Die Nachwelt liebt und besucht die Orte großer Katastrophen immer mit dem selbstsüchtigen Lustgefühl: andere starben hier, ich lebe noch. Es ist ja auch begrüßenswert, weil sonst die Masse der Vergangenheit die Gegenwart katatonisch erstarren ließe vor der Präsenz des Todes. Man muß zum innersten Wesen der Menschheit ja sagen, wenn man einerseits ihre Geschichte ertragen, andererseits den Gedanken an Fortschritt nicht aufgeben will. Daß das Ertragen zwangsläufig in mordgeiles Genießen mündet –

✧

Nichts ist widerwärtiger als Betroffenheitsrhetorik. Geistiger Toten-Tourismus, der sich als Mahnwache verkleidet.

31. Oktober, Freitag

Milderes Wetter. Nach der Eiseskälte empfindet man 5° als beinah warm.

In der Post Briefe von Fauré und Puccini. Letzterem liegt die brasilianische Sterbeurkunde seines Bruders Michele bei, der jüngere Bruder, dessen Bild in Lucca letzten September solchen Eindruck auf mich gemacht hat. Alles wird ganz nah.

Idee für ein Drehbuch über eine Puccini-Episode. Erlesener Kostümfilm. Wäre sogar etwas für Ivory. O ja. Toller Stoff. Eifersuchtsdrama in einer Zweckehe. Künstlerdasein zwischen männerbündelnder Sauf-Bohème, Entenjagd in Torre del Lago, erotischen Abenteuern auswärts, schrecklicher Spießigkeit zuhause, plus pittoreske Elemente, wie frühe Automobilleidenschaft und, nicht zu vergessen, große Oper, mit heftigen Mißerfolgen, die sich in strahlende Triumphe verwandeln, et vice versa. Dazu die Ebene der zu Unrecht beschuldigten sechzehnjährigen Dienstbotin, die sich das Leben nimmt, die übergeschnappte, (bösartige aber nachvollziehbare) Elvira, die vor Gericht muß, woraufhin der große Name des Maestro alles wieder zurechtbiegt.

Habe über das Sujet sogar schon einmal nachgedacht, aber das ist nichts für Theater oder Roman, das ist natürlich Film und nichts sonst. Würde ich gerne schreiben. Das mach ich einfach. Basta.

Sofort Brief an Töteberg. Nagel mit Köpfchen.

✧

Beim Turnier mit Schwarz wieder eine Lusche gehabt. Hat sich tapfer gewehrt. Caro-Kann ist gegen schwächere Gegner die beste Waffe, um die Remisbreite schmal zu halten.

✧

Danach zu R.s Geburtstagsparty, eher ein kleines Diner, Paare, eines mit Kind, die Feste wandeln sich.

War, wie immer nach der Partie, wenig gesprächig, wo ich mich dagegen stemmte, hätt ich es sein lassen sollen. Habe manchmal eine böse Zunge, die selbständig handelt, ohne Unterstützung von oben. R. kennt mich noch nicht gut genug, um mir das einfach nachzusehen. Sehr guter Apfelstrudel mit Vanillesauce. Und eine wunderbare Käsetheke.

S. war nicht da, sondern in der Karibik. Heike berichtet, ihr Vater hätte sie nie im Schach gewinnen lassen, was sie gemein gefunden habe. In der Jugendarbeit eines Vereins ist dieses Den-Schüler-Nicht-Gewinnen-Lassen aber ein Muß, um die Autorität des Lehrers zu bewahren. Gewinnen können die Schüler ja untereinander. Schach ist eine brutale Psycho-Kampfsportart, darauf muß man die Leute früh vorbereiten, außerdem wird Sonderförderung, wie auch in jedem anderen Sport, nur den Talentiertesten zuteil, die Kader von F- bis A-Spielern werden ständig kleiner, selbstverständlich ist das ein Prinzip der Auslese. Was soll daran faschistoid sein? Eben Spitzen-, kein Breitensport. Der Verein, bzw. auf höherer Ebene der DSB, ist an starken Nachwuchsspielern interessiert, an solchen, deren Ambition stark genug ist, um ein langes Studium mit vielen Niederlagen zu kompensieren. Wie im Shaolin-Kloster: der Schüler versucht, dem Meister das Reiskorn aus der Hand zu schlagen. Zehn Jahre versucht er es erfolglos, wenn er es dann schafft, muß er sich neue Meister suchen.

Danach Diskussion über eine angeblich natürlich-menschliche Hingezogenheit zu Kindern, die ich an mir nicht feststellen kann. Wär ich ein Kloster, die Findelkinder blieben draußen. Basta. Wäre kein guter Vater, bin überhaupt keiner, von daher ist alles gut, viel besser jedenfalls als jemand, der ohne Eignung ein Kind zur Selbstverwirklichung produziert. Diskussion über die Bedeutung des NS-Mutterkreuzes. Fast jede Gesellschaft hat Nachwuchs mit Geld belohnt, und ob da noch eine Urkunde oder ein Orden hinzukommt oder nicht, ist Zierat, berührt nicht den Kern des Problems. Schlußendliches Beinahe-D'accord. Bernhard leidet schon wieder an Nebenhöhlenentzündung. Genug Oktober für dieses Jahr.

November

Tagebuch des November 1998

In einer Stadt, die alles erfährt, und nichts verschweigt …

(Tacitus; Annalen XI:27)

1. November, Sonntag

Über alle Maßen lang geschlafen, fast neun Stunden, viel geträumt, viel vergessen.

Im Gefrierfach wartet Minestrone – prompt bricht die Starkstromzufuhr ab. Eine der Kochplatten ist hin – dreht man sie an, springt die Sicherung raus. Langes Fummeln, Rumprobieren, verzögertes Frühstück gegen 14 Uhr. Zitronen geerntet im Garten. Erst wenige sind reif.

Leicht bewölkt, zwanzig Grad. Viele Pfirsich- und Violettöne im Himmel, früh schon, Stunden vor der Dämmerung.

Seit gestern abend zurück aus den Münchner Herbststürmen. Henze saß im Flugzeug. Hab ihn nicht gegrüßt.

Telefonat mit El Conde – Über die Problematik der Fiktionalisierungen in *Schweine* – Er fühlt sich nicht ganz wohl dabei, mit seinem wirklichen Namen Teil der verfremdeten Geschichte eines anderen zu sein, ohne die Möglichkeit zu besitzen, selbst dazu Stellung zu beziehen. Aber was soll's? Es wäre, als ob man einem halbabstrakten Ölporträt ein Foto beilegen möchte. *Schweine* ist ein Roman, keine Autobiographie. Ich denke, was ich über die Band geschrieben habe, kommt der Wahrheit näher, als irgendeine reproduzierte Wirklichkeit. Ich hab es mit Liebe geschrieben.

Er nennt den Roman «superunkommerziell». Na gut.

Hat sich erst nach langem Zögern entschlossen, ihn zu mögen. Ging mir auch so.

Es ist ein schwieriges Unterfangen, den eigenen Erstling so spät noch einmal – ganz neu – anzupacken, aber so, daß er stilistisch und gedanklich zu den beiden anderen Bänden der Trilogie paßt. Tanz auf dünnem Seil. Sicher das stimmungsabhängigste meiner Bücher.

✧

Gegen 16 Uhr zum Termini – in der Buchhandlung gestöbert. Céline ist hier ziemlich präsent, u. a. mit «Il piccolo Mouck» – dünnes Kinderbuch, Illustrationen von Edith Destouches. Angeblich bisher unediert. Was ist das bloß? «Der kleine Muck» – hab ich als Kind gelesen – stammte es nicht von Wilhelm Hauff?

Vor dem Bahnhof: Die Lambada-Melodie der batteriebetriebenen Tänzerinnen. Dauergedudel. Wird ein akustisches Signet dieses Herbstes sein.

Über dem Bahnhof riesige Schwalbenschwärme. Wie in Aufruhr geratene Reisegruppen. Fast pfeifendes Zischen. Große Pfeile aus Vögeln, hin und her. Können sich nicht entschließen.

Dreistündiger Spaziergang nach Hause, an vielen mir bisher unbekannten Umwegen vorbei. Abendstimmung heimelig-schräg. Von großen, blaßgelben Kugellampen erleuchtete Platanenalleen – drüber, schwarz-lila, der Himmel. Sehr vangoghig.

✧

Im Fernsehn Seria A, danach weiter im Schnitzler – «Sterben».

Große, dabei unaufdringliche psychologische Raffinesse, dramaturgisch präzise getimt.

Freudianisch durchtränkt, aber noch viel mehr Seele als Gehirn. Und mehr gemalt als geschrieben. Nostalgischer Genuß. Dieses naive Zutrauen zur Adjektivdichte, zum langen Atem, zum Strom der Bilder, auch zur Redundanz des meteorologischen Stimmungsdekors.

Stilistisch in der zweiten Hälfte mit vielen Lässigkeiten, die, wie bei einem guten Andrejev oder Dostoijewski, kaum stören. Der Schluß könnte weniger derb ausfallen. Felix' Wunsch / Beschluß / Idee fixe, die Geliebte solle mit ihm sterben – und sie weiß ja, was er will – ist diabolisch genug, benötigt kein Absinken ins Krimigenre.

Trotz der Ausmaße – ich glaube, derlei wird noch lange leben – gelesen werden. Ist es die Zeitlosigkeit der Einsichten, die solche Texte vor dem Kitschvorwurf bewahrt? Zur einen Hälfte ja, zur anderen ist es gerade die Eingebettetheit der Form in die Zeit ihrer Entstehung, also das Kolorit einer Ära, das, Patina geworden, Obsoletes mit ehemaliger Authentizität entschuldigt und abgleicht.

✧

Über das Wort Blutrünstigkeit, absolut unpoetabel, ärgere ich mich ständig. Warum nicht einfach Blutrunst? Klingt fies und speckig und reimt sich auf Kunst.

✧

In Bologna läuft im dritten Rennen ein Pferd, das trägt den Namen «Der Zombie Gottes».

Auch nicht schlecht.

✧

Schrecklich sind Menschen, die einen davon überzeugen wollen, Spaghetti äße man mit Gabel und Löffel. Teutonischer Blödsinn. Man benutzt nur die Gabel, alles andere wäre allein schon zuviel Lärmbelästigung. Daß manchmal das eine Ende der Spaghetti im Mund, das andere noch im Teller hängt, gehört eben dazu. Wenn ich deswegen irgendwo schräg angesehen werde, sehe ich schräg zurück.

✧

Beatrice ruft um 22 Uhr an, meldet einen Rohrbruch – oder sowas ähnliches, vielleicht nicht ganz so Schlimmes. Mit einem Tonfall, der eher um Hilfe bittet, als um Trost. Ja, wie? Fühle mich mies, weil meine telekinetischen Fähigkeiten im allzumenschlichen Bereich liegen. Zugleich werfe ich ihr meine abgesunkene Stimmung insgeheim vor. Die ganze Zeit muß ich nun daran denken, ob unser Haus bald unter Wasser steht oder nicht, ob B. eine ruhige Nacht haben wird. Der Vorwurf an sie ist völlig irrational deshalb, weil ich gekränkt wäre, würde sie mir von so etwas nicht sofort Meldung machen. Vielleicht fühle ich mich auch mies, nur um solidarisch mit ihr zu leiden? Bestimmt.

✧

Noch ein Nachtgang, in leichtem Regen. Es ist hell, dank dichter Wolkendecke, die das Mondlicht reflektiert. Zypressen und Pinien stoßen oben in eine Masse aus dreckigem Ocker, dunklem Orange. Ich bin nach Rom zurückgekehrt.

Hier ist man Fremder oder hat schon immer hier gelebt. Egal, ob man zwischendurch anderswo eingeteilt gewesen war.

✧

Nach 23 Uhr – Schreiben. Am Tagebuch, am neuen Stück, am Treatment für Tom.

Das Studio, das einzig diesem Zweck dient, ist zehn mal zehn Meter breit. Und zehn Meter hoch. Fensterfläche ca. 42 Quadratmeter. Gefüllt mit Baumwipfeln und Sternen. Soviel Raum. Hab mich schnell daran gewöhnt.

2. November, Montag

Wunderschöner Tag. Anruf bei Beatrice – Situation hat sich entschärft, Wasser plätschert munter, doch kontrolliert.

Ging einkaufen. Für die Mapo ist keine Saison mehr, schade.

Die Mapo – eine tolle Erfindung, Kreuzung aus Mandarine und Pomeranze. Fruchtig, ohne zuviel Süße und Säure, saftig mit überwältigend intensivem Duft. Leider noch ohne Kontinuität im Geschmack. Warum? Weil es gleich hundert ähnliche Züchtungen gibt, aus Limetten, Zitronen, Mandarinen, Orangen, Blutorangen, Pampelmusen, Pomeranzen, Bergamotten, Pomelos. Je nach Zusammenstellung der Mutterfrüchte ganz verschieden im Aroma. Beispiel für Vielfalt, die sich negativ auf die Verbreitung von etwas Neuem auswirken könnte. Ein Produkt setzt sich nur durch, wenn es dem Konsumenten eine nicht zu bandbreite Erwartungsgewißheit verspricht.

Hier gibt es eine krude Spezialität, die Rigatoni con la pagliata. Därme vom Milchkalb, kurzgekocht in einer Sauce aus Tomaten, Sellerie und Karotten. Aus der Milch im Inneren der Därme entsteht eine Art Käsecreme. Soll köstlich sein.

✧

Im Supermarkt stocco bagnato gekauft – hydrierter Stockfisch. An der Fleischtheke halbe Lammköpfe. Hiesiges Traditionsgericht. Wenigstens sind, im Gegensatz zum Markt am Vittorio Emanuele, die Augen entfernt.

Vor Wochen, beim Pilzgang nahe Rottenried, tief im Wald, ich erschrak ziemlich heftig (warum eigentlich?) – fanden wir im Röhricht ein Schaf, beinahe noch Lamm. Es hatte eine grüne Markierung am linken Ohr, war also keinesfalls das agnus dei noch sonst eine Erscheinung, sondern von irgendeiner Herde ausgebüchst. Es lag da und käute wieder, ließ uns bis auf zwei Meter herankommen, bevor es sich unwillig erhob und gerade so weit fortstapfte, bis der alte Abstand wiederhergestellt war.

Anhand der umliegenden Kothaufen ließ sich feststellen, daß es viele Tage schon auf ein und derselben kleinen Lichtung gelebt hatte.

Wir dachten daran, es einzufangen – aber es wäre für den langen Weg bis zum Auto zu schwer gewesen, hätte sich wohl auch heftig gewehrt. Es schien zufrieden, auch nicht krank, obgleich sein Fell ungewöhnlich braun gefärbt war. Wir lockten mit Gras, es wollte nicht kommen, obwohl es keine sonderliche Angst zeigte.

Wie lange kann ein Schaf allein im Wald überleben? Wir sahen es Ende September, als die Welt ihm noch ein Schlaraffenland gewesen sein muß. Wird es, wenn der Schnee kommt, reumütig zurückkehren dorthin, wo es her kam? Eine bewegende Begegnung, dabei – es war doch nur ein Schaf. Und beschäftigt mich so lang. Würde gerne nachsehen, wie's ihm geht. Überhaupt war der Wald bei Rottenried im September so gut wie Kino. Dazu trug ein nach dem trockenen Sommer ganz unerwarteter Pilzreichtum bei (grandiose Show grellorangebisziegelrotleuchtender Fliegenpilze, nahezu perfekter Grünspanträuschlinge und tonnenweise Parasole für den Speiseplan) sowie ein ausgeblichener Rehschädel ohne jede Bißspur. Auffällig deshalb, weil sich in weitester Umgebung sonst kein Relikt des Skelettes fand. Wenn wir Städtern davon erzählen, nicken sie gelangweilt – während wir es absurd finden, daß sich Städter solche Erlebnisgänge entgehen lassen. Einmal rochen wir süßlich-typischen Leichengeruch – und gingen schnell weiter, ohne nachzusehen, was da faulte.

✧

Bisher war 98 ein großartiges Jahr, im Gegensatz zum beschissenen Vorgänger. Ich hatte mit vielen kleinen Dingen Erfolg – und sehr viel Arbeit. Die Monate gingen wie Wochen dahin. Dieser schnelle Vorbeifluß an Zeit macht mir Angst. Ich altere mit jedem Monat, als wär ein Jahr vergangen. Neuestes Phänomen: Orientierungslosigkeit im Wald, wo ich mich zuvor quasi blind zurechtfand. Erstaunlich: Wo ich schrumpfe, wächst Beatrice, gleicht das Defizit aus. Sie, für die Orientierung in unzivilisierter Landschaft vorher ein Wunschtraum gewesen war, entwickelt genau den inneren Kompaß, auf den ich vor Jahren noch stolz gewesen bin. Ähnliches gilt für Computerspiele, die wir gemeinsam lösen – ihr Ortsgedächtnis wirkt phänomenal auf mich, umgekehrt ist sie entsetzt darüber, an wie wenig ich mich erinnern kann.

✧

Eine Postkarte von Matthias. Erste Post, die mich hier erreicht.

✧

Sonnenschein, 22 Grad. Nie hab ich die Stadt in so klarem, mildem Licht gesehen.

Besorgte ein Opernprogramm – nichts Interessantes läuft, abgesehen vom Boris Godunow, im Dezember – den sah ich aber vor wenigen Tagen erst auf TV5, dem französischen Sender, in einer hypergenialen Verfilmung von Zulawski – Eindruck, den ich nicht so schnell stören möchte.

Boris Godunow – Oper, die ich, frisch gehört, immer zu den besten fünf zählen würde, die danach, unerhört, auf meiner Rangliste leicht abfällt, ohne mir nachvollziehbarem Grund.

✧

Machte einen langen Gang – Via Nazionale – Via Quattro Fontane – tolle Fernsicht vom Quirinal hinab – so warm – so hell. Geschenkte Zeit.

Rom und seine Obduktionsnarben – aber die Stadt ist lebendig, quirlig.

Diese Stadt – Wer sich in ihren Mythos begibt, wird ebenso zum Komparsen des Spiels, wie jener, der ihn kühl von sich weist – entscheidend ist, man hat Haltung angenommen, irgendeine.

Heute ein massiver Wolkenbruch in der Altstadt. Man floh aus den Cafés.

Ein Naturschauspiel, das dadurch, daß es über Rom passiert, zum Schauspiel wird, wie diese Stadt sich ständig inszeniert, mit ihrer Vergangenheit kokett um sich wirft.

Hier ist alles echt und nichts, der Mythos animiert selbst das von der Geschichte unberührte Wetter, Naturgewalten werden hier Kulissen, werden einer Show unterworfen.

Das Schauspiel forcierte sich durch einen Idioten, ganz

in Weiß, er setzte sich dem Geprassel jauchzend aus, hielt den hochgespülten Dreck wohl für gesammelte Asche, sang in Schwedisch (?) Esoterisch-Religiöses (?), enthusiasmierter Junglyriker, der im Geprassel tanzte, weil er sich so vielleicht den alten Göttern näher glaubte, schien ein Idiot zu sein – aber was bringt es, sich dauernd zu fragen, von welchen Mächten man bewegt wird, ob das bewegte Denken in Kitsch, Schwulst, sonstige Peinlichkeiten abgleitet? Wichtig ist zu genießen. Diese Stadt lebt ja auch, lebt jetzt, man muß beides sehen, das Panorama der Vergangenheit und den Rhythmus der Gegenwart. Instinktiv ekelt man sich vor Philologen, die hier zu reinen Altertumsbeschwörungen zusammentreffen und am liebsten jeden nicht geschichtsbewußten Italiener züchtigen oder missionieren möchten. Andererseits ruft jede alte Skulptur einen Kitzel hervor, bedingungslos in der Zeit zurückzutaumeln, in diesem großartigen, untergegangenen Rom melancholisch zu wandern, eben weil es, solange wir im Geist bei ihm sind, nicht ganz untergegangen ist.

Zugegebenermaßen wirkt die Stadt ein wenig zu eitel – sie ist es nicht – dies ist nur der projizierte Reflex unsrer eigenen Vergänglichkeit, die hier lauter zum Klingen kommt als sonstwo. Andererseits stellt sich der Vergänglichkeit gleich eine gewisse Geborgenheit zur Seite, der Rahmen einer unbeugsamen Kontinuität, die alles in sich aufnimmt wie eine große Mutter, die für alles, was hierhergefunden hat, ein Plätzchen hortet, um es in sich aufzubewahren.

Günter Eich hat einmal in einem Gedicht geschrieben, er werfe keine Münze in den Trevi-Brunnen, wolle nicht mehr wiederkommen, es sei zuviel Abendland hier, das den Blick auf die Schönheit der Restwelt verstelle. Sinngemäß zitiert. Ich stehe klar zu diesem Abendland, würde es mit Klauen und Hauern verteidigen. Das Christentum hat die Essenz von all dem nicht zerstören können – immerhin wurde uns so die Renaissance gegönnt. Wir durften zurückblicken – das ist viel ergiebiger, als der damalige Blick auf die eigene Gegenwart, dem alles selbstverständlich – und also ziemlich langweilig vorgekommen sein muß. Wenn es Götter gibt, dann zerstören sie das Schöne, nur um sich daran zu erinnern.

An der Trajanssäule vorbei zum Kapitol, von dort ein langer, langer Blick aufs Forum.

Auf ihm hab ich – Klassenfahrt Juli 84 – Beatrice zum ersten Mal umworben. Mehr zum Scherz, weil sich Alternativen grade nicht anboten. Das heiligt mir die Stätte doppelt und x-fach.

Inzwischen habe ich klare Vorstellungen davon, wie das hier einmal ausgesehen haben muß – zu diesem Zweck waren Abbilder – also Rekonstruktionen, egal in welchem Maßstab, egal wie ausgefeilt, wenig bis gar nicht hilfreich. Man muß den Platz von innen her neu erstehen lassen. Muß über sich die Kuppeln schließen, den freien Himmel überwinden, vergangene Zwischenzeit komprimieren zu einer Sekunde, die man dann, durch einen ausgelassenen Herzschlag, kompensieren, neutralisieren kann.

✧

Der gewaltigste Anblick auf dem Forum – die blaugrün schimmernden, riesigen Säulen des Antoninus&Faustina-Tempels, mit der voll erhaltenen Dedikationsschrift darüber – dagegen erscheinen Titus- oder Septimusbogen fast langweilig. Die Wirkung dieser Ruine verliert sich im Abbild völlig. Man muß davorstehen. Ort unzweifelhafter Kraftübertragung. Sofern es mich betrifft. Ob eine etwaige Unkenntnis der Personen Antoninus und Faustina den Effekt beeinträchtigen würde? Vielleicht. Wahrscheinlich sogar. Das Wissen um die Sage eines Kultplatzes evoziert dessen spirituelles Vermächtnis. Hat mit Esoterik nichts zu tun. Eher findet eine Art Datenupdate statt, Information wird bebildert, um visuelle Zeugnisse angereichert. Schwammige Vorstellung präzisiert sich anhand von Kulissen. Keineswegs stumme Zeugen – sprachbegabt, weil die einzig greifbaren.

Das Fallbeil, das Marie Antoinette den Kopf abtrennte, ausgestellt bei Madame Tussaud, übertrug zum Beispiel viel mehr an emotiven Lösemitteln als der, wie naturgetreu auch immer, in Wachs gegossene Kopf selbst. Logisch. Dinge wirken als Zeugnis nachhaltiger als Abbilder, wie kurzfristig jenes Beil mit der Marie auch in Fühlung gewesen sein mag. Es wäre übrigens egal, wenn man der Madame Tussaud damals das falsche Beil angedreht hätte. Dinge sind das, wofür wir sie halten. Die Wirkung steckt in der Datenbrücke, nicht im toten Objekt. Nur wenn wir sicher wüßten, daß das Objekt nicht authentisch ist, bräche die Übertragung ab.

Das zweite Jahrhundert. Ich liebe diese Ära – nicht genug, um sie, hätt ich die Möglichkeit, gegen die meine zu tauschen. Aber wenn ich in der Zeitmaschine flüchten müßte …

Als es die Götter nicht mehr gab und Christus noch nicht – war zwischen Cicero und Marc Aurel ein einmaliger Augenblick entstanden, in dem der Mensch für sich existierte. (aus einem Flaubert-Brief)

Als Hadrian an die Regierung kam, stand auf seinen Münzen: Menschlichkeit – Glück – Freiheit. Was wurde später daraus? Aus dem Glück wurde Gleichheit, aus der Menschlichkeit Brüderlichkeit. So funktioniert das nicht.

✧

Ich glaube inzwischen an die Möglichkeit einer Zeitmaschine, die in die Zeit vor ihrer Erfindung zurückreisen könnte. Was Hawking aus ziemlich dünnmaschigen Gründen für unmöglich hält. (Er nimmt, denke ich, auf Paradoxe Rücksicht, die in jedem Fall – und jeder Richtung – entstehen würden, lösbar nur durch Parallelwelten, die, wenn sie denn existieren, nur dank der Errungenschaft des Zeitreisens *existieren werden.* Sie hätten sonst keinen Existenzbedarf.)

Man wird allerdings – glaube ich – nur betrachten, nicht eingreifen können, wird, mit einer Art Kamera, die zwischen den Zeitsphären quasi den Übersetzer spielt, wie ein Geist durch alles hindurchschweben dürfen, unbemerkt – es wär ja gut so, gar nicht anders zu wünschen. Und das allerhöchste Kino.

✧

Ging nach rechts, um den Palatin, Richtung Tiber. Kurze Einkehr in den Kirchen S. Theodoro und S. Giorgio al Velabro. Letztere ist eine meiner liebsten hier, in ihrer schlichten Basilikaform, mit dem Altar-Baldachin, der etwas zugleich Majestätisches wie Feldkirchliches hat.

Lief kreuz und quer durch die Stadt, das Licht genießen. Seele flog, flatterte geblendet.

Kurz in die S. Maria Sopra Minerva, ins Pantheon, das Haupt gebeugt, danach Herder-Buchhandlung (man hatte *Thanatos* vorrätig), das Fremdsprachenkino in der Via Minghetti – und unzählige zauberhafte Innenhöfe, die zufällig offenstehen – ich laufe planlos umher, bis die Dämmerung kommt, kaufe en passant zwei CDs. Orchesterstücke und Transkriptionen von Puccini und die neue Alanis Morissette.

Der Mond ist fast voll, hängt tief in den Straßen – sieht aus wie roher Pizzateig.

✧

Eine Frau von hoher Nase und leidlicher Schönheit ging abends, im geöffnetem Kaufhaus, an mir vorbei und wiewohl ihre Schönheit meinen interessierten Blick kaum verdient hatte, war die Höhe ihrer Nase dem Anlaß noch viel unangemessener.

Sie trug einen teuren Ledermantel mit mehreren riesigen, kreisrunden Knöpfen, einen davon auf dem Rücken, ich sprach sie an, sagte, sie habe vergessen, den elektronischen Diebstahlsmelder hinten von ihrem Mantel abzulösen. Sie sah mich an wie einen Idioten, meinte, das sei ein Knopf, der gehöre da hin. Ich bat für meine Ahnungslosigkeit um Entschuldigung und ging meines Wegs. Sie blickte mir haßerfüllt nach, obgleich ich nur ein Idiot war.

Sie mußte fortan damit rechnen, von noch vielen anderen Idioten verdächtigt zu werden, den Diebstahlsmelder ihres Mantels nicht abgelöst zu haben. Ich wußte, daß der Genuß am teuren Stück ihr für immer versaut bleiben würde. Empfand große Freude.

✧

Zu Hause der stocco bagnato, mit Kapern und Kartoffelpüree. Enttäuschend.

✧

Auf Raitre läuft ein italienischer Nachbau von «Hitlers Helfer» – in dieser Folge mit Göring, v. Schirach und

Himmler. Welche Lust derzeit auf solche Bilder herrscht – hier ist die Aufarbeitung immerhin sehr nüchtern, sachlich, nicht so schrecklich gutgemeint-dummdreist wie die deutsche Reihe von Guido Knopp, der etliche Nazis im nachhinein nur verklärt hat, nichts sonst, schlicht indem er, um seinem Abscheu Ausdruck zu verleihen, aus seinem moralischen Bauchladen heraus Beurteilungen in den Raum warf, die auf junge, unbefangene Zuseher den Eindruck einer Lüge machen *müssen*. So z. B. wenn er vielen Nazigrößen ohne Beleg jede Intelligenz abspricht, oder Görings Selbstmord als Akt der Feigheit bezeichnet. Manchmal weiß man nicht, ob das noch stocknaiv ist oder bereits diabolisch. Z. B. ließ er den feisten Henker von Nürnberg zu Wort kommen, der erzählen durfte, wie er, weil Ribbentrops Genick vom Fall nicht brach, sich an jenen mit seinem ganzen Körpergewicht hängte – was soll das, wenn man nicht Mitleid mit dem Verurteilten erzeugen will? Gäbe es eine geheime PR-Kampagne zur Imageverbesserung von Naziikonen, perfideres als die Reihe von Knopp hätten die sich nicht wünschen können.

Zum Thema Holocaust-Denkmal hab ich mich zurückgehalten. War zu sehr im Zwiespalt. Der Holocaust – das sind sechs Millionen anonyme Opfer. Ein Holocaust-Denkmal ist am Ende immer ein Denkmal für Adolf Hitler. Geschichte teilt sich über Individuen mit.

Vielleicht wäre es ohne Hitler zu friedlichen Vierziger Jahren gekommen, danach zum großen Atomkrieg der Systeme. Das ist gar nicht so abwegig. Am Ende müßte man Adi glatt noch dankbar sein, daß er, als teutonischer Erzfreak, als seltsam erfolgreicher letzter Rülpser einer überkommenen Weltsicht, den großen Krieg gerade noch ausgelöst hat, bevor es für die Erde nicht zu reparierende Folgen gehabt hätte. Der Gedanke ist heikel, aber nicht geschmacklos, daraus folgern würde sich gar nichts, es sei denn, in welche Dimensionen sich Geschichte aus einiger Entfernung relativieren läßt. Immer öfter tauchen z. B. Versuche auf, Nero als empfindsamen, unverstandenen, verleumdeten Künstler weichzuzeichnen. Dieses Schwein! So etwas kann nur aus Ignoranz entstehen, aus einer Faulheit, die vorhandenen Quellen zu lesen, oder aus der unerhörten Arroganz heraus, diese Quellen zu bezweifeln. Sie sind alles, was wir haben – und deshalb tabu gegenüber jeder Form von Spekulation. Im Falle Neros sind sie ja sogar zahlreich und relativ übereinstimmend.

Der freche Gegenentwurf – zu was auch immer Vorhandenem und Überliefertem – ist ein menschliches und das große Spiel um Facetten bereicherndes Bedürfnis – aber irgendwo müssen auch Grenzen bleiben, Regeln, sonst verliert das Spiel seinen Ernst, seinen Reiz, mündet in Beliebigkeit.

Nimmt man alles, was man über Nero weiß, zusammen, kann man mit einiger Bestimmtheit sagen: Er war ein mittelmäßig talentierter Dichter, ein ausschweifender, brutaler und feiger Mensch, ein Mörder, ein eitler Fettsack, der als Jüngling gern durch die Straßen zog und Zivilisten verprügelte. Wenn die sich wehrten, griffen bezahlte Gladiatoren ein.

✧

Blättern im Piranesi. Die Urne der Agrippina diente dem Mittelalter als Getreidemaß. Piranesis wunderbarer Stich wirkt stärker als das Original im Augustus-Mausoleum, dessen Besuch nicht lohnt – zuvieles ist, abgesehen von der einen Urne, Replikat. Gemutmaßter Nachbau. Bleibt ohne Strahlung. Selbst – oder gerade? – bei einer nächtlichen Führung.

✧

Ich bin aufgewachsen mit dem Wissen um
den Holocaust. Ich bin zivilisiert worden mit dem
Wissen um den Holocaust. Ich bin gewöhnt
worden an den Holocaust. Weiß gar nicht, ob ich
ohne Holocaust noch leben könnte.

✧

Beim Schachspiel entwickle ich – zur Leistungssteigerung – einen künstlichen Haß gegen den Kontrahenten. Ein unpersönlicher Haß, der am Ende der Partie meistens in Nichts zerstäubt. Neulich, in Berlin, gegen diesen arroganten jungen Israeli, war mir dieser Haß aus historischen Gründen anfangs nicht recht möglich. Interessanterweise entwickelte ich im Fortgang der Partie umso mehr Haß, spürte umgekehrt, daß er *seinen* Haß daraus speiste, gegen einen Deutschen zu spielen. Das Spiel endete Remis, es war mir im nachhinein lieber als ein Gewinn, selbst wenn sich der Gegner nach der Partie noch widerlicher gerierte, als während ihres Verlaufs. In der nächsten Runde, gegen einen Spanier, wirkte er um einiges entspannter, schon der Handschlag fiel kräftiger aus. Ob die Tabus, die in unserem Land noch herrschen, sich irgendwann, gerade aus dem Überdruß an sich selbst, in einen neuen Antisemitismus verwandeln könnten, das frage ich mich seit zehn Jahren. Wenn Michel Friedmann im Jahre 98 ernsthaft noch dazu aufruft, Fassbinders *Die Stadt, der Müll & der Tod* nicht zu spielen, tut er den Juden keinen Dienst. Indem er dazusagt, das Stück sei nicht nur antisemitisch, sondern vor allem auch *schlecht,* wirft er sich zum Kunstrichter auf, bestätigt so alle Vorwürfe einer jüdischen Zensur im deutschen Geistesleben. Das ist im Sinne der

Aussöhnung höchst kontraproduktiv. Schlichtweg dämlich.

✧

22 Uhr – Im Haupthaus findet eine schräge Performance statt. Bordellmäßig könnte ich mit einer Tänzerin einen Betrag aushandeln, dann tanzte sie für mich, exklusiv. Blödes Zeug. Dann lieber in den Puff – wenn es hier welche gäbe (wurden 1958 von einer sozialistischen Senatorin abgeschafft. Seltsamerweise blieb die Nachfrage bestehen). Rom ist eine prüde Stadt. Gibt nichtmal Videokabinen.

Stattdessen CDs hören. Erster Eindruck der neuen A. Morissette: Gequirlte Kacke. Dumpfer Abklatsch des Erstlings.

Ich müßte vorsichtig sein – erste Eindrücke täuschen mich manchmal. Z. B. letztes Jahr – *O.K. Computer,* von Radiohead – ein Meisterwerk, endlich mal wieder ein Meisterwerk – sagte mir zunächst wenig.

✧

Auf dem Puccini-Orchesterstücke-Sampler (schon der vierte dieser Art, den ich für die Filmmusik zum Puccini-Projekt gekauft hab) finden sich außer den üblichen Sachen nur unnotwendige Transkriptionen, wie das Butterfly-Finale. Immerhin bekomm ich hier zum ersten Mal den «Inno a Roma» zu hören. Für eine Hymne an Rom müßte man sich schon mehr einfallen lassen. Puccini mochte die Stadt nicht besonders.

✧

Es ist egal, was man über Rom sagt, alles ist Platitüde oder Arroganz.

✧

Wenn der Wasserhahn tropft und trotz aller Kraftanstrengung nicht damit aufhören will, drehe man ihn auf, bis das Wasser ohne Lautstärke fließt.

3. November, Dienstag

Nach dem Frühstück Kapitolinische Museen. Hatte ich größer in Erinnerung. Näheres entnehme man den Reiseführern. Nur soviel: Haufenweise falsche Zuordnungen bei den antiken Büsten, echte Schlamperei, bei vielen Objekten fehlt jedes Schild.

Der Caravaggio – «Handlesende Zigeunerin» – sehr viel leuchtender als in den Büchern. Und das tolle römische Mosaik des Tigers, der eine Kuh zu Boden reißt – hätt' ich gerne als Postkarte verschickt – gab aber nur die spiegelverkehrte, weit schwächere Version.

✧

Sehr langer, zielloser Gang – Via del Corso (auf Höhe der Via Convertiti ist ein ziemlich empfehlenswertes Selbstbedienungsrestaurant) bis hinauf in die Villa Borghese. Am Teich gehockt, gegenüber dem Asklepios-Tempel, wollte ein Boot mieten, auf dem stillen grünen Wasser treiben, aber die Boote werden erst ab zwei Personen vermietet, der Sinn dessen blieb mir verborgen. Damit sich kein Selbstmörder im Boot erschießt?

Danach die Veneto hinab am Largo Susanna vorbei, vorbei am verunglückten Moses, der von unten gar nicht soo schrecklich aussieht. Wenn man aber mit dem Bus dran vorbeifährt, kann man das brüllende Gelächter nachempfinden, das bei seiner Enthüllung losbrach. Der Künstler, Prospero Antichi, wollte nachbessern, Papst Sixtus V. befahl stattdessen, die Skulptur solle als Schandmal künstlerischer Unfähigkeit für immer dort stehenbleiben. Antichi nahm sich das Leben, obgleich er für sich eine Entschuldigung besaß. Sein Atelier war nämlich so klein gewesen, daß er gebückt an der liegenden Statue herummeißeln mußte. Und die Proportionen ein wenig durcheinanderbrachte.

Vor dem Termini saßen tausende aufgeregt tschilpender Vögel in einem einzigen Baum.

Stand man drunter, sah man keinen Fetzen Himmel mehr.

Überlegte, ob ich zum fünften Mal «Lola corre» oder zum zweiten Mal «Truman Show» ansehen soll. Verschob beides, fußwund, hungrig.

Kann ich Freunden je verzeihen, wenn sie etwas nicht so toll finden wie ich?

Ehrlich wohl nicht. Vergessen ja, verzeihen nein.

Lola war mehr als ein Film, war ein Phänomen, ein Klotz am Kreuzweg. Dazu muß man sich, will man in der Strömung bleiben, positionieren – und streiten. Es ist zu wichtig.

Man will ja nicht missionieren, man will den eigenen Richtungswechsel darlegen, die Änderungen am eigenen ästhetischen Manifest paraffieren, hinter den Details zum Grundsätzlichen finden. Ich behauptete, den Film könne man nach einmaligem Sehen in dieser Funktion nicht verstehen. Moritz glaubte mir das nicht – ihm sei alles klar. Quatsch.

Nichts ist klar. Das kreative Potential – auch eines erbitterten Streits, wurde verschenkt.

Die Debatte blieb an oberflächlichen Wahrnehmungen kleben. Es geht ja letztlich nicht um den Film, sondern darum, was er in mir ausgelöst hat. Darum, was sich jetzt in meiner Arbeit an neuen Forderungen und Vorgaben niederschlägt. Das Bisherige reicht nicht mehr aus.

Bei allen anderen wärs mir irgendwann wurscht. Moritz jedoch – wir arbeiten zusammen – wenn wir die Fährten unsrer Zeit verschieden lesen, wenn wir zu unterschiedlichen Ergebnissen kommen, wird auch unsere Arbeitsweise eine verschiedene sein, unsere Analyse des Notwendigen wie unsere Zielsetzung. Wir würden dann einander nicht mehr zuarbeiten, sondern nur Kompromisse schließen, das ist keine Basis für Kunst. Ich glaube nicht an fruchtbare Auseinandersetzungen, höchstens an neutrale Äcker umpflügende Annäherungen. Er bat mich, sein Libretto von *Lunu* (von '91) noch einmal zu lesen – es gliche von der Struktur her stark meinem Entwurf / Vorschlag einer Oper, deren Protagonisten Farben wären. Gestern versuchte ich, zum zweiten Mal, dieses Libretto zu bewältigen, zu verstehen, gab erneut nach der zweiten Seite auf – es ist eine Zumutung. Ein Riesenspaß vielleicht, wenn man unter schweren Drogen steht. Auch die Musik – zehn Minuten toll, danach unter der Last der Theorie verendetes Zeug. Warum das nochmal aufwärmen, verbessern wollen?

Lieber Tabula Rasa – und vorwärts.

«Freaks», nach Tod Browning, unser nächstes Projekt, ist verschoben – glücklicherweise kommt der Auftrag vom Linzer Opernhaus momentan nicht zustande. Es würde eine gute Oper werden, sicher, aber im Stoff schlummern zuviele Rückstände gewohnter Theatralik – mich würde vor der Textur – zum jetzigen Zeitpunkt – grausen. Eine Revolution müßte geschehen.

✧

«Es gibt die einen, denen wir verzeihen, und die anderen, denen wir nicht verzeihen. Diese anderen sind unsere Freunde.» *(Montherlant)*

✧

Ich habe lange die Gegenwart als ein Stadium der musikalischen Rückbesinnung, Aufarbeitung, verstanden, als Sammeln vor der nächsten Jagd. *Helle Nächte* war die Summe bisheriger Musik, aber jetzt, jetzt fühle ich, daß es wieder Zeit wird, einen neuen Schritt zu tun, einen großen Bruch und Aufbruch zu wagen, zu etwas unerhört Neuem. Ob Moritz frei genug ist, sich von allen ins Haus gehängten Errungenschaften zu trennen, den Schritt hinaus, den großen Schnitt zu vollziehen? Alles, was ich an Vorboten und Wegweisern einer neuen populären Musik begrüße, lehnt er ab, aus akademischen Gründen, kann Machart und Wirkung eines Werkes, wie z. B. *Echnaton,* nicht voneinander trennen, hängt zu sehr im Bewußtsein seines Könnens fest, um objektiv gegenüber der Rezeptionsfähigkeit eines breitgestreuten Publikums zu sein.

Die Tragik meines Lebens besteht wohl darin, daß ich lieber Komponist geworden wäre als Schriftsteller. Damit ich selber losziehen, von mir aus auch scheitern könnte. Nur etwas getan, probiert zu haben, zählt am Ende. Ich freue mich so sehr auf die Reunion von Genie&Handwerk, nächstes Jahr. El Conde und ich werden sicher wieder etwas zustandebringen. Aber langwierig, in einer langen

Folge von Versuchen und Irrtümern. Wenn es nach meinem Wollen ginge, würde ich sofort alles Schreiben sein lassen und nur noch am Kompositionsprogramm sitzen. Und wenn ich dann dort sitze, denke ich: Alles was hier mühsam entsteht, könnte Moritz mit links und nebenbei, wenn er nur wollte – das macht mich nicht neidisch, nur zornig.

✧

Abends passierte etwas sehr Merkwürdiges. Ich ging die Viale XXI Aprile Richtung Piazza Bologna, erreichte den Platz (eine neunfache Kreuzung), überquerte ihn, gradhinaus über die große Verkehrsinsel, stieg am anderen Ende die Livorno hoch, zum hiesigen Schachklub – und fand dessen kleine Seitenstraße (Via Re Tancredi) nicht wieder. Ging eine andere – kurze – Seitenstraße entlang, deren Parallelstraße hinab – und wo war ich? Auf genau jener Straße, von der ich zur Piazza Bologna heruntergekommen war, in derselben Richtung. Ein Ding der Unmöglichkeit, ich hätte dazu den gesamten Platz in einem Bogen von 180° umlaufen müssen, keine geringe Strecke. Es war, als hätte mich ein Teleporter unbemerkt zurückgebeamt. Mir brach der Schweiß aus, ich hatte keine Lust mehr zu spielen, ging heim. Und denke seither noch immer über das Phänomen nach. Ich bin ja nicht etwa zerstreut gewesen, wie sonst oft, nein, hatte schließlich nach etwas gesucht, aufmerksam – und verwundert, weil es nicht dort war, wo es sein sollte.

Keine spektakuläre Sache, sicher, aber immerhin das erste Phänomen dieser Art in meinem Leben, das ich nicht einfach abtun kann.

Noch wilder wurde es, als ich meinen Irrweg auf dem Stadtplan nachzuvollziehen versuchte.

Die Straße, die der Via XXI Aprile genau gegenüberliegt, ist ja nicht die Via Livorno, sondern die Viale delle Provincie. Die Livorno biegt stattdessen gleich nach links ab. Um in die Livorno zu geraten, hätte ich nicht die große Verkehrsinsel überqueren müssen – gar nicht dürfen. Es ist, als hätten diese beide Straßen für einen Moment Platz getauscht, und wären dann, mit mir darauf, wieder zurückrochiert.

Wenn alles (was am wahrscheinlichsten ist) mit rechten Dingen zuging, wäre die Konsequenz umso erschrekkender. Nicht nur gestiegene Orientierungslosigkeit (die ich seit längerem zu beklagen habe) wäre zu diagnostizieren, sondern ein vollends unbewußter, unlogischer, aus meinem Gehirn gelöschter Richtungswechsel. Seltsamerweise kann ich mich an jedes Detail erinnern – die hübsche Blondine an der Post, der Kinderwagen auf der Verkehrsinsel, der Stand mit den Auslandszeitungen – und hinter dem lag plötzlich der Stehimbiß mit dem koscheren Essen, der da nicht sein durfte – zu dem man aus dem Stand eine 80-Grad-Wende hätte machen und den Ringverkehr noch einmal hätte queren müssen.

✧

Zuhause das Spiel Leeds gegen AS Rom geguckt, dabei Schnitzler gelesen, zur Ablenkung.

Leutnant Gustl – beginnt stark, wird am Ende klamottig. Verständlich, daß der Dichter diesem Subjekt kein tragisches Ableben gönnen, ihn lieber den Zeitgenossen als Laufmenetekel erhalten wollte, dennoch – des Bäckermeisters Herzinfarkt – der in Gustls Monolog vorher sogar noch als Wunschgedanke auftaucht – eine billige Volte. Zynisch auf den Weg gebracht – und harmlos angekommen.

Was heißt übrigens Subjekt? Gustl ist ein ziemlich gängiger Charakter. Heute hätte er statt der Soldatenehre andere Kacke im Kopf, aber könnte sonst noch ganz ähnlich funktionieren. Wie man damals mit 23 war, ist man heute vielleicht mit 18. Feine Unterscheidungen verschwimmen in dem Bereich, sobald man selbst ihm entwachsen ist. Unter 25jährige rechne ich sowieso eher den Tieren als den Menschen zu.

✧

Am Sonett für eine schreibfaule Brieffreundin rumgereimt – war nicht der rechte Tag für dringende Arbeiten. Beim Treatment sperrt sich noch alles dagegen, daß der Plot nicht in München spielen soll. Nur weil Tom «auf München keinen Bock hat».

In München kenn ich mich aus, hab die Bombennächte aufwendigst recherchiert, in München sind derart viele Signifikanzen für unser Jahrhundert aufgehäuft – Soll man das alles verschenken?

Manchmal treibt mich die Lust um, *Eros* doch wieder als Roman in Angriff zu nehmen, trotz allem – und weiß, es geht nicht. Hat mich zwei Jahre gekostet, bis ich einsah, daß der Stoff als Roman nicht funktionieren kann – als Film hingegen sehr wohl.

Ein Pendant zu Thanatos schaffen wollte ich, zugleich für den Hintergrund ein Bild Deutschlands zeichnen von '44 bis '89. Geht im Moment nicht. In fünfzig Jahren wieder, wenn alles komprimierter sein wird, von neuer Neugier umsäumt. Um der Wahrheit die Ehre zu geben – es wäre schon gegangen, aber nur mit 900 Seiten. Wer würde die schon lesen wollen? – am Anfang des neuen Millenniums, wenn die müden Augen nach vorne gerichtet sein werden, und man Zurückliegendes erst einmal ruhen lassen wird.

340 Seiten Material hatte ich – alles hab ich weggeschmissen. Der Entschluß dazu fiel schwer, Stück für Stück, in langen durchzweifelten Nächten. Dann tauchte Tom auf, der jetzt, nach Lola, alle Mittel besitzt, einen großen, schrägen, wagemutigen Film zu machen.

Es wird nicht Eros werden, wie ich es mir vorgestellt habe – mein Gerüst war ihm viel zu finster, zu hoffnungslos – immerhin kann einiges Schöne doch darin Verwendung finden.

Es in den Mülleimer geschmissen zu haben, stellt sich nachträglich als nicht sehr heroische Tat heraus. Hab ja noch alles im Gedächtnis.

✧

Zu deinen Gunsten nehm ich an, du seist
gestorben. Liefest dunkle Herbstalleen
vereinsamt auf und ab. Du süßer Geist
und wüßtest nicht, es wäre Zeit. Zu gehen.

Suchtest Lichter. Abschiedsworte.
Musik für menschenleere Straßen
für einst bedeutungsvolle Orte,
die dich kannten. Und vergaßen.

Schriebest Briefe in den Wind.
Schreie, halb gehauchte Zeilen, die
nicht länger zuzustellen sind.

So stell ich es mir vor. Dein Schweigen ließe
sonst Schlimmeres befürchten. Hieße,
du lebtest. Irgendwo. Und irgendwie.

4. November, Mittwoch

Zur großen Markthalle an der Via Catania, sehr viele tote Menschen waren unterwegs. Es roch stellenweise stark nach 1987. Manchmal kehrten sogar Geruchsfelder der späten 60er zurück. Fischpreise hoch, Angebot mager. Dagegen Überfülle an den Käsetheken.

Mapo gibt es noch, aber sie tragen bereits zuviel Süße für meinen Geschmack. Kaufte einen lichtblauen Samtpullover für Bea, sonst gar nichts.

✧

Habe zuwenig geschlafen. Mittwochmorgens stürmen Putzfrauen das Studio – verbringen grundlos mehrere Stunden darin, zelebrieren geheime Orgien mit Besen, Schrubbern und Kruzifixen, danach sieht alles genau aus wie vorher.

Finde mich heute sehr alt, sehr abgehangen, sehr mürbe im Material.

Eine große pelzige Beule mit roten Augen.

✧

Setze bei Intertops hundert Mark auf den FCB, auswärts in Barcelona. Quote 3,5 : 1. Hier in Italien gäbs 4,1 : 1, wobei aber die Quoten für Heimsieg und Unentschieden dieselben wie die von Intertops sind. Da stimmt doch wohl was nicht. Und die Österreicher ziehen von jedem Gewinn nochmal 10 % ab.

✧

Treffe Schilling vor der Haustür. Er hat die richtige Einstellung: Alles mitnehmen, was geht, solange es noch schmeckt.

Mit seiner zweiten Leber verzichtet er auf nichts, ohne Zigarre im Mund findet man ihn wohl höchstens im Schlaf vor. Erzählte von seiner Operation an der Galle, die ohne Narkose durchgeführt werden mußte – von Schmerzen könne ihm niemand mehr was erzählen.

Schließlich gesteht er, doch tagsüber maßhalten zu müssen – mit alkoholfreiem Rheinwein, der gar nicht so übel schmecken soll – «ungefähr wie schlechter Prosecco».

Warum dann nicht lieber gleich Wasser + Selbsthypnose?

✧

Wieder durch die Stadt; diverse Münzhändler gesucht. Alle verzogen, geschlossen, nicht auffindbar oder zu weit weg.

Viel Bus gefahren, irgendwohin, weil ein schönes Mädchen neben mir saß. Lange, schlanke Finger, ebensolcher Hals, sehr spitze Nase, bleiche Haut, schwarze Augen. Von großer Zerbrechlich- und Traurigkeit. Typus, an dem ich mich nie sattsehen kann, den ich allerdings auch nicht ansprechen würde – zu groß wäre die Gefahr, daß ihr Geheimnis in Stücke ginge.

Zudem steht Nacktheit einer solchen Figur viel weniger, als der enge Hosenanzug, den sie trug. Mein Impetus, Frauen ins Bett zu bekommen, ist stark gesunken. Sei denn, es drängt sich grad so auf. Besser – und kraftsparender, die vielen Schönheiten des Alltags anzusehen, zu speichern, sie still für sich am Abend zu genießen, im Hirnanhangskino …

✧

Jene Art der Melancholie, die alles überschau- und nichts beschreibbar macht. Die unsere Unzulänglichkeit mit dem Stolz bemäntelt, sie immerhin eingesehen zu haben.

✧

Die Lektüre der SZ – grau in grau. Claudius bringt meinen Lola-Artikel nicht.

Kaiser ergießt sich eine ganze Seite lang über den Briefwechsel der Fontane-Ehe, angeblich ein «literarisches Ereignis in dürftiger Zeit». Ich habe Kaiser mal die Chance gegeben, Thanatos vorab zu besprechen – als ich auf derlei Spielchen noch etwas gab – er reagierte nicht. Später ließ er sich einmal in einer Kolumne über den Fehler seines Lebens aus – Thomas Mann bei der einzigen Begegnung sovieles nicht gefragt zu haben.

Es ist so egal. Wieviel Zeit hab ich vertan? – mit Wut im Bauch oder Stolz in der Brust, beides nur Ballast der täglichen Eitelkeit.

✧

Halbzeitanruf bei Beatrice. Bayern liegt 0 : 1 hinten.

Schnitzler. «Die Fremde». Gekünstelt. Riecht nach Gelegenheitsarbeit. Habe eine selten große Lust auf Schokolade. Nichts im Haus, nur Salat und Nudeln.

Zweiter Anruf. Das Spiel wurde tatsächlich noch umgebogen. 2 : 1! Das wäre ein toller Fußballabend mit Albert gewesen – der Single Malt würde jetzt in Strömen fließen. Hier fließt er nur in einem Strom – langt ja auch.

✧

1988 – «Spendier mirn Bier, dann haste ne Matratze für die Nacht» – Der brutalste Satz aus den Kneipen, aus dem Mund einer jungen Frau.

Ich spendierte das Bier.

Sie trank es, rannte fort.

Soviel Angst.

5. November, Donnerstag

Die Sykophanten von DELL versauen mir den Tag. Sieben Mille hab ich bezahlt für das neue Notebook, mit 3-Jahresgarantie. Es kam Ende September – und die Maus funktionierte nicht.

Folgten stundenlange Hotline-Gespräche zur Behebung des Malheurs, das sich aber nicht beheben ließ. Endlich wurde das Ding abgeholt und nach England verschickt – den gesamten römischen Oktober blieb ich ohne Internet.

Dann kam das Ding zurück – die Festplatte völlig leer. Win 98 mußte neu installiert werden, dazu wurden Treiber benötigt, die wiederum nur DELL besaß, man schickte sie mir. Joha lud den ganzen Krempel neu, unter großen Schwierigkeiten, weil die Konfiguration hinten und vorne nicht paßte. Kostete mich nochmal 400 – kann ihn ja nicht umsonst schuften lassen – und jede Menge Hotlinegebühr. Schließlich war alles installiert, mit dem Ergebnis: Die Maus funktionierte nicht. Neue Anrufe bei DELL – und ein zwielichtiges Angebot: Ich solle das Notebook nach Frankfurt schicken, bitte in der Originalverpackung, ein Techniker sähe sich das mal an – die sprachen von einem Kulanzdienst, was soll das – Kulanzdienst? Das Ding war offensichtlich kaputt.

Ich kramte die Originalverpackung aus dem Keller, eine Kiste mit zwei blauen Schaumstoffteilen, in die man das

Notebook nur auf eine einzige Art und Weise einstecken kann, ansonsten sich die Kiste gar nicht schließen ließe. Vorgestern wurde es abgeholt, heute erreichte mich Beas Anruf – es gäbe neuen Ärger mit dem Notebook. Angeblich hätte ich es nicht ordnungsgemäß verpackt (ich hab sogar einen Zeugen dafür, leider kein Foto) – dadurch sei es nun beschädigt worden, die Festplatte sei eingedrückt und ein Stück vom Chassis abgesplittert. Die Reparatur koste deshalb 790 DM. Ich rief an und sagte, daß das alles Quatsch sei, das Notebook sei sachgemäß verschickt worden – und es müsse, um solche Schäden hervorzurufen, schon jemand mit schweren Stiefeln darauf herumgetrampelt haben.

Ich pfeife, sagte ich, auf die ganzen Nebenkosten, den Zeitverlust, zahlt mir einfach mein Geld zurück – oder gebt mir ein anderes Gerät.

Da fing ich mir aber was ein. So ging das los:

Man habe in Frankfurt – unter Zeugen – das Paket geöffnet – und ein Foto gemacht – die Schuld, zumindest die Beweislast, läge bei mir, mir stünde gerne der Rechtsweg offen, meine Chancen seien jedoch minimal. Ich fragte, warum sie denn das Ding nicht zurücknehmen würden, wenn es doch kaputt sei. Da antwortete mir der Typ eiskalt: Für uns ist das Notebook nichts mehr wert, wir würden es wegschmeißen. Darauf ich: Was soll ich denn dann damit anfangen?

– Ihr Problem.

– Wollen Sie mir sagen, ich habe jetzt fast 8000 Mark ausgegeben, und stehe dann mit einem kaputten Notebook da?

– Nein, es gibt ja die Möglichkeit einer Reparatur. 790 Mark – dafür wird in England die Festplatte ausgetauscht, dann kriegen Sie es wieder.

– Ich kann eigentlich an so schwere Schäden gar nicht glauben. Würden Sie mir das Notebook bitte zusenden, damit ich mich davon überzeugen kann?

– Nein.

– Warum nicht?

– Das ist nicht vorgesehen.

– Irgendwie klingt das stark nach Vampirismus.

– Wir können uns gerne vor Gericht wiedersehen.

– Ihr habt mir ein sauteures Teil angedreht, das hinten und vorne Dreck ist, und droht mir mit dem Gericht?

Ich war sehr milde aufgelegt – normalerweise hätte ich sofort den Anwalt eingeschaltet. Aber wie soll ich von Rom aus einen Prozeß führen? Außerdem sähe ich das Ersatzteil frühestens in einem halben Jahr – wenn ich schon längst wieder in München bin.

Folgte meinerseits eine eigentlich kaum nachvollziehbare Geste des guten Willens:

– Also hören Sie zu, von mir aus schenk ich Ihnen auch noch die 790 Mark – aber dafür erstatten Sie mir den Einkaufspreis, ich geh zur Konkurrenz, und die Sache hat sich.

– Wozu sollten wir das tun?

An der Art seiner Stimme war zu merken, daß der Kerl nach Feierabend auch gern mal in der Hölle aushilft. Die pure Arroganz und Gemeinheit.

– Also nochmal Klartext: Sie schicken das Ding nach England, danach kommt es, mit der inzwischen dritten Festplatte, zu euch nach Frankfurt, ihr ladet Win 98 und die neue Systemkonfiguration drauf und schickt es mir irgendwann zu Weihnachten zu. Und wenn dann die Maus immer noch nicht funktioniert?

– Dann haften wir dafür. Aber nur, wenn es sich um einen Hardwarefehler handelt.

– Wie – Hardwarefehler? Dafür ist das Teil doch in England beim Reparieren?

– Eben. Wenn die dort sagen: Fully repaired – dann liegt kein Hardwarefehler vor.

– Und dann?

– Dann haften wir nicht.

– Aber nun hören Sie doch! Das Notebook war doch schon mal in England bei der Reparatur, kam zurück mit der Notiz – fully repaired – und die Maus war trotzdem tot.

– Das ist dann nicht mehr unsere Sache.

– Das bedeutet, ich konnte drei Monate nicht mit Internet arbeiten, bin Autor und Journalist – und statt eines Schadensersatzes oder einer Preisminderung zockt ihr mir noch 800 Mark ab, damit ich im neuen Jahr die Ruine eines Notebooks besitzen darf, bei dem die Maus nicht geht?

– Sie haben das Notebook unsachgemäß verschickt.

(Kein Mensch glaubt denen das. Die wollen doch nur vertuschen, daß sie selber keine Ahnung haben, warum die Maus nicht funktioniert.)

– Ich glaube Ihnen kein Wort. Das Ding war so gut verpackt, da hätte man mit dem Panzer drüber fahren müssen.

– Sie müssen ja wissen, was Sie damit gemacht haben.

So ging es noch weiter. Um ehrlich zu sein, ich habe keine Ahnung, wie die Gerichte bei sowas entscheiden – wenn Aussage mit Zeugen gegen Aussage mit Zeugen steht. Was sollte ich machen: Der Kerl hat mich schlichtweg erpreßt. Wenn ich zur Reparatur nicht ja gesagt hätte, hätten die das Ding einfach einbehalten – basta, so lange, bis ich mit dem Anwalt angerückt wäre. Aber ich kann in der Zwischenzeit nicht wieder sieben Mille hinlegen und mir ein anderes Notebook kaufen – dazu langts im Sparschwein nicht.

Ich muß davon ausgehen, daß das Geld verloren ist – durch die Machenschaften einer Firma, die vordem als seriös galt.

Anruf bei Joha. Er nennt das Ganze entweder supermies oder höchst unwahrscheinlich – will sich über seinen Bruder mit einem Anwalt kurzschließen. Das Problem jetzt ist, daß DELL sich darauf berufen kann, ich hätte mein Okay zur Reparatur gegeben – was quasi als Schuldeingeständnis bewertet werden könnte.

Andererseits war der Transport des Gerätes eine von denen so genannte «nicht offizielle Serviceleistung» – ich hab da schon dumpf geahnt, was passieren könnte und mir einen Transport-Sicherheitscode geben lassen. Ob das was nutzt? Liegt die Beweislast wirklich bei mir – oder ist das nur ein frecher Bluff?

So ging ich hinaus in den leicht bewölkten Tag – deprimiert und verloren, wie man es nur völlig unschuldig sein kann. Zuwenig Haß in mir, um wirklich den ganzen Gerichtszinnober durchzuziehen – das kostete mich nur noch mehr Zeit. Es ist so grauenhaft, mit derlei Dingen belangt zu werden – gerade wenn man sich, um solches zu vermeiden, kein Gerät aus dem Supermarkt gekauft hat, wenn man mal großzügig sein wollte, um vor so einer Scheiße verschont zu bleiben.

✧

Langer Gang übers Forum. Ich kann heute nichts anderes mehr denken. Und wenn es auch überhaupt nichts nutzt. Dabei wäre einiges machbar. Ich bin schließlich ich. Habe

Möglichkeiten zuhauf, das publik zu machen. Hab ich denen auch gesagt. Es war ihnen egal.

Schulterklopfen aus der Heimat, grad im rechten Moment: Ein netter Brief von Lutz. Dazu zwei Lexika-Einträge. Bin jetzt im Kindlers-Supplement-Band. Allerdings wird ausschließlich *Melodien* behandelt – und auf den Rest nichtmal verwiesen.

Wollte Lutz sowieso gestern eine Karte schreiben, hatte die PLZ nicht. Guter Zufall.

✧

Wer einen Brief per Einschreiben oder Expreß verschickt, macht damit deutlich, daß ihm die Sendung wichtig ist und wirklich ankommen soll. Jedes Jahr werden hier einige Postsäcke aus dem Tiber gefischt. Aber, so schreibt ein Touristenführer, die italienische Post mache Fortschritte. Während im 14. Jh. ein Brief von Mailand nach Florenz sechs Tage unterwegs war, sind es heute nur noch fünf.

✧

Bin ins Kolosseum gegangen. Gab ein tolles Schauspiel. DELL-Kundendienstler, mit nichts als einem Telefon bewaffnet, gegen Löwen und Alligatoren.

Ging bloß ein bißchen zu rasch.

✧

Danach trübe Straßen ohne Touristen, Via Lebicana, Via Emanuele Filiberto. Sehr hoher Ausländeranteil in dieser Gegend. Viele Afrikaner und Inder, Vietnamesen, dazu die bosnischen und albanischen Flüchtlinge. Wovon die alle leben? Zum Beispiel Feuerzeugverkäufer. Zehn Einwegfeuerzeuge kosten 4000 Lire – vier Mark. Ich hab ein paar von denen beobachtet – sie konnten froh sein, wenn sie pro Stunde zwei Zehnerpacks los wurden. Und der Einkaufspreis für die Dinger kann auch nicht viel niedriger liegen.

✧

Pistazieneis. Und ein Brathuhn, das zu trocken war.

Anruf von Beatrice. Johas Bruder, selbst im Computergeschäft, läßt ausrichten, das sei von DELL nur dreiste Einschüchterungstaktik, die hätten vor Gericht keine Chance, müßten mir schon schuldhaftes Vorgehen nachweisen. Wahrscheinlich genüge ein Brief mit Anwaltkopf. Da bin ich mal gespannt.

✧

Anruf Peter, der bald von Köln nach Bremen zieht. Er meint, er könne in Sachen DELL vielleicht was machen. Über Patricia: Sie habe sein letztes E-Mail nicht bekommen, hätte daraufhin geschwiegen. Neuestes Beispiel für einen Kontakt, der beinah an der Unzuverlässigkeit des Mediums zugrundegegangen wäre. Liebesbriefe sollte man weiterhin per Hand schreiben. Liebes-E-Mails – wie klingt das auch?

✧

Abends düstere Viertel um den Bahnhof durchstreift. Tatsächlich war was los. Der Notarztwagen barg einen Abgestochenen, Polizisten durchsuchten den mit Handschellen gefesselten Täter, junger Inder – vielleicht Pakistani. Ich ging schnell weiter, weiß nicht warum. Früher hätt ich da lange hingesehen, hätte mir alles genau gemerkt. Und jetzt – eine Scheu, die mir fast wie Feigheit vorkommt. Vielleicht sagt mir das alles auch nur nichts Neues mehr.

✧

Im Fernsehen erwischt: den Schluß von *Carrie* mit Sissy Spacek. Jetzt weiß ich, an wen mich Iris immer erinnert hat. Tolle Sequenz: Die fünf Minuten vor und nach dem Fall des Schweinebluteimers. Grandios. Wegweisend in Schnitt, Bildaufteilung, vor allem: Ton. Warum fällt mir das so spät auf, beim vierten Sehen? Noch dazu auf einem winzigen Bildschirm & einem schlecht zu empfangenden Sender?

✧

Mache eine Flasche Champagner auf, dem Tag zum Trotz. Inneres Schaumbad. Und hier braucht man endlich mal keine Angst haben, daß der Korken die Decke erreicht.

(Und eine Glühbirne zerschießt, wie neulich erst.)

✧

Spät in der Nacht fällt mir ein Satz ein, den Sibylle manchmal gebraucht hat, vor fünfzehn Jahren: «Nervtüten werden gepelzt.»

Lustiger Satz. Könnte ihn dauernd vor mich hersagen. Sie hatte diese Art zu sprechen drauf. Und nichts blieb in meinem Gedächtnis übrig, nur der eine Satz.

Poesie bleibt. Modewörter nicht. Erinnere mich kaum noch an manchen damaligen Slang (z. B. «keinen Peil von etwas haben»). Wenn hin und wieder eines jener signifikanten Wörter wiederkehrt, berührt es mich peinlich, weil es gesucht pseudojugendlich klingt, so wie wir damals z. B. das Wort ‹Penne› für Schule gräßlich sechzgerjahremäßig fanden.

✧

Schweine. In friedensbewegten Zeiten.

Mein Erfolg wie mein Mißerfolg gründet sich darauf, daß ich ehrlicher schreibe, als ich es müßte.

Man wird nach *Schweine* viel leichter Sinn und Ziel der Trilogie erkennen. Es ist ein Entwicklungsroman, eine Schule des Herzens, eine Erlösungsgeschichte. Die Überwindung des Innenschweins aus der Gnade der Liebe.

Reminiszenz *Schweine*:

Aufgewachsen mit Global 2000 (sowie dem unausweichlichen Atomkrieg) flohen wir in die vermeintliche Schmerzlichkeit der Zukunft. Hach, was da alles Grausiges vor uns lag – wir würden die letzten Genußtiere einer selbstzerstörerischen Gattung sein. So, im Wissen um die kommende Last, verspotteten wir jeden neuen Frühling als nostalgische Staffage, als herzzerreißend kitschige alte Operndiva, die gewissenlos eitel Bündel böser Blumen entgegennimmt. Als sich nach und nach herausstellte, daß es mit dem Atomkrieg vielleicht nichts werden würde, daß auch die Erde sich resistenter zeigte, als alle dachten, daß Hoffnung drohte – gerade von der uns so verhaßten Technik –, da wußten viele nicht, was sie sagen sollten, andere hatten es hingegen schon immer gewußt und also in der Verspottung derer, die im australischen Feriendomizil einen Schutzbunker angelegt hatten, ein Thema gefunden. Plötzlich hatten sich alle Vorzeichen verkehrt. Was eben noch als weise, verantwortungsvoll und kämpferisch gegolten hatte, war nurmehr peinliches Gejammer, und die, die sich den puren, durch kein Engagement gestörten Spaß auf ihre Fahne geschrieben hatten, schwammen obenauf.

Weil wir so gar keine ernsthaften Probleme besaßen, interessierte man sich zunehmend für die Probleme anderer. Ende der Achtziger, das Ende der Gitarrenmusik auf romantischer Wurzel, eine unglaubliche musikalische Verrohung durch primitive Parameter, Kommerz ohne Raffinesse, raffiniert nur in der Selbstdarstellung. Rap, Hip-Hop – als Gegenströmung einzig die noch blödere weiße Antwort: Techno. Ich mochte meine Zeit nicht mehr.

✧

Neue Demut gegenüber der Tradition. Die Arroganz, den Kids wieder sagen zu können: Wir wissen mehr als andere, wollt ihr glücklich sein, kommt zu uns und lernt. Mißtraut dem Mißtrauen, es ist nur die andere Seite des Glaubens. Es gab vor euch Menschen, und nach euch wird es noch mehr geben.

6. November, Freitag

Der Himmel hat geschlossen. Wenig Licht heute, prompt verfalle ich in Tranigkeit.

Blieb den ganzen Tag zuhause, dümpelte herum. Nur Kochen machte Spaß. Bereitete Minestrone zu für morgen, und zu Mittag mein neues Leibgericht – Spaghettini mit in Butter gedünstetem Spinat und geschnetzelter Kalbsleber – ein paar Zwiebelchen und Speckwürfel dazu, herrlich einfach – vice versa. Kalbsleber ist hier billig, muß man nutzen.

✧

Abends zum Essen eingeladen bei Andreas und Katharina. Später Alban und seine halbindische, zwanzig Jahre jüngere Freundin Cavita. Noch mehr gutes Essen, Anekdoten über Massimo-Internes, Geschichten über sizilianische Vulkanbesteigungen im Nebel, Übernachtungen neben der strömenden Lava im Schlafsack. Über rosarote Himmel, aus denen ein Glutschwall über Kraterkanten schwappt, in die Morgendämmerung hinein. Landschaften, die einen berühren wie Bild gewordene Jenseitsvorstellungen. Über die Schwierigkeiten, mit dem Boot in Stromboli anzulegen – man müsse sich rudern lassen, wie über den Styx, bei Schirocco ginge selbst das nicht. Über die Insel Volcano, die regelmäßig zu weiten Teilen den

Flammen zum Opfer fällt, es gibt dort viele leerstehende Häuser zu besetzen. Und und und.

Kam mir sehr verbürgerlicht vor, weil diese Art Abenteuer-Tourismus für mich nicht mehr vorstellbar ist. Nicht etwa, daß mich Sehnsucht umgetrieben hätte, iwo, wonach ich Sehnsucht habe, das mach ich auch – eher Verwunderung wars, wie fremd der Gedanke geworden ist, nachts nicht in einem schützenden Hotel unterkriechen zu können. Alban brachte zum Dessert aus seiner privaten Riserva sizilianische Käselaibe an. Strenges, gewöhnungsbedürftiges Zeug. Er erzählte ferner, wie er in der Villa Massimo Jünger kennengelernt habe, 1986, und vor allem von dessen Frau beeindruckt gewesen sei – eine «hellwache Person, hatte alles im Griff».

✧

Spätnachts wieder mal Echnaton gehört. Mag ja sein, daß das vielleicht simpel gestrickt ist (ich seh's nicht so), aber welche unmittelbare Suggestion, welche Magie, welche Beschwörungsmacht von der Musik ausgeht! Erstaunlicherweise sind gerade die Sprechstellen am bewegendsten, das spricht aber nicht gegen die Musik, im Gegenteil, die Worte haben sich zuvor mit Musik gleichsam aufgeladen, werden zum Gebet, zur Anrufung. Eine ungeheuerliche, lange verloren geglaubte Spiritualität kehrt zurück – oder macht es mich immerhin glauben. Ich höre mich in einen nachtschwarzen, pharaonischen Rausch, überlasse mich dem Sog, es ist, als klaffe im Chronos ein Loch, das mich einschlürft, dorthin, wo ein Rest geblieben ist, verstörende Bilder, Blitze, Schemen, Ruinen, von allem, was war.

Auf Echnaton findet sich auch das ergreifendste Liebesgedicht, das ich kenne, in englischer Übersetzung. Altägyptische Grabinschrift. Worte, die eine Heirat spät noch mit dem Glanz des Gemeinsam-Vor-Die-Götter-Tretens auszustatten vermögen.

I breathe the sweet breath
which comes forth from thy mouth
I behold thy beauty every day.
It is my desire, that I may be
rejuvenated with life through love of thee.
Give me thy hands,
holding thy Spirit,
that I may receive it and live by it.
Call thou upon my name unto eternity –
and it shall never fail.

Da wird das Herz zur Flipperkugel.

Das sind Worte, die man der Einzigen schreibt – und nie veröffentlicht. Sie verlangen nicht nach dieser Welt.

7. November, Samstag

Schlafdefizit. Beschwichtigt durch grenzenloses Blau. Fahre mit der S-Bahn an den Strand von Ostia, laufe durch grobkörnigen Sand, die Sonne tobt, steht maßlos über der ruhigen See. In der Ferne Silhouetten von Dampfern und Tankern. Wenige Menschen sind unterwegs, die Bagnos haben dichtgemacht, zum Strand kommt man nun umsonst. Man könnte sogar baden, Tapferkeit vorausgesetzt. Wassertemperatur etwa 16 Grad.

Wunderbare Stille. Das Licht kommt einer Injektion gleich. Fühle mich so fern von dem ganzen Mist in Deutschland – Stimmung von Frieden und Ausgesöhntheit. Kaum mehr etwas ist wichtig.

✧

Ein Park aus umbrabraunem Sand. Windgekrümmte Pinien dienen als Fußballtore. Die Sonne berührt den Horizont – ihr Gleißen steht immer noch kraftvoll zwischen Baumkronen und Schatten. Ziegelrote Hauswände leuchten. Ockerfarbene Hauswände leuchten. Crèmefarbene Hauswände leuchten nicht. Sie glänzen – wie Milcheis. Das Geschrei der Kinder. Schweigsam umhertollende Hunde. Eindruck morbider Geborgenheit.

An der Piazza Bologna entdecke ich einen neuen – und ziemlich großen – Supermarkt, versteckt in einem Hinterhof. Ich geh so gerne einkaufen. Manchmal brauche ich überhaupt nichts, und suche in den Regalen so lange, bis irgendwas mir einschwätzt, ich bräuchte es doch.

Diese Sucht, einkaufen zu gehen, muß aus der Zeit herrühren, als ich unter der Armutsgrenze vor mich hinvegetierte, als ich mit ein paar Mark durch die Konsumtempel streifte und das Beste draus machen mußte.

✧

Bayern hat das Derby 3 : 1 gewonnen. John Glenn kurvt noch durchs Weltall. Hamas-Suizidkommandos in Jerusalem. In den USA gewinnen die Demokraten an Stimmen hinzu – und Clinton zieht prompt sein Angebot an Paula Jones zurück. 700 000 Dollar hatte er ihr geboten, wenn sie die Klage wegen sexueller Belästigung fallen läßt. Sie war nicht darauf eingegangen – und wird nun leer ausgehen. Freut mich. Dieser «fortschrittliche» Westen, von sich wichtigmachenden Weibern versaut. Geldgeile Schnepfen, die dem Leben gegenüber nichts vorzuweisen haben, als angeblich verletzte Seelchen. Die Hybris alldessen mündete in ein vergiftetes Klima aus Beklemmung, Gier und Bigotterie. Es gibt etwas wie ein Naturrecht der Geilheit. Der Fall Lewinsky ließ sogar erste Zweifel an der Zukunft der amerikanischen Demokratie aufkommen jetzt muß Entspannung her, eine demonstrative Lässigkeit seitens der wirklich starken Frauen. Unbedingt.

In hundert Jahren wird man über hysterische Hennen, die Anzeige erstatteten, weil im Spind des männlichen Kollegen ein Pin-Up-Girl hing, urteilen wie über finsterste Eiferer der Inquisition.

In Deutschland scheint das Schlimmste bereits vorüber.

Man kann gar nicht mehr glauben, wo wir schon waren. Daß nach dem Film ‹Eine verhängnisvolle Affäre› etliche Kritiker (z. B. Ponkie) allen Ernstes dieses entsetzliche Psychopathenweib – gespielt von Glenn Close – in Schutz nahmen, aufheulten in aufklärerischem Bewußtsein (oder was sie dafür hielten), dabei schlicht antisexuell den Film als Werbefeldzug für die Ehe verurteilten, zeigt, was in diesem Land für ein grausiges Kulturklima geherrscht hat. Die erotische Rigidität dessen erinnerte an die schlimmsten Auswüchse der Religionsgeschichte. Viel Geschrei wurde gemacht – und fast alle intelligent Denkenden, egal welchen Geschlechts – hielten den Mund, aus Angst, gebrandmarkt zu werden. Frauen, die gegen den Wahnsinn ihre Stimme erhoben, wurde besonders arg zugesetzt.

Unsere Zeit wird der Zukunft einmal als schrecklich gelten. Wie es sich für eine Vergangenheit gehört. Die Zukunft wird nicht ahnen, daß man in ihr dennoch gut zurechtkommen konnte, weil nicht alle Menschen so verrückt waren, wie jene, die als signifikant für sie gelten werden. Das Extreme schrie, das Normale schwieg. Die schweigende Mehrheit hat prima gefickt. Aids hat viel weniger geändert, als man einmal glauben wird.

Paula Jones indessen hat ihre Schmerzensgeldforderung von einer Million auf 950 000 Dollar gesenkt, als Zeichen des Entgegenkommens.

✧

Die Feuilleton-Artikel in der SZ werden immer schlimmer. Das Tollste heute: Eine Achtelseite scheint die Meldung wert, daß vorab keine Rezensionsexemplare des neuen Tom-Wolfe-Romans an ausländische Kritiker verteilt werden. Schon wahr: Das ist ein Grund, beleidigt zu sein. Da hofiert man diese amerikanischen Dilettanten noch und noch – und wird von denen glatt als Penner vom Nebenschauplatz behandelt. Andererseits haben wieder einmal alle recht: Wer amerikanische Dilettanten hofiert, *ist eben* ein Penner vom Nebenschauplatz.

Bescheidenheit ist eine Tarnkappe für Wichte –
ein kluger Kopf guckt immer raus.

✧

«Das einzige Rezept: schöne Werke schaffen. Dann komme, was mag.» *(Montherlant)*

Überhaupt: Montherlant – Selten soviel Geist entdeckt, wie in seinen Tagebüchern, die mich seit Monaten begleiten. An die Romane wage ich mich noch nicht, aus Angst, sie seien schlecht. Sie müssen einfach schlecht sein, oder? Sonst wäre Montherlant doch einer der größten Schriftsteller dieses Jahrhunderts. Oder? Oder?

«Man sollte nie über einen Autor schreiben, ohne *alles* von ihm gelesen zu haben und sich an alles zu erinnern.» *(Montherlant)*

Wirklich: Ich habe von Montherlant hunderte großartiger Aphorismen, Apercus und Bonmots gelesen, und es juckt mich doch heftig, das eine *mißglückte* Beispiel eines Sinnspruchs zu zitieren. Ich finde es auf Anhieb nicht. Eben suchte ich seine Tagebücher diagonal durch, fand es nicht, also setze ich mich hin, schäme mich ein wenig für meine Bösartigkeit, weil sonst grad nichts zu tun ist – und schreibe dies hier auf.

Und jetzt geh ich wieder suchen.

Schlimmer noch: Ich beschließe, ein paar seiner guten Aphorismen in dieses Tagebuch aufzunehmen – «um etwas für seine Verbreitung zu tun». Wie gnädig von mir! Ebenso könnte ich demutsvoller formulieren: «Damit er etwas zu meiner Verbreitung tut.»

✧

Die liebe S. Ich sah sie vor Wochen, an der S-Bahn, ging nicht zu ihr hin. Meine nie eroberte Jugendliebe ist saumäßig fett geworden, unattraktiv, hat so, auf banale Weise, die offene Wunde meiner Biographie zugekrustet.

Werde ihr zu Ehren eine Gedenktafel Schokolade essen.

8. November, Sonntag

Kein Wölkchen. Ging zum Flohmarkt an der Portese, kaufte Schuhe – ich trage meine Schuhe wirklich so lange, bis sie mir abfallen, kann mich einfach nicht von ihnen trennen.

Auch sehr günstig erstanden: Eine flüssige Landschaft, aus Öl und Sand – zum Kippen, Schwarz-Orange – die Farben, die meiner Jenseitsvorstellung (nicht der wirklichen, sondern der aus den Träumen) am ehesten entsprechen.

Nur 15 000 Lire. Kostet bei uns um die 50 Mark. Apropos – es ist schon ein unangenehmes Gefühl, daß es Mark und Lire bald nicht mehr gibt, nur noch Euros – in zehn Jahren schon wird man Mark und Lire in der Literatur als uralte Wörter lesen, wie Taler oder Dukaten, das patiniert einem die Seiten – andere Autoren freuen sich vielleicht sogar darauf. Wie wird man das neue Geld im Kürzel nennen? Eus?

Auf einem Rasen neben der Via Marmorata gab es kleine – man möchte sagen: Garküchen – für die Ärmsten. Aber ohne Feuerstelle. Das Inventar besteht aus Plastikschüsseln und einem großen Warmhaltetopf, der wiederum in Plastiktüten eingewickelt ist. Für 1000 Lire bekommt man ein paar Kartoffeln, ein bißchen Fleisch, dunkle Soße. Erstaunlich, daß auch besser gestellte Römer vom Angebot Gebrauch machen – und sich auf einen Imbiß ins Gras setzen, neben die Obdachlosen.

✧

Freute mich an den Kletterkünsten einer Katze. Neben der Cestius-Pyramide stieg sie eine vertikal abfallende Wand etwa fünf Meter lang hinab – wie ein Bergsteiger tastete sie sich vor, verlagerte ihr Gewicht, krallte sich ein, zog den Körper nach. Wirklich faszinierend. Nicht für möglich gehaltene Statik. Zweimal machte sie einen kurzen Satz auf einen winzigen Vorsprung, ansonsten ging das Schritt für Schritt.

✧

Sogar die braunen Apartmenthochhäuser über dem Largo Ventuno Aprile sehen im Spätlicht warm und mystisch aus – überhaupt eine gute Gegend hier, um bequem und nicht zu teuer zu wohnen. Was eins dieser Apartments kostet? Wohl zwischen 200 und 250 Mille. Nicht Lire. Aber auch nicht Euros.

✧

Schöne Redewendungen mit cacio – Käse:

essere come cacio e pane – ein Herz und eine Seele sein.

arrivare come il cacio sui maccheroni – wie gerufen kommen.

✧

Abends durch Trastevere, viele Straßen hell erleuchtet, viele Tante-Emma-Läden haben auch sonntags geöffnet, afrikanische Straßenhändler breiten ihre Ware auf den Gehsteigen aus, man muß obacht geben, daß man auf nichts tritt, so eng ist es. Etliche Kneipen nach englischem oder deutschem Vorbild. Ich gehe ins Cinema Pasquino, *Sliding Doors,* mit Superelfchen Gwyneth Paltrow – nette Parallelweltkomödie, die nur funktioniert, wenn man britischen Puritanismus als selbstverständlich voraussetzt. Jenen Puritanismus, der Frauen aus jeder Affäre ihres Mannes eine Tragödie machen läßt. Daß es den gibt, hab ich selber erlebt, es half mir, der Geschichte einigermaßen Glauben schenken zu können. Das Ende wirkt unbefriedigend, weil allen Figuren gegenüber ungerecht. Der untreue Freund wirkt unbeabsichtigt viel sympathischer als der schleimglatte Ersatz. Der Film hat gute Ideen, gute Dialogpassagen, einige recht starke Szenen. Und bleibt am Ende dennoch blaß aufgrund durchscheinender Konstruiertheit, fehlender Motivation.

Gwyneth Paltrow – ich fand sie in *Emma,* einem sonst dürftigen Film, überwältigend, konnte nicht verstehen, daß man damals so über ihre schaupielerischen Fähigkeiten herzog. Jetzt ist sie Hollywoods Angesagteste – und zu Recht. Allerdings haben die Diven immer kürzere Halbwertszeiten. Werden rausgeschossen, Feuerwerk – und stille Nacht.

✧

Heim am Circus Maximus vorbei. Wirkt aufgrund der geschickten Illumination nachts viel stärker. Flashback in die Zeit, als ich *Melodien* schrieb, als unten die Protagonisten wandelten, und ich mir vorkam, als erschüfe ich die Welt neu. Und es war ja auch so.

Inzwischen bin ich gar nicht mehr traurig, daß der Roman aufgrund seiner Seitenzahl kaum übersetzt ist. Das hat Zeit. Ich warte auf Menschen, die genial und verrückt genug sind, sich von selbst da ranzutrauen. Keine Übersetzungen sind schlechten vorzuziehen, das hat mir das Beispiel mit Holland gezeigt. Wie Thanatos ins Italienische übersetzt werden soll, ist mir auch ein Rätsel. Jemand der so stark mit Nuancen, mit Rhythmus arbeitet wie ich – und dann diese umständliche Sprache – da kann eigentlich nur Unsinn – oder ein völlig anderes Buch entstehen.

✧

Zuhause endlich wieder ein Stück weit im Stück weiter gekommen. Klumpig Ding nimmt Kanten an.

✧

Große Nacht. Allmacht, die besteht, weil man auf deren Ausübung verzichtet. Sovieles tut man nicht. Angenommen, ich riefe mich, weil der Posten ja grade vakant ist, zum Kaiser Roms aus, oder lieber gleich zum Orgasmus Gottes, formerly known as Helmut – im Hintergrund läuft das italienische Liederbuch – Als Hugo Wolf dem Irrsinn verfiel, begehrte er, der *Gott der südlichen Zonen* genannt zu werden. Man kann darin eine letzte Bastion der Bescheidenheit erkennen, ein Bekenntnis zum Dualismus – vielleicht auch nur die Abscheu vor der Einsamkeit.

9. November, Montag

Morgens um halb zehn: Telefon – C. reißt mich aus dem Schlaf, spricht auf Band, daß die Telefonanlage heute umgebaut wird, also nicht zu benutzen ist. Ich verfluche C. und schaff es, nochmal einzuschlafen. C. ruft eine halbe Stunde später wieder an: Alles falscher Alarm, Umbau ist verschoben auf den 18. Ich verfluche C. – und schlafe nimmer ein.

✧

Die ganze Woche Taxistreik. Donnerstag und Freitag darüberhinaus Streik aller öffentlichen Verkehrsmittel. Ausgerechnet wenn Marcel kommt.

✧

Hettche ruft an wegen einer geplanten Internet-Anthologie zum Thema Millennium. Erfahre en passant, daß einer der Vorbewohner meines Studios Kummerkurti war.

Daher der Geruch.

✧

An der Oper vorbei – alle fremdsprachigen Produktionen werden hier elektronisch untertitelt – wie es sich gehört. (Wann werden wir in München Peter Jonas wieder los?)

Zur Piazza Navona – probierte in der Tre Scalini das Gelato Tartufo – es lohnt sich. Kalorienbombe aus gefrorenen Kirsch- und Schokoladenstücken mit einem Batzen Sahne drauf.

Sieht wie ein breitgetretener schwarzer Trüffel aus, daher der Name.

✧

Sah einen tollen Diebstahl an einer Pizzeria mit teilweisem Straßenverkauf, ähnlich unseren Pizza-Hut-Läden. Eine schräg in gold- und silberfarbene Kleider gewandete Frau kam vorbei, blieb vor der Auslage stehen, griff zu, nahm eine ganze Pizza von den Warmhalteplatten, faltete sie zusammen und ging weiter, aß genüßlich, ohne zu hasten – was bei ihren hohen Absätzen auch kaum möglich gewesen wäre.

Mega-cool. In der Pizzeria hat niemand den Diebstahl bemerkt, obwohl drei Verkäuferinnen an der Theke im Innenraum Kundschaft bedienten und ein kleiner Seitenblick genügt hätte. Ein älteres englisches Ehepaar sah dem Mundraub zuerst fassungslos, dann fasziniert zu. Sie überlegten, was sie tun sollten, beschlossen endlich, sich nicht in die inneren Angelegenheiten des Gastlandes einzumischen. Die Diebin ging ruhig die Via del Corso entlang, wäre mühelos einzuholen gewesen. Sie wirkte nicht etwa arm, nur extravagant, trug eine mit Goldlack gemalte, umgestürzte Pyramide zwischen den Brauen – keine Ahnung, was das im esoterischen Bildcode bedeutet.

Natürlich, es war nur eine Pizza im Wert von umgerechnet 18 Mark / 9 Euros – viel kann einem deswegen nicht passieren, aber die Dreistigkeit, die Schnelligkeit, die plötzliche Entschlossenheit der Frau, der ästhetische Bewegungsablauf – das hatte was, erinnerte mich an

Michael, den Boß unsrer Drückertruppe, der auf ähnliche Weise manchmal eine ganze Steige Pfirsiche vom Obststand klaute.

✧

Gespräch mit Töteberg. Immer noch nichts von Schlafmütze Becker zum Puccini-Drehbuch. Das ist schon nicht mehr frech, das scheint psychotisch. Wahrscheinlich weiß Töteberg auch nicht so recht, wie jetzt weiter zu verfahren ist, aber warum leiert er die Übersetzung nicht an?

Für das Eros-Treatment hab ich noch keinen Satz geschrieben. Ich denke drüber nach. Schreiben geht dann schnell. Ich komme noch nicht von meinem alten Plan los.

Überlege, Tom anzurufen. Die Hauptrolle muß mit drei Schauspielern besetzt werden. Król als Zwanzigjähriger – das geht nicht.

✧

Nur noch drei Tage bis B-Day.

Langer Nachtgang durch die Villa Borghese (gab keine Transvestiten zu sehen) runter zum Termini, dort in einen Bus nach Süden. Kam irgendwo unterhalb des EUR an, saß um Mitternacht am Fluß, rauchte, schrieb den Entwurf zu einem Gedicht. Der Mond sah aus wie ein Ei, eigelb war auch seine Farbe. Hatte zwei Flachmänner voll Wein im Sacco. Viel zu wenig. Ein kleiner Autostrich. Bedient wird nur nella macchina. Beobachtete eine Art Bar / Kiosk. Brummifahrer soffen Bier. Jemand demonstrierte die Lautstärke seiner Stereoanlage. Seltsamer italienischer Pop – dann plötzlich *Believe* aus dem Lola-Soundtrack.

Kam geil. Ging eine Anhöhe hinauf, betrachtete die Lichter der Stadt. Vielleicht schreibe ich nie wieder einen

Roman. War ein gutes Gefühl. Nichts mehr zu müssen. Wäre auch lustig – *Schweine* – mein erster, wäre zugleich mein letzter. Der Kreis hätte sich geschlossen.

Bin ich schon fertig mit mir? Das Gedicht floß bereitwillig aus den Fingern. Ich hatte das Gefühl, wieder etwas Essentielles zu tun, beinah religiös unterfüttert. Ich möchte dieses Leben, das ich verehre, einmal genießen können, ohne den ständigen Druck, immer noch mehr aus mir zu machen. Möchte frei sein. Gibt es Freiheit außerhalb des Todes?

Soviele Zusammenhänge sehen und nicht bewältigen zu können.

Ich bin ein Genußmensch. Kein praktizierender, aber ein bekennender.

✧

Diese Unruhe in mir, die sich nicht mehr in Energie verwandelt, die nicht mehr produktiv wird, weil der Sinn von allem verlorengegangen ist, weil ich viel weiter sehe, als ich beschreiben kann. Und die Bücher geben mir keine Magie mehr, ich hungere nach Neuem, wünsche mir so sehr die Ekstase des ersten (besser: dritten) Hörens einer großen Oper.

Ich kenne alle großen Opern auswendig, sicher nicht alle großen Bücher, aber selbst ein sehr gutes, wenn denn eins erwischt wird, lese ich in kleinen Dosen, habe keine Stille mehr übrig für Lektüre, bin voller Pläne, die abwechselnd verworfen oder nicht angefangen werden.

Glücksmomente nur noch bei kuriosen Gelegenheiten, wie beim Betrachten einer schönen alten Münze – wie soll man das jemandem erklären? Jemandem, der mich von früher kennt, mich, der ich jede Erfahrung im Leben gejagt und mir auf die Stirn tätowiert habe. Selbst der handfeste Sinn, Schönheit für die Wenigen zu schaffen, die mir geistesverwandt sind, verschwimmt.

Ich habe immer mit mehreren Wahrheiten gelebt, weil anders das Leben in heutiger Zeit nicht würdevoll getragen werden kann, nun ist es, als kämen all jene Wahrheiten und stritten um den goldenen Apfel, und ich kann keinen Gedanken mehr fassen, ohne daß sofort etwas dazwischenschreit.

Alle Bücher habe ich für mich selbst geschrieben. Stimmt. Aber ich bin älter geworden, die Bücher sind jung geblieben. Der, für den sie geschrieben sind, existiert nicht länger. Die Bücher suchen sich neue Klientel. Entwachsen mir.

Die Schatten werden länger als das Leben.

✧

Es gibt von Rilke eine Stelle, die lautet: *Innerer als dort, wo je einer war. Und dieses Nichts von Farbenwechsel in einem Atom von Zutrauen.* (...) (dein Werk, das) *immer verzweifelter unter dem Sichtbaren nach den Äquivalenten suchte für das innen Gesehene.*

Als ich das las, dachte ich: Endlich redet wieder einer zu mir so, daß sich das Zuhören lohnt.

Nur ist es überhaupt keine Verzweiflung, die mich dabei streift. Es hat viel eher das Versöhnliche einer Grundeinsicht in die Nicht-Vollendbarkeit des Lebens.

Ich weiß schon, warum ich in letzter Zeit bevorzugt Gedichte schreibe. Annäherungen an die dunkle Magie, die in Prosa umgesetzt, Philosophie sein müßte, nicht Literatur. Kein Gedicht kann alles das sagen, was man während des Schreibens gern hineinlegen wollte. Ausschnitte bleiben. Nicht zur Sprache Gebrachtes fordert hinterher ein neues Gedicht – es geht immer so weiter.

Weiter. Weiter fort. Man will etwas sagen, was niemand verstehen kann, der nicht vorher meinen Weg gegangen ist. Und doch soll jedes Poem ohne Kontext verständlich sein. Vorgabe, die mich auffrißt, Spagat, der mir die Knochen bricht. Ich müßte viele Brücken hinter mir abreißen. Und verachte doch nichts so sehr wie Hermetik. Wenn man nicht mehr den Dichter liest, sondern in den Zeilen nur das eigene Spiegelbild sucht, die zurechtgeschminkte Pseudofratze. Immer hab ich mein Zeug so geschrieben, daß für den letzten Idioten noch ein nettes Geschichtlein übrigbleibt. Manchmal komm ich mir vor, wie der verfluchte Zirkuskünstler, der allen gefallen will.

✧

Kunst, die man nicht für sich selbst gemacht hat,
geht auch keinen andern etwas an.

Wo für jeden was dabei ist, bleibt für keinen genug.

Sätze, die falsch sind, dennoch gut klingen. Vielleicht sehne ich mich nach Wahrheiten zurück. Die es in meinem Stadium nicht mehr gibt. Keine einzige ist übrig. Es relativiert den Kampf, den man führt – und potenziert das Geheimnis des Daseins. Guter Tausch. Muß man einfach zugeben.

Nichts ist wichtig. Alles ist wichtig. Manches ist wichtig.

Drei falsche Sätze.

Man wird von der Zukunft immer entmündigt, sie hat mehr zu bieten, als unsere Phantasie entwirft, früher oder später wird sie uns wie Ballast los – und fliegt.

✧

der richtige mix aus nacht und wein –
musik und wind werden eins, im fluß treibt
schmelzlicht, das fort will, doch zögert.
vorstadt rein, abhang neben straßenstrich
und tanzlokal, touristenfrei, baßgestampf aus
cabrios, am rand der wut, die jagen geht.

wichtiges erjagt sich nicht, es kommt. vielleicht.
gedanken an menschen, geschenke des jahres,
und freunde, die zu feinden wurden wegen
nichts. hier hat ein hund gepisst, hat ein hund
das gras nicht besiegt. drunten schwimmt
flußaufwärts mein lied ins herz der stadt.

gegenüber, kaisergräber, jupiterlampen
von unten. andere hälfte des halbmonds.
schwärmer im luftkampf. fledermausfutter.
zwei sorten tanz. abgrund über mir, in den zu
fallen man leicht werden muß. hupkonzert für
nutten. *ich* soll mich ändern? *es* ändert sich.

von selbst und endgültig. jeder torso apolls dient
zum abspeichern des zwischenstands. mösen
tuns auch. beides. immer. geilheit und sehnsucht.
der innere bluthund nimmt witterung auf zum lange
verzögerten, unwiderruflichen ja. festhalten.
feiern. zeit. hab viel geschafft heut nacht. so viel.

✧

Kam gegen zwei mit einem Nachtbus heim.
Der Rest war ein Duett für
Valpolicello und Bardoline.

✧

«In der Gesamtsumme eines Lebens steckt ein wichtiger Posten, auf den die Welt im allgemeinen nicht achtet; es ist der Preis, den man für das, was man erhalten hat, entrichten mußte. Nicht in Geld, sondern in langweiligen und unwürdigen Handlungen. Manch ein Leben sieht so herrlich aus, und doch mußte alles in ihm mit Versklavung, Bücklingen und Aufträgen teuer bezahlt werden, so daß ein solches Leben, mag es noch so glänzend erscheinen, als ein Fehlschlag zu betrachten ist. Dagegen ein anderes, das so aussieht, als sei es ein bißchen schiefgegangen, ist großartig geglückt, weil man nur wenig dafür hat bezahlen müssen.»
(Montherlant)

10. November, Dienstag

Rom ohne Sonne. Die Platanen der Piazza Cairoli schimmerten dennoch. Ein malerischer Platz, für sentimentale Filme geeignet. Gelato bei Giolitti – fand's nicht so herausragend wie allgemein behauptet. Die Chiesa St. Agnese hat geschlossen wegen Restaurierungsarbeiten – gestern hatte sie geschlossen, weil Montag war. Morgen wird sie vielleicht geschlossen haben wegen Krankheit. Zum Kotzen. Und kein Schild, das einem Aufklärung gibt oder Hoffnung macht.

Hätte mir beinahe ein graues, futuristisch geschnittenes Priesterhemd gekauft. Den weißen Kragen kann man entfernen. Vielleicht tu ichs noch.

Kaufte ein Buch über lateinische Epigraphik, kam ins Lesen – so ging der blasse Tag vorbei, ohne viel Erwähnenswertes.

✧

Der Straßengaukler am Ende seiner Vorstellung zur klatschenden Meute:

Wenn Sie mir kein Geld geben, folge ich Ihnen nach Hause!

Die Leute gaben ihm reichlich.

✧

Mir fiel der mißratene Montherlant-Spruch wieder ein: «Der Schütze, der das Schwarze der Scheibe nur um ein geringes verfehlt, ist nicht besser daran als jener, der an der Scheibe vorbeischießt.»

«Knapp daneben ist auch vorbei» – wäre kürzer. Außerdem stimmt der Satz so nicht. Wer die Scheibe trifft, vermeidet wenigstens das Risiko, einen Zuseher abzuknallen. Siehe *Freischütz.*

✧

Zur Nacht noch verfaßt: Das Vorwort zu Alberts nächstem Buch.

✧

Fis-Dur für die Tortur
dann gnadenvoll g-moll
schon wandelt sich Groteskes
in lieblich Pittoreskes

Blick zurück in stillem Glück.
Blick nach vorn in vollem Zorn.

Ich lebte mit der großen Uhr.
Selbst spontane Taten waren
zeitgleich reflektiert und nur
Recherchen für die Memoiren.

11. November, Mittwoch

Stand sehr früh auf (9:30), vom Sturm geweckt. Sah mir in den Panoramafenstern die Blitze an, aß Spaghetti Vongole dazu. Kein Schampus über den Dächern von Paris bei Bomberflug – und doch fast so gut. Äquivalente im Sichtbaren – second hand.

✧

FAZ von gestern: Debatte über Walser / Bubis. Soviel Verlogenheit – auf beiden Seiten. Ebenso in den Kommentaren. Sprache gewordener Formulierungsnotstand. Sätze mit Eiterbeulen und Knautschzonen.

Das krümmt und windet sich – für bzw. gegen die Aufrechterhaltung eines Ausnahmezustands, der längst nurmehr in der Debatte existiert, nicht im wirklichen Leben.

Jeder junge Punk, der ehrlich sagt, daß ihm das alles am Arsch vorbei geht, ist mir lieber als diese bizarren Krebsgänge mit obligatem Scherengeklapper – Sondierungen des jeweiligen Terrains. Da stecken keine Seelennöte dahinter – nur Interessen. Das nationale Geseiere – als müsse man wieder irgendwohin zurück finden – wohin denn? Die Idee Deutschland ging unter mit Hitler. Übrig ist die deutsche Sprache – und Europa.

Ich halte es für ein Unding, Auschwitz' wegen die Meinungsfreiheit zu beschneiden.

Le Pen sagte (er wurde hierzulande dafür angezeigt), die KZs seien nur ein Detail des Zweiten Weltkriegs gewesen.

Tja. Aber man kann das tatsächlich so sehen – fernab jeder Wertung – und es wird in ein paar hundert Jahren vermutlich allgemein so gesehen werden. Aber darum gehts nicht. Man muß behaupten dürfen, die Erde sei flach, die Hölle sehr heiß, der Holocaust erfunden.

Nur so prüft – und vergewissert sich die Demokratie ihrer selbst. Die Wahrheit zu *verordnen,* gar die Deviation *unter Strafe zu stellen* – gehört zum Allerdümmstmöglichen. Als wüßte man nicht, daß ein wesentlicher Zug im Menschen aus der Auflehnung besteht, dem Zweifel, der Übertretung, dem Haß gegen jede Form der Gängelung durch Fakten.

Der Vorteil der Wahrheit besteht darin, daß sie da ist – und sich nicht beweisen muß.

✧

«Wer mit der Geschichte vertraut ist, gelangt unfehlbar dazu, die Ereignisse seiner Zeit, mögen sie noch so umwälzend und tragisch sein, mit demselben Abstand zu betrachten, als hätten sie sich vor zehntausend Jahren abgespielt. Er ist außerstande, anders an ihnen teilzunehmen als zum Spiel oder Zeitvertreib.» *(Montherlant)*

✧

Ich habe noch nie eine Zeile M.Walser gelesen. Schien mir nie notwendig. Eindeutig seine Schuld, nicht meine.

Von Nabokov wird mich auch niemand mehr überzeugen. Kürzlich sandte mir ein gutmeinender Leser / Missionar eine Kurzgeschichte (*Musik*) – die *müsse* mir doch gefallen.

Und es war wie immer: langweilig, breitgetreten, harmlos.

Genau solches Zeug wurde uns von der Kritik 50 Jahre lang als vorbildhaft eingebläut.

Wohin ist die Literatur damit gekommen?

Soviele Lügen, Lügen, Lügen – nur weil die wirklich großen Autoren oft irgendwelchen Dreck am Stecken haben.

Weil wir gleich dabei sind: Was mit Kafka getrieben wird, geht zu weit. Kafka mutiert langsam vom Literaten zum Säulenheiligen, zu einer Art jüdischen Ikone, zu irgendwas Wundertätig-Sonderbar-Numinosem, Produkt nicht mehr seiner Bücher, sondern der Geschichte des 20. Jahrhunderts. Heiligsprechung u. a. aufgrund seines armseligen, bis zum Tod literarisch erfolglosen Lebens, seiner Grenzlandexistenz als deutschschreibender Prager Jude, seiner tuberkulösen Hohlwangigkeit – und einer vermeintlichen Bescheidenheit heraus (in Wahrheit wars Egoismus), die in den Wunsch nach Selbstverbrennung (das Werk *ist* man selbst) mündete.

Zum Kotzen. Sowas tötet einen Autor ab. Umgibt ihn mit Kitsch. Macht ihn unwahrhaftig.

Parallelfall van Gogh. Ich habe Kafka mal sehr gemocht. (Bis auf *Das Schloß*.) Wirklich große Werke sind aber nur die Strafkolonie und der Hungerkünstler. Längst hat seine Verehrung Ausmaße erreicht, die ihn in den Paradiesgarten überschätzter Autoren sperren. Solche taugen nicht mehr als Leitbilder oder nächtliche Freunde, sie sind hinderliche Dämonen, dauernd werden sie einem vorgehalten, als nicht erreichbar gepriesen – völliger

Quatsch, der den objektiven Blick auf die Gegenwart versperrt.

✧

Nachmittags Ankunft Marcel. Verzögert sich über zwei Stunden, weil er zwischen Flughafen und Tiburtina soviele Anrufe bekommt. Handy-Junkie. Man hat ihm im Haupthaus ein winziges Zimmerchen gegönnt. Ist nicht okay.

✧

Von den etwa 40 Kanälen, die man hier ohne Schüssel empfangen kann, sind allein vier Wahrsage-Sender dabei. Eben ruft eine besorgte Frau an – «Ich glaube, mein Mann geht fremd.» Die Wahrsagerin legt neun Tarot-Karten vor sich hin und sagt: «Nein, tut er nicht, er hat nur zuviel Arbeit.» – «Ach, Gottseidank!»

Riskante Antwort – angenommen, der verdächtige Gatte wäre arbeitslos? Es ist aber nicht so, daß die Wahrsagerin der Kundschaft immer nach dem Mund redet. Vorhin setzte sie sich energisch, beinah heftig dafür ein, eine in Frage gestellte Liebesbeziehung sofort abzubrechen.

✧

Abends mit Marcel durch Trastevere. Kalter Wind. Mittelmäßiges Essen im La Canonica. Das Milchlamm hatte für sein kurzes Leben erstaunlich viel Fett angesetzt.

Brancheninternes Geplauder. Was darüber hinaus geht, soll ich bitte nicht erwähnen. Na schön. Plötzlich muß ich daran denken, daß es sicher Leute gibt, die mich unter die Unmenschen zählen, nur weil ich Milchlamm bestelle.

✧

Kritiker sind wie Fußballschiedsrichter, sie können nur durch Fehlentscheidungen berühmt werden. Im Gegensatz zu Fußballschiedsrichtern können Kritiker aber keine Spiele entscheiden, allerhöchstens in unteren Ligen.

✧

Marcel ist jemand, dem ich vertraue, auch alle meine Schwächen anvertraue, wie bei einer Beichte – es ist besser, er weiß genau, woran er mit mir ist, womit er bei mir noch zu rechnen hat.

✧

«Sein Unrecht eingestehen und sich dafür entschuldigen, kann, auch wenn es von Herzen kommt, das Gegenteil von Demut sein, kann geschwelltes Bewußtsein der eigenen Macht sein, der es nichts ausmacht, ihre Schwächen aufzudecken.» *(Montherlant)*

✧

Zu Hause, nachts um eins, böse Überraschung: Die Tür zur Wendeltreppe, die zu Marcels Zimmerchen führt, ist versperrt, keiner der Schlüssel paßt. Er muß bei mir im Gästezimmer übernachten, was glücklicherweise kein Problem darstellt. Will gleich zu Bett, besteht darauf, daß ich wegen ihm die Musik nicht leiser drehe, natürlich tu ichs doch – woraufhin das ohnehin große Studio noch mehr wächst. Trinke noch drei Stunden weiter.

✧

In der prähistorischen Staatssammlung München, einem der schönsten Museen der Stadt, entdeckte ich in Saal 7,

Vitrine 2 ein charmantes Objekt: Das einst einer Prunktoga angeheftete Bleisiegel des römischen Textillieferanten *Armanus*.

✧

Gibt es eigentlich niemanden, der seinen Stammbaum belegt zweitausend Jahre zurückverfolgen kann? Trotz aller Zerstörung – sich das Lied der eigenen Ahnen zu merken, kann doch nicht so schwer sein. (Mir fällt Papst Julius II. ein, der behauptete, von Julius Cäsar abzustammen. Also auch von Äneas und – Venus. Nett – für einen Papst.)

Dreißig Menschen, die das 75. Lebensjahr erfüllt haben, würden genügen, um in diesem Raum eine chronologische Kette von Christus bis zu mir zu bilden. Das ist nichts. Dreißig Menschen. Und was wurde alles erreicht in deren Lebensspanne? Wobei man auf die Hälfte getrost verzichten könnte.

✧

Zwischen 300 und 1500 machte der Fortschritt einfach mal Pause, und die Menschen in diesen 1200 Jahren würden es dennoch von sich weisen, umsonst gelebt zu haben. Vor dem Antlitz der Geschichte Müll gewesen zu sein.

✧

In den Achtzigern galt jedweder Glaube an einen Fortschritt der Dinge als dümmliche Illusion. Als reaktionäre Teleologiesucht. Welche Untergangsbereitschaft damals in den Kreisen der Tuis geherrscht hat – kein Roman wird das je vermitteln können, ohne übertreibend zu wirken. Andererseits gehört es zum Verlauf der Erkenntnis, daß immer die gerade zurückliegende Dekade einem absurder vorkommt als alle anderen, gerade, wenn inzwischen viel erreicht wurde. Wir können uns nicht beschweren. Tempus fugit.

✧

Eine gute Zeile –
damit die Götter dieser Nacht
eine Landebahn besitzen.

Furchtbare Nacht. Fünf Stunden Schlaf, dann wachgelegen, hab der unsinnigsten alten Wunden gedacht, wie manisch-masochistisch. Einiges sitzt seltsam tief, obgleich längst ohne Bedeutung.

✧

Ich versoffenes Schwein, trinke mich um letzte Sprachvorräte, heute im Spiegel – ich fürchte nicht nur dort – mein rechtes Auge ganz rot, wie ein Abendhimmel rot, sah schrecklich aus.

✧

Geöffnet haben meine Wunden
von 11 bis 22 Uhr, danach
sauf ich sie zu und schlafe.

Haben wir heute den Tag der offenen Wunde – und jeder darf mal stochern?

✧

18 – Das Alter, in dem wir cum spießibus et lanzis hinausgerannt wären, um irgendeinen Kopf abzuschneiden, grölend vor uns herzutragen, hätte uns nur jemand überzeugend vermittelt, welchen und weshalb.

✧

Sonnenschein, leicht bewölkt. Marcel hat sich fast lautlos außer Haus geschlichen, ruft gegen elf an, von seiner sentimentalen Innenstadtwanderung – Arbeitsbeginn sei um fünf. Mir graut so davor.

✧

Endlich B-Day! Beatrice has landed. Wegen der Taxi-Demonstration in der Innenstadt (etliche Straßen sind blokkiert) verspätet sie sich um anderthalb Stunden. Umso schöner ist sie dann auch, sehr aufgedreht, berichtet von einem tollen Flug mit wolkenfreiem Rundblick über Italien, speziell Venedig. Mittelblauer Nagellack und Schnürstiefel. Ich vergehe fast. (Schlichter wußte schon, was gut ist.)

Wir spazieren ein paar Straßen um die Bologna entlang, einfach so – «Wenn man grad aus Deutschland kommt, ist das alles geil!» Sie bringt Post, darunter ein herzzerreißender Brief von Gabriele, über Krankheiten bei sich selbst und inzwischen verstorbenen Freunden.

Marcel kommt vorbei – man war nicht bereit, ihm ein besseres Zimmer zu geben, er hat ja nicht mal einen Tisch, nun sucht er sich ein Hotel. Wir können heute doch nichts mehr arbeiten, planen für morgen und stellen fest, daß seine Vorstellungen von meinen noch immer extrem abweichen.

Zweimal vier Stunden, glaubt *er*. Zwei Stunden für das ganze Buch – sage ich. Es kann doch nicht alles Reden umsonst gewesen sein?

✧

Vor dem Haupthaus steht eine Reisegruppe, die man aus irgendeinem Grund hier hereingelassen hat. C. warnte mich, daß der Wunsch geäußert wurde, einem der hier ansässigen Künstler zu begegnen.

Jetzt posieren sie fürs Gruppenfoto vor dem Brunnen. Ungefährlich, denke ich, gehe in 50 Metern dran vorbei. Plötzlich deutet eine Frau auf mich und schreit: «Ein Künstler!» In die Gruppe gerät erregte Bewegung, ich kann grade so entwischen. *«Ein Künstler!»*

Beatrice lacht sich magenkrank deswegen.

✧

Abends Essen bei Da Franco – Piccolo Molise. Via Falisci 1. Man sagt: *Menu speciale* (was anderes gibt es auch kaum, oder würde nur unnötig Komplikationen nach sich ziehen), und neun Gänge werden aufgefahren, Fisch vom Feinsten. Am Ende zahlten wir 39 Mille pro Person, einschließlich Wein, Wasser, Dolci und Schnaps.

✧

Gerede über tote Tiere und die schnelle Gewöhnung an mediterrane Auslagen. Beatrice wies auf ein sehr starkes Bild hin aus unserem Frankreichurlaub: Auf dem Markt von Aix lagen in Reihe Stallhasen, gehäutet, und alle hatten diese typisch roten Stallhasenaugen. Nur einer hatte *blaue* Augen. Bild von einschneidender Melancholie.

✧

Gegen elf auf die Party bei Anette. Andreas weiß nicht, was er für die gelbe Landschaft verlangen soll, die mir so gut gefällt. Kavita (so heißt sie richtig) mit laszivem Decolleté.

Gespräche über römische Küche und über die angeblich attraktive Geliebte von X.

«Wie kommt ein Mann wie X zu einer attraktiven Geliebten?»

Kavita: «Cunnilingus.»

«Na gut. Aber wie schafft er es bis dorthin?»

Obwohl noch nicht spät, hatten wir viel Wein getrunken. Bea (seit sechs Uhr auf) ging sich den Rest von *Zombie* in Kanal 5 ansehen, Film, den wir beide auswendig kennen. Zwei Minuten zugucken – und man *weiß*, man hat einen großen Film vor sich.

✧

Chardonnay – und Bach, englische Suiten. Musik, die sich Gott entgegenträumt, ohne auf ihm zu beharren, die alles bewundert, was gerade am Weg liegt, es aufhebt, untersucht und mitnimmt.

✧

Soll man ein gut durchdachtes Leben führen? Oder lieber medium, damit es innen rosa bleibt?

13. November, Freitag

Blendend hell, doch nicht mehr arg warm. Zum Frühstück Fettucine pomodoro e salsiccia. Rom ist eine Völlerei. Gingen durch die Stadt, gaben unsere Funde weiter. Bei Giolitti probierte ich diesmal Champagner-Eis. Sehr schräg. Man kann erahnen, was gemeint war. Marcel wurde in der Metro von einem Taschendieb abgeklopft, konnte sich losreißen, fühlte sich gedemütigt, hätte gern aufbegehrt, den bloßen Versuch mit Rache geahndet – der Taschendieb stieg aber vor Anfahrt des Zuges aus – und welches Verbrechen wollte man ihm vorwerfen? Kann Marcels Unbefriedigung verstehen. Wenn man länger hier ist, weicht sowas der ortsüblichen Gelassenheit, man sieht nurmehr das Glück, nicht bestohlen worden zu sein.

✧

Ab vier Uhr Lektorat am Roman, bis nach halb zehn, unterbrochen nur von Spaghetti alla Puttanesca und Hühnerschenkeln. Stritt mich mit Marcel wie immer viel, oft gab ich ohne Überzeugung nach. Stellenweise schien er im Recht – aber eben vielleicht nur dann, wenn man die Stelle für sich betrachtete, ohne den Lesefluß zu berücksichtigen. Ich wurde manchmal unsicher. Genug Stellen sind geblieben, die mir Rezensenten als zu exaltiert, zu pathetisch, als schiefes Bild oder unangemessene Sprache ankreiden können. Das ist egal.

✧

«Wenn du diesen Ton anschlägst, wird es heißen: Du trägst dick auf, und man wird über dich herziehen. Wenn du einen bescheidenen Ton anschlägst, wird es heißen: Du läßt dir alles gefallen, und man wird über dich herziehen. Und warum zieht man nicht über die anderen her? Weil sie den Ton haben, der zu ihnen paßt, und weil sie sind, was du nicht bist.» *(Montherlant)*

✧

Was immer über meine Bücher gesagt wird, verhallt schnell. Meine Bücher sind dann noch da und antworten auf ihre Weise.

✧

Normalerweise ist jeder Roman, den ich gerade fertig habe, für mich zugleich mein bester – bei *Schweine* ist es ganz klar nicht so. Ich denke, das für mich Bestmögliche ausgespuckt – in Ordnung gebracht zu haben, was ich vor zwölf Jahren halbgegessen zurückließ – es machte Spaß, erinnerte mich an vieles, ein Nachholbedürfnis wurde erledigt – echte Befriedigung kann es dennoch nicht bieten, der Text mußte unter meinen heutigen Möglichkeiten bleiben. Schwer, jemandem zu erklären, weshalb. Man könnte fragen: Warum kein ganz neuer Plot, warum freiwillig an den alten Vorgaben kleben? Dies könnte ich nicht zufriedenstellend beantworten – und fühle doch, im Recht zu sein. Hab lange hin und hergedacht. Weiß vieles heute besser – wichtig war jedoch, nicht zu lügen, den Text so zu schreiben, daß ich 1987 stolz darauf gewesen wäre. Nur so kann die Trilogie als Einheit funktionieren. Ehrlich sein.

✧

In der Zeitung kleine Nachricht: Roman Cykowski ist gestorben. Als Letzter der Comedian Harmonists. Wurde 97. Eben schien ein Menschenleben noch so kurz – jetzt schließt es wieder so viel ein.

✧

Nach zehn ging ich mit Marcel und Andreas im Haupthaus Kicker spielen, später Skat, in jenem Studio 8, in dem die Hellen Nächte geboren wurden. Hatte schlechte Karten, verlor kein einziges Spiel und blieb nur knapper zweiter Sieger – weil mir die ganze Nacht lang kein Grand vergönnt war. Gefühl tiefer Ungerechtigkeit. Diskussion hernach, warum man spielt, was das immerwährende Spiel der Kinder vom zum Sport gewordenen Ehrgeiz unterscheidet.

Eine lange Turnierschachpartie zum Beispiel, gegen einen etwas stärkeren Gegner, bedeutet sechs Stunden ununterbrochenen Adrenalinausstoß, totale Erschöpfung, die entweder von einem rasenden Glücksgefühl aufgefangen – oder multipliziert wird vom schamerfüllten Bewußtsein der Vernichtung. Keine lohnende Effizienz, scheinbar – doch es zeigt nur, wieviel Leiden von ein wenig Glück kompensiert – und übertrumpft werden kann.

✧

Einige wenden sich immer noch spektakulär dem Katholizismus zu, in einer radikalen Abkehr vom Zeitgeist, und es ist zu vermuten, daß sie ausgerechnet in diese Kirche fliehen aus einer provokanten Koketterie mit dem Totgeglaubten und intellektuell Verbotenem.

Viel häufiger ist eine Art stiller Emigration zum Spiritismus zu beobachten, der sich in der Masse zur Esoterik, in den Eliten zur virtuellen Religion wendet.

Der Aberglaube als individueller Aufstand gegen einen Rationalismus, der den Geist einengend an den Boden fesselt. Doch daß dies nicht in Schwärmerei mündet, verhindert das Wissen um die Vergangenheit. Folglich müssen alle spirituellen Fortschritte im Einklang mit den Erfahrungen der Vergangenheit vorangehen (mit Wissen und Gewissen im Hinterkopf, mit Raffinement, das einer ständigen Selbstreflexion unterworfen ist). Jede Ekstase ist somit gezügelt; dem Willen, sich zu äußern, steht die Angst entgegen, aus dem Wort entstünde Gewalt. Das Wissen, daß jede große Idee überschattet wurde von den Verbrechen ihrer Adepten, Bürokraten, Fanatiker und Schriftgelehrten.

So ist jene Haltung weit verbreitet, aber von den Medien weitgehend unbeobachtet. Noch keine Bewegung, nur eine innere Haltung, die dennoch die Strömungen der Zeit zu lenken beginnt, die sich in den Gehirnen manifestiert, sich langsam an die drängenden Fragen der Zeit wagt – neue, allgemein verbindliche Kriterien der Ethik und Ästhetik, die Sinnfrage der Menschheit, der Gesellschaft, der Rolle des Einzelnen in ihr. Niemand, der Götter um sich her formt, verlangt nach einer Ideologie für die Massen, denn er will sich von ihnen abheben. Er glaubt, daß nur wenn jeder selbst zu dieser Reife der Existenz gelangt, das Resultat eine neue Menschlichkeit sein kann, aus freiem Entscheid heraus gegen den möglichen Hedonismus einer intellektuellen Überlegenheit. Da er aber nicht daran glaubt, daß solch ein Reifeprozeß, der nur durch humanistische Ausbildung verbunden mit viel Eigeninitiative und innerem Kampf entstehen kann, je auf die Masse übertragbar sein wird, neigt er zur stillen Verzweiflung, die, so sie optimistisch ist, sich selbst zu einem biographischen Symbolon verpflichtet, in der Hoffnung auf die Zukunft, auf gewachsene Gehirne, gesteigerte Humanität, sensitivere Durchschnittsexistenzen.

Zweite Instanz dem absoluten Ich entgegensetzen.

Selbstverordnete Demut, die nie zur Knechtschaft führt.

Sinnsetzung, indem man, wie in einem mathematischen Problem, für einen unbekannten Faktor eine Zahl einsetzt. Aber schaffen die Einsetzungen denn wirklich einen Sinn? Wieso? Man arbeitete ja nicht für sie, das wäre menschenfeindlich und weltabgewandt. Sie existieren ja nicht einmal. Halt – soviel wissen wir inzwischen, daß, was erfunden wird, auch existiert. Kirchen weisen auf einen in der Gegend streunenden Gott hin. Das Numinose bleibt abstrakt, namenlos. Mein Lieblingsgedicht – jenes von Bukowski, in welchem er und Li-Tai-Po am Fluß sitzen.

Li-Tai-Po zerknüllt seine Gedichte und läßt sie auf dem Fluß ins Meer treiben. Bukowski zerknüllt sie auch und schiebt sie sich in seinen Arsch. Diese Sucht, zu allem seinen bleibenden Senf zu verzapfen. Bukowski bekennt sich zum Menschlichen. Li-Tai-Po hat dasselbe hinter sich gelassen, ist heilig geworden – und uninteressant.

Bukowski, der von Schopenhauer, Nietzsche und Dostojewski beeinflußte, untertreibende Götterbote. (Noch einmal Li Tai Po – Begegnung der Vergangenheit mit der Gegenwart. Li Tai Po widerspricht sich vorläufig selbst – er ist ja noch da. Dieser Widerspruch, diese bewußte saisonale Lüge, ist jene, die man vielfältig verwandelt in vielen Denksystemen findet, zur Stütze der komplexen und fragilen Kuppelkonstruktion. (*Kreuz*gewölbe war unbezweifelbar sehr erfolgreich.) Das Sadistische des Sturzes der alten Meister – der da notwendig wird, wo Vergehende sich betrauern und die Nachfolger als nicht nennenswert abzukanzeln versuchen.

Ich habe mich längerfristig immer nur mit Autoren befaßt, die Götter kannten oder zu kennen begehrten.

Der Katholizismus. Die Buddhismusaffinität Nietzsches. Der von Nietzsche so geschmähte Held Theseus, der sich selbst bewundert. Von einem gewissen Punkt der intellektuellen Entwicklung an bewundert sich jeder Mensch selbst, einher damit geht aber auch ein existenzieller Zweifel am Sinn dieses Denkens. Theseus verliert (eine kollektive Erfahrung) seine ontologisch-teleologische Jungfräulichkeit, die im Vorhandenen lustig wie ein Schaufelbagger wüten kann. Der Lazarus Andrejevs – der Zurückgeholte, der aber keinen Sinn mehr hat.

Relikte der alten Kulte: Die Libation in Jüngers Marmorklippen.

Das Mysterium des Opfers / der Opferung: freiwillig etwas geben – eine Geste gegen den Materialismus unsrer Welt, gleichzeitig die Beschwörung einer höheren Seinsebene.

Man gibt den Göttern keine Namen und Attribute, keine Wirkungsstätte und kein Bild. Wohl aber einen Kultplatz. Die Geschichte des abendländischen Kultplatzes als geweihter Ort, geweiht dadurch, daß er von der Geschichte befleckt, begossen, bevorzugt wurde.

Das Wesen des Kultplatzes liegt im Gedenken.

So wie die Erfindung der virtuellen Götter den höchsten Sinn darin trägt, die Menschheit zu feiern und sich selbst als Teil dieser Menschheit: Eine Kontinuität aufzuspüren der bisherigen Geschichte. Diese Götter befehlen nichts, sie klagen nicht an, noch entschuldigen sie, sie stacheln nicht auf, noch wiegeln sie ab. Sie sind nur einfach als Spiegelinstanz vorhanden, an deren apostrophierter Existenz sich das eigene Tun brechen und betrachten lassen kann. Sind womöglich nur Talismane und Amulette, die man anruft, weil sonst nichts vorhanden, in dunkler Nacht.

14. November, Samstag

Regnerisch. Dunkel. Beatrice verbringt den Tag im Bett.

Um zwei Uhr weiter mit dem Lektorat – bis halb sieben. Kompromisse erträglich. Wenn Marcel an einer besonders schönen Stelle mäkelte, gab mir das einen Stich ins Herz – z. B. mißfiel ihm das *Distichon für Silke*. Auch manches Pathos fand er nicht ironisch gebrochen genug, wo es das meiner Meinung nach zweifellos war, oft sogar zuviel.

Heutzutage bestünde die ironische Brechung des Pathos vielleicht am gründlichsten darin, es durchzuhalten.

Die vom Tonfall heikelste Stelle im Roman ist sicher, wenn Hagen sich an die pubertär-hölderlinesken Exzesse mit Franziska auf dem Friedhof erinnert – es wird etwas Peinliches angesprochen, das damals nicht peinlich, sondern großartig kam – und ich habe es in der Weise angesprochen, wie wir damals selber darüber geredet hätten.

Ach was, hab ich nicht. Ich habe grademal das Nötigste angedeutet. Die Wahrheit war viel schlimmer, schwülstiger, pathetischer, weihevoller. Vielen, glaube ich, die heute nichts mehr davon wissen wollen, ging es genauso. Eine Stufe des Reifens, die heutzutage nicht mehr literarisch verarbeitet, gleichsam aus der Welt geschwiegen wird.

Eine andere Stelle, über die wir lange debattierten:

Auftritt blonder Heinz, 200 Pfund geballte Muskelkraft, verfolgt von Sancho Hansi, drahtiger Typ, der dramaturgisch sowas wie dem Bruto Heinz sein Gewissen darstellt, in beratender, nicht normativer Funktion.

Marcel störte sich am falschen Dativ, er begriff nicht, daß die ungrammatische Wendung im Kontext beinahe ein Muß darstellt. Doch als er den Satz wieder und wieder durchlas, begann er zu lachen, die Wendung gefiel ihm plötzlich, ja er bestand sogar auf ihrer Beibehaltung, obwohl ich schon mürbe genug gewesen war, sie durch *des Bruto Heinzens Gewissen* zu ersetzen, die weitaus schwächere Alternative.

Zu einer Stelle, wo die Debatte grundsätzlicher wurde:

Neuerdings wird sogar die Substantivdichte, eins der Merkmale deutscher Literatur moniert und als Amtsdeutsch diffamiert. Wie weit soll denn diese Amerikanisierung noch gehen? Ich möchte nicht wissen, wieviele namhafte Kritiker hierzulande Schecks von amerikanischen Verlagen beziehen, mit dem Ziel, die europäische Erzähltradition zu diffamieren und zu zersetzen.

✧

In der Zeitung steht, daß Paula Jones nun doch kassieren wird. Clinton gibt ihr 850 000 Dollar. Paula Jones sei bei der Nachricht über den Vergleich in Tränen ausgebrochen und habe gesagt: «Ich bin froh, daß es vorbei ist.»

Zum Kotzen.

✧

Um halb acht mit Alban und Kavita zu Da Franco. Ungeminderte Qualität des Essens. Noch mehr Völlerei. Im

Hauptgang eine tolle Flunder. Aber zuviel Stil(-wille) und Ego am Tisch.

Alban spielt zwischendurch den Sado-Feudalisten, läßt sich von der vietnamesischen Feuerzeugverkäuferin langwierig alle Modelle vorführen, kauft dann kein einziges, verscheucht sie mit herrischen Gesten.

Er und sein geschmäcklerisches Prinzeßchen («Jetzt will ich aber endlich mal ne neue Gabel haben!») gießen sich stattdessen Wasser über den Kopf. Marcel wars egal. Mehr als drei Stunden überinszenierten Alltag halt ich nicht aus, bat darum, daß wir endlich gehen – die besoffene Bagage nahm keine Rücksicht, bestellte noch nen Grappa und noch einen (wenn man Wein schon nicht verträgt, warum muß man dann eigentlich dauernd noch dieses widerliche Zeug dazwischenkippen?), ich mußte an die frische Luft. Schon der vierte Abend in einer Woche, an dem ich Zwangssybarit nicht arbeiten kann, solidarisch fressen und saufen muß. Beatrice hielt mich davon ab, einfach heimzulaufen. Schon wegen Marcels letztem Abend hier. Er war wirklich lieb, kann man nichts sagen.

Bea und ich nahmen die Metro, um ein bißchen Abstand zu gewinnen, die anderen ein Taxi. Später, gegen eins, trafen sich alle wieder, im Studio 7 zum Backgammon. Alban glaubt ernsthaft, von diesem Spiel etwas zu verstehen.

Ich sagte nichts. War besser so; verlor prompt die erste Partie – ohne Möglichkeit, irgendwas dagegen zu tun. So ist das Spiel. Lost Position nach dem zweiten Wurf – Alban brachte sie trotz schrägster Züge irgendwie nach Hause. Die nächste gewann ich und ließ es gut sein. Früher hätte ich sowas nicht auf mir sitzen lassen, hätte ihm eine mindeste Ahnung mitgegeben, worum es sich da dreht. Wenigstens Beatrice gewann gegen ihn – mit Ach und Krach. Darauf Alban: «Kann passieren. Das hätte sich natürlich im weiteren Verlauf noch umgekehrt» – im von sich überzeugten Brustton. Ich ärgerte mich auch über Beatrice, die sich, freundlich wie sie ist, kleinmachte, für ihren Sieg noch entschuldigte und ihn dem Glück zusprach.

Beatrice hat eine zelig'sche Angewohnheit – sich bei jedwedem Spiel dem Niveau ihres Gegners anzunähern. Ob es nun höher oder tiefer liegt als das eigene. Normalerweise müßte sie gegen Alban 75 von 100 Partien gewinnen, könnte ihm jederzeit Unterricht geben. Und spielte teilweise so schlampig, daß es ein Graus war. Unfaßbar, daß ein Wesen, in dem so wenig Böses wohnt, sich mich zum Mann ausgesucht hat. Auch als Kavita beim Abendessen (wissentlich falsch, einfach nur so) behauptet hatte, Krokodile würden sich über ihre Tränenflüssigkeit fortpflanzen, schwieg Bea nicht nur, sie gab in ihrer Höflichkeit sogar vor, das nicht genau zu wissen. Statt einfach zu sagen: Blödsinn.

Ich sprach zuhause diese Konfliktscheu an, die ihr manchmal gegenüber Fremden etwas Duckmäuserisches verleiht. Sie antwortete mit einem Satz: «Ich streite mich nicht mit Menschen, die mir nichts bedeuten.»

15. November, Sonntag

Um halb eins aufgestanden.

Ich habe in den letzten Tagen zuviel fettes Zeug gefressen. Und viel zuviel gesoffen. Gestern wieder bis in die Puppen, drei Liter mindestens. Die Arbeit kommt nicht voran. Nicht einmal auf die Beine.

Beatrice hockt mufflig in der Küche, löst italienische Kreuzworträtsel, während sie auf mich wartet.

Ich verzichte aufs Frühstück, wir gehen gleich los, der Rest vom Tag ist größtenteils sonnig.

Villa Borghese.

Beas schlechte Laune hebt sich durch eine Tüte gerösteter Maroni, die überall in Rom von alten Männern mit primitiven Kohlegrills am Straßenrand verkauft werden.

Ca. 30 Katzen dösen hinter einem Baustellengitter, das sie vor den Hunden der Spaziergänger schützt. Täuscht man vor, etwas zum Essen für sie zu haben, kommen sie alle auf einmal, dann steht man wie in einem hohen Teppich aus Katzenfell.

Es gibt – mitten im Park – einen Rollerskateverleih. Nein, zwei!

Dachte über das Rezept des Parks nach. Platanen sind in Rom reine Alleen- und Verkehrsinselbäume. In den Parks fehlen sie. Dort gibt es eine Dreiheit aus Pinien (50 %),

Zypressen (25 %) und Steineichen (20 %). Dazu hin und wieder eine Fichte oder Kiefer oder Lärche oder, an exponierter Stelle, irgendein Obst- oder Nußbaum. Statt der Steineichen kann man auch Kopfweiden oder Pappeln verwenden, es schmeckt dann leichter, bzw. bukolischer.

Wir genießen den Ausblick auf Rom, vom Pincio aus und dem Belvedere.

Farbige Wolkenspiele. Zuerst eine große, dunkelgraue Wolke in einem sonst leeren lichtblauen Himmel, ohne Zwischentöne. In dieses Dekor fliegt ein roter Luftballon, steigt aber nur bis in ca. 50 Meter Höhe, bewegt sich dann vertikal über den Park, in enormer Geschwindigkeit.

Zwischenmahlzeit im Autogrill. Schwache Auberginenmaccheroni, auch wenn zwei Sorten Käse darübergestreut werden.

Bea erzählt, daß die Schutzfrist der Mickey Mouse abläuft – sie ist tatsächlich schon 70 Jahre alt. Weil es aber im Lauf der Jahre drei verschiedene Designs der Mickey Mouse gegeben hat, versucht der Disney-Konzern nun in einer Prozeßflut das Copyright je nach Design zu differenzieren und wenigstens noch ein paar Jahre herauszuschlagen. Klingt bizarr. Was mir an der Geschichte seltsam vorkommt: Warum gelten die 70 Jahre nicht vom Tod Disneys an?

✧

Kleiner Antik-Trödelmarkt am Augustus-Mausoleum. Hochwertiges liegt neben banalem Kitsch – und kostet oft dasselbe. Überlegte lange, mir ein Fotoalbum aus dem Jahr 1888 zu kaufen, mit Bildern aus London und Umgebung, im Sommer, bevor Jack the Ripper zuschlug. (Für dessen Identität ich eine noch zu verfolgende Idee habe.)

Zweihundert Mark. Für ca. sechzig Fotos. Ich kaufte es nicht, obgleich es auf einem deutschen Trödelmarkt sicher fünfhundert gekostet hätte. Die Bilder alle gesehen zu haben, genügte, der Rest, der Kauf – wäre Business gewesen.

London damals – wie großzügig die Stadt noch konzipiert war, die Straßen so breit, in einem Atemzug nur mit Anstrengung zu überqueren.

✧

Gestern in der SZ eine superpeinliche Feuilletonbeilage zum Thema Comic. Es wurde getan, als sei das Comic als Kunstform gerade frisch entdeckt – und müsse weiten Teilen der Leserschaft erst nähergebracht, erklärt werden – mit dem üblichen Germanistengeschwafel kandiert. Vertreterisches Rechtfertigungsgelaber. Damit's dem Bildungsbürger schmeckt, oder er sich wenigstens zum Probieren bemüßigt fühlt. Deutlich wurde damit nur, wie sträflich man jene Kunstform vernachlässigt hat. Das Feuilleton bildet schon viel zu lange die Nachhut der Wirklichkeit. Anhand der öfter zitierten Meilensteine deutete sich auch ein feuilletonistischer Kanon an. Ein erschreckender. So fiel z. B. bei vielen Referenten der Name Hergé – den man getrost vergessen könnte. Nie erwähnt wurde ausgerechnet Goscinny, der Comictexte erstmals auf das Niveau großer Literatur schraubte.

In der gleichen Zeitung eine ganze Seite Interview mit dem neuen Lieblingsgötzen, Don De Lillo.

Ich werde diesen Roman (*Unterwelt*) lesen, wie vieles, das mir durch die hiesig-emsige Hofberichterstattung aufgedrängt wurde. Wenn er mir gefällt, werd' ich danke sagen. Andererseits schreit mir meine Erfahrung zu, daß etwas, was auf so einhellige Begeisterung der Gegenwart stößt, für die Zukunft wenig Bestand haben kann. Hab soviel Zeit vertan mit Zeitgenossen.

Das Interview war in jedem Fall Papierverschwendung. Nichtssagend. Sinnlose Fragen, freundlich-unverbindliche Antworten.

«Glauben Sie denn an irgendeine Art von Fortschritt?»

«Ja, natürlich.»

Der signifikanteste Wortwechsel.

✧

Fritz Göttler ist in der Medienlandschaft einer der ganz wenigen Kritiker, deren Arbeitsethos ich bewundere. Kein Spötter, kein Egomane und Selbstinszenierer, immer hegt er Respekt für das, was er behandelt, ist um Wahrheit bemüht, geht mit Sorgfalt und Leidenschaft daran, hat kein Problem damit, etwas nicht nur gut zu finden, sondern zu bewundern und hinter das Bewunderte zurückzutreten, fast unauffindbar. Besitzt Wissen, ohne damit zu protzen, trägt sein Handwerk nicht zur Schau. Wenn er etwas verurteilt, schenkt er sich fiese Pointen, bedauert mehr als zu vernichten – und maßt sich nie den Tonfall der Letztinstanz an.

✧

Sonnenuntergang überm Nationalmonument. Sehr dramatisch.

An die Wand geklatschtes Abendgelb mit rosa Schlieren, schwarzen Kritzeleien, Federboas – und zwei Millionen Stare, die sich endlich zum Abflug entschlossen haben.

✧

Schöne Anekdote: Brahms redet selbstverliebt zu Mahler, daß nach seinem (Brahms') Tod, der wohl bald ins Haus stünde, in der deutschen Musik nichts Rechtes mehr vonstatten gehen könne. Mahler schweigt, schweigt lange, die beiden gehen an einem Fluß entlang, plötzlich deutet Mahler in die Ferne, sagt, «Schaun's, Herr Doktor, da kommt die letzte Welle!»

Das Widerliche in der brahmsschen Musik bestätigt finden in brahmsschen Interviews *(Arthur M. Abell – Gespräche mit berühmten Komponisten; Artha-Verlag)* macht vor Glück besoffen. Man hat leichtfertig geurteilt, aber gerecht.

Ein Mensch, der solche Scheiße absondert, kann keine wirklich große Musik schreiben.

✧

Die KBW-Story. Irgendwann anfang der Neunziger stellte der Kommunistische Bund Westdeutschlands fest, daß er nur noch 40 Mitglieder besaß, das Parteivermögen sich aber auf 75 Millionen belief, Reste der einstmals großzügigen Spenden aus der Sowjetunion. Man beschloß einen sofortigen Mitgliederaufnahmestop und lebte fortan luxuriös in einem riesigen Ökohaus in Frankfurt.

16. November, Montag

Asma Semler ruft an – will 52 Autoren für einen großen Fortsetzungsroman in der ZEIT zusammenbringen, das letzte Kapitel käme in der ersten Woche des neuen Jahrtausends.

Ich soll den Reigen eröffnen. Nein danke. Zeitverschwendung.

«Da haben aber etliche zugesagt, die sind mindestens so berühmt wie du!»

«Na also – dann brauchst du mich gar nicht.»

✧

Halb eins. Beatrice kehrt zurück vom Gianicolo. Ob ihre Brieftasche hier irgendwo rumliegt? Tut sie nicht. Brieftasche ist geklaut – und sie hat nichts gemerkt. Geklaut aus der Stofftasche, die sie über der Schulter trug. Sie will es nicht glauben. Muß es dann einsehen.

Der Rest des Tages braucht kein Programm mehr.

Dutzende Telefonate. Sperren der diversen Karten. Anzeige erstatten, in der Quästur an der Via Genova. Kosmetischer Akt. Auf einem großen Stapel liegen Formulare in fünf Sprachen, für mehrere Kategorien, darunter Drive-by-Handtaschenraub, Taschendiebstahl in Bus oder Metro, Autodiebstahl, Diebstahl von Auto-Interieur. Man füllt die Vordrucke aus, gibt sie einem Typ, der sie kaum ansieht, seinen Stempel drunter setzt und sie zum großen Haufen anderer Anzeigen schmeißt. E basta così.

Danach zur deutschen Botschaft. Publikumsverkehr von 9–12 Uhr morgens. Und wenn es nun ein Notfall wäre?

✧

In der Post ein langer Brief von Russegger mit beigelegtem FAZ-Artikel über Puccinis Verhältnis zu Wagner. Steht nichts Neues drin. *«Puccini – allerhöchstens der Verdi des kleinen Mannes»* – sagte Tucholsky, der auch sonst kein musikalischer Mensch war.

R. hat mein Puccini-Drehbuch gefallen, nur nennt er die obszönen Ausbrüche Elviras für das Jahr 1908 zu gewagt, sprich: unglaubwürdig. Falsch: Ich habe da Überliefertes eher abgemildert, aus demselben Gedanken heraus. Man fälscht ein bißchen, um der Vergangenheit mehr Authentizität zu verleihen.

«Steig mal, auf der Seite des Konservatorenpalasts, in der Nähe der Aussichtskanzel zum Forum, weiter hinauf, dorthin, wo einst der Jupiter-Capitolinus-Tempel stand. Kaum ein Tourist verirrt sich so weit. Vielleicht ist es auch nicht ganz geheuer da oben. Merkwürdig genug, daß ausgerechnet vom höchsten Heiligtum der Römer nur unbedeutende Steinfragmente erhalten geblieben sind, die immerhin Zeugen wurden, wie alle Feldherrn der Römer vor jedem Kriegszug oder als Triumphatoren dem obersten Gott opferten und wissende Zwiesprache mit ihm hielten.»

Werde ich tun.

✧

Die Künstlerstudios der Villa Massimo wurden 1913 gebaut. Dafür geniale Architektur, die viel eher nach den

Sechzigern aussieht – funktional, weiträumig, Hang zu Diagonalen.

✧

Habe Beatrice in der Via Giacomo Boni eine hübsche Heckenpflanze mit gelben, roten, orangenen und violetten Blüten gezeigt, die ich für etwas Schönes und Besonderes hielt.

Löste keine Begeisterung aus. Nüchterne Diagnose: Wandelröschen (*Lantana*).

✧

Schock in der SZ:

London *(dpa) Nach einem Bericht Sunday Times wird von israelischen Wissenschaftlern ein biologischer Kampfstoff entwickelt, der durch die Identifikation von Genen auf Araber und nicht auf Israelis wirken würde. Der Zeitung zufolge hat das US-Verteidigungsministerium vor der Herstellung derartiger neuer Waffen gewarnt. Die sogenannte «ethnische Bombe» werde vom Biologischen Institut in Nes Tziyona in Israel entwickelt, das als Zentrum für die Erforschung biologischer und chemischer Waffen gilt. Sie wurde als die «israelische Antwort» auf die Bedrohung durch irakische Angriffe bezeichnet. Danach können nach der Identifizierung bestimmter Gene in den potentiellen «Opfern» des Kampfstoffes gentechnisch modifizierte Viren und Bakterien hergestellt werden. Der von den Wissenschaftlern produzierte «tödliche Mikro-Organismus» würde dann nur die Menschen angreifen, die diese Gene tragen. Ein Wissenschaftler wird mit den Worten zitiert, der Prozeß sei «höchst kompliziert», da sowohl Araber als auch Juden «semitischen Ursprungs» seien. Ähnliche biologische Forschungen sollen von südafrikanischen Wissenschaftlern in der Apartheid-Ära angestellt worden sein.*

Sicher die abgründigste Meldung der letzten Zeit – und verschwindet schamhaft auf der vierten Seite, unten rechts.

✧

Abends sind wir bei A. und K. zum Essen eingeladen. Haben keine Lust – und können schlecht absagen.

«Wer mich besucht, erweist mir eine Ehre. Wer mich nicht besucht, macht mir eine Freude.»

(Montherlant)

Oder expliziter:

«Wie soll man einem ‹lieben› Menschen begreiflich machen, daß wir für die vier Stunden, die uns das Abendessen bei ihm und die Zeit danach kosten würden, eine bessere Verwendung haben? Wie sollen wir ihm begreiflich machen, daß, wenn wir diese vier Stunden mit den vier Stunden multiplizieren, die wir Pierre, Paul und Jaqueline – lauter ebenso lieben Menschen – schuldig zu sein glauben, Tage und Wochen vergehen würden, die für unsere Bildung, unser Innenleben, unser Privatleben verloren sind, die für unser Werk verloren sind? Wie soll man ihm begreiflich machen, daß es uns gegenüber von echtem Wohlwollen zeugt, wenn er uns nicht einlädt?» *(ebenfalls Montherlant)*

Ganz so krass halte ich es nicht. Ich sehne mich oft nach Menschen. Wenn ich dann aber erstmal in Gesellschaft bin, werde ich schweigsam, bin kein lohnender Gast – es liegt wohl daran, daß mir weniger am Gespräch mit anderen, als an der Flucht vor der Arbeit lag – dieses Schuldgefühl lähmt mich. Anders der Fall, wenn ich etwas Langwieriges und Mühsames zu Ende gebracht habe, danach mit Freunden feiern gehe – sie erkennen mich kaum wieder, so befreit bin ich und aufgedreht.

Im Moment ist hier gar nichts zu Ende gebracht.

✧

Zukünfte hat jeder. Alle möglichen.
Irgendeine stülpt sich auf.

Vergangenheiten haben,
mehr als nur eine,
aus denen man wählt, bevor die
Gäste kommen – passend zum Anlaß …

✧

Der Abend wurde dann doch sehr nett. Schlemmen bei barocker Musik, später Beethoven-Streichquartette, Ravels Linkshänderklavkonz, zum Schluß Piazzolla.

Weitere Gäste waren Christoph, Andreas, Katharina sowie Schilling mit Freundin.

Alban und Kavita waren beide heute ganz verändert. Richtig liebenswert. Sehr gute Gastgeber. Ebensolches indisches Essen.

Schilling erzählt, wie er in Rom ein halbes Jahr lang ohne vorderes Nummernschild Auto gefahren sei. Hielt ihn die Polizei an, sagte er großäugig, daß man in Deutschland kein vorderes Nummernschild brauche.

Brüller des Abends. Die Polizisten haben's ihm allen Ernstes geglaubt und sich für die italienische Ordnungssucht fast entschuldigt.

Allgemeines Thema ist auch die israelische Gen-Bombe, und warum diese Meldung auf der vierten Seite versteckt wird.

«Natürlich um Rassismus-Vorwürfe zu vermeiden.»

Die Antwort kommt von allen Seiten. Habs mir also nicht etwa eingebildet. Eine rassistische Teufelei, die schwärzestem Nazi-Denken mehr als würdig wäre, wird mit quasi vorgehaltener Hand berichtet, um nicht den Eindruck einer anti-israelischen Position zu erwecken, sprich: einer antisemitischen Position. In Deutschland kaum trennbar.

Auch die von der SPD mitbeschlossene Schleierfahndung erregt noch viele Gemüter. Daß man z. B. ohne Verdachtsmoment im Zug durchsucht werden darf. Aber was heißt schon *ohne Verdachtsmoment?* Vorgeschoben kann immer etwas werden, von daher ändert sich meines Erachtens nicht viel. Ohnehin Schwammiges wurde noch ein bißchen breiiger. Daß wir uns dem Polizeistaat einen großen Schritt genähert haben sollen, kann ich so nicht empfinden. Und innere Sicherheit wird immer mehr zum Stabilitätsfaktor Nr. 1 der Demokratie. Das Big Picture sollte Vorrang haben vor etwaigen individuellen Unannehmlichkeiten.

Schilling erzählte, er besitze ein deutsches Kunstlexikon von 1920, dort stehe über Picasso:

«Erfand den Kubismus und andere *Kunstschnurrpfeifereien.*» Dies seither sein Lieblingswort.

Jemand: «Wie heißen eigentlich diese großen mit Karamel gefüllten Windbeutel?»

Christoph: «Unodiquesti.»

Runde löste sich nach Mitternacht auf.

Lieh mir von Alban eine Scelsi-CD. Schuf gravitätische Stimmung für diverse Poeme.

✧

Manchmal, in der Schwere eines guten Weins, schmeckt Fäulnis durch, Vergänglichkeit, ein Hauch nur, der köstlich auf der Zunge liegt, der dem Genießer eine Sekunde Betrachtung abringt vor dem Schlucken. Die untergegangenen Sonnen jenes Jahres sind vollzählig da, komprimiert, sie leuchten nicht, aber tragen in sich eine Wärme, die behauptet, alles sei aufbewahrt in einem fernen Gedächtnis der Essenzen, in einer seltsamen Subwelt der Farben, die uns von irgendwoher vertraut scheinen, als wären wir einst aus jener Welt versehentlich in diese gelangt.

17. November, Dienstag

Heute ist es neun Monate, ist es ein Kind her. Im *Oktober* habe ich eine Stelle gestrichen, die lautete: Jünger wird den nächsten Frühling nicht überleben.

Schade für die eitle Prophezeihsucht, und gut so, weil ich sonst denken würde, er wollte mir nicht widersprechen, hätte mir einen Gefallen getan.

War eine seltsame Nacht zu jenem 17. Februar. Hatte wilde schwarze Träume, um 11 Uhr morgens läutete mich das Telefon wach, ich ging nicht hin, von der abstrusen Idee geängstigt, jemand überbrächte mir eine Todesnachricht. Um 12 erst sah ich auf den Anrufbeantworter – es war Claudius, der mich bat, bis eins einen kleinen Nachruf für die SZ zu verfassen. Ich hab es getan und in der Nacht auf den Toten eine besondere Flasche Sassicaio geöffnet, nach einem Tag der seltsamsten Gefühle. Schrieb der Witwe ein Gelegenheitsgedicht. Zuvor hatte ich eine Kerze angezündet, ich weiß nicht mehr in welcher Kirche, habe vielmehr das Licht an einem anderen entzünden wollen – es glitt mir aus der Hand und löschte das Spenderfeuer aus. Hätte ihm das gefallen? Wahrscheinlich. Es war ein eisiger, dunkler Tag, auf dem Marienplatz spielte eine Blaskapelle – gespenstisch. Abends sahen wir Fußball bei Albert.

Mich für Jünger eingesetzt zu haben, hat mich viel Preisgeld gekostet in diesem schrecklichen Land.

In seinem letzten Buch taucht mein Name auf. Ein Brückenschlag. Die Verantwortung wuchs. Jetzt trage ich den Apisstier des PM.

Man wächst mit jedem Idol, das man nicht aufsucht.

✧

Jede Sekunde häuten, ihren Kern freibeißen, ins Archiv bewußt erlebter Zeit einbetten.

Geschnürte Momente, die nichts ergeben, keinen Kreis, keine Kette, am umschmachteten Hals.

✧

Beatrice kehrt aus dem Konsulat zurück; alles soweit erledigt, der Diebstahl kommt uns nun gar nicht mehr schlimm vor. Schlimmer als die Verluste von Zeit und Geld ist auf jeden Fall das Nichtwissen, wann und von wem man beklaut wurde sowie die Tatsache, daß man nichts davon gemerkt hat – obwohl die Gefahr registriert und auf Wertsachen besonderes Augenmerk gerichtet wurde. Taschendiebstahl und Rom – ein Klischee, wie gültig auch immer – wir hatten geglaubt, es vermeiden zu können.

Gestern hörten wir trostspendende Schauergeschichten zuhauf, besonders über Kinder, die gefährlichsten Diebe. Alban erzählte, er sei, frisch hier angekommen, noch völlig naiv gewesen, Kinder hätten neben ihm gespielt, plötzlich habe ein Freund gerufen: «Alban! Vorsicht!» – habe sich eins der flüchtenden Kinder geschnappt und an den Haaren (!!!) nach oben gezogen. Nur daraufhin seien dessen Kumpane zurückgekommen und hätten freiwillig ihre Beute abgeliefert: Die Ausweise aus der Sacco-Innentasche, das Hartgeld aus der linken, das Papiergeld aus der rechten Hosentasche, kurzum: alles.

Übrigens fiele es hier niemandem ein, «Sinti» zu sagen – es heißt «Zigeuner» bzw. «Zingari» – und bedeutet – zumindest in Rom – ein Synonym für Diebe und Bettler – mit lässiger Selbstverständlichkeit. Ist, wie es ist. Man kann an der Realität nicht vorbeireden. Außer in Deutschland. Ich entschuldige mich gern bei jedem zu Unrecht so deklarierten römischen Zigeuner.

✧

Spaziergang am Tiber, auf Höhe der Ponte Sesti.

Beatrice fällt ein, daß bei ihrem Flug hierher der Flugkapitän mit Vornamen Janus hieß.

Die Blätter der Platanen beginnen gelb zu werden, die Stämme bleiben ganzjährig weiß / beige. Mit dem blauen Himmel im Hintergrund eine sehr helle Farbpalette, ein Höhenrausch auf der Klaviatur der Lichtorgel.

Santa Cecilia hatte geschlossen.

S. Maria in Trastevere, die Kassettendecke – schwer an der Grenze zwischen beeindruckend und überladen. Vermutlich die bunteste Kirche im Viertel.

✧

Ich kaufte mir bei Ghezzi («Arredamento e abbigliamento ecclesiatico») zwei graue Priesterhemden – und bereute es nicht. Die Dinger riechen ein wenig nach gezuckertem Lavendel – aber sehen klasse aus. Wie Geheimdienstuniformen in Science-Fiction-Filmen der Siebziger.

Kurdische Demonstrationen am Kolosseum, gegen die Auslieferung Öcalans, der Saddam auf den mitgeführten Plakaten zum Verwechseln ähnlich sieht.

Ein Brief von Insa. Das «Diptychon» habe ihr gefallen, sei aber auch sehr unheimlich gewesen – weil die Szenerie in

Teil Eins ganz und gar mit ihrer Wohnung übereinstimmte.

(Kann tatsächlich sein, daß die Inspiration daher kam, weiß es nicht mehr.)

«Verrückt nach Mary» fand sie zum Brüllen lustig. Kann ich mir nach den Trailern, die hier laufen, nicht vorstellen.

✧

SZ: Saddam hat wieder einmal in letzter Minute eingelenkt – man kann auch sagen: er wußte mal wieder genau, wie weit er gehen darf. Wie lange dieses Triezen noch erfolgreich bleiben wird? Die Amerikaner waren mit sehr wenig zufrieden, um ihr gestauchtes Nationalbewußtsein aufzupäppeln. Wann wird ihnen bewußt, daß sie laufend vorgeführt werden? Ich habe das Gefühl, Clinton bewahrt sich den Angriff für einen lohnenderen Zeitpunkt auf.

Qui a gagné la bataille? Celui, qui croit l'avoir gagné. (Napoleon)

SZ: *«Nach Angaben der US-Regierung hatte Bill Clinton den bereits laufenden Angriff auf den Irak am Samstag gegen den Willen des Außen- und Verteidigungsministeriums gestoppt. Die US-Regierung hatte damit gerechnet, bei ihren Luftangriffen 10000 Iraker zu töten.»*

✧

La Reppublica: Lebenslänglich in letzter Instanz für Priebke. Ist das gerecht? Ich weiß es nicht – und vermutlich auch kein anderer. Außer ihm selbst. Der Zeitabstand treibt immer kleinere Tiere in die Arena.

✧

Abends ins Cinema Rialto – *Lola Corre.* Synchronisation, soweit ich das beurteilen kann, ganz okay. Die Soundanlage ist aber furchtbar. Scheppernd und zu leise. Mitten im Film wird – wie immer hierzulande – eine fünfminütige Pause gemacht, obwohl er nur 80 Minuten lang ist.

Auch beim fünften Mal keine Sekunde langweilig – ich probierte etliche Haltungen aus, besaß nunmehr die Souveränität, mich in Leute hineinzudenken, die ihn zum ersten Mal anders sehen, als ich selbst es tat – avanciertes Experiment – man macht sich kontrolliert zur multiplen Persönlichkeit – es gibt tatsächlich einige Bewußtseinszustände, bzw. Seelenlagen, Seh- und Erwartungshaltungen (da muß sich manches miteinander multiplizieren), aufgrund derer man zu einer Fehlbeurteilung kommen kann. Ist ja immer so.

Ein neues Detail fand ich – daß auf dem menschenleeren Platz (dem Jenseits) am Schluß des Films der Bolle-Laden unbeleuchtet ist. Ganz folgerichtig. Natürlich könnte man böse von hinten her argumentieren, daß die Szene eben frühmorgens gedreht werden mußte, und der Supermarkt noch nicht offen war, und jeder das übersehen hat, blabla.

Könnte ja so sein. Wäre ganz egal. Der Text ist manchmal klüger als der Autor, dasselbe gilt für Film und Regisseur.

Im Kino. Die schräg rechts vor mir. Sie sah mich interessiert an. Momente später vergewisserte sie sich, ob ihre Handtasche noch zu ihren Füßen lag.

✧

Auf dem Platz neben dem Kino (Largo Angelicum) gibt es Reste einer römischen Stadtmauer aus der Königszeit zu sehen, ausgebuddelt erst 1875. Detail einer Verkehrsinsel, an der man oft nichtsahnend vorüberging.

«Ich verlass dich jetzt!»

Bea: (trottet gelangweilt hinter mir her) «Ich komm mit. Verlassen wir mich gemeinsam …»

✧

Hab ich überhaupt noch was zu sagen?
Wenn ich ehrlich bin, schon.
Ich bin auf alles stolz, was ich ehrlich meinte,
egal, wie ich es geschrieben habe.

✧

Die Struktur von *Schweine* entspricht einer sich nach oben verflechtenden Quadrupelhelix der Themenkomplexe. Soviel zum angeblichen Wirrwarr.

✧

Große Feiglinge können Menschen sein, deren Tapferkeit einen großen Anlaß abwartet.

Die um das Recht des Bösen wissen, aber auch, wann dessen genug ist.

✧

Runde Zahlen sind willkürlich. Viel logischer wäre 1845–1945. Die Welt wird von Deutschen geprägt. Marx, Nietzsche, Wagner, Freud, Einstein, Hitler. Um die wichtigsten zu nennen.

Demgegenüber, von ähnlichem Kaliber: Darwin. Sonst nur Techniker: Gebrüder Lumiere, Gebrüder Wright; Marconi. Hab ich wen vergessen? Bestimmt.

✧

Interessantes Experiment: Man wirft Bienen und Fliegen auf den Boden einer großbauchigen Flasche.

Die Bienen suchen das gesamte Flascheninnere systematisch ab und verhungern, bevor sie oben angekommen sind. Die Fliegen schwirren wirr umher, kreuz und quer, der Zufall führt sie irgendwann in den Flaschenhals, von dort ins Freie. Einer jener Fälle, bei denen Logik bestraft wird.

✧

Segnet meine Waffen, darunter die
fürchterlichste auch, meine
Sehnsucht, gönnt mir
Zufriedenheit erst
am letzten Tag
meines Lebens, dann aber
satt und so richtig, vollstoff.

✧

Ich: Strahle ich Haltung aus?
Bea: Sicher, aber welche halt.

✧

Soviele wollen ans Licht und
verdunkeln es mit einem
ins Furchterregende gewachsenen
Schattendasein

18. November, Mittwoch

Noch vor 12 auf den Palatin. Leicht dunstiger Tag, Konturen werden weich. Pflückte eine Pomeranze, die sehr aromatisch roch & nicht genießbar war. Verpelzte mir die Zunge.

Sehr viele Rotkehlchen.

Bea: «Ein Haufen Gescherb», als sie einen Scherbenhaufen sieht. Ihr Verballhornungsjargon hat sich weit entwickelt, fast schon zur eigenen Kunstsprache. Hab sovieles davon nicht notiert, werde es künftig tun.

Das Haus der Livia ist wegen Restaurierungsarbeiten geschlossen. Man hat das Gefühl, ab November wird auf Rombesucher wenig Rücksicht genommen, überall werden an die Denkmäler Gerüste angelegt, die Urbs ist eine große Reparaturwerkstatt.

Den höchsten Punkt des Palatin bildet ein doppelstöckiges Häuschen, keine dreißig Jahre alt, grau, unscheinbar – und wirkt doch gemütlich. Vielleicht eine Gärtnerwohnung. Mit Ausblick auf den Circus. Hier würde ich sogar eine Stadtschreiberstelle annehmen.

Im SPIEGEL wird auf drei Seiten eine neue Augustus-Biographie besprochen. Als gäbe es da soviel Neues mitzuteilen. Ein Zeichen steigenden Interesses?

Caligula wollte den Palatin durch eine Brücke mit dem

Kapitol verbinden – «um schneller zu seinem Bruder Jupiter zu gelangen».

Im geradezu lächerlich überbewachten Museum sind die beeindruckendsten Stücke zwei bunte Fußbodenmosaike aus der Domus Tiberiana.

Der Ort wirkt, wenn überhaupt, nur durch das, was man *nicht* sieht. Durch die Geschichten, von denen man weiß. Vorhandene Ruinen reichen nicht hin, um sich die Palastanlagen in ihrer einstigen Pracht vorstellen zu können. Sind für diesen Zweck eher hinderlich.

Immerhin haben wir einen illegalen Zugang zum Palatin entdeckt, der uns künftig die zweimal 12 000 Lire Eintritt erspart.

Noch einmal übers Forum. Die Säulen aus rotem Porphyr sowie die Bronzetüren zum Romulus-Tempel sind Originale; das Türschloss soll angeblich noch funktionieren. Warum demonstriert man das dann nicht, einmal im Jahr, gut inszeniert?

Auf der zweiten Stufe zum Antoninus&Faustina-Tempel sind Mulden für ein Kalah-ähnliches Spiel eingegraben. Muster für Brettspiele finden sich auch auf den Stufen der Basilika Julia. Arbeitslose oder schlangestehende Opfergeber vertrieben sich so die Zeit.

Auch das Kolosseum ist an seiner hohen Seite eingerüstet. Man könnte den Bauführer sicher mit 100 Mille bestechen, und er ließe einen in dem kleinen blauen Aufzug bis ganz nach oben fahren. (Wieviel Meter? Sechzig?) Ich will es schon tun – da fällt mir meine Höhenangst ein. Immerhin sehr spät.

Moers meinte, Höhenangst sei oft eine temporäre Erscheinung, könne auch wieder verschwinden, sei bei ihm so gewesen.

✧

Zuhause schreibe ich drei Postkarten an Tom, zerreiße alle, finde nicht die richtigen Worte.

Wird zum Problem, dieses Treatment. Die Überwachungsmaschinerie – die er als zu deprimierend abgelehnt hat, war das eigentlich Originelle am Plot des Romans, das Urlicht vom Ganzen, der Motor, der die Liebesgeschichte über 45 Jahre lang am Laufen hielt.

Jetzt funktioniert der Stoff nicht – oder, sagen wirs so: Der erste Teil funktioniert – aber er drängt aus sich selbst keinen zweiten Teil auf. Ich mag nicht in Beliebigkeit wühlen.

Muß gegebenenfalls alle Brücken abbrechen. Oder den Plot radikal reduzieren.

✧

Wir gucken Fernsehen, essen Eis. Mir fällt was ein. Gehe aus dem Zimmer. Bea: «Du entsellst dich mir?»

✧

In der SZ: OB Ude verbietet (verhindert) eine Photoausstellung «Alltagsszenen in Palästina». Das Wort «verbieten» wird in der Meldung nicht benutzt, stattdessen heißt es: «... wurde abgesagt», oder: «gecancelt», oder: «... entschloß sich der OB zum radikalen Schnitt.»

Besser, ich gebe den ganzen Text wieder, unverändert. Er enthält in nuce etliche Facetten der momentanen Befindlichkeiten und Sprachknoten, sowohl, wie er (von Antje Weber) formuliert wurde, als auch in dem, was er berichtet. Ein Offenbarungstext.

Kein Blick nach Palästina

OB Ude verhindert eine Ausstellung wegen «einseitiger Texte»

Das Vorhaben war heikel – und die Folgen sind es auch. Da sollte heute – mit einer Woche Verspätung wegen organisatorischer Probleme – eine kleine Photo-Ausstellung eröffnet werden. «Alltagsszenen in Palästina» sollte sie heißen und als Bestandteil der Kulturreferats-Reihe «Blickpunkt Orient» ein Schlaglicht auf die Situation dort werfen: «Momentaufnahmen aus dem Westjordanland, aus Ostjerusalem und einem Flüchtlingslager im Gazagebiet» waren im Programmheft angekündigt, die die «tiefen Gräben zwischen der palästinensischen Bevölkerung und der Besatzungsmacht» widerspiegeln.

Die Ausstellung in der Galerie 90 des Kreisjugendrings ist abgesagt. Oberbürgermeister Christian Ude persönlich hat die vom Pädagogischen Institut des Schulreferats zusammengestellte Ausstellung vorgestern in letzter Minute gecancelt. Die Gründe dafür, sagt Udes persönlicher Referent Ernst Wolowicz, lägen beim Einladungstext und den Ausstellungstexten. In der Einladung wollen die Autoren «für das Unrecht sensibilisieren, das im Namen eines als demokratisch geltenden Staates auf enteignetem Boden gegen ein traditionell lebendes, anderes Volk ausgeübt wird». OB Ude ist aufgrund solcher Formulierungen der Meinung, «daß die Texte einseitig die palästinensische Position wiedergeben und anti-israelische Propaganda enthalten». Als der KJR vorgestern «mit Bauchschmerzen» (Wolowicz) die Texte vorgelegt hatte, entschloß sich der OB daher zum radikalen Schnitt.

Da offensichtlich niemand dem OB öffentlich widersprechen möchte, halten sich die Betroffenen mit Meinungsäußerungen diplomatisch zurück. Der KJR versteckt sich hinter der Bemerkung, man sei ja nicht der Veranstalter, sondern stelle nur die Räume zur Verfügung; SPD-Stadträtin Brigitte Meier, die zur Eröffnung reden sollte, verweist an den OB. Deutlicher wird Charlotte Knobloch, die Präsidentin der Israelitischen Kultusgemeinde: «Volksverhetzung» sei das, was in der Einladung zu lesen sei; sie habe daher den Verantwortlichen des KJR «intensiv nahegelegt», die Ausstellung abzusagen. Ausstellungs-Mitarbeiter Christoph Steinbrink vom Pädagogischen Institut ist da natürlich anderer Meinung: «Der Vorwurf der Volksverhetzung ist absurd», sagt er, räumt aber ein, daß der Text «vielleicht in der Verkürzung mißverständliche Formulierungen enthält». Der Text sei inzwischen vollständig überarbeitet. Er hofft, daß die Ausstellung doch noch gezeigt werden kann – in München und anderswo. Das Thema bleibt heikel.

Es liegt was in der Luft, und es wäre besser, ein ehrliches Wortgewitter bräche endlich los und löschte alle kleinen Brände, die da schwelen. Bevor aus nicht mehr erträglicher Gutgemeintheit neuer Antisemitismus entsteht. Der Ausnahmezustand muß beendet werden. Ich bin zu befangen, vielleicht auch zu feige, um an die Öffentlichkeit zu gehen und die Diskussion einzufordern. Es wäre bequemer, das Thema ganz aus dem Tagebuch zu streichen. Sitze zwischen allen Stühlen. Der Titel eines alten Computerspiels: «I have no mouth and I must scream.»

In der Nacht sinken die Temperaturen bis auf plus sieben Grad. Man friert. In München herrschten heute bittere minus vier am Tag. Das wärmt.

Das vermeintlich Schlimmste – in eigenen alten Büchern zu lesen, die man für Meisterwerke hielt, und sie plötzlich als peinlich zu empfinden, als habe man sich jahrelang angelogen – wo man doch viel eher froh darüber sein müßte, wie weit man inzwischen gewachsen ist.

Das Allerschlimmste wäre, in eigenen alten Büchern zu lesen und sagen zu müssen: sowas wie das – schaffe ich nie wieder.

✧

Du weißt, ich bin dir verfallen.
Man kann ein Verfallsdatum auch
überschreiten. Monatelang
lag ich auf Eis, hab
gefroren für nichts.
Jetzt will ich draußen
in gleißender Sonne verfaulen.

19. November, Donnerstag

Die Straßen um die Villa Massimo sind nach bedeutenden Archäologen benannt, darunter Antonio Nibby – und Giacomo Boni, Verfechter der stratigraphischen Methode, in die Tiefe zu graben, die er von den Prähistorikern übernahm. Sie setzte sich erst fünf Jahrzehnte nach seinem Tod endgültig durch. War auch ein Wegbereiter der aktiven Archäologie, daß also der Prof selbst zum Spaten greift und dies nicht unausgebildeten Hilfsarbeitern überläßt.

✧

Werner Funk ist endlich weg vom *. Zum Abschied knallt er Spielberg aufs Titelblatt, mit der Zeile: «Spielberg erklärt uns, warum wir ein Holocaust-Denkmal brauchen.»

Verwegene Formulierung. Man muß sich mal überlegen, was damit erreicht werden soll.

Wahrscheinlich liegt keine perfide Raffinesse dahinter, sondern nur der übliche Schwachfunk.

✧

Nachricht von Schilling: Ab Ende 99 wird die Massimo für ein Jahr geschlossen wegen Sanierungsarbeiten. Ausgerechnet im Giubileo? Versteh ich nicht. Hier klappt doch alles. Ist lästig für jene Stipendiaten, die deswegen ihren

Aufenthalt unterbrechen, also zweimal umziehen müssen.

✧

Trüber Tag. Beatrice will in die Vatikanischen Museen. Wir kommen zu spät. Öffnungszeiten außerhalb der Touristensaison: 8:45–13:45. Stattdessen Engelsburg.

✧

In der SZ: Oliver Stone will das Leben Alexanders des Großen verfilmen. Holla. Kommen Antikenfilme zurück? Neulich in Venedig sagte ich zu Becker, daß man darauf wohl noch 20 Jahre warten müsse. Er konnte sich einen Sandalenfilm in naher Zukunft auch nicht vorstellen.

Ebenfalls SZ: Ude wird in klaren Worten Zensur vorgeworfen, einigen, die bislang zur Sache schwiegen, Karrieredenken und ein merkwürdiges Demokratieverständnis. Die AZ, unter Berufsempörer Bode zum Alt-68er-Schmierblatt geworden, sitzt die Sache kommentarlos aus, gibt sich für den Rest des Tages wertfrei. (So, wie man sich bei gradmal 22° hitzefrei gibt.)

✧

In den Waffenkammern der Engelsburg faszinieren mich zwei Objekte: Eine reichverzierte Doppelschußarkebuse, wie sie Gesualdo benutzt haben mag – und ganz am anderen Ende des Saales ein fantastisch gut erhaltener etruskischer Gladiatorenhelm aus dem sechsten vorchristlichen Jahrhundert. Der Rest – ist nur ein Haufen Plunder gegen das bayerische Armeemuseum in Ingolstadt, das ich vielen Freunden wärmstens empfohlen habe – und immer kam die Frage: «Warum soll ich mir altes Militärklump ansehen?» Ich hab es keinem erklären können. Man muß dort gewesen sein.

Die päpstliche Schatzkiste. Zwei Meter hoch, zwei Meter tief, zweieinhalb Meter breit.

Thronsaal und Schlafzimmer sehr schlicht, fast wie die Notunterkunft eines Exilanten – während die Engelsburg ja lange Zeit Stammresidenz war. Alexander VI. hat sich während seines Pontifikats so gut wie nie außerhalb ihres Schutzes begeben.

Blick hinab auf Tiber und Stadt. Die langen Tauchgänge der Kormorane.

Man muß sich den Weg durch die Burg suchen; ist sich selbst überlassen. Das Überwachungspersonal nimmt die *stagione bassa* gar nicht ernst. Diebe hätten leichtes Spiel.

Gingen noch in die San Giovanni Battista dei Fiorentini, besuchten dort das äußerst schmucklose Borromini-Grab, eine Steinplatte im Boden vorne links neben dem Hauptaltar, nichts als der Name und die Lebensdaten (1599–1667). Bedenkt man seinen Selbstmord, scheint es hingegen fast üppig.

✧

Riesige Möwen kreisen über den Dächern. Und die Katzen scheinen immer fetter zu werden.

✧

Zum Abendessen relativ zartes Ziegengeschnetzeltes mit Mangold-Fidelini.

✧

Es gibt im Internet eine Todeserwartungsliste, momentan angeführt von Ronald Reagan und Bob Hope. Auf Platz 3 der Papst. Wenn der Papst stirbt, wird in den römischen Hotels das Chaos ausbrechen. Viele haben nämlich mit Fernsehanstalten Verträge über Zimmer abgeschlossen – wer bis dahin dort logiert hat, wird hinauskomplimentiert, in billige Ersatzquartiere außerhalb. Wenn sich der bisherige Gast aber weigert, wird das Chaos zum Alptraum. Eine konzertierte Aktion jener Gäste könnte die gesamte Hotellerie ruinieren. Fernsehanstalten haben bis zu 50 000 Dollar als Versicherung bezahlt, für die Gewißheit, freie Zimmer zu bekommen.

Ganz Rom betet deshalb, daß der Papst nicht in der Hochsaison stirbt.

✧

Abends an der Bushaltestelle in der Nomentana. Warten auf die Linie 60. In zwanzig Minuten kommen: viermal die 36, dreimal die 137, dreimal die 136, zweimal die 37 und noch ein paar andere – wir frieren, wollen die Fahrt eben abblasen – dann doch noch die 60.

Fährt aber nicht so weit wie sie sollte. Endstation Theatro Marcello. Wir rennen den letzten Kilometer bis zum Pasquino – aber wofür?

Hush – mit Jessica Lange und natürlich: Gwyneth Paltrow.

Kein ganz schlechter Film – das sind die schlimmsten. Wenn man ahnt, was alles draus hätte werden können. Dilettantisches Drehbuch, plump mit dem Hammer zurechtgeklopft, jede Proportion fehlt, dafür ist alles mit Zaunpfählen vollgestellt. Jede zweite Szene beherbergt eine Unlogik, eine kleine jeweils nur, die aber in der Summe alles kaputtmachen. Läppisches Ende. Jessica Lange überzieht, daß es weh tut. Gwyneth auch nicht besonders. Die Heimgeburtsszene kam trotz allem mehr als fies. Erinnerte mich an Cosima Wagner, damals noch frische v. Bülow, die ebenfalls ihr erstes Kind allein, ohne ärztliche Hilfe zur Welt bringen mußte. (Die böse Schwiegermutter, Franziska v. Bülow, weigerte sich, einen Arzt zu rufen, hoffte, daß Cosima verrecken würde.)

Cosima Liszt-v. Bülow-Wagner. Warum deren unglaubliches, an Brüchen, Abenteuern und Jahren reiches Leben noch nicht verfilmt wurde, ist mir ein Rätsel. Ein Drei-Stunden-Streifen müßte das sein. Als ich damals mit Matthus am Entwurf des Librettos arbeitete, fühlte ich wahrscheinlich, daß es mich nicht befriedigen würde, den Stoff zu einer kleinen Oper zu komprimieren, ihm die Farben, die Landschaften, die Luft zu nehmen.

✧

Nachts, am Schreibtisch, über Borromini nachgedacht. Ein Genie, aber immer nur Zweiter hinter dem verhaßten Konkurrenten. Der Fakt machte ein großes Dasein tragisch, aber erst vom Moment an, wo er die Überlegenheit Berninis – nicht anerkannte, das hätte er nie getan – aber zumindest als Möglichkeit in Erwägung ziehen mußte. Genügt für einen so ambitiösen Menschen, um sich unheilbar die Seele zu vergiften.

Der Haß als Selbstschutz versagt fortan, kehrt als Bumerang zurück, mit doppelter Wucht. Borrominis Selbstmord war kein Eingeständnis der Niederlage, nein. Nur Fanal seines Ekels an der Gegenwart. Ich bin sicher, er hat darauf vertraut, daß die Zukunft besser – «gerechter» über ihn urteilen würde. Sonst hätte er es vorgezogen, am Leben zu bleiben, hätte alles getan, um sein bisher Geschaffenes zu übertreffen.

Wie hätte es ihn gefreut, viele Jahre später den Brief Winckelmanns an Berendis zu lesen (1756), in dem er alle nicht antiken Künstler als Esel und Bernini als den größten Esel unter ihnen bezeichnet. (Abgesehen nur von den Franzosen, den «naturgemäß allergrößten Eseln».)

Winckelmanns Verteidigung des Primats griechischer gegenüber römischer Kunst war unsinnig. Er wußte nicht, daß er keine griechischen Originale, sondern römische Kopien anbetete. Das spräche noch nicht gegen ihn; es ist immer leichter, große Kunst zu kopieren, als neue große Kunst zu schaffen. Dennoch war er ungerecht, weil er die Möglichkeiten der Römer übersah – mit der Überlieferung zu spielen, zu experimentieren, die Einflüsse aus allen Himmelsrichtungen miteinander zu kombinieren. Das glückte manchmal, manchmal nicht – auf jeden Fall ist ein ‹römisches› Museum für meine Augen fast immer aufregender als ein griechisches. Es wohnt soviel mehr Leben darin, soviel weniger Stilreinheit. Rom bildete eine Art erster Postmoderne, wenn man so will. Winckelmanns preußische Strenge ist ein Beispiel für die destruktive Liebe zum Kunstideal, einseitig rückwärts gerichtet, blind gegen alles Neue. Typus, den man heute im Feuilleton tausendfach wiederfindet. Geschichte kann sich noch so oft wiederholen, gelernt wird daraus wenig.

Als eine Statue Neros bereits 3000 Scudi kostete, war Michelangelos Pietà noch für 40 Scudi käuflich zu erwerben – aber keiner wollte sie haben. Ein Gemälde von Giotto wurde einem sogar für einen (!) Scudo nachgeworfen.

Winckelmann wünsche ich ein Jenseits aus authentisch buntbemalten Tempeln – er würde schreiend von einem zum anderen laufen, unter sich schieflachenden Göttern.

✧

Wie man sich noch einen Kritiker verscherzt:

«Über X. bin ich noch zu keinem abschließenden Urteil gelangt.»

«Schade. Ich bin sicher, X. wälzt sich in seinem Grab nervös hin und her und wartet auf Ihr abschließendes Urteil.»

✧

Absicht macht einen Fehler nicht zur Glanztat.
Tiefe stülpt sich über einen immer von unten.
Helden drängen nicht ans Licht, sie bringen es.

✧

Mit 20 hätte mir das vermutlich gefallen, sage ich heute manchmal. Aber zu sagen, mit 40 *könnte mir das vielleicht gefallen,* drückt immer noch eher Angst als Einsicht aus.

Bald bin ich 35 – eben war ich doch noch 30 – im Juli – das ist doch gradmal ein paar Bücher her …

Zu wissen, man ist so vergänglich wie ein Tischtennisballwechsel.

✧

Athenäum-Fragment: *Die Erde zu kennen, heißt, sich der eigenen Winzigkeit bewußt zu sein, heißt zu glauben, daß kein philosophisches System die Erde je zu ändern vermag, und zu hoffen, daß alles so bleibt, wie es ist.*

20. November, Freitag

Wir querten die Nomentana Richtung Norden, zur Villa Ada, einem der größten Parks in Rom. Kalt, klar und sonnig. Manche Laubbäume sind noch nicht einmal angegelbt. Langes Starren in den Teich, dessen Grünbraun sich in Blau verwandelt, dort wo der Wind die Wasseroberfläche kräuselt. Ein Quartett weißer Enten. Pferde und Ponys auf einer Koppel.

Ein müder alter Hund, der mit uns Freundschaft schließt.

✧

Bei Marinari gibt es einige Sorten Soja-Eis. Für Leute, die an Milch-Allergie leiden. Verwegene Sorten, darunter Haferflocken- und Kleiegeschmack.

Nördlich der Piazza Istria / südlich der Via Salaria: Schöne Gegend; jeder Wohnblock ist architektonisch ganz individuell gestaltet. Noch auf kleinstem Raum war Phantasie am Werk. Wenn hier 2005 die Metrolinie B2 kommt, wird das wahrscheinlich ein Nobelviertel, ist es wahrscheinlich jetzt schon. Gibt sogar ein bißchen weniger Hundekacke auf dem Gehsteig als sonstwo. Wenn mich in München jemand fragen wird, welches Romspezifikum von mir die meiste Aufmerksamkeit bekommen hat, werde ich wahrheitsgemäß antworten.

✧

Beatrice reist ab, ich bringe sie zum Flughafen, im Shuttlezug sitzt hinter uns eine Zigeunerfamilie – acht Frauen jeden Alters, ein Halbwüchsiger, der sich mit seinen Schwestern balgt.

Ein etwa dreijähriges Mädchen kommt, nimmt mein SZ-Magazin, legt es wieder hin. Wir denken uns nichts dabei. Ein bißchen doch. Und können es nicht glauben. Die Kleine geht los, verläßt das Abteil, kommt zehn Minuten später mit einem Touristenrucksack wieder.

Der Rucksack wird auf einen leeren Sitz gelegt. Sein Besitzer hätte noch Zeit, den Zug zu durchsuchen. Wenn er ihn rechtzeitig findet, wird keiner hier etwas damit zu tun haben. Aber er findet ihn nicht rechtzeitig. Die Zigeuner steigen an der Marmatella aus, nehmen im letzten Augenblick den Rucksack mit. Die Dreijährige wird getätschelt. Beas Standardspruch in so einem Fall: «Besser als Kino.»

Die haben sich überhaupt nicht drum geschert, daß wir das Ganze beobachteten. Wußten genau, wir würden nichts tun. Hatten ja recht, man mischt sich in sowas nicht ein, zumal, wenn man den Flieger erwischen muß.

Ich dachte lange nach. Korrekt wäre gewesen, den Rucksack zu nehmen, durch den ganzen Zug damit zu laufen und zu fragen, wem er gehört. Wäre ganz klar die gute Tat gewesen.

Keineswegs spießig. Nur aufwendig. Und riskant, die hätten sich wohl irgendwie an mir oder Beatrice (das ausschlaggebende Moment) gerächt. Ein Gefühl der Ohnmacht blieb, auch der Scham, dem unbekannten Opfer nicht geholfen zu haben.

Aber die Verachtung, die ich für die Diebesbande empfand – war sie nur deshalb so groß, weil Tage zuvor Beas Brieftasche geklaut worden war? Nein. Gegenüber Kleinkriminalität bin ich verständnisvoll. Kein moralisches Problem, sondern ein ästhetisches.

Es ist von Anfang an Ekel gewesen, wenn eine Zigeunerin auf der Straße lungerte, bettelnd, grapschend, mit einem Säugling an der Brust, während meist noch ein anderes Kleines vor ihr auf dem kalten Pflaster schlief. Ekel und Verachtung. Nicht drum herumreden. Und ich dachte an Sätze wie: «Warum vermehrt sich dieses Gesocks derart? Warum mutet man Kindern ein solches Leben zu?» Sätze, die von meinen Eltern stammen könnten. Sätze, die im konkreten Fall ganz natürlich klingen.

Man wehrt sich, sträubt sich gegen solche Gedanken – in der Konsequenz führen sie zur Idee der Zwangssterilisation und ähnlich braunem Zeug – man ist sensibilisiert worden, das Über-Ich ist durchlöchert von Verbotsschildern – und dennoch bleibt der Ekel unleugbar vorhanden, bleiben alle Überlegungen ohne Lösungsangebote. Fühle mich beschissen. Beschissen vor allem deshalb, weil es oft ähnliche Zwiespalte gab, man keine passende Haltung dazu fand und das Ganze in einen inneren Schrank räumte, den Schlüssel wegwarf. Ekel vor der Bequemlichkeit, sich zu einem Phänomen keine klare Haltung zu leisten – und diese Bequemlichkeit gar noch für ein Symptom humanistischer Bildung auszugeben. Ekel vor Scheinheiligen, die leichtfertig Toleranz predigen, aber ganz schnell ihre Meinung ändern würden, wären sie nur Tag für Tag solcher Belästigung und Dreistigkeit ausgesetzt.

Ging in den Schachclub, blitzte mir das Problem aus dem Schädel.

✧

Meine Grausamkeit ist nicht in Abrede zu stellen.

Neulich spielte im Club ein alter Spieler gegen einen jüngeren und stärkeren, letzterer leistete sich in guter Position einen Fehler, wodurch der alte Mann ein Dauerschach, also Remis hatte und diese Möglichkeit auch sofort nutzte.

Ich ging hin zum Brett, fragte: Warum Remis? Und zeigte, wie er jetzt einfach eine Figur hätte gewinnen können. Der kurze Triumph des netten alten Mannes wurde lächerlich gemacht, wurde degradiert zu einem tragischen, fast peinlichen Übersehen. Bin ich ein Schwein? Ja, denn in der Sekunde, bevor ich alles demonstrierte, wußte ich genau, was ich tat – und dennoch hielt mich nichts davon ab.

Ich weiß meistens, was gut wäre, besitze Geschmack und Urteilskraft und Sensibilität – und halte mich oft nicht daran, vielleicht aus dem Wissen heraus, daß das sogenannte Leben guter Menschen größtenteils im Verborgenen bleibt und als langweilig gilt, ich mir also gern eine Schuld hier und da gönne, schon um nicht farblos zu wirken. Das kommt einer Erniedrigung gleich, einem Hineintauchen ins Allzumenschliche, einer Fraternisierung mit dem Üblichen – könnte fast schon vor Gericht für mich Verwendung finden. Verschlungene Pfade zur Legitimation des alltäglichen Handelns – erschreckend, wie sehr man seine Lebensführung nach der Rezeption der Anderen ausrichtet, egal wie gering man deren Urteil bewertet.

✧

Gegen halb zehn Uhr abends ruft Beatrice endlich an, die Maschine, ein winziges Ding, in dem man nicht aufrecht stehen konnte, hatte Verspätung, ebenso die Münchner S-Bahnen.

Tom hat mir ein Geschenkpaket mit Videos und Soundtracks geschickt. Peter läßt ausrichten, daß in die Sache mit dem Notebook von der richtigen Seite her Bewegung kommt. Versprechen ließe sich aber nichts.

Doch – im Gegenzug verspreche ich ihm ein Riesen-Abendessen, wenn es klappt. Nur hier in Rom wärs ein Problem – Peter ißt weder Fisch noch Fleisch – ein vegetarisches Restaurant hab ich noch nicht gesehn.

✧

Treatment Tom: Ich stelle die Arbeit vorläufig ein, bis 1. Dezember. Müssen das Projekt nochmal gründlich durchsprechen. Wenn es keine Überwachungsmaschinerie gibt, dann muß der Held auch kein Milliardenvermögen besitzen, um sie sich leisten zu können, dann ist es auch sinnlos, ihn mit derartiger Macht auszustaffieren. Je mehr ich drüber nachdenke, desto zugiger wird alles.

✧

Im Messagero steht, daß der Torso vom Belvedere (gefunden irgendwann um 1530) endlich einen Namen hat, und das, obwohl der ganze Kopf fehlt. Es ist Ajax. Identifiziert von Raimund Wünsche, Glyptotheksdirektor in München. Neben Computeranimationen der fehlenden Teile, Muskulaturanalysen und Bruchstellendiagnostik sei die kapitolinische Ilias-Tafel ausschlaggebend gewesen, auf der der Kampf um Troja dargestellt ist. Sie enthält ein winziges Bildchen des Ajax, in eben der Pose jenes Torsos. Klingt nach dem Gelegenheitsfund eines aufmerksamen Auges, das, um die Sache nicht allzu banal dastehen zu lassen, nebenher noch ein bißchen teure Software schaulaufen ließ.

21. November, Samstag

Aus einer Uhren-Werbung: *Um in die Zukunft zu reisen, müssen Sie große Mengen negativer Energie erzeugen, um damit den rotierenden Neutronenring eines 30 000 Lichtjahre entfernten schwarzen Loches zu stabilisieren und so in ein Paralleluniversum zu gelangen.*

Klingt gut. Ist aber Blödsinn. Zeitmaschinen werden, wenn überhaupt, mit selbsterzeugten schwarzen Löchern arbeiten, im kleinen Maßstab, sozusagen im Taschenformat. Sprungtore, denen zudem noch Konditionen mitgegeben werden müssen, die gewährleisten, in welcher Zeit man landet. Von einem Paralleluniversum zu reden, ist genau genommen falsch. Es handelte sich ja nur um eine Überlagerung der Ereignisgegenwarten, die sich quasi auf Sichtweite nahekämen, ohne ineinander zu verschmelzen. Das Problematischste an diesem an sich denkbaren Trip wäre die Rückkehr der Ausflügler. Sie könnten traurig als immerwährende Gespenster enden, ohne jede Möglichkeit, ihrem Hyperspace-Zustand je zu entkommen, selbst wenn sie die Zeit bis zu ihrer eigenen Faktizität brav abwarten würden. Nein, das ist jetzt auch alles Blödsinn, was ich sage. Was richtig ist, wird erst sagbar sein, wenn es soweit sein wird.

✧

Gestern war ein historischer Tag. Das erste Element der internationalen Raumstation wurde ins All gesandt. Dazu der übliche skeptizistische Kommentar in der SZ, der die bemannte Raumfahrt aus Kostenerwägungen heraus als unnötig verurteilt, als irrationale menschliche Abenteuerlust und Selbstfindung.

✧

Termini Richtung Spagna und retour. In einer Buchhandlung nebeneinander: alle sechs Fante-Romane. Müßte ich auch mal wiederlesen. Bei uns hatte er seine Welle vor bald zehn Jahren.

Im efeuüberwachsenen Springbrunnen eines Hinterhofes liefern sich zwei Enteriche einen bizarren Revierkampf.

Bea erzählt am Telefon, daß ihre Schwester schwanger ist. Zu aller Überraschung. Schwiegermama bekommt ihren langersehnten Enkel. Gut für uns. Und ein Hochzeitsfest gibts auch.

✧

Abends kam Anette vorbei, auf eine Flasche Rotwein. Ich mag sie sehr. Überhaupt sind die bildenden Künstler dieses Massimo-Jahrgangs viel aufgeweckter als die teils abschreckenden Komponisten. Anette erzählte u.a., wie sie vor sechs Wochen von einem ihr völlig unbekannten Mann auf dem Münchner Hauptbahnhof angegriffen worden sei. Er hat sie gepackt und gegen eine Wand geschleudert, ging dann zwanzig Meter fort, schien über etwas nachzusinnen, kam zurück – und der Vorgang wiederholte sich. Anette sei zu verblüfft gewesen, um nach Hilfe zu schreien. Rappelte sich auf und lief davon. Eine ganz ähnliche Geschichte hab ich vor einem Jahr schon einmal gehört, aus anderem Mund. Vielleicht derselbe Täter.

✧

Ab Mitternacht Zapping.

Quo Vadis. Toller Film. Immer wieder gut. Seine Größe besteht in Ambivalenz. Darin, daß dem Christentum gehuldigt, aber auch Rom Respekt erwiesen wird.

In den christlichen Propagandaszenen wirkt der Film so schwülstig bis selbstironisch, daß er den Verdacht der Subversivität erregt. Unbeabsichtigt? Ja, das war alles ernst gemeint. Aber wie eklig der Paulus ist, wie geil die Poppaea, wie souverän der Petron. Und selbst Nero besitzt noch etwas Liebenswertes. Ambivalenz – sogar, wenn Ursus das arme Stierchen tötet.

Marcus Vinicius verschmäht den Kuß der Poppaea nicht, obwohl längst in Liebe zu Lygia entbrannt. Zwar wird später behauptet, er habe Poppaea abgewiesen, aber da ging es wohl mehr um die Dauerbestallung. Ein ziemlich gebrochener Film, der viele Details zuläßt, die seinem Gesamtimpetus zu widersprechen scheinen.

Auch die Liebe der Akte zu ihrem Herrn gehört dazu. Die verbotene Liebe einer Sklavin, die sich dem Petrus Ustinovus Nero erst im Moment des fälligen Unfrei-Todes offenbaren kann. Akte – guter Name, und natürlich könnte sie ihrem Herrn genausogut erst einen blasen, bevor sie ihn erdolcht, aber dies schickt sich nicht für die Überlieferung, mindert entscheidend das tragische Dekor. Daß sie es getan hat, ist eine andere Sache. Das Sein als Dramaturgie der seinseigenen Historie bedingt eine Lüge nach der anderen.

Akte – eine historisch verbürgte Geliebte, beim Selbstmord half dem Nero allerdings ein anderer, Epaphroditos.

Seine Geschichte ist kurios.

Er überlebt Neros Sturz, kommt unter den Flaviern wieder zu Ansehen, wird Domitians Geheimsekretär und schließlich von diesem getötet. Laut Sueton aus einem skurrilen Grund. Domitian, der sich in panischer Angst vor seiner ihm prophezeiten Ermordung befand, schärfte seinen Hofbedienten ein, man dürfe sich sogar in der besten Absicht nicht dazu verleiten lassen, an seinen Herrn Hand zu legen. Weil eben dies von Epaphroditos bekannt war, wurde er zum Tod verurteilt.

Dem Epaphroditos gehörte übrigens der Philosoph – und Sklave – Epiktet.

✧

Gaius Matius Calvena. Er war Obstzüchter, schrieb das beste Kochbuch seiner Zeit und übersetzte die Ilias ins Lateinische. Das ist die Mischung, die mir gefällt.

✧

Ich wünschte, ich hätte mehr Mut. Den Mut, nur das zu machen, was ich will, in letzter Konsequenz. Ich muß neue Bücher schreiben, solche, die ich viel tiefer in mir holen gehen muß. Alles andere hat keine Berechtigung mehr. Ich muß den Fluß hinunter, ohne zu wissen, wie ich zurückkomme. Ich sterbe in letzter Zeit zuviel in aufrechter Haltung. Gegen die Lügen unserer Zeit angehen kann ich nicht mit Behauptungen, nur mit einem Gegenentwurf der Welt, meiner Welt, die verborgen liegt hinter den Übereinkünften und Kompromissen, mit denen ich mir hierzulande ein Haus erschlichen habe.

✧

Mein Samt- und absonderlich
katzenpfotig polternd
wutentbrannt sanftgetrunkenes Herz

✧

«Es kommt nicht vor, daß Vater oder Mutter ihren flennenden Sprößling, nachdem sie ihn auf einen Esel (der rund um die Parkanlage läuft) gesetzt haben, wieder herunterholen. Er hat bezahlt. Er darf seine zehn Sous nicht umsonst ausgegeben haben. Der kleine Bursche muß für seine zehn Sous Tränen vergießen.

Im Augenblick, da der Schriftsteller diese Zeilen zu Papier bringt, sieht er den Vater seinen Sprößling vom Esel herunternehmen, er jedoch nimmt den Satz nicht aus seinem Tagebuch. Das Bonmot ist gut, ob es nun wahr ist oder nicht. Die ‹tiefe Psychologie›, die man in Büchern antrifft, kommt auf dieselbe Art zustande.»

(Montherlant)

✧

Ich sage: im Mai 92 mit dem Tagebuchprojekt begonnen zu haben, war eine zufällige Sache. Wird als Koketterie ausgelegt – als hätte ich nicht vorausgerechnet, daß ich so den Dezember 99 und den Januar 2000 behandeln werde. Hab ich tatsächlich nicht vorausgerechnet, ehrlich – im nachhinein klingt das unglaubhaft, '92 jedoch war das Millennium noch fern. Aber lieber noch unterstellt man mir Intelligenz als dem Phänomen eine numinose Kraft. Ich sage, es war weder Intelligenz noch irgendwas von oben – schlicht Zufall – prompt kommen die Kokettierungsvorwürfe gedoppelt, von zwei Seiten.

Nicht irgendwas von oben – woher maßt er sich an, das zu wissen? Hat er denn gar kein Unterbewußtsein? So wird man in den Strudel hineingezogen. Um mir also jeden Anruch zu nehmen, sage ich schließlich, okay, es war strategische Planung, ja. Ich denke, daß so in vielen Fällen die Welt umgedeutet wird nach den Vorgaben der Rationalisten, und wir meistenfalls nur eine Fälschung der Welt leben, weil wir zuviele unlösbare Rätsel partout mit unseren Erklärungsmodellen foltern müssen und deren ursprüngliche Gestalt aus den Augen verlieren.

Zuviel Zeit ist vergangen zwischen Sehen und Erkennen, zwischen Ursprung und Aufprall.

So steht es im *Mai.* Die Gültigkeit und den Wert jenes Satzes begreife ich jetzt erst, oder, zwischenzeitliches Vergessenhaben vorausgesetzt, wieder.

Ein Gedicht, das oben auf dem Vesuv entstand. Ich glaube, daß Orte wie Pompeii und Umgebung sehr inspirierend, auf die Sinne repressiv, fast vergewaltigend wirken. Früher hätte ich diese Vorstellung abgelehnt, hätte behauptet, ein guter Dichter schriebe überall gleich. Meine poetische Sozialisation sprach da aus mir. Vielleicht bin ich aber auch kein so guter Dichter mehr wie ich mal war, und muß mir Behelfskrücken aus mythischen Landschaften zu Hilfe nehmen.

Gibt immer mindestens zwei Erklärungen.

Ich denke heute auch, daß die größten Gedichte jene sind, deren Sinn selbst dem Urheber nur periodisch im gesamten Umfang parat ist, wobei jener Umfang sich ständig ausweitet.

Unsere Zeit, die Tiefsinn so mißtrauisch beäugt, tötet viel Obsoletes ab, beraubt sich aber im Bildersturm auch vieler Wegweiser.

Die Entkleidung der Welt, sie mußte kommen, als Erfahrung gelebt werden, dennoch empfinde ich sie als grausamstes, weil notwendigstes Sakrileg des vorbeigehenden Jahrhunderts, und wenn ich mir das bewußt mache, habe ich auch prompt kein Problem mehr damit, Hitler nie so hassen zu können, wie irgendeinen der kommunistischen Mörder.

Hitler kann man, wird man, euphemistisch als negativen Ritter sehen, als grausamen Anachronismus, als einen zu Macht gelangten monströsen Don Quixote, der eine Welt, die seinem Wertehorizont entwachsen war, krampfhaft zurückschrauben wollte.

Was sich die Welt auf Dauer nie gefallen läßt.

22. November, Sonntag

Zur Portese. Kälteeinbruch in ganz Europa. Nur Rom bleibt relativ verschont. Fünfminütige Affäre in der U-Bahn – bleiche Frau mit vollen schwarzen Haaren und ebensolchen (!) Lippen.

Eine Plastiktütenpennerin fährt mit ihrem Rollstuhl mitten auf der Straße, kein Auto hupt, elegant umkurvt man sie. Obwohl – so lässig fluch- und hupfrei wie noch vor fünf Jahren ist das Fahrverhalten nicht mehr – nördliche Unsitten haben sich bis hierher durchgefressen.

✧

Da ist ein Bettler, der hat eine Violine. Ich gebe ihm tausend Lire.
Da ist ein Bettler, der hat einen Hund. Ich gebe ihm tausend Lire.
Da ist ein Bettler, der hat ein Bein. Man kann nicht jedem etwas geben.

✧

Kleinkram und Schuhe gekauft. Auch hier im Gedränge Zigeunerinnen – eine holt sich, als sie an einem massigen schwarzen US-Touristen herumfingert, eine schallende Ohrfeige ab, die sie fast umschmeißt. Das, obwohl ein

Kind an ihr saugt. Allerhand. Einige Italiener applaudieren, andere beschwichtigen.

Zigeunerfrei sind die Zonen um die Hütchenspieler, um die viel Gedränge herrscht; dort haben nur italienische Taschendiebe Zutritt.

Ein Mann beschuldigt einen anderen, seine Frau unzüchtig betatscht zu haben. Wortgefecht.

Sehr schnell sind zwei Carabinieri vor Ort. Wer hat sie gerufen? Die Polizeipräsenz an der Portese geht, was das Sichtbare betrifft, gegen Null.

Angebotene römische Münzen sind falsch (80 %) oder von minderer Qualität (18 %) oder hoffnungslos überteuert (2 %).

✧

Früh nach Hause. Las, badete lang, sah fern. Die Fußballverrücktheit der Italiener deutet sich am eindrücklichsten Sonntag nachmittags auf den Privatsendern an. Dort sieht man unten eingeblendet alle aktuellen Zwischenstände, darüber sitzt ein Moderator und unterhält sich mit einem Experten. Dazwischen, am Laptop, sitzt eine atemberaubende blonde Schönheit im Mini, mit Endlosbeinen und Atomtitten.

Manchmal wird sie etwas gefragt, dann guckt sie im Computer nach und verkündet gefundene Daten, ansonsten dient sie als Blickfang und Zapphemmnis, nichts sonst.

Die meiste Zeit schweigt jene bizarre Trias und hört einfach nur dem Radioreporter zu – dabei herrscht absolute visuelle Stagnation. Das geht auf etwa fünf Sendern so. Auch bei vielen anderen werden auf der unteren Leiste Zwischenstände eingeblendet, selbst bei Tiersendungen oder Dokus oder Nachrichten oder sonstwas.

Finden Spiele ausnahmsweise am Samstag statt, ist es in jedem Supermarkt selbstverständlich, die Lautsprecheranlage der Radioberichterstattung zur Verfügung zu stellen. Viele Kassiererinnen pfeifen auf Neutralität. Wenn ihre bevorzugte Mannschaft ein Tor schießt, schreien sie schon mal auf, oder hauen umgekehrt mit den Fäusten aufs Förderband. Schnell entstehen Diskussionen – und Warteschlangen an den Kassen.

✧

Coma – guter Film, auch beim dritten Sehen. Tom Selleck in seiner ersten (böse Menschen würden sagen: der besten) Rolle als hirntoter Komparse.

✧

Früher zeigten Verlierer soviel Haltung, daß man heute meint, die Niederlage sei ihnen fast egal gewesen, ihr Anliegen also nicht wichtig.

✧

Die 30 Silberlinge, die Judas erhielt, waren etwa 50 Flaschen guten und 200 Flaschen ordinären Weines wert. Ein Anreiz in jedem Fall.

✧

Ich rate oft den Feinden an, mich ernst zu nehmen, aber sobald mich jemand ernst nimmt, erschrecke ich, stelle das Ganze als Mißverständnis dar, mache mich unwichtig.

Woher kommt das? Aus dem Wissen, daß, wenn man gebraucht werden will, man in letzter Konsequenz zum Mißbrauch einlädt. Ich würde gerne ein Autor für wenige bleiben, dies aber dauerhaft.

✧

Die drei Supermärkte in der näheren Umgebung haben alle ein unglaublich breites Angebot an ausländischen Bieren. Jeweils etwa sechzig Sorten aus aller Welt. Lege deshalb ausnahmsweise einen Biertag ein, mit – womit? womit? – the oscar goes to – *Ottakringer Goldfaßl* – meinem österreichischen Liebling. Reminiszenzen an Wien.

Und was lese ich dazu? Schnitzlers «Traumnovelle». Koinzidenz deshalb, weil in Ottakring ja die geheimnisvolle Villa der Sexorgie liegt. Bin auf Kubricks Verfilmung gespannt.

Der Text ist größtenteils mitreißend – gerade wo er Ambiente schildert, Stimmungen anhand der Örtlichkeiten plastifiziert. Darin besser als Kafka. Das letzte Kapitel flaut ab. Enttäuscht. Erweist sich dem Vorlauf gegenüber als zu harmlos. Da wiederum hätte Kafka mehr daraus gemacht. Er hätte das letzte Kapitel weggelassen und *Fragment* druntergeschrieben.

✧

«Das Jahr 2000 will ich noch erleben» – den Satz hab ich oft gehört, als wartete man auf was ganz Besonderes. Wahrscheinlich wird in den nächsten vierzehn Monaten nur noch grob fahrlässig gestorben, aber danach – am 2. Januar 2000 – hebt ein Krepieren an, daß die Schlote rauchen.

Die Kraft der Null am Ende einer Zahlenreihe. Ein Atemholen, eine Pause, Raststätte.

Sollbruchstelle. Der ganze Millenniumszinnober beginnt mich anzuöden. Eine beliebige Zahl zwingt noch laufende Projekte zu Zäsuren, laufende Verfahren zu überhasteten Abschlüssen, quasi zu außergerichtlichen Einigungen. Hat etwas sehr Bürokratisches. Mehr Abrechnung als Fest.

23. November, Montag

Das Spiel Galatasaray – Juventus wird um eine Woche verschoben, bis sich die Lage ein wenig beruhigt hat. In der Türkei wird wegen der Weigerung, Öcalan auszuliefern, alles Italienische bespuckt und verflucht. Gummistiefel werden auf der Straße verbrannt. Leute zerschneiden ihre italienischen Hemden, Espressomaschinen fliegen aus den Fenstern. Völlig durchgedreht. Türkische Medien verballhornen Massimo D'Alema zu Massimo Dallama – das allergrößte Arschloch. Die italienische Regierung ist ob der Heftigkeit der Reaktionen überrascht. Man muß Öcalan, der, ungeachtet der kurdischen Sache, ein Scheusal ist, ein Mörder an eigenen Leuten, ja nicht unbedingt ausliefern – aber mußte man ihn gleich auf freien Fuß setzen?

✧

In der SZ eine euphorische Besprechung der Killmayer-Nacht. Wär ich gern dabei gewesen.

Traf Killmayer dieses Jahr nach der Premiere der (recht langweiligen) Trojahn-Oper. Er sagte: «Ich war ja so aufgeregt.»

Warum er aufgeregt sei – habe mit dem Werk doch gar nichts zu tun. «Ich bin einfach bei jeder Premiere aufgeregt. Schließlich wird Gott eine neue Oper präsentiert.»

Eigentümlicher Aspekt. Gefiel mir.

✧

Fuhr mit der Metro zur Subaugusta, ging von dort die Tusculana, später die Via Appia Nuova nach Norden.

Klarer Tag, 13°. Die San Giovanni in Laterano ist vollständig eingerüstet, nur die Giebelfiguren gucken heraus.

✧

Der Balbinus-Sarkophag steht in den Pretestata-Katakomben – der Öffentlichkeit nicht zugänglich – der einzige erhaltene Sarkophag eines römischen Kaisers – das muß man sich mal vorstellen. Balbinus, ausgerechnet er, unbedeutender Kurzzeitcoimperator des Sechskaiserjahres 238, aus banalen Gründen erschlagen.

Ich läute an, spreche mit einem der zuständigen Priester. Ein Inder namens Josef. Erhalte Eintritt. Stehe am Sarkophag in ganz lächerlicher Ergriffen- und Verbundenheit. Die Skulptur des Kaisers ist wundervoll.

Balbinus, der Bart trug und ängstlich blickte, schräg nach oben, als wäre er bei schon fallendem Schwert porträtiert worden.

✧

Um halb drei zum Flughafen, Bernhard abholen. Ihm das Haus und die Umgebung zu zeigen, die nötigen Tips und Anregungen zu geben, für uns einzukaufen, Essen zu kochen, etc. – jede literarische Arbeit bleibt auf der Strecke.

✧

Gespräch mit der eigenen Unzulänglichkeit:
«Haben wir heute viel zu tun?»
«Eigentlich nicht.»

Noch so eine Stelle aus «Schweine», die Marcel nicht gefiel.

Warum ich für den Opernabend in Schweine *La Bohème* ausgewählt habe? Natürlich um Kaurismäki zu maßregeln.

✧

Carrington ist ein tief ergreifender Film, den ich beim ersten Sehen nicht annähernd begriffen habe. Sogar als langweilig empfand. Die Lehre, die ich daraus ziehe, tut mir gut. Jeden Leser, dem etwas von mir nicht gefällt, entschuldige ich mit dieser meiner eigenen Sünde.

✧

Die Oper ist der Inbegriff nicht beliebig reproduzierbarer Ekstase. Egal wieviel Nachfrage herrscht, es entsteht deshalb (anders als beim Musical) nicht mehr Qualität. Den Müll nimmt man hin, auch daß er immer zum Beweis des Niedergangs des Genres dienen muß. Zwei große Opern pro Jahrzehnt sind schon das Höchste der Gefühle.

«Helle Nächte» gehört ganz sicher dazu.

✧

Zeit fortschreitender Bezugnahme –
aber alles muß sich neu gründen auf etwas,
darf nicht Sklave verlorener Bilder sein.

✧

Komponisten wie Mahler und Puccini wurden noch viele Jahre nach ihrem Tod weithin belächelt – und hatten im Leben viel Angst, daß einer den anderen übertreffen könnte an Bekanntheit.

In H. J. Mosers Musiklexikon (4. Auflage, 1955) wird erklärt, Mahler sei bloß ein «Anreger», seinem Bekennertum vermöge man heute «nicht mehr zu folgen», und seine Musik «werde uns heute nicht mehr zum unmittelbaren Erlebnis». Die doppelte Zahl an Seiten wird Pfitzner gewidmet, dem man «Erhabenheit», «Innerlichkeit» und einen «Ewigkeitsanteil an der deutschen Musik» zubilligt.

Es gibt Künstler, in die die Welt erst hineinwachsen muß, um sich in ihnen wohlzufühlen.

Von dem, was Komponisten über Kollegen sagen, ist so gut wie nichts ernstzunehmen.

Objektivität existiert in diesem Beruf nicht, wohl aber ein breites Spektrum höchst eigenartiger Wahrnehmungen und Glaubensbekenntnisse, die zu den absurdesten Urteilen führen können, selbst dort, wo der Sachverhalt einfach und unstreitig scheint, wo also die Zeit längst ihr Urteil gefällt hat.

✧

Ich bin ungerecht, jähzornig, eitel, unduldsam, selbstbezogen, arrogant, nachtragend, vorlaut, sicherheitsbedürftig, besserwisserisch, zu wenig hilfsbereit, intolerant, leichtsinnig und leicht verletzbar – und unternehme nichts dagegen, weil es sich um Eigenschaften handelt, die allesamt der Kunst förderlich sind. Mein Ich ist ein Projekt, kein Mensch.

Manche meiner Freunde werden zu dieser Attributpalette zustimmend nicken – und haben doch keine Ahnung, wie sehr ich mich gerade ihnen gegenüber zügle, nur um verträglicher zu sein.

Viele Freunde gingen verloren, die mich partout nicht nehmen wollten wie ich bin. Vielleicht, weil sie mir, was die negativen Seiten betrifft, zu ähnlich waren.

✧

Was immer man tut, das fügt man einem andern zu. Nur was man nicht tut, geht gegen einen selbst.

✧

Ich fühle mich wie ein Seiltänzer,
den die Polizei zwingt, auf einem
Kreidestrich zu wandeln.

24. November, Dienstag

Bernhard zieht allein los, Richtung Trastevere. Habe zuviel zu tun. Claudius am Telefon. Er sei vier Wochen auf Urlaub gewesen, wolle den Lola-Artikel nun diese Woche bringen, Althen zum Trotz – der den Artikel bisher erfolgreich unterdrückt / verschleppt / madig gemacht hat.

So geht es aber nicht. Ich zog den Text als nunmehr veraltet zurück. Er war direkt nach Venedig geschrieben, mit Blick auf das Festival. Einer meiner besten Kino-Texte. Für drei Mille hätt ich den zu Anfang loswerden können. Zog die SZ der Auflage wegen vor. War ein Geschenk. Und werde so verarscht. Mache eine zeitlose Fassung für den Jahresrückblick.

Lola. Ein Nachwort, viel zu früh.

Über nichts habe ich im Sommer dieses Jahres mehr und besessener diskutiert als über *Lola rennt* – und bin im nachhinein sehr froh, keine Kritik – quasi ein Vorwort – geschrieben zu haben, sondern ein Nachwort schreiben zu dürfen. Zusammenzufassen, was geschah.

Lola Rennt ist ein Film und mehr als ein Film, er ist eine Oper, indem die Musik im Gegensatz zu anderen cineastischen Produkten *unabdingbarer* Teil der Bild-Klang-Synthese wird. *Lola Rennt* in einem Kino mit nur durchschnittlicher Tonanlage verliert jeden Zauber – doch taugt das keineswegs als Argument gegen den Film. Viele Jugendliche erfahren hier über den Umweg Kino zum ersten Mal die Wucht großer Oper, etwas für sie ganz Neues – das Publikum wird Resonanzkorpus des Soundtracks, Musik ist kein Hintergrundsäuseln, kein plätscherndes Melos, wird nicht mit den Ohren allein, sondern unmittelbar, mit dem gesamten Körper erfahren. Wer sich daraufhin über übertriebene Beschallung beschwert, sitzt nicht im falschen Film, er sitzt im falschen Genre.

In den Eingangssequenzen zu Lola gestattet sich Tom Tykwer visuelles Pathos, wie es hierzulande lange weder zu sehen, noch zu hören war. Schon dies ein deutliches Zeichen:

Die Zeit künstlerischen Kleinmuts, der Zauderei und des von der Gesellschaft oktroyierten Selbstzweifels ist passé.

Der stählern-sphärische Sampleklang aus Charles Ives' *Unanswered Question,* unterlegt von schnellen Rhythmen, entwickelt hierzu den vielleicht unwiderstehlichsten Suggestiv-Sog seit, ja, man muß hoch greifen – Wagners Vorspiel zum ersten Akt der *Walküre.*

Lola Rennt ist ein Film und mehr als Film, er ist ein Aufbruchssignal. Startschuß für eine Generation, zurück zu den Basiswerten des Lebens zu finden, zu Leidenschaft, Kreativität und Engagement. Seine Botschaft kommt unmißverständlich – du hast drei Chancen, aber nutze wenigstens eine. Mach etwas, und zuallererst aus Dir.

Tom Tykwer hat das Kino nicht neu erfunden, aber in seiner Trinität als Regisseur, Drehbuchautor und Filmmusikkomponist hat er schlichtweg alle ihm zur Verfügung stehenden Mittel genutzt. Das ist mehr, als viele andere von sich behaupten können. Dem Tüchtigen lacht das Glück? Manchmal. Lola schaffte es auf Platz eins der Kinocharts – wenigstens diesmal traf Popularität auf Qualität. Prompt begann ein Prozeß, der in Deutschland so kultisch zelebriert wird, wie nirgendwo sonst: Die Demontage des Gekrönten. Die Nivellierung des Erreichten durch Besserwisserei, durch skeptizistisches Palaver. Der programmatische Haß auf alles, was in diesem Land den Blick über den Tellerrand gewagt hat. Schnell sind dann Relativierungsformeln zur Hand, wie zum Beispiel der Satz, *Lola Rennt* sei im Grunde nur ein aufgeblasener Mega-Videoclip, die Handlung durch ihre Wiederholungen durchschau- und vorhersehbar. Dies zumeist aus dem Mund von Leuten, die im Leben keine halbe Stunde MTV weder vorher- noch gesehen haben, geschweige denn durchschaut.

Was passiert eigentlich in diesem Film?

Lola, die zu spät kam, die deshalb mit ihrem Freund einen Supermarkt ausgeraubt hat, wird von der Polizei gestellt und erschossen. Sterbend aber sagt sie schlicht: Ich will nicht – und rennt von neuem los, um es beim zweiten Lauf besser zu machen. Dies wurde von Publikum und Kritik ohne viele Fragen akzeptiert, man hat sich anscheinend auf das Erwartungsniveau der Augsburger Puppenkiste zurückgeschraubt.

Aber Lola stirbt. Der Film, den wir zuvor gesehen haben, läuft, wie das beim Sterben eben sein soll, vor ihrem Auge nochmal ab – und nur, weil das zuvor Gesehene unabänderlich geschehen ist, wird sie fähig, beim zweiten und beim dritten Lauf aus den vorangegangenen Läufen zu lernen.

Die Handlung geht von der ‹Realität› in eine Welt der Imagination über, in eine Parallelwelt, in der Lola immer neue Wahrheiten erfährt. Diese Welten vermischen sich, greifen ineinander über – alles was *war* wird zum *wäre gewesen.* Dargestellte Quantenphysik.

Am Schluß des zweiten Laufs kommt Lola zwar nicht zu spät, aber ihr Freund Manni wird überfahren. Ist er tot oder nicht?

Manni wird zu einer Art Schrödingers Katze – immer zugleich tot und lebendig, je nachdem, welcher der beiden Welten der Zuseher eher Glauben schenken will.

Im dritten Lauf, einer neu darübergelegten Sphäre im Sinne des ptolemäischen Weltbildes, sind beide tot. Man könnte auch sagen: Der dritte Lauf ist der Traum des (in Lolas Traum) sterbenden Manni – nämlich, wie alles nach Wunsch hätte kommen können, bei bestem Verlauf. Der Film macht das durch Paradoxien deutlich, von denen eine die für mich ergreifendste der jüngsten Kinogeschichte darstellt: Lola gelangt zur Bank, ihr (vermeintlicher) Vater ist abgefahren, sie erwischt ihn nicht mehr. Vor der Bank steht Armin Rhode, der Sicherheitsbeamte, Lolas *leiblicher* Vater, er begrüßt sie mit den Worten: « Schatz, bist du endlich angekommen! » Im selben (dritten) Lauf liegt er ja aber doch, da er im (zweiten) Lauf einen Herzinfarkt erlitt, im Notarztwagen! Klar wird, wir haben es mit einem Mix aus Geisterwelten zu tun, in der alles nur noch Fragment der Erinnerung oder der Vorstellung ist.

So erklärt sich auch die Szene im Casino als Wunschtraum, so erklärt sich auch die Szene, als Lola am Ende des dritten Runs vor dem dunklen Supermarkt eintrifft – hunderte Meter weit kein einziger Mensch, nur sie. Es ist das Jenseits, nichts sonst. Schöner ist es nie bebildert worden.

Ein Jenseits, in das, aus der Kraft der Liebe heraus, die Elemente einer ehemals starr geglaubten Realität hinübergezogen werden.

Lola und Manni gehen auf der menschenleeren Straße in ein Happy End, das rein virtuell, durch die Macht der Imagination entstand.

Wenn das kein Plot ist! Wenn das keine komplexe Struktur bietet, die gedanklich noch weit über Kubricks Finale zu Odyssee 2001 hinausgeht!

Tom Tykwer hat sich gehütet, in Interviews davon zu erzählen. Tiefe gilt in Deutschland als Makel, wirkt in jedem Fall an den Kinokassen eher abschreckend. Trauriger Fakt. Man muß sich flach und verdaulich geben, um Zuschauer anzulocken – das ist die kulturelle Katastrophe unsrer Zeit. Schuld daran hat nicht das Publikum, sondern die jahrzehntelange Pflege eines obsoleten Kunstbegriffes. Filme wurden künstlich am Leben erhalten, die vorgaben, Tiefe zu besitzen, aber einfach nur schrecklich öde und schlecht waren.

Understatement und Bescheidenheit bildeten in diesem Land viel zu lange den Schleichweg zum kleinen Erfolg, mit dem sich viel zu viele früh zufrieden gaben.

Lola Rennt ist nur ein Film? Ich glaube nicht. Wie der Sommer '88 der Sommer war, in dem Silke Bischoff starb, wird der Sommer '98 fortan der Sommer sein, in dem Lola rannte. Als in Deutschland etwas – endlich – geschah.

✧

Erfahre aus der Zeitung, daß «Professor Krantz» in Italien offenbar eine bekannte (Fernseh-)Figur des absurden Humors ist. Das könnte einiges erklären – bzw. müßte das ein künftiger Melodien-Übersetzer berücksichtigen.

✧

Auf eine Stunde zum Termini. Das Museo Nazionale ist noch bis Ende des Jahres geschlossen.

Nutzte die Gelegenheit, bei Trimani die letzte Flasche Terre Brune 93 zu erstehen.

✧

Trüber kühler Tag. Die Hände der Mädchen verschwinden in den langen Ärmeln der Pullover.

✧

Korrespondenz. Bea las mir am Telefon Leserbriefe vor. Geben und Nehmen.

Die meisten Zuschriften zur Zeit sind Dankschreiben für Thanatos.

Eine Kölner Restauratorin wirft mir vor, öfters das Wort *Restauration* zu gebrauchen, wo es richtig *Restaurierung* heißen müßte. Laut Fremdwortlexikon sind beide Begriffe absolut gleichrangig. (-ierung ist die deutsche Form von -ation, nichts sonst.) Künftig werde ich dennoch darauf achten, und sei's nur ihr zuliebe.

✧

Meistens beantworte ich Fragen, weil es nicht anders geht, im Postkartenformat. Heute wurde ein kleines Manifest daraus. Ist praktischer, weil die Fragen der Leser sich oft wiederholen, und man dann auf diese Seite hier verweisen kann. Manches mußte ich mir auch mal wieder selbst beantworten.

Sehr geehrter (...)

Sie haben mich nach meinen Vorbildern und Einflüssen gefragt. Das sind zu viele, man kann sie nur grob in Pools zusammenfassen. Die Kraft der fünf Herzen.

1. Deutschland. Das Romantisch-Spirituelle germanischer Eliten. Hölderlin, Schopenhauer, Wagner, Nietzsche, Rilke, Strauss, Heidegger und Jünger.
2. Popkultur. Deren Eleganz, dem Zeitgeist versklavt. Geschmeidigkeit, Blendkraft, Oberflächenschärfe, die schnelle Fresse, das Apodiktum. Vom Ahnvater Oscar Wilde bis zum Songtext und zum Werbejingle.
3. Der Antipop und dessen skatologischer Blick, der Dreck, der Sex, die Städte. Ehrlichkeit, Zurückgeworfenheit auf ein virtuell unbehandeltes Leben. Der frühe Hamsun, Bukowski. Teils auch Celine.
4. Die griechisch-römische Mythologie, Sprache, Dichtung, Geschichte.
5. Science-Fiction – die Sehnsucht von vorne.

Fünf Elemente, die in mir wirken, deren Mixtur mancher als Stilbruch empfindet. Aber ein ziemlich breites Spektrum, um daraus zu schöpfen, zu kombinieren. Ein weiteres Kraftfeld stellen selbstverständlich die Erzähler des 19. / 20. Jahrhunderts dar, vor allem Flaubert und Dostojewski, nebst vielen anderen, die man, weil zu unterschiedlich, nicht in einen Pool sperren kann.

Was ich noch vorhabe?

Als Projekt bin ich zu kompliziert, um erklärt werden zu können, nicht einmal von mir selbst.

Meiner kann sich niemand sicher sein, nicht einmal ich. Vielleicht habe ich gar nichts mehr vor und das Gröbste hinter mir. Im nächsten Jahr erscheint ein Band mit Gedichten aus zwanzig Jahren. Nichts ist mir zur Zeit wichtiger.

(...)

Zum Standpunkt des Literaten.

Unser Bewußtsein ist inzwischen fähig, sich problemlos in die Konditionen einer vergangenen Ära einzudenken und die Welt mit deren ästhetischem Blick zu betrachten. Wir haben uns die vierte Dimension geöffnet. Historie bietet uns die Vergangenheit, Science Fiction bietet uns die Zukunft an – und beide sind im gleichen Maße wahr. Da gibt es die Stimme, das Dekor, den Sound der Zeit als Gegenwart nicht mehr. Wir sind kein Punkt mehr auf der Linie, wir sind die ganze Linie. Die Galionsfigur unsrer Zeit muß vorn und hinten sitzen und auf beiden Seiten des Schiffsbauchs, bei den Kanonen.

Auf eine polychrone Zeit muß man, will man sich (nicht nur ein Buch, sondern) ein Werk erarbeiten, polymorph reagieren. Vielfalt. Ein starker Epigone hundert verschiedener Meister ist tausendmal interessanter als ein Original, das mit sich selbst die Welt zu stemmen versucht. Und am Ende die Welt nur mit dem eigenen Blutfleck verbuntet.

Unverwechselbarkeit wird vom Ideal zum Stigma, weist auf Eindimensionalität hin.

Eigenheit ist erlaubt, ja willkommen, nur nicht, wo sie verkrampft, vertreterisch – als Markenlogo auf sich verweist.

Man muß sich viele Stimmen erarbeiten – den Vätern abgeguckt, in den eigenen Takt, die eigene Temperatur gebracht – und wenn man sie schließlich beherrscht, heißt es, sie organisch zu verknüpfen lernen.

Warf ein Suhrkamp-Lektor dem Roman *Fette Welt* 1992 noch ein buntes Durcheinander der Tonlagen vor, galt der Vorwurf dem Verdienst. Was dagegen gestern noch umwälzend angemutet hat, gilt heute als Modeerscheinung, als saisonale Spielart, als unfruchtbares Eigenbrötchen, okay für sich, doch ohne gravierende Folgen. Zur Ruhe gebettet im Geschichtsarchiv.

An wen ich mich wende? An solche, die mir potentiell ähneln.

Man schreibt nie für Kritiker, die alles schon einmal gelesen (zu) haben (glauben).

Man schreibt für Menschen, die sich – und alles andere – lesen und verstehen wollen. Analysiert Gefühle, die immer dieselben sind. In zeitgemäßer Form zum Angebot gemacht. Zum Geschenk, wenn es gut ist.

(...)

Niemand versteht die Feindseligkeit, die meine Art zu schreiben auf den Plan ruft, besser als ich. Und dennoch kann ich mich im Einzelfall über böswillige Anwürfe noch ärgern. Außerhalb unsrer poetischen Welt bleiben wir immer Fleischhaufen unsrer Gegenwart, eitel und reizbar.

Meine Poetologie ist eine der radikalsten, die hierzulande vorzufinden ist, indem sie versucht, sich aus diversen Quellen zu speisen, die einander lange spinnefeind waren.

Alles bleibt, aber von allem nur das Beste, dieses will ich miteinander vermengen zu einem neuen Mix. Man kann das von der Gegenwart her durchaus als unerträglichen Mischmasch, als Eklektizismus verurteilen, aber ich glaube, daß die Zukunft immer nur der ideale Mix aus diversen Vergangenheiten ist und uns ganz anders beurteilen wird.

Kritiker und Feuilletonisten können nie auf der Höhe der Zeit sein, das muß den originär kreativen Kräften vorbehalten bleiben, ansonsten wäre die Lage pervers. Von daher wird meistens gerade das gefördert und gefeiert, was nachher eben nicht bleibt. Es hat die Klimax seiner

Wirkung im Zeitgenössischen verpulvert. Es ist schon eine große Gnade, von der Gegenwart wahrgenommen zu werden. Montherlant hat das einmal treffend ausgedrückt – natürlich werde er nicht im gebührenden Maße gewürdigt, aber er müsse froh sein, überhaupt gewürdigt zu werden.

Ob die Literatur Zukunft besitzt? Kann sein. Ich denke eher: Das Buch ist ein kulturelles Verfallsprodukt. Wohlgemerkt, nicht der Text, aber das Buch, also die Präsentationsform des Textes.

Film ist ein großer Reiz für Autoren, die ein großes Publikum suchen, deshalb die Autorität ihrer Autorschaft aufgeben und sich in den Bereich der Mannschaftskunst begeben, also nur noch einer von vielen Faktoren des Endprodukts sind. Andererseits kann man sich schlecht verweigern, wenn gerade die Besten einem die Zusammenarbeit anbieten. Das wäre Arroganz, wäre Feigheit vor den Freunden, wäre Loreley im Elfenbeinturm.

✧

SZ: Michalzik kriecht Friedländer und Reemtsma in den Arsch, die kriechen einander in den Arsch, alle kriechen Bubis in den Arsch – zeihen Walser diffuser Behauptungen und quellen selbst davon über.

Reemtsma: «Auschwitz instrumentalisieren – was heißt das denn – die Geldforderungen der Zwangsarbeiter verhindern.»

Quatsch. Die Zwangsarbeiter sollen bekommen, was immer sie wollen. Wenn dahinter ein Ressentiment steht, dann natürlich gegen jenes Schreiben, das sich über den Holocaust profiliert – ohne sonst etwas zu sein. Gewisse deutsch-jüdische Befindlichkeiten zu thematisieren, ist dem deutschen Deutschen praktisch verboten, dem jüdischen Deutschen Steckenpferd bis Nahrungsquelle. Das schafft eine Menge Konfliktstoff, der bisher ausgeschwiegen wird.

Friedländer: «Mehr als ein Drittel der Bevölkerung wußte, daß im Osten massenhaft getötet wurde.»

Was bedeutet während eines Krieges «massenhaft»? Was bedeutet «getötet»? Was bedeutet «im Osten»?

Friedländer: «Klemperer wußte in seiner Abgeschiedenheit 1942 von Auschwitz.»

Was bedeutete 1942 «Auschwitz»?

Friedländer: «Hitler hat öffentlich mehrmals gesagt, wenn ein Krieg kommt, werden die Juden ausgerottet. Es gibt Tagebücher von einfachen Leuten, die notierten: Hitler spricht von der Vernichtung der Juden. Man konnte es also wissen.»

Das ist Rabulistik. Was ist «es»?

Aber darum geht «es» (von dem viele Vorstellungen existieren) gar nicht. Von mir aus sollen alle «es» gewußt haben. «Es» – änderte *sich* in keinster Weise, und *uns* auch nicht.

Das Mahnmal, jetzt, nach soviel Protest, wäre ein Stück verordnetes Gedenken, wäre nichts als ein Versailler Vertrag fürs moralische Empfinden – viele würden sich herauswinden wollen, würden, aus purem Trotz, einen gedanklichen Gegenentwurf konstruieren.

Reemtsma: «Wer weiß, was wir in 50 Jahren für eine Bundesregierung haben, und wie die mit den Gedenkstätten umgehen wird, ob sie Gelder kürzt oder sie verkommen läßt. Ein nationales Mahnmal könnte auch eine solche Regierung nicht antasten.»

Ich glaube, soviel Unsinn in einem Satz bin ich selten begegnet.

Abgesehen davon, daß ich mir leider vorstellen kann,

daß es irgendwann wieder eine (nichtmal unbedingt nationale) Regierung geben könnte, die das alles einfach «aus gesundem Volksempfinden» wegsprengt – wird hier dem Mahnmal eine Priorität vor den Gedenkstätten eingeräumt – nach dem Motto: Sollten die Orte des Schrekkens verkommen, haben wir ja zur Sicherheit das Mahnmal. Das lädt zur Vernachlässigung der Gedenkstätten erst ein.

Tatorte sind Wundmale. Die Mauern der Konzentrationslager wirken, weil sie Zeugen waren. Mahnmale sind steingewordene Zeigefinger. Nicht viel mehr als eine Behauptung. Geschichtsfälscher würden immer zuerst die Zeugen beseitigen, die Tatorte schleifen.

✧

Einige Ungenauigkeiten der deutschen Sprache, die auch ich oft verwendet habe:

Im Moment bin ich außer Lebensgefahr. Müßte heißen: außer Todesgefahr (bzw. Gefahr fürs Leben).

Sich entschuldigen? Hat man dazu die Macht? Man kann um Entschuldigung bitten.

Glückwunsch an den Sieger? Gratulation. Glück hat der ja schon gehabt.

✧

Abends, zum dritten Mal in diesem Monat, zu Da Franco. Mit Bernhard, Andreas, Katharina, Volker, Christoph und Anette. Zwei Unbekannte mit Kind. Andreas ist sehr wortgewandt und schlagfertig. Ohne Eitelkeit und Missionsauftrag. Ebenso Katharina. Redeten über Musik und Celine, über bizarre amerikanische Zivilrechtsklagen, über bizarre Todesfälle – mir fielen (und ich habe gerade ein Büchlein draus gemacht!) die besten nicht ein, bzw. erzählte ich sie nicht gut. Ärgerte mich darüber, daß ich mir Witze und Anekdoten schlecht merken kann, oder sie mir erst einfallen, wenn es zu spät ist. Leute, die quasi den gesamten Erfahrungsschatz ihres Lebens griffbereit haben, zu jedem Thema etwas beisteuern können, bewundere – beneide ich maßlos. Mein Gedächtnis funktioniert anders (bzw. gar nicht mehr), ist nicht darauf gepolt, aus dem Stegreif zu unterhalten. Habe nie daran gearbeitet, empfinde dies als Versäumnis. Habe zum Beispiel eine große Scheu, etwas zu erzählen, was bereits in einem meiner Bücher steht. Als würde das irgendwem geläufig sein. Wenn ich den genauen Wortlaut von etwas einmal Ausformuliertem nicht genau wiederholen kann, gerate ich ins Stammeln. Hätte einen großen, abrufbereiten Fundus zur Verfügung – und schweige, langweile, gebe mir keine Mühe. Man könnte auch sagen – und es stimmt – daß ich nur ins Fabulieren gerate, wenn es zum Geschäft gehört, wenn ich unter Druck stehe. Hab es oft bei Interviews gemerkt. Ist schlimm.

Andreas: (gibt K. einen schmalen Kanten Brot) «Das Frauenstück.»

(gibt sich selbst einen breiten Kanten Brot) «Der Bauernkeil.»

Wie er es sagte, dazu seine nervigen Hände – gefiel mir sehr.

Zu den amerikanischen Zivilrechtsklagen: Bei McDonald's wird der Kaffee im Drive-In nur noch lauwarm verkauft, seit jemand einen Becher heißen Kaffee zwischen seine Beine stellte und abrupt losfuhr. (Die Klage gegen McDonald's gewann er und wurde reich). Eine Frau setzte ihren nassen Pudel zum Trocknen in die Mikrowelle. Der Hund starb, die Frau verklagte den Mikrowellen-Hersteller – weil schließlich in der Gebrauchsanleitung nicht gestanden habe, daß das Gerät zur Trocknung nasser Hunde nicht geeignet sei. Sie gewann den Prozeß und wurde reich. Usw. Die halbe US-Nation denkt über Möglichkeiten unverschämten Abzockens nach. Praktische Auswirkungen: Leute verrecken auf der Straße, zufällig anwesende Ärzte greifen nicht ein, da sie ohne Einverständnis des Patienten zur Behandlung auf Schadensersatz verklagt werden könnten.

Ein Staatsgebilde, das solche Rechtsauswüchse nicht zu beschneiden weiß, hat auf Dauer keine Chance. Gegenmaßnahmen der Legislative zeigten bisher keinen Erfolg. Die Anwälte, die an einer Beseitigung solcher Abstrusitäten natürlich (Gewinnbeteiligung) kein Interesse haben, besitzen eine zu starke Lobby im Senat.

Kurz fragt man sich da, ob sowas wie «Ehrgefühl» nicht mal wieder ein Comeback feiern könnte – als Erziehungswert. Nein, das ist vorbei und kommt nicht wieder. Es sei denn –

✧

Danach in der Massimo gekickert bis zwei. Im kleinen, rauhreifbehangenen Seitenschuppen des Haupthauses. Das hat geklackt und gescheppert, kazzongt, gekracht und gesurrt und gequietscht, gebrüllt hat man, geschwitzt, verspottet, gejohlt, geflucht, auf den Boden gestampft – und man hing an den Stangen, als wärs um was gegangen, soff dazu aus großen Flaschen. Machte Spaß. Nacht, die früher bis zum Mittag gedauert hätte. Dann wurde Andreas zu einem wichtigen Telefonat gerufen – ein gleichaltriger Freund, dem es gesundheitlich schlecht geht. Als wollten sich Unterschiede ins Gedächtnis rufen.

✧

X. – Ich habe nie eine Frau getroffen, die so süß nach Möse roch, aber keine besaß.

Vielleicht besaß sie ja doch eine, im Geheimfach ihres Kleiderschranks, die sie nur bei besonderen Gelegenheiten trug, ich weiß es nicht.

25. November, Mittwoch

Moritz zum Geburtstag gratuliert. Seine ISDN-Anlage ist wirklich superscheiße. Dauernd führt er zwei Gespräche gleichzeitig, weil sich seine Neugier, scheints, nicht zügeln kann – er muß unbedingt wissen, wer auf der anderen Leitung anklopft, könnte ja wichtig sein. Wie kann man sich so ein Teil nur andrehen lassen? Mein Anruf unterbrach ein Gespräch, das auf dem anderen Hörer *Andrea* mit einer Freundin führte. Muß man sich mal vorstellen. Damit macht man sich Hektik, keine Freunde.

✧

Gingen ins Museo della Civiltà Romana, das Bernhard noch nicht kannte. Die Säulen des Portikus rammen den Betrachter in den Boden. Größe, die in Gewalt umschlägt.

Eine einzige Wärterin an der Kasse, sonst niemand außer uns im ganzen Museum. Brachte mich in arge Versuchung.

In einem der Säle stand der große Münzkasten, mit wertvollen Aurei und Denaren. Der Saal war nicht videoüberwacht. Die großen Glasplatten hätte man einfach nur anhebeln und hochheben müssen. Ich sah mir den Kasten an und die Drähte der Alarmanlage. Die Drähte liefen am Boden – führten zusammen hinter eine Statue – dort war der Sicherungskasten. Der auch noch offenstand

(ALARM – EIN – AUS). Ich bin sicher, ich hätte nur die vier Schalter umlegen, das Glas lupfen und mir ein paar der wertvollsten Stücke (wär gar nicht aufgefallen) in die Tasche schieben müssen. Ich bin zu 95 % sicher, daß es geklappt hätte. Das macht mich fertig. Das käme zu 5 % raus – und ich ins Gefängnis. Wenn ich 20 gewesen wäre, hätt ichs vielleicht riskiert. Man könnte vor Gericht als mildernden Umstand benennen, daß man zum Diebstahl geradezu eingeladen worden sei – und die Sammlung auch einen recht vernachlässigten Eindruck gemacht habe.

Mir muß es wirklich gut gehen, wenn 5 % Restrisiko mich derart in Bann schlagen.

Noch eine Stunde lang jammerte ich Bernhard vor, wie einfach das zu machen sei – und der gesamte Münzkasten – angenommen, man leistete dreist ganze Arbeit – enthielte Stücke für ca. 2 Millionen – warum sich da noch keine autochthonen Profidiebe drangewagt hätten, ob ich vielleicht doch irgendwas übersehen hätte, ob ich eventuell Bewährung bekäme, ob es auffallen würde, wenn man die Stücke durch Fälschungen ersetzte, etcetera blabla.

Neulich, im Louvre, schnitt irgendwer zwei kleine Bilder aus ihren Rahmen und machte sich unertappt davon. Sowas gibts.

Und herrliche Münzen waren darunter – ganz herrliche.

Ein Gutes hat das: Wenns mir mal ganz ganz dreckig geht, weiß ich, wo man dagegen was tun kann.

Geben und Nehmen: Bea zeigte sich damit einverstanden, daß wir das römische Zahlenschloß an die Antikensammlung geben, als Dauerleihgabe. Zwar war es ein Weihnachtsgeschenk für sie, aber auf etwas so Einzigartiges hat jeder Liebhaber der Antike ein Anrecht. Zudem brauchen wir dann nicht zu fürchten, es irgendwo zu verlieren.

Paradox: Was man begehrt, überlegt man zu stehlen, was man besitzt, beschließt man zu teilen. Menschen sind schwer.

«An die Antikensammlung geben» – liest sich wie «an die Kleidersammlung geben».

Auch in diesem Museo etliche falsche Zuordnungen – z. B. wird ein vergrößertes Münzporträt des Caligula als (dessen Gattin) Caesonia ausgegeben. Obwohl der Lorbeerkranz gewiß nicht zur Damenmode zählte.

✧

Das EUR – Mussolinistadt – sieht in der Sonne teilweise erträglich aus. Man weiß oft nicht, ob das noch faschistische Architektur oder schon wieder DDR-Imitat ist.

Von grandioser Schönheit ist der Palazzo della Civiltà del Lavoro – skurriler Klotz, wie aus einem De-Chirico-Bild. Wirkt am tollsten, wenn man direkt drunter steht. So wird das Prinzip der Anordnung – fünf gleiche Stockwerke, vier gleiche Seiten – durch die Perspektive vom Schlichten zum Genialen. Schlimm wäre es, wenn die Gewölbe gereinigt würden, sie verlören an Tiefe. So aber: mysteriös und kraftvoll, tausendäugig. Hat was von einer Totenstadt, oder einer großen Urnensammlung.

Der Spruch darüber ist reizend: UN POPOLO DI POETI DI ARTISTI DI EROI DI SANTI DI PENSATORI DI SCIENZIATI DI NAVIGATORI DI TRASMIGRATORI.

(Ein Volk der Dichter, Künstler, Helden, Heiligen, Denker, Wissenschaftler, Seefahrer, Pioniere.)

Bernhard: «Und wer hat abends gekocht?»

✧

Im letzten Licht noch zum Cimitero Acatholico. Schneller Rundgang. Schwarze Katzen putzen sich am Grab von Keats, der jung (mit 25) starb. *Here lies one whose name was writ in water* wollte er auf dem Stein stehen haben. Neben ihm liegt einer seiner Freunde, der 85 wurde. Auffallende Parallele am Grab von Shelley, der mit 30 starb. Neben dem liegt ebenfalls ein Freund. Der wurde sogar 88. Als hätten die guten Freunde für die Toten mitgelebt.

Die Stilvielfalt der Denkmäler reicht bis hin zu Kitsch und Scheußlichkeit, was den Gesamteindruck nicht stört, im Gegenteil – die Schönheiten werden so hervorgehoben.

Wenn ich an Deutschland denke – Alles streng reglementiert über den Tod hinaus. Und Friedhofszwang selbst für Urnen. Entsetzlich. Man läßt sich verbrennen – um freier zu sein – und darf noch immer nicht losgelassen werden auf die Hügel, die man liebt.

✧

Abends eins meiner Leibgerichte – Putenbruststreifen in Ajvar-Gorgonzola-Soße. Mit Zwiebeln, Sahne, einem Schuß Weißwein, drei scharfen Peperoncini, viel Petersilie. «Pute Knallorange.»

Danach Fußball – Inter gegen Madrid. 3 : 1. In der Halbzeit und nach Spielschluß bei Bea angerufen und nach dem wichtigeren Ergebnis gefragt. Bayern 2:0 gegen Bröndby.

✧

Staffel rief an – die drei Lieder seien ein großer Erfolg gewesen. Mitschnitt folgt.

✧

Selbst in Sachen Pinochet liege ich quer zum Medienempfinden. Der Mann ist über 80. Ihn einzusperren, würde das Trauma der Opfer lindern. So eins der Argumente für seine Verurteilung. Ich glaube nicht an Gerechtigkeit, nirgendwo. Selbst wenn ich ein Gerechtigkeitsfanatiker bin. Man kann nur das Unglück einzudämmen versuchen. Worauf ich hinauswill? In Chile gibt es Straßenschlachten – wenn dort ein Mensch stirbt – Ich bin auch Pragmatiker. Pinochet ist es nicht wert, daß seinetwegen noch einer mehr ins Gras beißt. Da pfeife ich auf den Symbolwert einer Auslieferung. Zumal Pinochet ein Dutzenddiktator gewesen ist, lang nicht soviele Tote auf dem Gewissen hat wie manch andere, die zur Zeit auf der europäischen Bühne den Staatsmann herauskehren dürfen, z. B. Kabila. Ich bin mir nicht ganz sicher. Ein triftiges Argument wäre, daß eine Auslieferung künftige Diktatoren unsicher werden ließe, somit in der Summe mehr Menschenleben gerettet werden könnten. Kann sein.

Bin froh, daß ich mich zu manchen Angelegenheiten nicht ad hoc äußern muß.

✧

Zur Nacht in meinem Lieblingsgarten – noch zu vollendende Poeme – dazu Musik von Scelsi, die immer passender zum römischen November klingt.

26. November, Donnerstag

Zettel auf dem Tisch: Bernhard ist auf dem Weg zur Villa Borghese. Gut so.

Ich mache lange Frühstück, lese die Gazetta dello Sport, kaufe ein.

✧

Geilheit wächst. Die Römerinnen wissen was aus sich zu machen. Ich schliefe mit fast jeder.

Alle tragen einen grauen, stählernen Blick vor sich her, sobald sie sich betrachtet fühlen. Lassen nicht den Anhauch eines Flirts zu. Gebrannte Kinder. Erinnere mich an eine Stelle aus Koeppens «Tod in Rom», wo es heißt: «Ich liebe (...) die Blicke auf dem Corso und die obszönen Worte, die den Damen im Vorübergehen zugeflüstert werden, und ich liebe die starre leere Larve des Damenantlitzes, die der Schmutz mitformt, und ich liebe ihre Antworten, ihre Beschämungen und ihre Lust an geiler Huldigung, die sie eingegraben auf ihrem wirklichen Gesicht, verborgen unter der Straßenmaske, nach Hause und in ihre Frauenträume tragen ...» Kann sein, es war mal so. Heute werden die Blicke sofort und ohne Prüfung abgeschüttelt, bleiben sinnlos auf dem Gehsteig liegen.

Verflucht seien alle süßen Mädchen der Zukunft, die gern mit meiner Leiche schlafen würden, bekäme jene noch irgendwas hoch.

✧

Man kann in vollendeter gegenseitiger Liebe zu einer Frau leben, und trotzdem auf alle Schönheiten der Welt geil sein. Man muß es sogar, will man nicht dumm der Welt den nötigen Respekt verweigern. Meine Frau, weil sie das begreift, ist außerordentlich, sie begreift es, weil sie weiß, daß sie alles ist in meinem Leben, und ich bedingungslos sterben würde für sie, wäre ich Schwein genug, sie um mich trauern zu lassen. Ich wünschte, wir stürben in einer Sekunde. Mehr als alles wünsch ich mir das.

✧

Am Nachmittag Leserbriefe beantwortet.

Kurzer Spaziergang ums Pantheon herum. Danach schon wieder Einkaufen & Abendessen machen. Hausfrauenexistenz.

Abends ins Quirinetta. *Al di là dei sogni* – im engl. Original *What dreams may come.*

Mit Robin Williams und einer (wie fast immer) tollen Annabella Sciorra. Von Vincent Ward, der schon immer recht durchgeknallte Plots geliefert hat. Kein grottenschlechter Film, wie der SPIEGEL schrieb. Visuell teilweise überwältigend. Ich sah Sequenzen der Hölle, die ich mir ähnlich für Thanatos vorgestellt hatte. Schwer, über diesen Film was zu sagen, bin froh, daß ich ihn nicht rezensieren muß. Sicher wurde zuviel hineingestopft. Sowohl an Handlungs- wie auch an Sprachebenen. Etwas mehr Erhabenheit hätte gut getan. Hätte andererseits auch den Kitsch noch verstärkt. Aus der esoterischen Ramschkiste wurde nichts ausgelassen. Bin hin- und hergerissen. Problem liegt in der Geschichte – namentlich in der Idee, Selbstmörder in die Hölle zu verbannen – ekliges katholisches Gedankengut.

Andererseits die archaischste Konstruktion der Welt – Liebe geht durch die Hölle, besiegt den Tod, findet mit der Geliebten zum Licht zurück. Okay! Robin Williams, der glücklichere Orpheus. Was solls? Langweilig wars nicht, keine Minute. Unter den Höllenfratzen begann eine zu sprechen, ich sagte zu Bernhard: «Die Stimme klingt wie die von Werner Herzog!» – und der wars dann tatsächlich. Der Schluß war superdoof. Beide entscheiden sich für die Wiedergeburt und einen flauen Gag.

Sie: «Werden wir uns wiederfinden?»

Er: «Wenn ich dich in der Hölle wiedergefunden habe, dann auch in Jersey.»

Wozu die ganze Mühe? Hieße, frische Verliebtheit der gewachsenen Symbiose vorzuziehen.

Und das Risiko des Scheiterns einzugehen. Absurd. Außerdem: Wenn man sich aussuchen kann, wo man wiedergeboren wird, warum entscheiden sich dann soviele für China oder Ruanda?

An ein Jenseits glaube ich manchmal. Im Oktober-Tagebuch gibt es eine Stelle (26. 10. 97), die das einzige Modell liefert, das mir vorstellbar wäre. (Und das auch für diesen Film Pate stand.) Man fällt aus der Zeit in einen Raum voll angesparter Bilder – unendlicher Flashback. Soll sein, wie es kommt.

Auf Teufel komm raus bleiben zu wollen ist Spießertum pur. Das Nichts zöge ich einem Jenseits ohne Beatrice in jedem Falle vor.

Wer rückwärts gewandte Zeitreisen für möglich hält, glaubt in letzter Konsequenz daran, daß nichts für immer tot ist, daß es lebt, an einem anderen Ort. Mein bisheriges Verständnis des Raum-Zeit-Gefüges läßt mir keinen anderen Schluß zu. Es gibt den Tod, aber nicht das Ende der Existenz.

Diskutierte das mit Bernhard durch – die gesamte Busfahrt über. Er hatte Schwierigkeiten, verschiedene Ebenen nicht ständig zusammenzumischen. Also das geläufige menschliche Zeitbewußtsein mit dem absoluten Chronos, worin jeder Zeitpunkt originär ist, keiner dem anderen vor- oder nachgelagert. Diese Streuung erledigt ja erst das Individuum, indem es die Welt durch die eigene Hirnkamera filtert, bis es lebbar wird.

Der kürzeste Weg zwischen zwei Punkten ist keine Gerade, sondern Null. Dieser Satz hat mein Weltbild verändert, gerade weil er hochpoetisch ist.

Man muß sich das ungefähr so vorstellen: Wir drehen mit unserem Leben einen Film, dessen Ende unser Tod ist. Der Film wird danach in unendlich vielen Kinos unendlich oft gezeigt, jeder Moment des Films ist gerade in irgendeinem der Kinos zu sehen. Und ich – der Hauptdarsteller meines Films, laufe auf der Leinwand herum, ohne Ahnung, daß ich nur Teil eines Films bin.

Bernhard fragte, woher wir wüßten, daß wir die Originale seien, und nicht irgendeine der Kopien. Wenn irgendwo 1950 ist und irgendwo das Jahr 300, so selbstverständlich irgendwo auch das Jahr 3000 – und wir also lange tot.

Aber Kopie und Original sind in diesem Fall falsche Begriffe, indem jede der sogenannten ‹Kopien› – in jedem Moment – das Original *ist*, immer zum *ersten und einzigen Mal* ist, niemals irgendeine Form von Wiederholung empfindet – weil es keine Wiederholungen gibt. Das Dasein ist nur kein chronologisches Nacheinander mehr, sondern in ein Nebeneinander aufgefächert. (Die Film-Metapher ist ungeeignet.)

Das Leben am Bande der Zeit ist keine Leistung, sondern nur ein Defizit unsrer minderdimensionierten Wahrnehmung. Es macht uns eine Existenz in den Grenzen unsrer physischen Voraussetzungen möglich. Denkbar wäre ein zehndimensioniertes Wesen, das in unendlich vielen Zeiten, also außerhalb *jedes* Chronos existieren kann.

Es gibt allerdings die Möglichkeit, zumindest deren Anhänger, daß sich die Zeit im Universum wie eine schöpferische Initialzündung, wie eine bewässernde Flutwelle fortbewegt. Daß also zwar alles, was jemals war, immer noch ist, aber nichts darüber hinaus. Daß es – jetzt – neben Gegenwart und Vergangenheit keine Zukunft gibt, weil ja noch keine Wesen, die sie nötig haben. Vom Standpunkt der Urknallphysik aus scheint jene Variante sogar einleuchtender. Ich hingegen glaube an die Zeit vor dem Urknall, die uns bevorsteht, an einen zyklischen Verlauf von Big Bang und Big Crunch. Bernhard verstand mich nicht. Es ist dabei ganz einfach. Aus der Wahrnehmung des menschlichen Wesens im Ist-Zustand heraus gibt es noch keine Zukunft, wohl aber im Absoluten.

Darüber nachzudenken führt in Bereiche, in denen

Logik keinen Halt findet, und Computer ihre Arbeit wegen unzureichender Informationen verweigern würden. Auch die Metaphysik kann der Physik hier keine Schneisen schlagen, ohne theologisch zu werden. Dennoch ist die pure Spekulation kreativ – und mehr – ist Grundbedingung neuer Theoreme.

Der Urknall kann seit diesem Jahr ziemlich genau datiert werden. (15 Milliarden Jahre.)

Die Idee des Big Crunch steht von daher unter Beschuß. Im Moment tendiert man aufgrund neuer Berechnungen zu einer unendlichen, immer schnelleren Ausdehnung des Alls, getrieben von einer «dunklen Energie», der kosmischen Konstante, die schon Einstein vermutete, dann als «größte Eselei» wieder verwarf. Die «Kraft des Nichts» – jetzt wieder hochaktuell, ebenso die Idee unendlich vieler Universen (in welchem unseres nur eine Blase in der brodelnden Suppe ist).

Die Zeit soll also ewig sein. Seltsam, aber ich empfinde das nicht als Heilsbotschaft. Widerstrebt meinem Gefühl für den Kreis als höchste Ordnung.

Zeitreisen in die Zukunft erscheinen mir inzwischen problematischer als solche in die Vergangenheit. Es gibt letztlich keine Begründung dafür. Bin Poet, kein Wissenschaftler.

✧

Früher mochte ich es nicht, wenn Aliens in Science-Fiction-Filmen menschenähnlich aussahen, wo es doch für die Körperform eines intelligenten Wesens Myriaden von Möglichkeiten gibt. Inzwischen denke ich anders. Wo immer lebensfähige Bedingungen herrschen, wird sich, glaube ich, die Evolution wie ein Programm abspielen, wie eine abgeworfene Kapsel aus dynamischen Daten-

trägern, die sich beim Aufprall in Gang setzt. Gemäß der Chaostheorie werden die prozeßinternen Derivate sehr vielfältig sein und bei jedem Durchgang anders gewichtet, aber die groben Muster bleiben wohl die gleichen, ebenso die wichtigsten Stationen des Entwicklungsprogramms. Eine dieser Stationen wird eine Art von humanoider Form darstellen, allein schon aus dem simplen Grund, weil man mit zehn Fingern mehr auf die Beine stellen kann als mit zwei Flossen. (aus meinem SZ-Artikel)

Sicher ist, für mich jedenfalls, daß es irgendwo einen Helmut Krausser gibt, der zwanzig Jahre alt ist und den ganzen Mist macht, den ich mit 20 gemacht habe. Und daß er bald Beatrice kennenlernen wird. Was schön ist.

Pfeif auf Schwachköpfe, die z. B. Dejà-Vu-Erlebnisse als Erinnerungen einer schon mal abgelebten Zukunft deuten. Das ist Quatsch. Trotz allem: Man lebt nur einmal – und in einem begrenzt wahrgenommenen Zeitfenster – wenn auch unendlich. Leidet also auch nur einmal.

Diese Paradoxe sind mit ein wenig Übung noch nachzuvollziehen. Man kann sich sogar – unmathematisch – bis in Strukturen der achten Dimension hineindenken, durch Hilfsmodelle der visuellen Annäherung. Die Dimensionen Neun und Zehn bleiben für Wesen wie uns terra incognita.

Das Leben ist eine Art Kunstwerk, ein Wohnzimmer, das man sich für die Unendlichkeit einrichtet, ohne sich jemals darin posthum zu fühlen.

Wir haben in jeder Sekunde absolute Handlungsfreiheit, dennoch wird sich am Gesamtbild dieses Lebens – das eines Tages entstanden sein wird – nie etwas ändern. Es ist nicht grausam, es bleibt einmalig.

✧

« Man spricht immer von dem Trost, der für manche Menschen in dem Glauben an das Paradies liegt. Man vergißt dabei, welcher Trost für die anderen darin liegt, daß sie nicht an die Hölle glauben.»

(Montherlant)

27. November, Freitag

Spaziergang über die Caracalla-Thermen. Dem Brudermord brachte die Antike ein gewisses Verständnis entgegen. Tacitus über Nero, der Britannicus beseitigen ließ (13/17):

... eine Untat, die sogar sehr viele Menschen für verzeihlich hielten, da sie wußten, daß die Zwietracht unter Brüdern eine alte Geschichte und der Königsthron unteilbar sei.

Diokletian brachte allein in Ägypten eine halbe Million Christen um. Auf grausamste Weise. Folterknechte, die sich zu milde zeigten, wurden selbst zu Opfern.

Die Geschichtsschreibung etikettiert Diokletian als fähigen Herrscher, der einem zerrütteten Reich neuen Halt gab, der an der dalmatinischen Küste Kontemplation und Einsamkeit suchte und stilvoll für Muße und Bildung lebte.

✧

Warmer Regen. Wir fahren mit der Tramlinie 30 durch die halbe Stadt. Gucken einfach nur.

Wenn es zu regnen beginnt, werden die in die Hauswände eingemauerten Regenschirmverkäufer frei- und auf die Straße gespült.

✧

Tacitus, 13/47: Und vor allem war das verachtete und zu keinem Wagnis fähige Wesen Sullas mit einem Verbrechen gänzlich unvereinbar.

In diesem Nebensatz ruht, wie eine Perle, die wahre Haltung der Menschheit zum Verbrechen, damals wie heute.

✧

Schräg gegenüber der TU neben der Pietro in Vincoli (der Innenhof der TU ist ansehenswert) gibt es Nutella-und-Bananen-Pizza.

✧

Bernhard meint, ich würde mir wegen eines neuen Antisemitismus ganz unnötig Sorgen machen. Die Debatte interessiere nur diejenigen, die darüber schreiben und damit ihr Geld verdienen. Vielleicht hat er recht. Blödsinn ist auf jeden Fall, wenn Walser behauptet, die Leute könnten Bilder aus den Vernichtungslagern nicht mehr ertragen. Die Wahrheit ist schlimmer: Viele Leute sind sogar geil auf diese Bilder, suhlen sich in schwarzen Schauern, leben hinter einer Betroffensheitsmaske ihren voyeuristischen Sadismus aus.

Wenn es heute wieder Gladiatorenkämpfe gäbe oder Tierhatzen oder öffentliche Folterungen – die Stadien wären gefüllt – die Hemmschwellen ganz schnell planiert.

✧

Im SZ-Magazin die erstaunliche Geschichte des Göring-Bruders Albert, Nazigegner, Widerstandskämpfer, vielleicht Halbjude. Toller Stoff für einen Film.

Ebendort: Alle Kandidatinnen der Miss-World-Wahl. Fand keine einzige schön, kaum eine hübsch. Hier gehen an jeder Straßenecke pro halber Stunde zehn Frauen vorbei, die ich jeder von denen vorzöge. Das italienische Werbefernsehen entdeckt zum Teil schon das Potential einer ‹schönen Natürlichkeit› im Gegensatz zur Fleisch gewordenen ‹Model-Idealisierung›.

✧

Abends Carolas Ausstand. M & M – Marc und Martin, angenehmes Duo von gepflegtem Witz. Katharina zeigte Fotos ihrer Gemälde. Recht guter Eindruck. Wir schleppten den Kicker vom Kabuff ins Haupthaus, spielten zu neunt im Scheinwerferlicht. War wunderbar – im Spiel entsteht sofort Vertrautheit, man läßt vieles raus, das ansonsten Monate benötigte, alles zeigt sich, die Charaktere, die Affinitäten, die Temperamente – wie einst im Ferienlager, wenn man binnen Sekunden Freundschaften schloß – heilige Bündnisse für einen Sommer.

Ich begriff wieder, wie wichtig es ist, ein oder zwei Abende der Woche allein dem Spielen und Trinken zu widmen, ohne Verpflichtung gegenüber sich selbst, sich gehen lassen, Spaß zu haben, ohne zähl- und sichtbaren Ertrag. Es ist keine verlorene Zeit. Leute, die sich für so wichtig nehmen, daß sie sich das nicht mehr gönnen, rechne ich viel eher den Verlorenen zu.

28. November, Samstag

Wirre Träume. Sehr lange Halbschlafphasen in letzter Zeit.

Bernhard fliegt morgens zurück nach München, verpaßt so einen milden Herbsttag, 13°, windstill. Ich ging in den Villa-Ada-Park. Gleich am Ingresso ein Exhibitionist (ca. 25) in weitgeschnittenen Shorts, aus denen sein Schwanz baumelt.

Spazierte bis zur Kreuzung Salaria / Somalia. Dort zwei Windschutzscheibensäuberer. Eine alte Frau im Fiat läßt sich ohne irgendeine Geste, den Service nicht zu wollen, ihre Scheibe putzen, weigert sich dann, Geld zu geben, fährt mit steinhartem Gesicht los.

✧

Beim Gehen: Man kann im Grunde nichts, oder kaum etwas von dem aufzeichnen, was man während nur einer Stunde denkt. Es benötigte tausend Seiten. Ich ging z. B. an einer Militäranlage entlang – eingezäunte Offizierswohnungen. In nur zwei Sekunden entwickeln sich Szenarien – z. B. Terroristen würden mit einer Panzerfaust vom fahrenden Auto aus ins Wohnzimmer feuern – wie hoch wäre die Treffsicherheit, die Effektivität einer solchen Aktion, wie hoch das Risiko? Wie würde sich der Rückstoß der Panzerfaust aufs Fahrverhalten auswirken, usw., ich bevölkerte die Wohnung mit Menschen, mit Gesichtern und Biographien, die vor dem Fernseher säßen und an nichts Böses dächten, imaginierte einen Trauerzug und die Leichenrede des Divisionskommandeurs, sah einen der Terroristen abends mit seinem Bambino in der Badewanne plantschen, an der Badezimmertür hing ein Filmplakat – der Name des Regisseurs fiel mir nicht ein, aber der Mensch, mit dem ich damals im Kino war, der jetzt in Australien wohnt und womöglich an einem Schlangenbiß leidet, den ich lieber dem und dem gewünscht hätte – so geht das immer weiter, bis der Blick auf etwas anderes fällt – was beim Gehen naturgemäß vorkommt.

Es gibt keinen Grund, das alles zu erzählen, festzuhalten – aber wieviele Welten im Kopf entstehen und wieder verlöschen, oft binnen zweier Lidschläge – und wenn man gefragt wird, woran man eben gedacht hat, antwortet man: Ooch, nix.

✧

Aß Bananeneis, sah Blätter fallen, sah bis zur Dämmerung den Bocciaspielern im Parco Nemorense zu. Alte Bilderbuch-Männer, die sich streiten und lieben. Viele perfekte Würfe über acht, neun Meter.

Es sieht aus wie Petanque, heißt aber Boccia, wird auf langen Bahnen gespielt, auf harter, plangewalzter Lehmerde. Ich dachte immer, Boccia wäre die Strandvariante, auf weichem Sand, wo man die Kugeln nur werfen, nicht aber rollen kann. Falsch. Sind zwei völlig unterschiedliche Spiele, heißen in Italien aber genauso.

✧

Beatrice berichtet, daß man sich in *Kulturzeit* darüber empört habe, daß Quake II nicht mehr indiziert sei. Habe es als BBB (besonders brutales Beispiel) dauernd im Hintergrund laufen lassen, während der Gutmensch-Moderator (Scobel, selber ein BBB) vor Entsetzen und Abscheu zu einer käseartigen Masse zerlaufen sei. Kein Wunder, daß «Kultur» für Kids oft so abschreckend, nur ein Synonym effeminierter Spießigkeit ist. Dagegen mit Ignoranz zu reagieren, zu rebellieren, kann ich keinem verdenken.

✧

Große und kleine Gefühle sind nicht nach Thematiken geordnet.

Aber es gibt einen Innen- und einen Außenbereich. Dem Innenbereich rechne ich Gefühle der Zwischenmenschlichkeit zu, Ehrgeiz, Haß, Rachsucht, Mitleid, Freundschaft, etc., der Außenbereich enthält die Gefühle zwischen Mensch und dem Ungreifbaren aller Art – Gott, Zeit, Jenseits, Sinn. Zum Spiel, insbesondere zu dem der Autorschaft gehört, die Intensität beider Bereiche in etwa im Gleichgewicht zu halten, ansonsten man entweder zu diesseitig oder zu jenseitig wird, zu banal-irdisch, bzw. zu weltfremd-abgehoben. Die Liebe gilt von jeher als Schlüssel zur Endlichkeitsbewältigung, weil sie, selten zwar, aber doch, zur Grenzgängerin werden kann.

✧

Tag ist, was man darin findet. Nacht ist, was man daraus macht.

Manche Nächte sind schwarze Tage, die gibt man von vornherein verloren, andere sind von Anfang an ein Rausch, und man weiß nicht warum.

✧

Nettes Märchenschachproblem komponiert: W: Kg7, Mutantenbauer d4 S: Ke7 – Matt in 6.

Ein Mutant ist eine Figur, die sich bei jedem Zug von Weiß, egal ob sie selbst zieht oder eine andere Figur, verwandelt, und zwar in der Reihenfolge Bauer, Dame, Turm, Läufer, Springer, Bauer, Dame etc. Ein Mutantenspringer darf nicht auf die erste oder achte Reihe ziehen. Ein Mutantenbauer kann sich auf der achten Reihe in jede beliebige Figur verwandeln, also auch in einen Mutanten gleich welchen Stadiums – außer in einen Bauern natürlich.

Lösung: 1. d4-d5 Bauer wird Dame – Ke8
2. Kf6 Dame wird Turm – Kf8
3. d5-h5 Turm wird Läufer – Kg8
4. h5-g6 Läufer wird Springer – Kh7
5. Kf7 + Springer wird Bauer – und nun Kh8 / Kh6
6.g7 Bauer wird Dame, Matt bzw. Kf6 Bauer wird Dame, Matt

✧

Hoffnung, schreibt Bukowski in dem Brief, den ich besitze, vom April 68, ist armselig, sie ist nichts anderes als die Bitte um Gnade. Jenes Apodiktum hat er meines Wissens nie literarisch verwendet. (Ich schon.) Ein Satz nach dem siebten Bier, wie er dazuschreibt – aber es liegt viel Wahres darin. Hoffnung gründet sich auf unbekannte Heilsfaktoren. Das Gegenteil ist Erwartung – an sich selbst gerichtet, und die dem Selbst zugeteilten Umstände, die zu berechnen sein müßten, wenigstens in stochastischer Annäherung.

✧

«Ficken ist der einzige Trost der schmachtenden Menschheit.»

(Giacomo Puccini)

29. November, Sonntag

Warmer, sonniger Tag. Der Tiber glänzt türkis wie Jade. Die Platanenblätter leuchten gelb. An der Portese Winterstiefel für mich – und Geschenke für Beatrice gekauft. Damit die in die Reisetasche passen, beschließe ich, meine Wäsche selbst und hier und heute zu waschen. Rief bei Albert an, der hat aber erst morgen Geburtstag. Rief bei Joha an. Die Mannschaft gewann 6:2, aber schon letzte Woche. Peter: DELL bleibt stur. Da wäre nichts zu machen. Wozu hab ich eine Rechtsschutzversicherung? Mit solchem Kram ging der Tag herum. Packen, waschen, Küche putzen, Kühlschrank entmisten.

✧

Tacitus – XIV; 42–45

(Ein Sklave ermordet seinen Herren. Nach alter Sitte werden nicht nur er, sondern auch die 400 anderen Sklaven des Dominus hingerichtet, trotz allgemeinen Mitleids.)

Aus heutiger Sicht eine schaurige Stelle. Damals aber ein spektakulärer Einschnitt, dessen Bedeutung man leicht überliest. Zum ersten Mal wurde, sogar auf Senatsebene, heftig über das Schicksal einiger Sklaven debattiert.

✧

Fütterte die fette weiße Katze mit Speck. (Beatrice würde sagen: «Eine fluffige Katze») Sie war sehr scheu, kam nicht näher, bevor ich nicht die Küchentür hinter mir wieder zugemacht hatte. Ist auch fast blind, fand die Speckstücke nur mühsam, über ihren Geruchssinn. Einer der Gärtner gab ihr vor Tagen einen heftigen Tritt.

✧

Danach gearbeitet. Um Mitternacht – um nicht als Sonderling zu gelten – auf eine Stunde ins Studio 4, wo alle bei Spaghetti zusammensitzen. Keine Stimmung. Nach der Rückkehr an den Schreibtisch ist der Rhythmus raus, nichts entsteht mehr.

Alban war aus der Schweiz zurück, hatte sich den neuen Botho Strauß angesehen. Angeblich katastrophal. Aber das Publikum sei begeistert gewesen. Er liest gerade *Unterwelt* von De Lillo.

«Ziemlich öde, die ersten hundert Seiten. Nur Baseball.»

✧

Das System der Freunde / Freundinnen – die wenigen echten, die man sich in vielen Jahren erarbeitet hat, die man braucht, von denen man gebraucht wird.

Die, denen man verfallen ist, die einen deshalb geschickt ausnutzen.

Solche, die man selber ausnutzt, mit denen man sich nur trifft, wenn es nötig ist. Wenn sie wenig zu bieten haben, trennen sich die Wege bald. Solche gibt es, die jemanden bräuchten, den sie gebrauchen könnten, denen man sich vergeblich anbietet, bereit, sich ausnutzen zu lassen, bekäme man dafür nur ein bißchen was zurück.

✧

Das Literaturgirlie des Herbstes heißt, erzählte Alban, Judith Hermann. Nie gehört.

Das Fernsehen soll sich geradezu auf sie stürzen. Sowas scheint zum saisonalen Ritual zu werden. Letztes Jahr wars Zoë Jenny, davor Felicitas Hoppe, davor, ich weiß gar nicht mehr, die Frau mit der Karawanserei, davor Birgit Vanderbeke – oder Alissa Walser? Egal.

Vom Geschlecht mal abgesehen: Für zwanzig gute Seiten eines 80-Seiten-Bändchens, an dem sie jahrelang gearbeitet haben, bekommen manche Debütanten fünf bis sechs Literaturpreise, bekommen so die Illusion vorgegaukelt, sie könnten auf Dauer von ihrer Schreibe existieren. Das ist verantwortungslos. Fünf Jahre später wieder kellnern zu müssen, wenn das innere und äußere Gleichgewicht längst verloren gegangen ist …

30. November, Montag

Im Flugzeug. Neben mir, am Fenster, sitzt ein Mädchen. Dunkle Schönheit. Antike Anmut. Eine jener, der sich immer ein paar Strähnen aus dem Haarknoten stehlen.

Würden wir abstürzen, würde ich mich auf sie stürzen. Das ist sicher.

✧

FAZ: Bubis knallt nun völlig durch. Ich habe keine Lust mehr, das niederzuschreiben. Man schaut weg. Die Debatte ekelt an, man ahnt die kommenden Versöhnungspalaver – über dem Schutthaufen des endgültig Kaputtgeschwiegenen.

✧

Rom – München. Die wichtigste Strecke meines Lebens. Im Juli '84.

Unser Lateinkurs fuhr zurück von der Abiturfahrt, es war eine gute Woche gewesen, nach den ausgelebten Nächten pennten alle, nur Baum und ich saßen im Gang, auf zwei Notsitzen. Robert Baum hatte mich jahrelang durch seine Schweigsamkeit beeindruckt, nichtmal im Unterricht war er zu einer Äußerung zu bewegen gewesen, höchstens zu unverständlichem Gemurmel. Damals interessierte mich an einer Konversation hauptsächlich das Stöhnen, Keuchen und Seufzen – alles andere hielt ich für Zivilisationsmüll und gekünstelt.

Robert war gedrungen, blickte ernst, wirkte ein bißchen gefährlich – neunzehn und schon eine Stirnglatze, er faszinierte mich. Alle anderen hielten ihn schlicht für verrückt. Mehrmals hatte ich versucht, ihn anzusprechen. Jedesmal blockte er hart ab, sah in eine andere Richtung, wollte seine totenhafte Ruhe haben.

Nun saßen wir uns gegenüber – ich mit einer Zweiliterflasche Soave, er nur mit sich selbst.

Unentwegt starrte er in die italienische Nacht, Höhe Toskana. Wir waren die beiden Extremen dieser Klasse, die beiden ‹Irren›, aber er war ausgestoßen, ich nicht, und wahrscheinlich waren wir beide mit unserer Nische ganz zufrieden. Zwei Stunden wartete ich darauf, ein kurzes Schwenken seiner Augen zu bemerken, weg vom Fenster. Umsonst.

In dem, dachte ich, müssen große Gedichte drin sein, gib sie mir, nie wünschte ich inniger, Gedanken lesen zu können. Kein Wort hab ich zu reden gewagt, sah ihn zwischen regelmäßigen Schlücken verstohlen an. Die Stille war von monströser Schönheit, ließ die Luft zwischen uns schwer sein. Es wurde im gleichen Maß berauschend wie unerträglich.

Roberts Miene blieb starr, auf intelligente Art stumpf, gab nicht etwa mit Nachdenklichkeit an. Vielleicht zog er einen riesigen Bluff ab. Doch dieser Gedanke war langweilig. Nein. Hier saß der Meister des Schweigens. Neben Robert Baum wurde alles klein und geschwätzig.

Und der Zug rollte durch Südtirol. Irgendwann rülpste ich, dachte, vielleicht rülpst er mit, ein kleines Zeichen von Solidarität. Aber er hatte nichts zu rülpsen. Eine Stunde später seufzte er leise, ich nahm das als Antwort.

Ein karges Stück. Weitere schweigende Zeit starb. Meine Flasche war beinahe leer. Mir wurde alles egal. Ich hielt sie ihm hin.

«Schluck Wein?»

Er sah mich perplex an. Seine Brauen hoben sich.

«Ja.»

Er nahm die Flasche, trank, das wars. Er hatte mich mit 11 : 2 Buchstaben deklassiert. Vielleicht die Unterhaltung, die mir im Leben am meisten gegeben hat. Es war alles gesagt worden, und kein Wort zuviel.

Ich hatte es danach nicht mehr ausgehalten, war einen Wagen weiter gegangen, überrascht, dort ein Mädchen aus meinem Kurs vorzufinden. Auch sie saß auf einem Notsitz und starrte in die Nacht, die inzwischen schon österreichisch war. Sie erklärte, nicht schlafen zu können, ihr Abteil sei eine Sardinenbüchse. Ich setzte mich neben sie auf den Boden und erzählte ihr mein halbes Leben, quatschte alles gesammelte Schweigen nieder. Verschlafen und irgendwie amüsiert hörte sie zu. Nach zwei Stunden ununterbrochenen Redens rang ich ihr einen Kuß ab. Robert Baum landete in der Anstalt, das Mädchen hieß Beatrice.

Ich habe Robert nie besucht. Er wollte Ruhe haben, und ich bin sicher, er hat den Ärzten und Wärtern nichts gesagt. Die besaßen weder Wein noch Geduld, ein Ja aus ihm herauszubringen. Er wird die großen Gedichte mit sich begraben.

✧

Rückkehr nach – erstmals – Schröderland. Beatrice holt mich ab. Fahrt durch die einsetzende Dämmerung. Alptraum aus Weiß und Grau und schwarzem Gekrakel. Wie ein Abstieg ins Schattenreich.

✧

Abends Briefe, darunter an Tom. Vier neue *Babylon 5*-Folgen warten. Soviele Münzkataloge, Schachzeitschriften. 38 E-Mails. Soviel Korrespondenz. Soviel Arbeit. Der November ist vorbei. Ging diesmal schnell.

✧

Haarknoten, aus dem sich Strähnen lösen,
am Hals eines Mädchens, deren schwarzgetuschte
Wimpern beinahe einen Halbkreis bilden.
Reitstiefel trägt sie, ein strenges schwarzes Kleid,
und in den nackten Ohren Gold, bestückt
mit einer Perle. Sie sieht bei der Landung
des Flugzeugs nicht auf von ihrer Zeitung.
Verwöhntes Ding. Ich wünschte, wir stürzten ab,
dann stürzte ich mich auf sie, alles wär egal
und wunderschön.

Dezember

Tagebuch des Dezember 1999

1. Dezember

Bisher ein klarer, kalter, sonniger Winter, auf seine Weise idyllisch.

Gestern gehört nicht hierher. Aber gestern wars schön. Schöne Frauen, guter Cask-Strength-Whisky, viel Gelächter, eine gute Nachricht. Und ein Leserbrief, der mir die Tränen in die Augen trieb.

Gestern gehört nicht hierher.

✧

Der letzte Monat eines gewaltigen Jahrhunderts. Großer Bildertauschmarkt.

Das Millenniumsmarketing ermüdet. Schleift sich ab an der eigenen Absurdität. Die Rückschau bringt alberne Ranglisten hervor, an Verwirrtheit und Blödsinn kaum zu überbieten. Die Ranglisten wurden sehr früh ausgehängt. Seit Herbstbeginn lebte man in einer Niemandszeit.

Es erinnert mich an den Tag, meist kurz nach Weihnachten, wenn in den Zeitungen die Toten des Jahres betrauert werden. Wer zwischen 27. Dezember und Neujahr stirbt, taucht im Kondukt nicht auf.

✧

Gut, daß das Jahrhundert endlich zu Ende geht. Etwas Neues wartet auf das Placet der Zahl.

Erst unsterblich werden, dann sterben. Ein Satz von gestern und Jean-Pierre Melville.

Für *Steadycam* durfte auch ich an der Ranglistenschreinerei teilhaben, durfte die 22 (‹Catch 22›) besten Filme des Jahrzehnts benennen. Aus 1999 nahm ich keinen auf, der Abstand schien mir für ein substantielles Urteil zu gering. Wenn, dann wohl Cookies Fortune und Fight Club.

Ranglisten zu erstellen ist das Gegenteil von Kreativität, aber es macht Spaß.

✧

Tom begriff die Größe von Cookies Fortune nicht. Fand ihn lahm, nett, alt. Der schönste, tröstendste Satz von Arezu: Seelenverwandte sind eben nur Verwandte, keine Klone.

✧

Ein gutes Jahr? Ja, bisher. Hing zu Anfang durch, lichtete / levitierte sich dann. (rappelte sich hoch.)

✧

Ein völlig verfaulenztes Jahr. Und dennoch ist einiges entstanden.

Haltestelle. Geister – das Stück für Hamburg. *Eros,* das Drehbuch für Tom. Mein Gedichtband. Meine Kammermusik-CD. Das Todesanekdotenbuch.

Vieles, was ich mir immer vorgenommen hatte, ist jetzt Wirklichkeit. Durchstreichungen auf dem Programmzettel. Im Moment liegen wenig Projekte an. Nur vage Entwürfe, außer der Schmerznovelle, an der ich gern – und zu schnell arbeite.

Immerhin: Den Prozeß gegen DELL hab ich mit Pomp und Gloria gewonnen. Dabei hatte ich zwischendurch (die

Rechtsschutzversicherung erklärte sich nicht zuständig) aus lauter Feigheit einem Vergleich zugestimmt. Den die dann plötzlich nicht mehr wollten. Ich kapier es nicht. Wieviele Kollegen und Leser hab ich inzwischen davon überzeugen können, lieber nicht bei DELL zu kaufen. Das hat die eine Stange Geld gekostet.

Und total Unrecht hatten sie auch. Im August hat das Gericht die feiste Bande verknackt zur Zahlung der gesamten Summe plus vier Prozent Zinsen – und die Kohle ist noch immer nicht auf meinem Konto. Was denken die sich? Morgen wird zwangsvollstreckt. Was für eine Gaudi.

Beim ersten Morgensurf im Net springen mich hundert Dinge an, die partout hier kommentiert werden wollen, und sei's auch nur mit «Scheiße». Aber ich tu denen den Gefallen nicht.

Überlegungen, wie der Tag anzulegen sei. An der Novelle arbeiten? Bei ICC Blitzschach spielen? E-Mails versenden? Rumhocken, fernsehen, erstmal Orangen pressen oder so.

✧

Manchmal steht im AEC (Austrian-Erotic-Chat) eine lesenswerte Kontaktanzeige. Heute aber nicht.

✧

Beatrice ist den ganzen Tag in ihrer alten Firma, holt und lädt ihren neuen Mac.

Wer mir das gesagt hätte, vor zehn Jahren, unser Haushalt '99: Fünf Computer, vier Telefone, drei Fernseher, drei Videorecorder. Tendenz steigend.

Lustig gestern die Abk. *McPomm* für Mecklenburg-Vorpommern. Und Claudius kriegte sich über den Begriff *Abbrennbeschleuniger* kaum mehr ein. Von der zeitgenössischen Lyrik meines Wissens bisher nicht mißbraucht. In *Haltestelle. Geister* hab ich ihn vermieden, kann mich nicht mehr erinnern, warum. Kann mich an soviel nicht mehr erinnern. Gestern gehört nicht hierher.

✧

SZ: Chromosom Nr. 22 entschlüsselt. Na bitte. Der Rest geht jetzt ganz schnell. Fast alle Terminprognosen in bezug auf genom-wissenschaftliche Durchbrüche haben sich als lächerlich pessimistisch erwiesen. Wovon man vor kurzem noch annahm, es werde mindestens 50 Jahre dauern …

Teletext: Ulrich Wildgruber tot. Selbstmord.

✧

16:30 Anruf Stromberg. Die Rolle des Rico ist bereits besetzt.
17:00 Der Wein für Samstag wird vorbeigebracht. Arbeit an der Schmerznovelle. Bin zu schnell zu weit vorgestoßen. Irgendwas stimmt nicht.
17:30 Simpsons. Bislang schwächste Staffel.
18:30 email Hettche

… eben beim Querlesen in NOVEMBER auf die Reflexion zu ECHNATON gestoßen. Sehr verblüfft, weil ich inzwischen fest davon ausging, ich sei der einzige Mensch auf der Welt, der Glass nicht abtut. Alles und besonders der Hinweis auf die Sprechstellen sehr richtig! Für eine Weile dachte ich seinerzeit, das wäre etwas, was Oper heute sein könnte. Aber …

Freut mich. Auch mal eine musikalische Konkordanz zwischen uns.

✧

19:00 Lektüre: *Animationen* (Hettche) Kapitelüberschrift: *Das Sperma der frühen Jahre.*

Theorie ertrage ich, selbst wo sie erzählerisch verbrämt ist, nur in kleinen Dosen. Bin so müde, die Zeilen schwimmen ineinander. Lasse die Theorie zuletzt beiseite, konzentriere mich auf die größtenteils meisterhaften atmosphärischen Schilderungen.

Danach DFB-Pokal, noch ein paar Blitzpartien im Net, schlapper Tag. Gekuschel vor dem Fernseher. An der SPIEGEL-REPORTER-Story einen Satz geändert. Mein Kopf ist aus Stein.

✧

Nachts heftiger Donner. Im CD-Spieler läuft *meine* Musik. Kann mich an ihr nicht satt hören. Bin verdammt stolz darauf. Wieder ein Traum erfüllt. Und jeder Tag wird ein Traum weniger sein. Am Ende dann ist alles faktisch.

Der Gedichtband – seltsam, das alles – Produkte aus 20 Jahren – jetzt so komprimiert vor mir liegen zu sehen. Zwischen zwei Buchdeckel gepreßt. So inhomogen. Wie eine Anthologie hunderter Autoren. Und ein auffallend trauriger Grundton, den ich erst noch als meinen akzeptieren muß. Keins meiner Bücher ist mir näher. Keines. Dennoch hab ich eine Scheu, darin zu blättern. Als könne etwas Fremdgewordenes zu mir sprechen, das mir einmal sehr vertraut gewesen sein muß. Abgelegte Schlangenhäute, transparent geworden. Dem entspricht das leider zu dünne Papier.

Meine Werke kommen mir vor wie ein langer Beipackzettel zu mir selbst. Aber niemand nimmt Notiz von mir. Man liest nur meine Nebenwirkungen. Ich bekomme Skrupel, in einem Tagebuch (!) über mich selbst zu reden. Krank.

Das Papier ist nicht zu dünn, die Gedichte sind zu kräftig. So vielleicht.

✧

Dezember.
Immer auch die Zeit der Summa.
Was hat man geschafft, was unterlassen?
Oft ist letzteres wichtiger für die Würde,
die relativgewordene Würde ...

✧

Eros – ein Kind, von dem langsam Abschied genommen werden muß. Und nicht genommen werden kann. Wenn der Film noch entsteht, dann wird er meiner nicht mehr sein. Vielleicht schreibe ich doch noch einmal den Roman, im zweiten Anlauf, in einem verzweifelten Sturmlauf. Aber warum? Das Drehbuch veröffentlichen, warum nicht – als Resteverwertung eines gescheiterten Romans. Tacheles reden. Schwamm drüber.

Und *Ultrachronos?* Bis ich mich daran traue, müssen noch einige Sonnen in mir untergehen.

Zeit für minder voluminöse Arbeiten. Kleine Brötchen reich belegen. Einmal um die Miete nicht besorgt sein, wär das schön ...

✧

prometheus

oktobermorgen grau wie tote junge tauben / aus
dem frühlokal wankt einer / flucht / was habe er
heut nacht gesoffen / und noch immer wärs nicht

mai.

✧

In diesem Zyklus wirds nie wieder Mai. Nie mehr.
Fantastisch.
Nichts begeistert mich so sehr wie die Endlichkeit.
Irgendwann ist Schluß mit allem. Mit der Ekstase.
Mit der Verantwortung. Mit der gottverdammten
Arroganz der Lebendigkeit.

✧

nebell verf

frauenh nachh

erh

✧

Baphomet City. Das Plenum der Mächte tagt in
Baphomet City. Bildermarkt der feisten Götzen,
alle haben noch etwas zu sagen, etwas
anzufügen, keiner hat die Zeit genutzt, keiner sein
Testament in Stein gemeißelt, alle geben
tot die dunkle stumme Lordschaft, Masken
eines Karnevals im Jenseits.

Im Nachtkonzert hören, was Frescobaldi zu alledem zu sagen hat. Wenig. Wir machen weiter.

2. Dezember

Fürs Frühstück neue Gewürze probiert.

Der Schnee ist weggeschmolzen. Schnell ziehende Wolken.

Der Wind heult weder, noch pfeift er. Er labert, manchmal schwingt er sich zu einer Art Suada auf.

Der Garten ist grün. Mein Haus hängt voller Bilder.

Die neuen Gewürze haben kaum hervorgeschmeckt.

Ich suhle mich in morgendlichen Ritualen bzw. deren schneller Erledigung.

✧

Beatrice hat *Melodien,* das damals noch an der Schreibmaschine entstand, in den PC getippt.

Fast 900 Seiten. Und ich – ich werde zu faul sein, das irgendwann Korrektur zu lesen.

✧

Gedanken an Kreta. Die rote Sandsteinküste, von fleischigen Mittagsblumen überwuchert. Erdrauch.

Der tolle Retsina. Ekabe oder Boutari. Tsantali schmeckt mir nicht mehr. Liokri ist ganz ok. Kourtaki – daß man dieses Zeug überhaupt verkaufen darf …

✧

Der Diskos von Phaistos (etwa 1600 v. Chr.). Hat mich im letzten Monat viel beschäftigt. In den Büchern, die ich dazu (quer-)las (Balistier, Oelenroth, Dettmer, Aartun) fand niemand sonderlich verfolgenswert, daß auf der A-Seite eine Folge von fünf Piktogrammen (ein Name?) in exakter Reihenfolge zweimal auftaucht. Dies müßte aber doch ein erster wichtiger Schlüssel für die Dechiffrierung sein, oder zumindest für die Frage, ob der Text aus Buchstaben-, Silben- oder Bilderschrift besteht. (Schade um den reizvollen, leider unwahrscheinlichen ersten Gedanken, es könnten Noten sein, und der Diskos wäre somit die erste uns erhaltene SINGLE. Immerhin könnte es sich durchaus um zwei Hymnoi handeln.) Von der Rechtsläufigkeit des Textes (also von innen nach außen) darf man inzwischen wohl ausgehen. Persönlich glaube ich an eine Übergangsform zwischen Silben- und Buchstabenschrift.

Der Webkamm / Der Flachs / Die Fünfblättrige Pflanze / Das Fell / Das Fell / Der Siebenpünktige Kreis (Für mich eindeutig ein Brotlaib) / Der Männerkopf mit Crest. (Der Krieger)

Bestimmt ist das ein Name. Eines Königs, eines Gottes, einer Stadt.

Vielleicht steht die fünfblättrige Pflanze für einen Vokal.

Der Flachs könnte ein seltener Vokal oder Diphthong sein. Der Webkamm ist womöglich eine Kombination zweier Konsonanten. Und das Fell, das im gesamten Text 15mal auftaucht, muß einem häufigen Buchstaben entsprechen, N zum Beispiel, oder P.

Wenn man davon ausgeht, daß die Sprache des Diskos doch Uraltgriechisch oder irgendeine dem näher verwandte Sprache ist, drängt sich die oft vorkommende Kombination Brotlaib/Krieger als Endsilbe -os geradezu auf.

Wird das Geheimnis je entschlüsselt werden? Sicher. Aber sicher nicht von mir. Ein paar Wochen macht es Spaß, sich damit zu beschäftigen. Dann lieber ins Leben zurück. Die Computer machen das schon.

✧

Anruf SPIEGEL. Die Story käme doch erst im Februarheft. Hätt ich mich nicht so hetzen müssen. Man sei ‹recht zufrieden› damit, würde aber den Auftritt Christi vermissen.

Da fiel mir nix mehr ein dazu.

Nebenan repariert Beatrice ihren neuen (Gebraucht-)Mac, wie sie sagt, «am offenen Herzen», kann «alle seine Innereien sehen». Ich muß sofort zu ihr und sie beißen.

The Simpsons wieder schwach. Was haben wir dieses Jahr an Serien regelmäßig geguckt? *Ally McBeal* – Puritanerscheiße mit tollen Stellen – und *Southpark* – neu, ästhetisch radikal, lustig und geil. Nicht zu vergessen: im Frühjahr die bislang letzte Staffel von *Profiler* – mit einem bizarr schwarzen Knaller-Finale.

✧

In Premiere: *City of Industry,* mit Harvey Keitel. Ich entkorke 25 Rotweine für Samstag. Wieder zwei Terre Brune hinüber, darunter auch eine Flasche, die ich in Rom gekauft habe. Bin stinksauer.

Danach das Marsyas-Kapitel der *Animationen.* Wirft mir

vor, mich nie angemessen um Tizians Bild-Ästhetik gekümmert zu haben. Kann ich mit leben.

Eine Postkarte von Hermann Hesse in der Post. War 43 Jahre unterwegs hierher. Brahms liebe er nicht sehr, Mozart und Bach, Händel und Gluck seien ihm das Höchste, von den Romantikern Schubert und Schumann. Über Musik danach läßt er sich nicht aus, nur Hugo Wolf erwähnt er lobend.

✧

«Sehr geehrter Herr Krausser,

ich bin Schülerin der 13. Klasse und schreibe meine anstehende Facharbeit über Ihren Roman *Fette Welt* ... blablabla ... und möchte Sie daher natürlich am liebsten direkt treffen, etc.»

Das ist seit Sommer ungelogen die dritte Facharbeit über FW. Und alle an bayrischen Schulen.

✧

In Sat I gibt es einen Film über die Moskauer Polizeielite Alpha-SOBR. Dazwischengeschnitten: Bilder von Moskauer Friedhöfen, die bizarr prunkvollen Mausoleen toter Bandenchefs des organisierten Verbrechens, die posthum wie Helden verehrt werden. Einige ließen ihr Abbild überlebensgroß in Marmor meißeln, photographisch detailliert, in Glamour-Anzügen, mit Mercedes-Stern am Gürtel und einer kleinen Beule dort, wo das Schulterhalfter hängt.

✧

Maria Riva, Marlene Dietrichs Tochter, hat den Prozeß um die Wahrung der Persönlichkeitsrechte ihrer Mutter gewonnen. Bahnbrechendes Urteil. Mit welchen Konsequenzen? Muß ich künftig irgendwelche Erben um Erlaubnis fragen, wenn ich Ikonen belletristisch verwende? Soweit kommts noch. Bislang vermütterte die Gesellschaft nur, jetzt vertöchtert sie auch noch.

✧

Neulich hörte ich einen Filmefürsfernsehnmacher im Interview sagen: Er wolle, daß die Leute, wenn sie von der Maloche oder vom Fließband abends nach Hause kommen, ihre AUGEN AUF DIE WEIDE FÜHREN KÖNNEN UND TOLLE BILDER SEHN.

Ja, klar. Das leuchtete mir völlig ein. Er treibt die gemolkenen Kühe auf saftige Grünflächen.

Ja. Alles klar.

Wenn eine Philosophie zum Ergebnis käme, daß es in einer Gesellschaft unbedingt eine breite Klasse arbeitender Idioten geben müsse, würde sie nie das Wort Idiot benutzen, folglich also lügen, bestenfalls ein stillschweigendes System bilden.

Vielleicht sind wir an dem Punkt angelangt, wo man zugeben muß, daß unsere Art von Staat und Wirtschaft auf eine breite Basis von Idioten angewiesen ist, die bei Laune gehalten werden wollen. Da man erkennen muß, daß wir in einer neuen Sklavenhaltergesellschaft angekommen sind. Den Sklaven geht es gut, sogar hervorragend, sie sind eben nur entmündigt, sind kulturell aufgegeben worden. Und vielleicht muß das alles so sein.

✧

Muß mich um die Schmerznovelle kümmern. Rohbau fertig bis Februar.

✧

Robert Lax: Gedichte, in denen kaum eine Zeile mehr als ein Wort enthält. Dagegen sind meine povera opulente Werke.

✧

z
e
i
l
e
n
h
o
n
o
r
a
r

3. Dezember

Die Kreuzkümmeldosis im Frühstückspamp erhöht. Befriedigendes Resultat.

Frühstücksfilmchen: «Houdini». Wie man aus einem so tollen Thema so wenig machen kann?

✧

Lese ein paar der NULL-Texte wieder, extrahiere Stellen, die für die Vernullung zu schade sind. Passen gut hierher.

Mache mir Sorgen um mich. Täglich häng ich sechs, acht Stunden am Computer und surfe, oder spiele Internet-Schach – das ganz harte Zeug, zwei Minuten pro Spieler, verlangt einem das Äußerste ab – und wer sich richtig reinkniet, gewinnt eine andere Empfindung für Zeit. Zwei Minuten – vollgestopft mit etwa drei bis vier zu treffenden Entscheidungen pro Sekunde – werden zu einem bequemen, weitläufigen Zeitraum. Zum Beispiel: Man hat ein leicht schlechter stehendes Endspiel auf dem Brett / Bildschirm, aber ohne mattgefährliche Schwerfiguren – und man hat, sagen wir: 15 Sekunden, der Gegner aber nur noch zwölf – da sinkt der Geist in eine mollig-warme Siegesgewißheit hinab, gerät nicht in Hektik, nicht in Panik – diese 15 Sekunden sind eine halbe Ewigkeit, genußvoll auszukosten.

Es gäbe auch die Möglichkeit, mit nur EINER Minute zu spielen, aber das überlaß ich den Ultrabrutalen, den Großmeistern, die bei ICC (muß man zahlen für, lohnt sich aber) haufenweise rumhüpfen. Internet-Schach. Geile Sache. Macht definitiv blöd. Nach den sechs Stunden – und ich bin sowieso extrem empfindsam gegenüber Bildschirmstrahlung – bin ich ein Wrack, zittere am ganzen Körper, habe Wortfindungsstörungen, Kopfschmerzen, hab zwei Kilo abgenommen (freß ich mir sofort wieder an) und stand praktisch ununterbrochen unter extremer Adrenalinausschüttung, einer ständigen psychischen Achterbahn von Triumphgeheul bis Grundzerstörtheit ausgesetzt. Folge ist Lethargie – nur noch vorn Fernseher knallen, anschalten, abschalten. Kann nicht mehr arbeiten.

✧

Blick aufs Konto: Die Krücken von DELL haben endlich überwiesen. Allerdings haben sie die 4 % Zinsen ‹vergessen›. Diese Typen haben keinen Anflug von Stil. Schwamm drüber. Wegen denen mach ich keinen Finger mehr krumm.

✧

Marsyas nochmal gelesen. Über ein Adorno-Zitat in Rage geraten.

Adorno, ein im Zweidimensionalen wuchtiger Eindruck – soviel Breite ohne Tiefe – das muß man erstmal fertigbringen. Und der hat einen großen Komponisten wie Sibelius angepisst?

Adorno – Harald Schmidt würde sagen: Ein Philosoph, den auch Frauen verstehen.

✧

Adorno stellt den Mythos, wenn ich mich noch recht erinnere, ist lange her, als Arsenal dar, aus dem jede Generation Bilder wie aus einem Brunnen schöpft. Bei mir ist der Mythos eine agile Macht, die jede Ära sozusagen anspringt, sobald sie in ihr Andockpunkte entdeckt. Natürlich sind beides nur Hilfskonstruktionen, ist Gerüstebau an ein und demselben Palast. Aber tiefer als mit einem Blick durchs Fenster wird darin vielleicht nie einzudringen sein.

Ich dulde am Mythosbegriff einen Teil Numinoses, nicht Analysierbares, das sich jeder kommunikativen Kategorie und Wissenschaftlichkeit entzieht. Sein dunkles Geheimnis. (Dessen Faktizität ja leicht nachzuweisen ist.) Worüber man aber nicht reden kann. Und während die kritische Theorie sofort schreit: *Dann halts Maul, dann red nicht drüber, bringt ja nix!* – bin ich der Meinung, man muß davon raunen dürfen, muß davon notfalls stammeln und summen – ansonsten schwiege man etwas gefühlt Vorhandenes aus der Welt – das eben war der Sündenfall der hysterischen Rationalität. Mathematik als Musikersatz. Welt – um das Schamanische prokrustet. Lüge und Vernichtung – solange bis alles paßt, bestes Beispiel: das absurde Strebertum Wittgensteins im Tractatus.

Raunen nennen Böswillige das Reden von etwas unsagbar Vorhandenem, über das diffizil nicht zu sprechen erlaubt ist, will man die Größe des Phänomens, also das Phänomen der Größe dieses Phänomens, nicht banalisieren. Die Schatten dieser schwarzen Begriffslöcher tauchen auch im Narrativen auf, wo ohnehin vieles vorausgesetzt werden muß, gar nicht erst näher erläutert werden darf.

✧

Worüber man nicht sprechen kann, darüber muß man singen – oder einen Roman namens Melodien schreiben. Den Hettche gerade angefangen hat zu lesen, was mich sehr freut.

Wenn jemand beispielsweise von der «großen Sehnsucht» spricht, von der «Ära der Revolte», von der «späten Milde», vom «Verlust des Durstes» – dann raunt er, sicher, und trifft doch viele, schafft ein begriffliches Zelt, unter dem Leser und Autor zusammenkommen, ein großes Einverständnis oder auch Mißverständnis begehen – das liegt sowieso immer außerhalb jeder Planung. Das Geraunte vermeidet wenigstens das Klischee des Beispiels. Und erhebt eine Ohnmacht zur Unterwerfungsgeste.

Ist das Diffuse nicht auch eine Qualität, wo es um die Wiedergabe von Diffusem geht? Es individuell zu spezifizieren hieße, es in einem Gleichnis auszudrücken. Das Gleichnis aber ist in sich bereits ein Sakrileg, stellt immer nur einen Teilaspekt vor, dessen, wofür es zu stehen glaubt. Weil nicht stehen kann, was schwebt.

Zu raunen, heißt manchmal nicht mehr als auf etwas hinzuweisen, das erst in späterer Zeit systematisiert werden kann, bis dahin aber keinesfalls unter den Tisch fallen darf.

✧

Warum ist die Faszination der Bücher auf mich so rapide gesunken? Beatrice meint, das sei nicht alarmierend, Bücher gäbs schon'n paar tausend Jahre, Internet erst seit vorgestern, das müsse jetzt mal abgehechelt werden, rauschhaft, wies mein Naturell ist, natürlich, völlig recht hat sie, aber ich glaube, daß unsere Gegenwart doch etwas ganz Neues, für den Literaten äußerst Arbeitsplatzgefährdendes birgt – den Verlust der Science-Fiction als spekulativen Spielraum. Die Gegenwart IST Science-Fiction geworden. Allein aufzuschreiben, was IST, überfordert in den meisten Fällen den technisch unbeschlagenen Autor. Wir müssen uns nichts mehr ausdenken, wir müssen vielmehr konstatieren. So sehr hab ich mich an die tägliche Portion Neues gewöhnt, daß mir ein Monat Stagnation absolut quälend vorkäme. Und wo uns das faktisch Neue ausgeht, wartet ein Berg an – nein, eben nicht prognostiziertem – sondern bereits avisiertem Neuen. Natürlich mag es Leute geben, die das nicht so empfinden – die abends noch ins Theater und nachmittags mit dem Kind in den Dorfzirkus gehen, ja, na schön. Soll sein.

✧

Anruf Schweeger: Mir zu Ehren soll im Marstall ein Abend mit Texten und Musik laufen.

Ist mir immer peinlich, dergleichen. Aber solang ich nicht selber auftreten muß.

✧

Alles, was gedacht wird, existiert – und wandert von da an in einem langen Prozess unumkehrbar ins Materielle. So – sinngemäß, ich finds grad nicht – lautete mal mein Credo. Heute existiert schon einiges, an das ich überhaupt noch nie gedacht hab. Werd ich alt? Naja, schon, aber noch bin ich auf der Höhe, einigermaßen. Nein, die Sache ist vielmehr: Wir sehen im Moment alle ziemlich alt aus. Verzeiht, wenn ich das verallgemeinere. Man ist in solchen Erkenntnismomenten ungern einsam. Wer sich heute mit 35 noch nicht den Vorwurf der frühen Vergreisung eingefangen hat, ist mit Sicherheit unter seinen Möglichkeiten geblieben, hat noch nicht kapiert, und das dazu passende Gesicht aufgesetzt.

Ich werde zu einer Lesung nach Paris eingeladen. Leider am 19. Februar. Ich war so lange nicht mehr dort. Aber im Februar … Und das angebotene Honorar ist lächerlich.

✧

Wir sind umgeben von pränatalen Faktizitäten. Zum Beispiel:

Als wir zusammen Star Wars – Episode I sahen, flüsterte Bea, bei der Szene als Darth Maul mit dem Sith-Shuttle 20 cm über dem Boden Richtung City fliegt: *Sowas will ich auch haben! Das kann doch nicht so schwer sein!*

Sie sprach aus, was jeder dachte. So weit sind wir inzwischen, daß wir das Kino verlassen, unzufrieden mit der realexistierenden Technik, die offensichtlich zu blöd ist, stante pede derlei Praktisches zu erfinden.

Es läßt sich inzwischen ziemlich genau vorhersagen wie die – zumindest nähere – Zukunft aussehen wird. Unbekannt ist nur noch das präzise Ausgabedatum uns bereits wohlbekannter Produkte. Früher war ich traurig, weil ich der Entwicklung unsrer Spezies nur so kurz zugucken darf. Aber dieses «kurz» erscheint, obwohl mit dem Alter die Jahre immer schneller vergehen, paradoxerweise immer länger. Vermutlich ein natürlicher Ausgleich. Der Schwund an empfundener Lebenszeit wird durch eine Streckung des Erfahrungshorizonts kompensiert.

Heute wird mir klar, daß ich wohl mindestens dreihundert Jahre alt werden müßte, um etwas uns heutzutage wirklich Undenkbares zu verpassen. Das tröstet. Oder?

Ein Projekt, auf das Hettche hingewiesen hat, fand ich

sehr interessant: Einen Brief an die Nachwelt zu schreiben, der dann mit vielen anderen Briefen versiegelt, verbuddelt und im Jahr 2099 erst geöffnet wird. Ich dachte, prima, endlich kann ich mal die ganze Wahrheit aufschreiben. DIE GANZE WAHRHEIT! Aber langsam bin ich mir nicht mehr so sicher, ob ich im Jahr 2099 nicht am Ende gar noch leben könnte. 135 – puh, mit einem Organ-Komplett-Update aus dem Reagenzglas wär das ja echt kein Alter. Und mit der ganzen Wahrheit dann leben müssen, nee ...

✧

Ergebnisliste Stargardt: Eine sehr hübsche Zeichnung von Kaspar Hauser ist auf über 6000 DM geklettert. Text dazu, in seiner eigenen Schönschrift: *Daß ist das Instrument mit welchem ich am 17 Oktober 1829 verwundet u. zugleich getödet habe werden sollen.*

Darunter: *Kaspar Hauser fecit den 9ten Februar 1830*

Hätt ich gern gehabt. Sowas gehört ins Museum, nicht in Privatbesitz.

✧

Aus einem Interview zu *Schweine* – Frankfurter Hefte:

Frage: «Die Nachricht der Katastrophe zieht weniger Mitgefühl als Lustgewinn nach sich, Vergewisserung der eigenen Präsenz.» Gilt das auch noch für die 90er? Oder ist die Präsenz da schon völlig futsch?

Antwort: Leider. Die Präsenz wich der Überpräsenz. Heutzutage treffen erst die Reporter am Tatort ein, dann die Polizei, dann die Geiseln – und zum Schluß die Gangster. Der eigene Blick ist historisch geworden. Selbst die Zukunft wird, weil so oft vorausgelebt, zum Studienobjekt des Historikers. Ähnliches gilt für die Show im Privaten. Noch die spontansten Taten sind – wie es im Gedicht heißt

– quasi zeitgleich reflektiert und nur Recherchen für die Memoiren.

✧

Aus der Zeitung: Ein für die Alzheimer-Krankheit mitverantwortliches Gen ist entschlüsselt.

Die Gegenwart gleicht einem Adventskalender, jeden Tag geht eine neue Tür auf.

✧

Abends im Club erste Runde KO-Pokal. Leichter Sieg. Der Gegner fing erst in verlorener Stellung zu grübeln an, zog die Kapitulation dann endlos hin.

✧

Verlorener Tag bisher. Nichts geschafft, nichts angepackt. An nichts Freude gehabt. Und selbst jetzt nicht die innere Ruhe, um mich auf irgendwas zu konzentrieren. Bin völlig grundlos ein Nervenbündel.

✧

Etwas Ungewohntes: Ich schalte alle Geräte aus, lasse nichtmal Musik laufen. Lese.

Da ist es wieder. Es ist da.

Mein Gott, wieviel Mist ich in diesem Jahr gefressen habe (sogar zu Judith Hermann und B. Schlink hab ich mich überreden lassen), und dann, in nur acht Wochen zwei große Leseereignisse – Marai – *Die Glut* – aber da war gegen Schluß noch manches besser zu machen – und jetzt: *Lehrjahre des Herzens* von Flaubert.

Neulich endlich hab ich mir das Ding gekauft, endlich – hier haben sich mal Buch und Alter getroffen – wie viele Bücher gibt es denn, die uns zur Unzeit begegnet sind, die uns fünf Jahre früher oder zehn Jahre später begeistert hätten, aber eben das Pech hatten, an uns zu geraten, als wir gerade dafür unpäßlich waren. Nicht mehr oder noch nicht bereit. Gott, ich fühle mich vor versammeltem Weltall dekoriert, weil ich diesen Roman – Kino und Zeitmaschine – lesen darf. Die ersten 70 Seiten gings ein wenig zäh, danach: reines Rauschgift. Ach, ist das toll. Ich kann mich gar nicht mehr einkriegen, hatte geglaubt, großes Lesen sei vorüber, sei wohl doch nur adoleszierend möglich gewesen, jetzt nicht mehr, man hätte zuviel schon gesehen, sei zu ausgebufft und abgeklärt. Quatsch alles. Oh Flaubert! Geliebter Obervater.

Seine Vokalfolge ist a-u-e – wie in meinem Nachnamen. Solche absurden Gemeinsamkeiten macht man aus und legt sie sich stolz auf die Brust. (Ist das peinlich? Ist es, aber ich laß es stehen, peif drauf.) Bin völlig verrückt vor Freude.

Und die Artemis-Ausgabe hat 78 Mark gekostet – aber obwohl der Artemis-Übersetzer massenhaft obsolete Begriffe verwendet, hat er einen viel glanzvolleren Job geleistet als der Typ vom Insel-Taschenbuch, da war keine Mark falsch angelegt.

Warum hab ich so lang gezögert damit? Weil ich über die ersten zehn Seiten von *Salammbo* nie hinausgekommen bin, deshalb.

4. Dezember

Man denkt am Tag des Weinabends immer, jetzt bliebe nicht mehr viel Arbeit, doch die Kleinigkeiten schließen sich zur dichten Masse zusammen. «Ein elendiges Generv», wie Bea das nennt.

Franz sagt ab, Lemmi sei krank. Ich bin sauer und laß mir das am Telefon auch noch anmerken. Obwohl sowas ja passieren kann. Das gibts. Ich war auch noch nicht richtig wach.

Später läßt sich das Zimmer tatsächlich noch stornieren. Die Wirtin vom Römerbrunnen ist eine reizende Person.

✧

Post:

Sehr geehrter Herr K.

Ich studiere NDL an der Humboldt blabla ... Als Thema meiner abschließenden Magisterarbeit blabla ... Hagen-Trinker-Trilogie ... würde mich freuen, wenn ich mit Ihnen ein Gespräch blabla ...

Ich fühle, wie ich mich langsam in Lehrstoff verwandle.

✧

Um halb sieben endlich Zeit gehabt, die *Animationen* fertig zu lesen. Toll. Die drei letzten Kapitel sind auch die schönsten, mit einem – nicht *dezent*, das falsche Wort – mit einem im Ausschnitt kaum nachweisbaren, sehr wirkungsvollen Pathos, mehr noch, nämlich dem Ziel jeglichen Pathos – der Erhabenheit. Ein paar prätentiöse Satzstellungen – und wenn? Das unterstütze ich. Ein Gegensignal zum Einheitsjargon. Nur, wo es besonders poetisch sein will, wird es hermetisch, gleitet wie eine losgerissene Leuchtboje ins Meer, in die Dunkelheit hinaus. So steht manchmal, am Ende eines mitreißenden Textes, ein Fremdkörper ungenießbar, weil unverstehbar herum. Wahrscheinlich ist das Absicht.

Um halb sieben setzt heftiger Schneefall ein. Um Gottes Willen. Wir werden mit Verlusten rechnen müssen.

✧

Die Verluste hielten sich gering. Sehr netter Abend, wenig Konkretes. Das künftige Internetprojekt mit Hettche, Oswald, Link, Leupold und Neumeister gewann ein wenig Gestalt, nicht genug, um von einer beschlossenen Sache zu reden. Albert, Moritz und Franz fehlten. Ansonsten das Gefühl: daheim und unter Freunden zu sein. Außer Obengenannten waren noch M+M da, Helga, Michael, Palzer, Töteberg, Andreas, fast alle mit Anhang. Es wurde viel getrunken, genau die prognostizierte Menge, alles paletti, keine Versorgungsengpässe. Der ansatzweise gekippte Terre Brune, von dem ich vier Flaschen weggeschüttet habe, aber eben nicht alle, das hätte zu starkes Herzbluten verursacht, fand viel Beifall. Jammerschade, den Gästen nicht verdeutlichen zu können, wie dieser große Wein «eigentlich» schmeckt. Der Parrina Riserva 97 war ein Flop. Kommt an den 95er ('96 gabs keine Riserva, weil der Ertrag zu mies war), in Rom unser Stammwein, nicht hin.

Verschenkte ein paar billige Münzen, weil TH nach dem Reiz des Münzensammelns fragte.

Der Domitian, den er bekam, schien ihn zu freuen.

Girgl war schon ziemlich mutig, mit seinem Pegel noch heimzufahren. Aber er ist halt die Disziplin in Person. Ich glaube, er könnte bei einer Polizeikontrolle den gesamten Alkohol aus seiner Blutbahn an eine Sammelstelle befehlen, zu einem Klumpen komprimieren, in den Backen verstauen und – wenn die Kelle ihn weiter gewunken hat, wieder runterschlucken.

Es ist 5:26. Draußen schneit es. Hoffentlich liegen alle warm.

5. Dezember

Strahlender Sonnenschein. 11 Uhr Anruf aus dem Schützenhaus. Dagmar hätte drauf bestanden, ihr schon bezahltes Zimmer selber zu zahlen. Sowas Albernes. Jetzt werde ich deshalb aus dem Schlaf geklingelt und muß da heut noch hin, durch den Schnee, weil der Wirt dieses dreckige Geld sofort loshaben will.

✧

Im Internet schöne Grüße von Georg. Eine nette Mail von tp, der zugibt, gestern etwas verstockt und «stur wie eine Metzgersgattin» gewesen zu sein. Und er tadelt mich, weil ich keinen Kaffee im Haus hatte.

✧

Der Morgen danach ist auch immer toll. Sofern das Fest ein solches war. Man spielt den Abend nochmal durch, hält fest, inzwischen nüchtern, wer was gesagt hat, und ob es so gemeint gewesen ist. Die Weinabende wurden erst richtig gut, seit sich die Leute auf zwei (im Sommer mit der Terrasse drei –) Räume aufteilen konnten. Sonst wirds irgendwann klaustrophobisch. Auch kann man die Gesprächsrunden, ohne viel Formalien, ohne jemanden zu brüskieren, wechseln wie bei einer Stehparty.

✧

Aus dem AEC: *Hallo. Ich heiße Daniela, bin Mitte 20 Jahre und komme aus Köln. Da mein Freund kein Interesse daran hat, suche ich auf diesem Wege einen netten Mann, der kleine Füße (Größe 36) zu schätzen weiß. Ich möchte meine Zehen oder wenn möglich meinen ganzen Fuß in Deinem Po unterbringen. Außerdem sollte zumindest mein kleiner Zeh in Deine Harnröhre passen. Wenn Du Lust hast, so etwas auszuprobieren, melde Dich einfach.*
Per e-Mail KONTAKTIEREN

✧

Verdümpelter Nachmittag.

Ich hab schon soviel Böses über Brahms gesagt. Heut sag ich mal was Nettes. Die Lieder op. 32 nach Platen und Daumer – ich habe sie vor Monaten in der Interpretation von Moritz Eggert und Thomas Bernau gehört – sind großartig, genial, mitreißend, sind – wie man inzwischen flapsig / karikierend sagt – *berührend&verstörend*. Im Handel gibts aber nur Fischer-Dieskau / Moore – und da ist nichts von all diesen Adjektiven wiederzufinden, als hätten die damals erst die Hälfte der Noten entdeckt gehabt.

Ich las, daß unsere Ohren mehr als 90 Prozent der Töne eines Musikstücks nicht verarbeiten können. Aus diesem Wissen heraus entstand die internetfähige MP3-Musik – gekürzt, zusammengeschrumpft auf das, was die Menschen tatsächlich hören.

Alle Fernsehsender werden in den kommenden Jahren analoge Funkwellen abschaffen und digitale Zahlenreihen – nicht mehr ausstrahlen, sondern versenden, welche dann eine d-box wieder in Bilder und Töne verwandelt. Aufs elektronische Papier bin ich schon sehr gespannt.

Die Übersetzung der Welt in Zahlenkolonnen. Es gibt keine tastbaren Rillen mehr, die notfalls auch mit einer Stecknadel zum Klingen gebracht werden könnten. Das Archiv ist unantastbar geworden. Der Sinn des Kosmos ist nicht 42, wie bei Douglas Adams. Eher X. Geteilt durch 0.

✧

Pro Jahr verdunstet in einem Whiskeyfass etwa 1 % des Inhalts. Der Schwund wird unter Brennern der «Anteil der Engel» genannt.

✧

Satz aus dem Fernsehen: *Der Sternenhimmel ist ein Gemisch aus unterschiedlich alten Bildern.* Paßt gut in die Schmerznovelle.

✧

Man sollte beim Schreiben die (Suche nach) Wahrheit zugunsten der Wirklichkeit vernachlässigen. Anders gesagt: Erst die Wirklichkeit erfassen, die Wahrheit liegt dahinter.

Viele gehen umgekehrt vor und finden zu gar nichts. So interpretiere ich eine Stelle aus einem Bukowski-Brief, in dem er von einer verblasenen Kollegin spricht.

Truth is nice, but realness is better.

✧

Ich sehe einen Film und kann den Schauspieler nicht benamen. Erst nach fünf Minuten dämmert es: *James Woods.* Peinliche Momente. Immer öfter. Auch gestern, als ich keine Ahnung mehr hatte, worum es in Susannes Dissertation geht.

Verfall.

Mein persönlicher Knackpunkt war, soweit ich das, wohl zu früh, zu überblicken versuche, *Oasis*. Ja, eine ganz nette, talentierte Band, und ich bin keiner von denen gewesen, der damals von Gitarren partout die Schnauze voll hatte. Und dann begann aus dieser netten, nicht ganz untalentierten Band ein Phänomen zu werden, das mit dem Begriff Hype nicht mehr einzugrenzen war. Okay, bei Nirvana ging es mir schon ähnlich, aber eben nur ähnlich, also ganz und gar anders. Ich begriff, daß ich aufgehört hatte, mit dieser Sorte Musik unmittelbar zu leben, sie als abonniertes Ornament meines Alltags um mich zu haben. Und mir kam der Verdacht, all die Musik, die ich in den Achtzigern geliebt hatte, würde, käme sie mir jetzt zum ersten Mal zu Gehör, vielleicht auch einfach nur *nett* klingen. Im ersten Moment wies ich diesen Verdacht weit von mir. Aber ganz sicher sein kann ich mir nicht.

In den Jahren zwischen 30 und 35 merkte ich jedenfalls, wie sich der generation gap hin zu den Jüngeren langsam öffnete, wie eine Wunde, eine schmale, feine Wunde, die man zuerst nicht ernst nimmt, die plötzlich aufklafft, breiter wird, bis sie sich zu einem kleinen Abgrund ausgeweitet hat. Und die Teentwens haben auf einmal ein ganz neues Ding zu feiern, dem man verständnislos gegenübersteht, für das einem vergleichende Parameter fehlen. Irgendein hippes Ding, dem man sich erst mit Überwindung anverwandeln müßte, um es vielleicht einmal zu genießen und vor sich selbst die Illusion aufrechtzuerhalten, nicht allzubald von den Ritualen der Jugendlichkeit ausgestoßen zu werden. Klar, man kann lange dabei bleiben, wenn man es darauf anlegt, kann sich das Regelwerk der neuen Rituale abgucken, die jüngste

Sprache einstudieren und die dazu passenden Gesten übernehmen. Ich beobachte nur. Mir käm es affig vor, von Lebensunerfahreneren unbedingt angenommen werden zu wollen, wo es doch umgekehrt sein müßte. Den Berufsjugendlichen geben, das ist nicht meine Sache. Ich spüre den Verfall. Er ist noch nicht allzuweit vorgedrungen in mir, aber der Verfall ist eine spannende Sache, und wenn eine Sache spannend ist, dann sollte man sie von Beginn an dokumentieren. Ein 35jähriger, der die beginnende Auflösung seiner Zellstruktur nicht zum Thema macht, der lebt an sich vorbei, verpaßt etwas. Und selbstverständlich werden die 45jährigen darüber lächeln, werden mir sagen: Du weißt ja nicht, was da noch kommt, du junger Spund. Und die 25jährigen, die ohnehin alles Wissen dieser Welt in der Maultasche mit sich herumtragen, halten es für frühe Vergreisung, konstatieren spöttisch, daß man ihnen nichts mehr zu sagen hätte.

Ja, das stimmt. Einerseits. Ich hätte euch ganz viel zu sagen, aber ihr seid noch nicht soweit. Ich sage es euch, aber ihr hört am Wesentlichen vorbei. Und das muß auch so sein.

Was mir z. B. wehtut: Wenn Leute um die 20 begeistert die Hagen-Trinker-Trilogie lesen, dann sofort *Melodien* und *Thanatos* nachschieben und damit entweder nichts anfangen können, oder lauter Unsinn. (Ja, ich weiß, man kann sich seine Leser nicht usw.)

Aber richtig zornig macht es mich, wenn in irgendeinem Gymnasium *Thanatos* als Thema für die Facharbeit angeboten wird. Definitiv unpassend. Um mit Johanser fühlen zu können, um sein Spektrum nicht auf das des labbrigen fiesen Selbstbetrügers zu reduzieren, sollte man ein wenig älter geworden sein.

Konrad E. Johansers Heimsuchung und Homerun.

Thanatos enthält u. a. Nietzsches Angriff auf die bürgerliche Trauerkultur, szenisch auf ein Individuum gemünzt, ist zugleich Ironisierung des Nihilismus, wie N. ihn verstand (also die relativierende Askese des Erkennens, das Zurücktreten hinter unendlich viele Wahrheiten). Hier: Wird sich unter den Schutz unendlich vieler Lügen begeben. Ein Doppelspiel. Alles und nichts ist ernst gemeint. Alles ist tragisch und komisch zugleich. Und zuletzt ist alles – paradoxerweise – Wahrheit, im Idealbegriff der klassischen Tragödie, wo der Tod des Helden immer auch das Begräbnis des bis dato geltenden Moralsystems bedeutet, das post ludo neu erfunden werden muß. Johanser verwandelt sich – aus Gottesmangel – in die trauernden Götter, die er als Zierat um sich fordert, um in erträglicher Weise unterzugehen. Ein Held der Jämmerlichkeit, wie auch der Konsequenz. Johanser ist für mich ein sehr gegenwartsnaher, nachvollziehbarer Typus. Es trifft mich, wenn Leser ihn nur als ekelhaft empfinden. Dann hab ich etwas falsch gemacht.

Thanatos sitzt übrigens nicht «von Anfang an» auf dem Hügel über der Acher. Das wäre ja eine Wiederinprogrammnahme des mutwilligen Schicksals. Nein, er sitzt dort, just in dem Augenblick *als der Roman beginnt.* Das ist ein eminenter Unterschied. Zu diesem Zeitpunkt wird er im Kopf des Protagonisten geboren, im Folgenden dann werden die Umstände seiner Zeugung beschrieben.

✧

Billie Holiday – What a little moonlight can do.

6. Dezember

Ich hab mein Frühstück verkreuzkümmelt.

Und sitze davor, auf eine Handfläche gestützt, sehe in den Garten hinaus, in den Sonnenschnee, freue mich für Puccini, weil er Mata Hari gevögelt hat.

✧

Viele Mails geschrieben, die nicht unbedingt nötig gewesen wären. Danach Rückfall in schlimmste Zockerzeiten. Verlor fast 200 Punkte beim ICC, bevor ichs endlich sein ließ.

Hätte soviel zu tun – und großes Zeug zu lesen. Was mach ich stattdessen? Blitzen bis zur Nervenlähmung. Bin ich völlig bescheuert? Das sind Suchtzustände. Hiermit geschworen:

Täglich höchstens noch eine halbe Stunde.

✧

Weil mein Gedichtband erst Anfang November herauskam, ist er aller Ranglisterei entgangen. Man könnte auch sagen: Kein Schwein interessiert sich dafür.

✧

Das schönste Mysterium des Jahres war folgendes: In meiner rechten Hosentasche trug ich bis Ende Juni einen

Denar des Septimius Severus mit mir herum. Nicht teuer, etwa hundert Mark wert, schließlich hab ich ihn verloren, irgendwo. Michael schenkte mir, ohne davon zu wissen, zwei Wochen später die gleiche Münze zum Geburtstag. Und es war eigentlich wahnwitzig, mir eine Münze zu schenken, da ich auf diesem Gebiet schon sehr sehr spezialisiert bin und nur noch die Rarissima sammle. Aber er, der liebe Freund erwischte in seinem gutgemeinten Wahnwitz ausgerechnet jene Münze, die mir Freude machen konnte, mehr als Freude, da lief mir ein Schauer über den Rücken, das kann nicht wahr sein, dachte ich. Ein Gefühl, als ob mich die Mächte oben behüteten, mir auf die Schulter klopften und sagten: Gib nächstens besser acht darauf.

✧

Lange hat mich bei Jünger zum Beispiel sein Glaube an die Astrologie irritiert, dabei lese ich selbst jeden Tag in der AZ mein Horoskop, und oft genug richte ich, wohl schon kaum mehr unbewußt, mein Handeln danach aus. Weil es Spaß macht, weil man etwas zu lesen hat, weil man sich an der Garderobe des Daseins trockenhängen kann. Ein Spiel. Selbstverständlich «glaube» ich nicht an Horoskope. Längst ist doch der Glaube ein virtueller Amüsierbetrieb. In unserer theomantischen Autonomie können wir uns täglich für diesen oder jenen Glauben entscheiden, ihn aber ebenso schnell wieder ablegen, sobald er uns Mühe oder Ärger bereitet. Jünger, der zuletzt sogar zum Katholizismus konvertiert, gesteht all dies ein und erklärt erst gar nicht lang herum, setzt «Glauben» auch nicht in Anführungszeichen, alles ist bei ihm ein Spiel unter Jungs, also heiliger Ernst. Astrologie macht Spaß, drum hat sie einen Sinn. Katholizismus – da warma noch nicht, das machnwa einfach. Und zugleich steht dahinter ein Berg subjektiver Theorie, ein Weltentwurf ohne Dogma, eine Näherung von vielen Seiten, in alle Richtungen.

Dieses *Alles-völlig-ernst-nehmen-weil-Leben-ohne-Verantwortung-kein-Leben-im-Sinne-der-Götter-ist*

und zugleich das (nach den postpubertär selbstevozierten Hudeleien der niederen Musen) vom höchsten Olympier empfangene Urteil und dankbar, letztlich dankbar angenommene *Wissen-daß-alles-objektiv-egal-ist-was-andererseits-schön-ist-weil-man-rein-gar-nichts-falsch-machen-kann,*

dieses stringente Nebeneinander, das sich reziprok sogar befruchtet, ist, was ich bei ihm immer bewundert habe. Der Denker als Genußmensch, dessen Ennui zur treibenden Kraft wird, kein eingebildetes «Müssen». Bloß keine Kunstprodukte, die dringenden Bedürfnissen gleichen. Das ist nur einmal erlaubt, und möglichst früh zu erledigen.

✧

Verfall II.

Durchblutungsstörungen und Gedächtnislücken, Kurzatmigkeit, Kreuzschmerzen und nachlassende Libido – drauf geschissen. Verfall ist nicht in seinen direkten Symptomen spannend. Nur indirekt, in den veränderten Urteilen. Verfall ist spannend für einen selbst und die, die sich noch Mühe machen, zu vergleichen. Verfall ist das Nichtvorhandensein von Stagnation. Vergreisung setzt erst dort ein, wo man stur auf etwas beharren will, das unter einem davongleitet.

Der Tod beginnt mit der Geburt. Interessant, daß die

Frühform des Verfalls *Reife* genannt wird, Entwicklung. Impliziert einen eindeutig definierbaren Höhepunkt. Aber an den glaube ich nur bei Sportlern. Jämmerlich sind Figuren, die an diesem einen Höhepunkt stilvoll abtreten wollen. Das ist eindimensional und stillos. Niemandem mißtraue ich so wie Frühverstorbenen, die ihren Abgang herausgefordert haben. Es gibt für jede Lebensphase einen Höhepunkt. Und wenn man nicht genau sagen kann, wo der bei der zurückliegenden Phase gelegen hat, hat man es schon richtig gemacht – hat nahe am oberen Level gelebt. Oder sehr tief unten.

✧

kontakt zur basis

ich hörte heut im hugendubel wie ein leut
einen anderen leut hat um seine
bildung beneidet, weil der
den Medicus gelesen &
davon leuthals schwärmte.
der zweite leut: was du alles gelesen,
toll, dabei sind diese bücher
so dick. so dickdick. toll.
der erste leut: im winter gehts.
ich dachte: nichts. nichts wird von mir bleiben.

✧

Immer neue Gesten und Floskeln meiner Eltern entdecke ich an mir. Z. B. *Das wäre für uns undenkbar gewesen.* Konkreter Anlaß:

In der S-Bahn nach Herrsching drei Gören, etwa 8, 10 und 12 Jahre alt. Sie schlüpfen ins volle Abteil, eine alte, gebrechliche Frau will sich eben hinsetzen, die Gören sind aber schneller, wischen so eben auf die drei leeren Plätze, so daß sich die Greisin beinah auf die Jüngste hockt, sich irritiert dann wieder erhebt und nicht etwa zu schimpfen beginnt, nein, sie wiegt nur tadelnd, sogar lächelnd, den Kopf, worauf die Brut zu tuscheln beginnt: «Was hatn die Alte? Spinnt die? Wir warn doch zuerst da.» Beinah hätt ich eingegriffen, hätte die mißratenen Bälger fortgescheucht. Ich tat es nicht, weil ich mir vermutlich alt vorgekommen wäre, die Partei der Älteren zu ergreifen. Verrückt. Wie werden diese kleinen Arschlöcher erzogen? Eben so, wie ich nicht erzogen wurde. Mit allen Vor- und auch Nachteilen.

Die alte Frau stand, ohne weiter zu murren, noch eine lange Strecke, während die Gören nicht den Hauch von Mitgefühl zeigten. Und ich habe nichts gesagt, nichts. Aus Angst, dem Wertesystem meiner Erzeuger zu entsprechen. Das hat mich aufgewühlt. Ich berichtete Beatrice von dem Vorfall und sagte: *Das wäre für uns undenkbar gewesen.* Und erschrak bei diesen Worten, als hätte ich gesagt: *Was für eine Jugend wächst da heran?*

Mein Vater hat mir oft erzählt, daß ein gewisser böser Blick seines Vaters noch genügt hat, ihn erstarren zu lassen. Später machte mein Vater sich vor anderen oft darüber lustig, daß sein Sohn, er meinte mich, ihn beim Versuch, denselben Blick anzuwenden, wohl fragen würde, ob er was an den Augen habe.

Kinder, die von ihren Eltern gequält und verprügelt werden, sind aufs Leben viel besser vorbereitet als andere, das muß man auch mal erwähnen.

Heute endlich wurde ein Gedicht fertig, das ich im Juli begonnen habe. Lyrik zu schreiben, wirkt sich fatal auf jegliche Prosa aus. Die Zeitlichkeit gerinnt. Immer öfter neige ich zu Fassungen. Kann mich nicht entscheiden.

Großer Vogel vor der Sonne.

Juli. Auf dem Feldweg. Mittag.
Stille. Nur ein Flügelschlag.
Bussard wohl. Ich weiß es nicht.
Großer Vogel vor der Sonne.

Ahnt, was er zerschlagen hat.
Kreist in messerscharfem Licht.
Spreizt sich über starren Feldern.
Großer Vogel vor der Sonne.

Streicht den Himmel wieder glatt
und verschwindet in den Wäldern.
So zu leben. Suchen. Stören.

Oben. Teil von allem sein.
Scheinbar fremd, dazugehören.
Beizeiten abgehn können wie ein

großer Vogel vor der Sonne.

✧

Monatelang daran gearbeitet, und weiß doch nicht, ob die erste Fassung, an einem Nachmittag aufgeschrieben, nicht die bessere ist, ob alle Mühe umsonst war.

✧

juli. auf dem feldweg. mittag.
stille. nur ein flügelschlag –
bussard über gerstenfeldern.

merkt, was er zerschlagen hat.
streicht den himmel wieder glatt
und verschwindet in den wäldern.

so zu leben. oben. stören.
scheinbar fremd, dazugehören.
kreisen. unbeständig. kein

bestandteil. groß, als gast hiervon
nach hause gehn und immer schon
daheim – und frei gewesen sein.

✧

Ich weiß insgeheim, daß beide Fassungen lebensfähig, gültig sind, sonst würde ich sie hier nicht nebeneinander stellen. Es sind die zuvielen Wahrheiten, die alles wollen, deren Summe oft ein Nichts ergibt, ein leuchtendes, pulsierendes, alle Kanten und Momente verfehlt habendes Nada. *Teil von allem* und *kein Bestandteil* bilden keinen Widerspruch. Kein Bestandteil bedeutet hier: Kein Teil von Bestand. Thats the difference.

✧

Im Nachtkonzert läuft Chopin, 2. Klavierkonzert. Schön ist das. Zum Heulen schön. Auf dem Teppich liegen, nackt, und aus der Flasche trinken.

✧

Heute im *Spiegel*: Ein ziemlich doofer, kontraproduktiver Verriß des popkulturellen Quintetts, der in der Feststellung gipfelt, selbst die «Frau des Bundespräsidenten habe das für grausam befunden». Ja, allerhand. Dabei ist jenes Quintett trister Pseudoroyals momentan doch das spektakulärste Phänomen im Land: Ahnungslose Herrenbengel, die sich zu Stilbildnern und Welterklärern aufschwingen und damit Aufsehn noch und noch erregen. So muß man das auch mal betrachten. War ein langer Weg von Heraklit zu Heralind. Nun dies.

✧

Wenn es mich nicht gäbe, würde ich zum Kulturpessimisten.

7. Dezember

Franz schickt schöne Fotos von der Sofi im August. Ich schäme mich immer noch, weil ich am Telefon so patzig gewesen bin.

In seinem letzten Beitrag für NULL bezeichnete John v. Düffel die Sonnenfinsternis, die ‹Sofi›, als ‹Flop›.

Ich empfand das nicht so. Wir feierten eine gemütliche Mittagsparty bei Doblers in Augsburg, Hettche war da, es gab gut zu essen und trinken, und wir standen pünktlich oben auf dem Flachdach des vierstöckigen Mietshauses.

Der Himmel war mit finsteren Wolken verhangen, aber vom Westen schob sich eine Lichtinsel langsam auf Augsburg zu. Wie bestellt lag diese Lichtinsel zum Zeitpunkt der Konjunktion direkt über uns, während rundherum braune und violette Gewitterwolken tobten. Es war ein schönes Schauspiel. Genau so. Die Bedingungen waren ideal. Nicht, daß ich so beeindruckt gewesen wäre, um mir einen Text Stifterscher Emphase abzuringen, nein. Aber wir hatten Glück gehabt, und wie mir Kollege Oswald erzählte, hatte er im Münchner Westpark ähnliches Glück gehabt. Worauf will ich eigentlich hinaus? Nun, ein präzise vorhersagbares Phänomen, von dem wir wußten, wann genau es passieren, wie es aussehen, welche Folgen es bei ungeschützter Ansicht zeitigen würde, reichte hin, um ein Sommerloch zu füllen, das ich als größtes bisher überhaupt wahrgenommen habe.

Die Sonnenfinsternis war eine Sonnenfinsternis. Nicht mehr, nicht weniger.

Wenn da jemand von einem *Flop* spricht, meint er vielleicht, daß dieses wohl beeindruckendste natürliche Phänomen auf dem Planeten Erde nicht jene Wirkung auf ihn gehabt hat, wie sie von Zeugen früherer Sonnenfinsternisse überliefert ist. Er will wohl sagen, daß die Attraktion der vom Menschen noch ungesteuerten Realität hinter den Reiz virtueller Sehenswürdigkeiten zurückgetreten ist. Nehme ich an. Er hat wohl recht. Zwei Haltungen sind dazu zu beobachten. Jene, die sich Sorgen macht über den Attraktivitätsverlust der Natur, und den Menschen in einem Netzwerk zeitabtötender Reize gefangen sieht, in welchem wachsende innere Leere mit immer neuem Neuem betäubt werden muß. Und die andere Haltung, stolz zu sein auf die Gattung Mensch, die mit dem Ziel, Gott zu werden, im Zirkusbetrieb des Lebens alle sogenannte *Natur,* sprich exzeptionelle Wettererscheinungen und Himmelskörperkonstellationen, als nicht mehr im Hauptkanal sendefähig abgehakt und ein besseres Animationsprogramm entworfen hat, als alles, was hier seit Milliarden Jahren Steine und Tiere zu beunruhigen vermochte.

✧

Phänomene kommen und sie gehen auch wieder, das Substantielle bleibt fast unverändert.

Es gibt hierzulande zu wenige Autoren mit Surround-Horizont. Solche, die sich nicht mit Phänomenen aufhalten bzw. sich nicht von ihnen täuschen und becircen lassen, sondern – von einem Punkt aus in alle Richtungen –

zur Substanz vordringen, dem jenseits der Dekade Gültigen. Es kommt dabei überhaupt nicht darauf an, etwas vorherzusagen. Das ist egal, und höchstens einem selbst von Nutzen.

Vor dem Eintreffen ist das Vorhergesagte unbewiesen, hinterher ist es deckungsgleich und fällt nicht auf.

Außerdem: Man kann mit etwas recht haben, am Wesentlichen jedoch weit vorbeisegeln.

Ein Beispiel? Gestern fiel mir das ein.

Vor etwa zehn, fünfzehn Jahren sagte ich zu Beatrice, daß ich mir vorstellen könne, daß in naher Zukunft jeder Durchschnittsbürger seine mobile, tragbare Telefonzelle mit sich trägt.

Ich stellte mir das damals als eine Art Fönhaube vor, die man sich aufsetzen muß, um mit anderen Haubentauchern zu kommunizieren. Es hilft nichts, wenn ich erwähne, daß ich mir diese Haube aus leichtem Styropor vorstellte. Die Vorstellung bleibt lustig/peinlich – auch zwei Wörter, die jederzeit gegeneinander austauschbar sind.

✧

Alles Prophezeite ist eingetreten. Die Prophezeiung ist jetzt öd und ohne Sinn.

✧

Wieder ein herrlicher Tag, wie die ganze letzte Woche. Erst gegen drei zieht sich der Himmel zu. Mit beängstigender Regelmäßigkeit.

Teletext: Scatman ist tot. Nelly Sachs bekommt den Christa-Wolf-Preis. Oder umgekehrt.

Ein Wort zu Grass: Ein mittelmäßiger Autor bewahrte die Tradition der Nobelpreisvergabe an Unwürdige. Selbst die Blechtrommel kann ich nicht mehr ohne Ekel lesen. Als Zeichner hingegen ist er nicht schlecht.

Sehr lustig zu sehen, wie das obige Diktum (Nobelpreisvergabe an Unwürdige) common sense gewesen ist, quer durch alle Fraktionen, aber kaum bekommt ein Deutscher den Preis, scheint das völlig vergessen. Es zählt schon lange nicht mehr die Wahrheit, nur noch die Medientauglichkeit. Ja. Die Medientauglichkeit ist die Wahrheit. Soweit sind wir.

Und ein Wort zum Goethe-Jahr. Nichts hat mich so genervt, nichts. Goethe-Gedichte taugen keinen Schuß Pulver. Blödes Gelalle, handwerklich völlig unbedarft. Ich hätte all die alten Säcke, die in jede Kamera vom ‹Größten Deutschen› plapperten, gern erschossen. Wieviele junge Leute haben daraufhin vom Käsekuchen probiert und ein für alle mal genug gehabt. Kinders! Laßt euch nicht verarschen. Lest Faust 1, das ist gut, das reicht, wenn ihr alte Lyrik probieren wollt, lest Hölderlin, lest Claudius, von mir aus noch Schiller, der konnte wenigstens Zeilen metrisch korrekt ohne Stopfsilben füllen.

✧

Nach dem Frühstück (heute mit Extra-Ajvar und Oliven) Selbstanbetung vor Neuschnee.

Der größte Dichter außer
Hölderlin ist:

Na? Die Flocken: Gernhardt? Rilke? Bukowski? Jandl? Morgenstern? Brecht?

Angefressen ins Haus zurück.

✧

Kompensationsgeschäfte. Marcel schickt *Mason&Dixon* von Pynchon. Das brauch ich, um einen Gedichtband zu verkaufen. Insa wollte nämlich einen haben, natürlich gratis. Meine Belegexemplare gehen indes arg zur Neige, ich schlug ihr vor, den Gedichtband (38 Mark) zu kaufen, dafür kriegt sie *Mason&Dixon* (68 Mark) zum Geburtstag. Danke, Pynchon!

Von Pynchon, ich gesteh es, hab ich noch keinen Roman, nur zwei sehr flaue Erzählungen gelesen. Überhaupt: Viele Autoren beurteile ich nach einer halben Seite, aufgeschnappt irgendwo in einer Anthologie. Das ist fahrlässig, ungerecht, aber geht es denn anders? Soviele Leute nennen mir dies & das, unbedingt zu Lesendes, Ultrageniales. Häufen sich die Stimmen, folge ich den Marktschreiern meist. Aber kann ich nicht von jedem Autor fordern, daß keine halbe Seite seines Werkes derart abschreckend ist, um mein Interesse an ihm im Keim zu ersticken? Pynchon hatte immerhin zwei Erzählungen Zeit, mich von ihm zu überzeugen.

✧

Nachmittags in der Stadt Besorgungen. Bald gibt es *Quake III* und die Nachrüstung zu *Halflife,* dem besten aller Actionspiele. Hab auf dem Christkindlmarkt Kartoffellebkuchen gekauft. Sind gut.

«Der Weihnachtsmann heißt Ludwig Beck.» Endlich wissen wir auch das.

✧

Stevie Wonder wird laut eigener Aussage bald wieder sehen können. Ein Mikrochip für die Netzhaut machts möglich. Gott, sind wir gott.

✧

Ich fahre im Hauptbahnhof die Rolltreppe runter zur U-Bahn. Auf der anderen Rolltreppe rennt ein junges, schwer bepacktes Paar hinauf zu den Fernzügen. Ich kenne die beiden nicht.

Werden sie den Zug erwischen? Es kann mir egal sein. Werden sie den Zug erwischen? Es interessiert mich. Ich weiß nicht, warum. Ich drehe um. Renne den beiden hinterher.

Werden sie den Zug erwischen? Ich renne und renne. Ich will eine Antwort.

✧

Beatrice holt mich in Harthaus ab. Wir fahren in einen gigantisch orangenen Sonnenuntergang, dessen Finale ein gleißendes Band aus Flamingopink und Purpur bildet.

✧

In NULL geht Kopetzky auf den kleinen netten Lebert los, fühlt sich bemüßigt, ihm zu sagen, daß er nicht schreiben kann. Weil es sich sonst ja keiner traut. Ach je, für einen Siebzehnjährigen ist das doch okay, mehr muß man darin nicht sehn. Lebert kann nichts dafür, daß Leute wie Biller ihn auch noch bejubeln, ihn in einer gewissenlosen Medienmaschine verfeuern. Biller nervt doppelt. Ich las heute, was er im Jahresrückblick Literatur 98/Reclam über mich schrieb: Daß ich mich wie Süskind und Robert Schneider hinter historischen Stoffen verstecken, von der Gegenwart abschotten würde. Was soll das? Von allen meinen Büchern spielt nur eines nicht in der Gegenwart, Melodien, und selbst dort gibt es eine Gegenwartshandlung. Und Kopetzky? Rannte letztes Jahr Amok, behauptete haufenweise dummes Zeug, z. B. in *Thanatos* käme ein Satz vor wie «Er spürte physischen Schmerz im Arm». Pure Erfindung. Nicht nur eine Beleidigung meiner Person, sondern auch des Luchterhandlektorats, das sehr akribisch vorging. Ich wettete mit ihm um eine Flasche Schampus. Die hab ich bis heute nicht gesehn. Stil besteht nicht nur aus feinem Zwirn.

✧

Abends Bayern – Kiew 2 : 1 Jämmerlicher, mit geringeren Mitteln, kann man nicht siegen.

Ich denke zurück an die letzte Saison, ans Finale in Barcelona, den 26. Mai, diese Tragik, diese Größe der Tragik, erlebt zusammen mit Albert und Georg. Nur ein Fußballspiel. Und doch so viel. Wir haben gelitten, haben zusammen Leid erlebt und geteilt. Das Fantastische: Jedem der daraufhin von Wohlstandswehwehchen spräche, müßte ich entgegenhalten: Iwo. Es war ein Verlust wie der eines guten Freundes. Hört sich entsetzlich an, ist aber so. Das hat mich auch erschreckt. Daß, sagen wir mal: *virtuelles Leid* in Abwesenheit von realem so stark werden kann. Dessen Dimensionen einfach auffüllt. Es ist keineswegs kokett hingesagt. Entsetzlich, erschreckend, aber Tatsache.

Eben wußte ich noch einen hübschen Schlußsatz. Jetzt: Nicht mehr.

Schlußsatz, entfallen, entfällt.

✧

Musikalische Großfunde in diesem Jahr nur: Concerto Grosso Nr. 1 von Schnittke in der Aufnahme unter Lev Markiz. Hab ich Tom, um die Hälfte gekürzt, als Eros-

Musik empfohlen. Bisher keine Reaktion. Apropos: Ich muß das Hitchcock-Buch lesen.

So viel zu lesen. Und Flaubert – heb ich mir für den Urlaub auf. Rückversicherung, falls der langweilig wird.

✧

Im Hintergrund läuft *Violanta* von Korngold, von Alban gepriesen, zu Unrecht. Plätschernd-pubertierende Wabereien.

Suchen&ersetzen.

Schostakowitsch. Siebte Symphonie. Komm und levitier mich.

✧

Die Periode des gelben Einwegfeuerzeugs auf meinem Schreibtisch ist vorbei. Heute beginnt die Periode des blauen Einwegfeuerzeugs. Sie wird ca. ein halbes Jahr dauern. Ich werfe das gelbe Einwegfeuerzeug in den Müll und bin traurig, wie immer, wenn etwas weg muß, das gut funktioniert hat.

✧

Ich weiß mit mir nichts anzufangen
und weiß mit mir nicht aufzuhören.

✧

Judith Hermann – das Ende von Etwas. Zitiert wahrscheinlich nicht mal wissentlich Hemingway. Son Scheiß. Unglaublich eigentlich. Wie konnte es zu all dem kommen?

Die Kritiker haben, weil sie der Welt nicht gewachsen waren, jahrzehntelang gelogen, wissentlich und unwissentlich, bis alle Qualitätsparameter verbraucht waren, bis der Verkaufserfolg als letzter übrig blieb. Seither übernahm das Marketing den Laden.

✧

Sehr schöne Wörter: Granatapfelbaum. Flügelschlag. Vollmond. Klaviatur. Geschehnisse. Belvedere. Streichelzoo. Sturmglocken. Trinkgelage. Verheißungsvoll.

8. Dezember

Dieser deutsche Dezember gibt sich wirklich alle Mühe, vor mir zu glänzen. Für das Tagebuch hübsch zu tun.

Man kann im T-Shirt durch den Garten spazieren, sich mit Licht vollsaugen, meine übliche Winterdepression blieb bisher aus. Und in einer Woche gehts schon nach Las Palmas.

✧

Anruf Moritz. Auf Schloß Ludwigslust habe er M. K. getroffen, der freundlich von mir gesprochen habe. Aber meine Forderungen seien ihm wohl ein wenig zu hoch gewesen. Ließ er durchblicken. Ich blicke da nicht durch. Warum meldet er sich nicht einfach bei mir und fängt zu feilschen an? Oder sagt mir wenigstens irgendwas zu den Gedichten. Vielleicht sollte ich da nicht mehr lang rum machen, das Buch Rowohlt geben und basta.

✧

Töteberg schickt die Mitchell-Übersetzung vom Puccini-Drehbuch. Kurz überflogen: Klingt ziemlich gespreizt. Ist egal. Kann bearbeitet werden.

Soll ich nach Paris oder nicht? Wie die den Großen Bagarozy schon übersetzt haben: *Le caniche noir de la Diva.* Furchtbar. Und am Tag darauf muß ich nach Hamburg.

✧

In der Post eine Anwaltsrechnung über 700 Mark wg. der DELL-Sache. Die Korrespondenzanwälte in Frankfurt müssen bezahlt werden. Das versäuert den Triumph.

Bei Charavay gäbs einen Wagner-Brief an Berlioz, geschrieben auf Französisch, für 6000 Mark. Kostet in fünf Jahren bestimmt das Doppelte. Und ich habs nicht. Die Finanzierung der nächsten fünf Monate ist halbwegs gesichert. Dann –

✧

In der Harald-Schmidt-Show eine lustige Parodie auf: Blair Witch Project. Netter kleiner Film. Aber gruselig ist anders. Würde gern einen Horrorfilm schreiben, bei dem die Leute sich wieder fürchten. Nicht freigegeben unter 27.

✧

Bei AEZ in Germering Boutari-Retsina gefunden. Ein toller Wein, völlig Kopfweh-frei.

✧

Aus *Animationen* gelernt:

18 Meter bezeichnet exakt jene Höhe, die man einst mit Leitern nicht übersteigen konnte. Sturmfreiheit nannte man das. (S. 107)

✧

Habe nachts in Sachen Schmerznovelle total versagt. Ein sehr wichtiger Auftritt, ich hab ihn verpaßt, bzw. mit unzulänglichen Mitteln beschrieben. Gefühl des Ausgestoßenseins.

Wieder nicht die Welt gerettet. Heute keine Schönheit.

Besoffen bloß, nicht trunken, welch ein Unterschied – zu Bett kriechen müssen, geschlagen, dem Tag seine Essenz nicht geraubt habend, beutelos in Schlaf wie in einen schmerzvollen Abschied.

9. Dezember

Fischer schickt den Werbetext zu *Diptychon* und *Haltestelle. Geister.* Hätte man mich ja mal vor Indruckgabe einen Blick drauf werfen lassen können. Worauf es ankommt, ist, daß das Diptychon ein zum Brüllen komisches Stück ist. Welches Theater will denn einen «klaustrophobischen Horrortrip»? Das «Unentrinnbar Alltägliche der kleinbürgerlichen Mördergrube»? «... das in seiner Monotonie die Schablonen der Pornographie kopiert.» Eine «drastische Ästhetik des Häßlichen», «unbeirrt nihilistisch und amoralisch». Meine Güte, sowas hab ich nicht geschrieben. Es ist eine kleine, sehr moralische Sprech-Oper, absurdes Theater meets Verismo, eine Groteske halt. Aber doch keine «die Klischees des expressionistischen Dramas noch einmal übersteigernde erstickend intensive Parodie». Mit Expressionismus oder Parodie hat das nix zu tun. Wenn es von irgendwo herkommt, dann von Schwab oder Polt oder zur Not noch dem Grand Guignol. Genauso könnte man behaupten, «Delicatessen», der Film, sei eine Parodie auf – na, wie heißt es? wie heißt es? wieheißt es?wieheißtes?wieheißtes?wieheißtes?wieheißtes?wie heißtes?wieheißtes?wieheißtes?wieheißtes?wieheißtes? wieheißtes?wieheißtes?wieheißtes?wieheißtes?wieheißt es?wieheißtes?wieheißtes?wieheißtes?wieheißtes?wie heißtes?wieheißtes?wieheißtes?wieheißtes?wieheißtes?

wieheißtes?wieheißtes?wieheißtes?wieheißtes?wieheißt es?wieheißtes?wieheißtes?wieheißtes?wieheißtes?wie heißtes?wieheißtes?wieheißtes?wieheißtes?wieheißtes? wieheißtes?wieheißtes?wieheißtes?wieheißtes?wieheißt es?wieheißtes?wieheißtes?wieheißtes?wieheißtes?wie heißtes?wieheißtes?wieheißtes?wieheißtes?wieheißtes? wieheißtes?wieheißtes?wieheißtes?wieheißtes?wieheißt es?wieheißtes?wieheißtes?wieheißtes?wieheißtes?wie heißtes?wieheißtes?wieheißtes?wieheißtes?wieheißtes? wieheißtes?wieheißtes?wieheißtes?wieheißtes?wieheißt es?wieheißtes?scheiße.

Na egal, jedenfalls stimmt das nicht. Und im Werbetext zu Haltestelle wird behauptet, die drei Tussen würden anschaffen gehen. Stimmt auch nicht.

Tussen treten immer zu dritt auf. Ansonsten sind es keine.

Im Norden, wo man lieber das weichere, angefaulte ‹Tussi›, Plural ‹Tussis› sagt, mag es anders sein. Und Tussen gehen nie anschaffen, sonst wärn sie keine Tussen.

Anruf bei Fischer. Ich hätte mir den Text sehr wohl vorher durchlesen können, hätte aber kein Interesse dran gezeigt. Ja, kann sein. Jetzt erinnere ich mich dumpf.

✧

Viele, im Übermaß belachte Tischtennisballwechsel. Sex gehabt, und doch –

✧

Öder, ereignisloser Tag. Tag mit obligatem Brett vorm Kopf. Alles Onanie und zuviel. Übernutzung abgelebter Bilder.

✧

Und dann – ein solcher Schaffensrausch. Zum ersten Mal gedacht: Die Schmerznovelle könnte dein bestes Buch werden. Das allerbeste. In mir ist etwas zu Besuch, das ich für gestorben hielt. Es kehrt noch einmal zurück, manifestiert sich, wie um mir zu beweisen: Es lohnt sich, dafür tot zu sein.

Anders gar nicht denkbar, du dummer kleiner Zweifler, den Zweiflern&Mahnern gehörst du nicht an, vertrau auf uns, wir stehen vor und hinter dir und in dir. Alle.

Das war groß. Ja. Ja!

10. Dezember

Der Höhepunkt der Millenniumshysterie war im Frühjahr erreicht. Übers Jahr viele Endzeitthemen, apokalyptische Bilder, Schreckensvisionen, finstere Prophezeiungen, skeptische Zukunftsausblicke in den Medien – aber nicht weil tatsächlich Furcht herrschte, sondern weil man an eine Klientel dafür glaubte.

✧

Aus dem AEC: *Wer zwingt mich zum Äußersten?*

Ich suche einen richtigen Meister, einen, der mich beugt und formt. Suche die Obhut in totaler Dominanz, keinen Spinner! Bin Äußerstes gewohnt und bereit zu mehr, grenzenlos! (Strenger Arrest in dunkler Zelle, extreme Dehnung mit der Faust, Strafkorsett, schmerzhafte unbequeme Fesselung, tagelang Kopfmaske, Zwangseinlauf, Atemkontrolle, Keuschheitsgürtel, Nahrungsentzug. Ich weiß was ich wert bin, ich weiß auch, daß mir Dutzende antworten werden, ich bin aber nur bereit, mich einem wirklichen Könner hinzugeben.

Per e-mail KONTAKTIEREN

✧

Schöne Leserbriefe. Sie kommen, überflogen, auf eine abzuarbeitende Halde unerledigten Papierkrams. Früher hätt ich sowas fünf-sechsmal gelesen. Die Hörspielfassung des Bagarozy liegt seit einem halben Jahr hier rum, und ich hab noch nicht mal reingeguckt.

✧

In der Stadt. Quake 3 nur für Multiplayer. Halflife-Aufrüstung noch nicht für die deutsche Fassung. Bea sagt mir zu spät, daß wir die deutsche Fassung gar nicht haben, sondern die amerikanische. Das richtige Produkt lag also vor, und ich hab es nicht mitgenommen.

Bei Moritz. Er spielte mir die Vertonung des Sonetts an die schreibfaule Brieffreundin vor, aus dem Zyklus «Neue Dichter lieben» für die Expo 2000. Was kann man nach dem ersten Hören sagen? Wie so oft provokativ gegen die Stimmung des Textes vertont. Mehr Erlkönigs Sturmgepeitsch als Eichendorffsche Herbstdüsternis. Moritz: So muß es sein: immer das machen, was man von einer Vertonung *eben nicht* erwartet.

So muß es nicht sein. So *kann* es sein. Man kommt davon ab, mit den Jahren.

Bekam Lust, selber einen Liedzyklus nach eigenen Gedichten zu komponieren.

Eigentlich gäb es überhaupt nichts, was ich lieber täte.

✧

Geblättert in von M. geliehenen frühen Gedichten von Borges. Nichts blieb haften.

Ach ja: Moritz zeigte mir auch ein Fax des Dichters Thomas Kling, den er wegen dieser Expo-Sache angeschrieben hatte.

Sehr geehrter Herr Eggert,
leider muß ich Ihnen mitteilen, daß sich meine Werke zur Vertonung nicht eignen. Sie sind nicht der erste, der mit einem solchen Ansuchen an mich herangetreten ist.

Erstaunlich. Woher will Kling wissen, ob sich seine Gedichteln zur Vertonung eignen oder nicht? Und eine Vertonung hat schon manch beschissenes Gedicht geadelt, einem guten Gedicht hingegen nie geschadet. Doof. Aber warum wollte Moritz dieses völlig unmusikalische Geklingel vertonen? Vermutlich aus Ehrgeiz, weil es wirklich schwer scheint, daraus was zu machen.

✧

In den Wixkabinen des *Las Vegas* am Hauptbahnhof ist die Kabine Nummer 51 seit neuestem für Rollstuhlfahrer reserviert. Und auch in ihren Dimensionen so gestaltet. Das nenn ich Fortschritt.

✧

In einer Neidgesellschaft gilt bloßes Können schon als Arroganz.

✧

In der S-Bahn tolle Lesemomente mit Flaubert. Jede zweite Passage streich ich an.

✧

Weihnachtseinkäufe. Freitag nachmittags, wie der letzte Depp.

✧

Man kann das Verb ‹begeistern› jederzeit durch ‹beunruhigen› ersetzen. In den allermeisten Fällen wird die intendierte Aussage nicht grundlegend verfälscht, wohl aber wird eine Art doppelter Boden geschaffen. Jedes Amüsement zielt auf eine Beunruhigung hin, auf eine Aufregung. Umgekehrt:

Wo immer jemand behauptet, er sei beunruhigt über etwas, kann man behaupten, er sei begeistert, es stimmt, es stimmt sowieso, und wenn es überhaupt nicht stimmt, dann stimmt es schon wieder im ironischen Sinn.

✧

Abends großes Weihnachts-Blitzturnier im Club. Wurde nur Sechster von 22. Schlechteste Plazierung seit 15 Jahren. Andererseits: die beiden völlig gewonnenen Stellungen, die ich verpatzte – zwei Punkte, die zum ersten Platz gereicht hätten.

Man müßte einmal untersuchen, was der Begriff ‹Psychische Kondition› meint, woraus er sich zusammensetzt. Konzentrationsfähigkeit, Selbstvertrauen, Härte bis zuletzt, Visionsfähigkeit – darunter fallen: Phantasie, Ideenreichtum, Visualisierungsvermögen, präzise Stellungsberechnung.

Dann: Entschlußkraft. Siegeswille. Fehler möglichst schnell abhaken. Traumaüberwindung. Glückliche Siege als Lohn des Tüchtigen werten, selbst wo das sehr weit hergeholt ist. Also konstruktiver Selbstbetrug. Ehrlich sein darf man hinterher, bzw. während des Turniers nur insoweit, um einen Haltungsfehler nicht zweimal zu begehen.

✧

Sobald es taut.
Zeigen die schamlos ihre Beine.

Bewegen sich fort auf diesen Beinen,
an mir vorbei, und immer fort, und
kämen sie auch direkt auf mich zu,
bewegten sie sich fort von mir.
Sobald es taut.

✧

Ich höre Einstürzende Neubauten, frühes Zeug aus den Achtzigern. Livemitschnitte. Wie groß das mal war. Und nun? Nostalgische Klänge. Mit der Peinlichkeit des Überwundenseins behaftet, Virus, der sich tief in die Musik gefressen hat. Das Konzertpublikum damals hat auch ganz anders gejohlt als heute. Inbrünstiger, irrer, aggressiver. Flaubert lesen ist größer und näher. Und Wagner ist noch immer nicht überwunden. Unvorstellbar.

✧

Verabredung Montag mit Bernhard in die Milchbar – 22 Uhr.

Die 80er haben mich vorbereitet, die 90er waren mein Jahrzehnt, die Nuller Jahre können das Territorium der Extrakte und Destillate werden. Danach mehr oder minder Museum sein. Dazu stehen. Und heimlich den Monteverdi proben.

✧

Mata Hari
& Puccini
warum bild ich mir ein,
das sei auf einem Feldbett passiert?

Warten auf die TV-Internet-Handy-Walkman-Taschenwaschmaschine.

✧

Beim Blättern: *Martyrium Petri* von Jandl. Genial – und so einfach. Warum ist man da nicht selber draufgekommen? Weil man zu spät gekommen wär. Es war nur vernünftig, drunten zu bleiben. Ich glaube, das wäre ein traumatisches Erlebnis: ein schlichtes, geniales Gedicht zu schreiben – und dann entdecken, daß es das schon gibt.

Einmal hab ich etwas Geniales zweiterfunden, aber es war kein Gedicht, sondern ein Schachproblem. Das kam so: Mit 13 schrieb ich mir dieses schöne Problem auf. Aus irgendeinem Sammelband. Mit 25 fand ich das Notat wieder – und hielt es glatt für ein eigenes Produkt. Nach der Veröffentlichung wurde sofort auf den Vorgänger hingewiesen – das war für mich so schlimm, daß ich bald danach aufhörte, Probleme zu komponieren.

✧

Ich freue mich aufs Meer. Richtig arbeiten kann ich nur im Urlaub.

✧

Töteberg schickt ein dickes Buch: Hyperfiction. Nette Briefe von Buchwald und Krüger.

Im Supermarkt wird ein neuer Orangensaft als «Sektveredler» angeboten. Da muß man auch erst mal drauf kommen. (Rottaler Fruchtsaft ‹Champorange›)

✧

Abends frische Muscheln. Kulinarischer Cunnilingus.

Wenn ich Knoblauch schneide, denke ich fast immer an eine Szene aus *Good Fellas*, wenn die Mafia-Bosse in der Luxuszelle sitzen und in einem sorgfältigen Ritual ihre Tomatensoße zubereiten. Dann erzählt eine Stimme aus dem Off, was ohnehin gezeigt wird: einen dicken Mann, der mit dicken Fingern Knoblauch mit einer Rasierklinge hauchdünn aufschneidet. «Er benützte eine Rasierklinge, um den Knoblauch hauchdünn zu schneiden.» Die Doppelung von Bild und Kommentar wirkt sehr suggestiv, brennt den Satz ins Gedächtnis, bringt die ganze Dekadenz dieses luxuriösen Gefängnisaufenthalts rüber – und dennoch weiß jeder Hobbykoch, daß es für eine stundenlang köchelnde Spaghettisoße scheißegal ist, ob man den Knoblauch dicker oder dünner schneidet.

✧

Abends auf 3sat eine vergessene Operette – *Simplicius* – von Johann Strauß. Makabres Bühnenbild. Unter einem Baum voll Erhängter tanzen Liebespaare im Walzertakt.

Erinnert mich an den Plan, einen Band mit kurzen autobiographisch gefärbten Erzählungen zu schreiben. *Intensivstationen.*

Zum Beispiel im Kriegsmuseum einer vergessenen Stadt, Oberitalien wars, elf Jahre alt ich, mein Lieblingsonkel gab mir, ich kann mich nicht genau erinnern, warum, eine Ohrfeige, er war sonst nie so & ist jetzt leider tot, und ich sah auf einem Kupferstich den großen Baum mit aufgehängten Menschen, andere Delinquenten lebten, beteten noch, die Schlinge um den Hals, bevor andere Menschen sie nach oben zogen, diese Szene hat mich schwer geprägt.

✧

Auf Arte erzählen Schriftsteller in jeweils 20 Sekunden davon, was sie am Sylvesterabend unternehmen werden. Darunter Mulisch, McCourt, Sibylle Berg, Zaimoglu, Antunes.

Ich frage mich: Wie kann ein Schriftsteller einen halben Tag seines Lebens hergeben (das kostet es ja doch mindestens, selbst wenn das Aufnahmestudio um die Ecke liegt) um in 20 Sekunden etwas Belangloses zu erzählen. Und auf ARTE?

Es gibt Leute, die mir weismachen wollen, sowas gehöre zum *Job eines Profis.*

✧

Das Thema der Neunziger war die Emanzipation des Virtuellen gegenüber dem Realen.

Wird im nächsten Jahrzehnt die Realität bereits sekundär? Weil das Leben im Netz z. B. authentischer wird als im von Lügen und Masken verschütteten Alltag? Für einige sicher.

Dann wird man morgens an den Bildschirm gehen wie früher an die frische Luft.

Daß die Zuneigung zur Pornographie z. B. wieder öffentlich eingestanden werden darf, gar als chic gilt, hängt zweifellos mit den Erfahrungen des Internets zusammen. Es hat uns den nackten Konsumenten gezeigt. Die Rangliste der Suchbegriffe formte ein neues Menschenbild. Die Sexualisierung des Fernsehens empfinden manche als zwanghafte Verformung des Konsumenten und glauben tatsächlich, den Leuten würden Verhaltensmuster eingeredet. Ach was. Da wurde Schlummerndes aus dem Dunkel ans Licht geholt. Und manche verzweifeln darüber, weil sie erkennen müssen, daß die Menschheit aus einer geilen Bande, getrieben von primitivsten Instinkten, besteht. Ich habe mir über Jahre hinweg zur Pflicht gemacht, die Talkshows morgens ab elf anzusehen. Habe alle Illusionen in mir wie Bakterien abgetötet.

Seither schreibe ich nicht anders. Nur für sehr viel weniger Leser. Sich bewußt zu werden, was man beim eigenen Schreiben alles vorausgesetzt hat – und wie wenige das einzulösen imstande sind – ernüchternd.

12. Dezember

Mies geschlafen. Der Wind schepperte in den Rolläden, ich hatte mir den Wecker eine Stunde zu früh gestellt. Andererseits weckte er mich aus einem schlimmen Traum.

Michael hatte irgendein extremes Buch aus den USA verlegt, und ein Vorwort dazu geschrieben, mit dem sich der Autor nicht einverstanden zeigte. Wir – offensichtlich war ich so eine Art Mitherausgeber, hätten sein Werk entweiht, meinte der Autor, er müsse uns dafür abknallen. Der Rest des Traums war ein wildes Verfolgungs- und Versteckspiel in irgendwelchen düsteren Vierteln. Ich vermute, wir sind knapp entkommen.

✧

Heute Mannschaftskampf zu Hause gegen Ebersberg. Erste Weißpartie der Saison.

Habe ein Endspiel mit ungleichfarbigen Läufern und einem Mehrbauern einigermaßen vernünftig behandelt und gewonnen. Zwei Züge vor dem K. O. bot der Gegner noch aus tiefster Überzeugung Remis, dachte dann fast eine Stunde nach, bevor er aufgab.

Große Erleichterung. Obwohl der Sieg klar auszurechnen war, blieb ich die ganze Stunde unter Hochspannung, erst als der Gegner die Hand reichte, kam das Triumphgefühl – es gründete sich vor allem auf mein schlechtes Gewissen, in so einem Zustand für die Mannschaft zu spielen. Ausbeute nach drei Kämpfen fünfzig Prozent.

Der Kampf endete 4:4, weil unser achtes Brett in Zeitnot die Dame einstellte.

✧

Schwere Windböen. Bea bangt um ihren auf dem Balkon selbst zusammengezimmerten Wintergarten. Heut früh sprang sie mir auf die Brust, «Darf ich dein Rabatzke sein?» Das wachküssende Glück am Morgen.

✧

An einem Schachsonntag noch ernsthaft arbeiten zu wollen, ist illusorisch. Die Übermüdung klatscht mich aufs Sofa. Oben analysiert *Fritz 5* meine Partie. Weist mir keine groben Fehler nach. Und die Kiste vermiest einem gerne nachträglich den Sieg.

✧

Hab ein bißchen komponiert. Ostinati in der linken Hand für ein Klavierlied.

Tischtennis. Bea gewinnt 2:1. Danach Net-Surf. Wenn ich auf Anhieb nichts Neues finde, bleibe ich trotzdem mindestens eine Stunde online, hungrig nach Neuem, und seis das Unwichtigste der Welt. Als hätte das Net eine Verpflichtung, mir etwas Neues zu bieten, so wie ein Kino, das gefälligst einen Film zeigen muß, wenn man gezahlt hat und hineingegangen ist. Es sind höchstens dreißig Sites, die ich regelmäßig besuche, lächerlich wenig, für das Spektrum, das das Medium bietet. Auf Wundertütenbasis wie früher surfe ich schon lang nicht mehr.

✧

Lese in der WELT eine Zusammenfassung von Hawkings Prognosen fürs nächste Jahrtausend. Bin mit allem einverstanden.

Der Physiker könne sich dabei durchaus vorstellen, der natürlichen Evolution durch Gentechnik auf die Sprünge zu helfen. Mit Hilfe der Manipulation des Erbmaterials könne der Mensch in tausend Jahren unsterblich werden. Kommunikation werde dank höherer Konzentrationsfähigkeit durch Gedankenübertragung möglich. Diese ‹Verbesserungen›, meint Hawking, seien allein schon deshalb notwendig, damit die ‹biologische Maschine Mensch› immer den konstruierten Maschinen überlegen bleibe.

Jau. Usque sumus lux. Unsterblichkeit wirds sicher viel früher schon geben. Ist von hier nur noch ein paar Generationen entfernt.

Auch alle anderen befragten Forscher sehen eine rosige Zukunft, basierend auf der Beherrschung der Materie.

James Halperin: *Molekülgroße Roboter bauen die Atome zu neuen Formen um. Sie können ein Stück Holz nehmen und es zu Spaghetti transformieren. Alles besteht ja aus ein und derselben Materie. Man muß die Atome nur anders anordnen. Und das Sonnensystem stellt für jeden ausreichend Rohmaterie zur Verfügung.*

Beamen als Transportmittel für Menschen halten fast alle für möglich, aber erst in mehreren hundert Jahren.

Aus den Erfahrungen der letzten Jahrzehnte heraus halte ich das für viel schneller machbar, selbstverständlich – aber vielleicht kommt eine NEUE LANGSAMKEIT auf uns zu? Die müßte sich spirituell verbrämen, um nicht lähmend zu wirken.

Das Jahr 3000 ist so weit weg – es würde mich enttäuschen, würde es irgendeiner Vision der Gegenwart auch nur annähernd ähnlich sehen.

✧

Abends: Photonenstrom. Flaubert.

✧

Was ist schlicht, was banal?

Welche Einsicht ist verknappt, wahr, immergültig, welche wurde dagegen einmal zu oft gesagt? Die Sucht nach Neuem verursacht einen Wertewandel, dem alles zum Opfer fällt. Je nachdem, aus welchem kulturellen Umfeld ein Satz zu uns gelangt, urteilen wir ihn ab, ungeachtet seines bloßen Informationsgehalts. Zen-buddhistisch beeinflußte Haikus z. B. würden wir im japanischen Kontext als Meisterwerke der Gattung loben, auf einem westeuropäischen Slam würden sie vielleicht Gelächter oder Stöhnen erzeugen. Es gibt keinen Satz, der unabhängig seines Vortragsambientes dauerschön und dauerwahr sein kann. Man schreibt für eine gewisse Ära und eine gewisse Bildung – darüberhinaus für einen beschränkten Kundenkreis, außerhalb dessen nichts unangreifbar ist.

Alles vor dem Tod ist Leben. (Aus einem Hollywood-Film, hab vergessen, welchem)

Der Satz ist wahr, und war einmal tief. Heute liegt sein Informationsgehalt unterhalb der Durchschnittserfahrung des für den Film ausschlaggebenden Kundenkreises, deshalb wird er als banal eingestuft. Stammte er von Heraklit, wir würden ihn sakrosankt behandeln. Im Museum lebt vieles fort, was auf dem freien Markt heutzutage unbehütet ausgesetzt, keine Chance auf Epigrammatik hätte.

Man vergleiche: Der jüdische Spruch: *Auch eine Stunde*

Leben ist Leben – wirkt immer noch im Kontext der Holocaust-Erfahrung.

Ein banaler Spruch kann, auf eine Extremsituation angewandt, neues Leben, neue Wirkung erlangen.

✧

Ruine – die um alle Schwachstellen gekürzte Substanz.

Der Satz, der den Tag rechtfertigt.

✧

Ich habe überhaupt keine Lust, über Highlights und Tiefpunkte des Jahrhunderts zu referieren. Sollen andere machen. Der Dezember hat nichts von einem Finale an sich. Der Dezember ist der achte Monat meines Tagebuchprojekts. Sonst nichts.

✧

Church Hill – 95 – Südostaustralischer Wein.

Blume – altvertrauter Ton, wie der Klangkorpus einer Turnhalle der Kindheit. Bouquet zu mollig – wie eine fette Hure, bei der man wirklich alles ficken kann. Abgang voller Vanille und Weihrauch, auch Nuß und Honig – kommt an Winterabenden gut, wirkt dennoch gekünstelt.

Rilke, sagte das junge Mädchen, das war doch so ein Musiker.

Wir lachten. Sie darauf: Ja, wofür brauch ich das denn je?

Tja. Wofür? Wir wurden ernst. Und grausam. Wofür braucht ein junges Mädchen Rilke? Mädchen, laß dir lange Beine wachsen und gutgeformte Brüste, das vor allem braucht die Welt, dann erst frag, und bitte leise, was Rilke für dich *tun kann.*

13. Dezember

Lieber Helmut,

«Indien» hab ich 12 Wochen im Moviemento gespielt und sehr gemocht. Hader ist live allerdings noch besser. Heute auf dem Flohmarkt: Thanatos, gebunden, 12 Mark. Für meinen Vater zum Weihnachtsfest.

Alles Liebe

Tom

✧

Im Teletext: *Die Sperrstunde der britischen Pubs wird aufgehoben. Die bisherige Regelung stammte aus dem zweiten Weltkrieg, um die Betrunkenheit der Munitionsarbeiter einzudämmen.*

✧

Ebenfalls Teletext: *Fußballer David Beckham und sein Spicegirl Victoria haben ihrem acht Monate alten Sohn ‹Brooklyn› zu Weihnachten bei Harrods einen Mini-Ferrari gekauft. Der Wagen ist 150 000 Mark teuer und kann von den Eltern ferngelenkt werden.*

Ich werde von heftigen politischen Umsturzgelüsten durchschüttelt. Von daher ist das nicht obszön, nein, das ist tief subversiv.

Noch eine Nachricht: *Mutmaßlicher Tizian sichergestellt. Die Diebe hatten keine Ahnung vom Wert ihrer Beute gehabt und das Bild einem Flohmarkthändler verkauft.*

Mutmaßlicher Tizian. Klingt apart.

✧

Vor ein paar Tagen lag die Kammermusik-CD bei amazon.de auf Verkaufsrang 537.635.

Ich hatte keine Ahnung gehabt, daß es dort solche Niederungen gibt. Heute Rang 537.677.

Anruf Marcel. Die Story für den SPIEGEL sei ihm anfangs *strange* vorgekommen, gewöhnungsbedürftig, sei aber dann doch sehr spannend gewesen. Ob ich nicht Lust hätte, irgendwann einen Krimi zu schreiben?

Die Schmerznovelle ist ja schon nahe dran. Mysterythriller auf dem Gebiet der Psychopathia Sexualis, erweitert um essayistische Elemente. Habe Herbst 2001 als E-Datum vorgeschlagen. Dann kann ich noch mehr als ein Jahr lang daran arbeiten.

✧

In der SZ: Andrian Kreye über die Unruhen in Seattle – ein historischer Moment oder ein historischer Augenblick? Formiert sich eine neue linke Protestbewegung? Kreye sagt: vielleicht, aber es werde kein Manifest, keine Ideologie, keinen «Ismus» geben.

Hm. Ja. Genau. Weil das Anliegen, sage ich, einfach zu blöd ist. Was in Seattle passierte, war fundamentalistische Sozialromantik. Organisiertes Schattenboxen verwirrter junger Menschen ohne echte Verzweiflung. Rebellen, die nicht beißen. Wenn daraus eine Art neuer ‹Kampfsport› wird, auf dem Nährboden vom *Fight Club* – ach du

Scheiße, dann kehren die Sechziger wieder, das Revival der Anti-Vietnam-Kundgebungen. Dann noch die Aids-Impfung, und willkommen ihr Kommunen. Oh, nein ...

Da standen sie. (wer eigentlich?) *Zu Zehntausenden. Arm in Arm gegen die Mächtigen und Reichen. Sie ließen sich mit Gas besprühen, niederknüppeln und verhaften. Sie verbündeten sich mit Gewerkschaftlern, Christen, Sektierern, Menschenrechtlern, Akademikern, Arbeitern, Randgruppen und braven Bürgern. Und sie protestierten mit einer solchen Leidenschaft, daß die als Stargäste geladenen Urväter der Gegenkultur mit Tränen in den Augen applaudierten.*

Ist das nicht eklig? Es liest sich wie fieseste Ironie, aber Kreye meint das ernst. Der Text entlarvt sich so bereitwillig selbst, daß es mich mißtrauisch macht. O. K. ich tippe mal: Kreye ist 46. Da guck ich jetzt nach.

Er ist grademal zwei Jahre älter als ich. Was soll man daraus ableiten?

Auskunftsfreudig ist folgende Passage über gewachsene Demonstrationskultur:

Jede Aktion wurde in drei Risikostufen aufgeteilt. Wer bereit war, sich verhaften zu lassen, wurde von einem Team aus Rechtsanwälten betreut. Videofilmer und Fotografen dokumentierten polizeiliche Übergriffe. Computerfreaks belieferten die Welt per Internet mit Liveübertragungen. Krankenpfleger brachten die von Tränengas und Knüppelschlägen Getroffenen wieder auf die Beine.

Noch so ein pathetischer Ausschnitt:

Die Generation YES. *Jene Generation, die Gesellschaft, System und Fortschritt nicht ablehnt, sondern umarmt. Bisher hatte es noch keinen großen gemeinsamen Feind gegeben, keinen Anlaß. Doch dann kam die WTO, jene 1995 gegründete gebeimbündlerische Vereinigung von Freihandelsadvokaten und Konzernen, die wegen ihrer schamlosen Mißachtung sämtlicher Gesellschaftsverträge ein perfektes Ziel für den globalen Volkszorn abgibt.*

Puh. Zwei Anmerkungen: Ich fühle mich wohler in einer Welt, die von Konzernen beherrscht wird, statt von nationalen Regierungen. Die Herrschaft der Konzerne wird das Interim zum Weltstaat sein, die Entmündigung der Staatsgrenzen. Alles liegt im Plan.

Zweitens: Ich wette jeden Betrag: Wenn man heute 1000 (westliche) junge Menschen zwischen 16 und 30 fragen würde, was die WTO ist, die meisten würden antworten: Ein Boxverband.

✧

E-mail von Arezu / derzeit Südafrika:

cape town ist drugtown geworden, es geht hier inzwischen sehr heftig zur sache. totschiessen und crack und smack und wasweissichnochalles. versuche gerade eine reportage im gangland, was schwierig ist, noch keiner gemacht hat (versucht ja, aber nicht ueberlebt), will eine nacht mit den bullen auf streife.

in jedem fall hab ich hier schon zwei bookings zum plattenauflegen und das schreiben geht auch sehr gut. ansonsten vergehen die tage wie in einem boiler, endlose hitze, alles klebt feuchtwarm am koerper, nur gegen abend weht ein leichter wind unter die roecke der maedchen.

Das muß aufregend sein.

✧

Und ein tolles, im Schriftbild diametrales E-mail von Anja:

LIEBER HELMUT!

SCHILLING WURDE «BEURLAUBT» – DAS SAGEN HAT NUN HERR JORDAN, WELCHER MIR EBEN MITTEILTE, DASS IHR NUN ALLE HIER WOHNEN KÖNNT!

BITTE RUF' DOCH AM MITTWOCH (NICHT VORHER) FRAU BOARI AN, DAMIT SIE DAS HOTEL WIEDER ABBESTELLEN KANN, FALLS IHR HIER WOHNEN MÖCHTET

DAS SIND DOCH ERSTAUNLICHE NEUIGKEITEN ...

Ein Anruf bei Anja bringt wenig Details. Schilling dürfe das Grundstück nicht mehr betreten.

Zwei Beamte aus Bonn führten eine Rechnungsprüfung durch. Oi, oi. Für Schilling tut es mir ein bißchen leid, ich hab ihn ganz gern, obwohl er in der Silvestersache so zickig war – und mich in Sachen Kammermusik-CD schamlos über den Tisch gezogen hat. Drei Mille hätt' ich aufgrund seines Versehens selber beisteuern müssen (hatte mir Kostendeckung von sechs Mille zugesagt, stellte dann – nach Ende der Produktion – fest, daß ich nur ein **Halbjahres**stipendiat bin und senkte den Zuschuß auf die **Hälfte**) – schließlich hab ich das Ding ganz übernommen, damit da nicht auch noch ein Dank an ihn draufstehen muß.

✧

Ach, das wird toll. Super, super, super. Beatrice hüpft vor Freude. Es gibt nur eine kosmische Konstante: Nichts kann je süßer sein als Beatrice. Sie widerspricht nur halb: «Außer in einem schwarzen Loch, da sind die Naturgesetze außer Kraft.»

✧

Alle meine Lektoren haben eine Liste meiner grammatisch-orthographischen Devianzen, die ich im Laufe der Jahre als Kraussersche Eigenheiten durchgesetzt habe. Eben denke ich darüber nach und merke, wie egal mir das geworden ist, jetzt schreibe ich mal so, mal so. Und wundere mich. Aus irgendeinem Grund war mir das vor wenigen Jahren nicht egal.

✧

Abends Bernhard getroffen, gingen in die Nachtkantine, Erfahrungsupdate, danach Milch-Bar, unglaublich: Als «Achtzigermusik» gelten bevorzugt Depeche Mode und Pet Shop Boys. (Das existierte damals gar nicht für uns.) Der kahle, nur von einer roten Leuchtdiode geschmückte Raum ist knallvoll mit herumstehenden Zwanzigjährigen. Unfertige Gesichter, ohne Erotik. Bernhard: «Auf dem Planeten der Unsterblichkeit.» Kindergarten. Fuhren dann weiter ins LUX, das hatte zu, daneben, ins *Holy Home*, Kneipe in Berlin-Outfit, gefiel mir gut. Und worüber redeten wir? Natürlich – nebst dem Üblichen – übers Altern. Dabei haben wir noch zehn Jahre Zeit, um in der Vorstellung der alten Römer die *virilitas (45–60)* zu erreichen.

✧

Das Licht am Ostbahnhof wirkt härter als früher, greller, wie von Halogenlampen, wie aus zu stark ausgeleuchteten Action-Filmen.

In der S-Bahn eine Science-Fiction-Idee gehabt: Ein Raumschiff ist tausend Jahre irgendwohin unterwegs. 20 Jahre vor der Landung werden per Automatik tiefgefrorene Samen- und Eizellen aufgetaut und zusammengemixt, die Embryonen werden in Brutkästen aufgezogen, von Robotern abgenabelt, gestillt, unterrichtet, etc. Ein sehr autoritäres Roboter-Regime. Strenge Kasernen-Atmo. Oberste Instanzen, die nur akustisch agieren.

Mit 20 sind die so gedrillten Menschen dann fähig, eine ferne Welt zu kolonialisieren, haben keine Ahnung, daß ihr Lebensbereich, ihr Erfahrungshorizont, ihre «Werdung» etwas Außergewöhnliches darstellt. Und erfahren erst nach der Landung das Geheimnis ihrer Herkunft. Werden mit dem kulturellen Erbe der Menschheit konfrontiert, nachdem sie zuvor nur mit speziell für sie präparierter Kultur versorgt wurden, die von einer Humanexistenz im Raumschiff ausgeht und alles vermeidet, was auf die Erde hinweist.

Parallelebene: Tausend Jahre zuvor denken sich Lohnkünstler diese Kultur aus, haben eine Mordsgaudi dabei. Bücher, die nur in Raumschiffen spielen. Bilder, ausschließlich aus dem Weltall. Sogar philosophische Werke.

Und warum das alles?

Keine Ahnung, nur so ne vage Idee.

✧

Ich habe versucht, nicht zu lügen. Als die Polizisten Platz nahmen, war ich noch festen Willens, alles so zu erzählen, wie es sich zugetragen hatte. Doch die Fragen, die man mir stellte, klangen ehrfurchtslos und simpel, baten um ein Ja oder Nein, baten darum, aus tiefster Verwirrung heraus, in dieser undurchschaubaren Angelegenheit jedes Dazwischen zu vermeiden. Mir kam die Lust abhanden, Wahrheit so unästhetisch und nackt zu präsentieren, zuletzt wies ich jeden Verdacht, Johanna Palm ermordet zu haben weit von mir, und tatsächlich konnte ich mich von diesem Moment an nicht mehr sicher erinnern, sie jemals anders als nur mit dem Mund berührt zu haben.

Idealer Textauszug für die U4 der Schmerznovelle.

14. Dezember

Kopfweh. Gliederschmerzen. Schneefall.

Böser Brief an List. Wie der Verlag ehemalige Autoren behandelt, ist unerhört.

Anruf von Hettche: Internetprojekt solle doch warten, atmen, er möchte einen Roman schreiben, ohne essayistisches Element, möglichst straight und das ungestört.

Ging jetzt aber schnell.

Ich hab mir das gedacht. *Animationen* schrie danach, den Panzer der Theorie abzuwerfen. Ein Befreiungstext, in dem Essay und Erzählung miteinander kämpften. Mit eindeutigem Ergebnis.

✧

she gives head – finde ich eine reizvolle Formulierung. Den Kopf zur Verfügung stellen. Hat was Fieses, Devot-Fatalistisches.

Oder den aktiven Blowjob ins Passive wenden: *Sich in den Kopf ficken lassen.* Klingt soviel härter als: in den Mund.

✧

Abends eine schlimme Nachricht. 30 eingeplante Mille sind futsch. Die Jury des großen Arschlochpreises hat meinem «Diptychon» den ersten Preis zugesprochen.

Aber der große Arschloch-Dachverband akzeptiert diese Entscheidung nicht. Zuerst hieß es, mein Stück sei zu kurz. Absurd (70 Minuten). Dann hieß es, es sei nicht rechtzeitig eingegangen. Auch Quatsch. Jetzt quälen sie sich damit raus, daß ich das Stück nicht direkt nach Großarschien gesandt hätte. Was stimmt. Und das kam so: A. sprach mich an, daß bisher nur miese Stücke eingegangen seien, ob ich nicht ein neues hätte. Klar, sagte ich, ließ es aus dem Drucker raus und gab es ihm gleich mit. Später setzten mich zwei der drei Juroren auf Platz Eins. Und jetzt der Eklat. Man will mir den Preis nicht geben. («Das ist einfach kein Stück für Großarschien.») F., Vertrauensmann der Jury, trat vom Posten zurück. Ebenso die Jury selbst.

Und ich fliege morgen früh nach Las Palmas, kann überhaupt nichts tun.

Jahrelang geht das schon so, aber derartig dreist kams noch nie.

Es gilt als uncool, nicht darüber zu stehen. Hätte ich bloß nie davon erfahren. Offiziell dürfte ich gar nichts davon wissen, kann mich also auch überhaupt nicht beschweren.

Letztes Jahr unterrichtete mich ein Jury-Mitglied beifallsgeil von einem Förderpreis (sic!), den ich gewonnen hätte. Direkt nach der Abschlußsitzung (sic!!). Den Preis bekam dann – ist ja wurscht, sei ihm gegönnt.

Jetzt muß ich das nächste Projekt anfangen, um meinen Lebensstil zu sichern. Kann sein, das hat was. Immer auf der Kippe. Kann sein, daß mir das gut tut. Aber das ist ein Nachhinein der Betrachtung, der Gegenwarten einfach nicht zusteht, nein, verflucht nochmal.

✧

Nachts in der Harald-Schmidt-Show eine lustige Parodie auf Fußball-England. Hitler als Teamchef der '40er Nationalmannschaft. Und wenigstens hat an diesem Dreckstag Bayern gegen Bielefeld gewonnen. Man ist ja schon um wenig froh.

✧

Ein bißchen komponiert. Sonst nichts vorzuweisen.

Ist das krank – unbedingt etwas vorweisen zu müssen? Ja.

Und nein, wenn das Vorzuweisende nicht nur aus Erarbeitetem, auch aus Genossenem bestehen kann. Genuß ist alles. Arbeit daran nur ein rituelles, stumpf abzusitzendes Hotel im Zwischenreich: Zwischen Erwartung und Erfüllung.

✧

Einen magischen Moment hätt ich beinah vergessen. Ich stand vor dem großen Videoregal im Wohnzimmer und dachte, ohne hinzusehen, daß ich mal wieder die Muh-Dose umdrehen könnte. Da, in meinen Rücken, ruft Bea: «Dreh doch mal wieder die Muh-Dose rum.»

Und diese Muh-Dose, weiß den exakten Terminus nicht, steht wirklich sehr versteckt irgendwo unten bei alten Videocassetten.

15. Dezember

Ins Bett um drei, aufstehn um sechs. Der erste betrachtete Sonnenaufgang seit Oktober letzten Jahres.

Die Schneemassen der letzten Nacht schmelzen mit dem ersten Licht dahin.

✧

Ich stelle mir ein völlig schwarzes Bestattungsflugzeug vor. Fliegender Holländer, letztes Update. Pompös funeral.

✧

Wetten, wann es für einen weiblichen Hollywoodstar üblich sein wird, in Hochglanzzeitschriften die Möse zu zeigen. Wenigstens den Pelz. Ich sage: keine zehn Jahre. Bea geht sogar noch drunter. Dienst am Fan – fatale Ambition. Vielleicht ist der neue amerikanische Puritanismus sogar zu begrüßen, wo er Geheimnisse als solche beläßt. Schon für die erotische Literatur.

✧

Club-Anzeige in einer kanarischen Tageszeitung: *Francès. Hasta al fin sin preservativo.*

Schlagzeile Bild-Zeitung: Eine Frau will an Silvester in 24 Stunden mit 2000 Männern schlafen. Weltrekord. Der letzte soll pünktlich um Null Uhr kommen.

Tapfer und präzise berechnet, wie der Sex in unserer Zeit.

Das einzige Thema unter Promis: Wer feiert den Jahreswechsel wie und wo. Einige wollen, wohltuende Haltung, zu Hause bleiben, das neue Jahrtausend zu zweit mit dem Partner begrüßen, am besten ineinander. So haben wirs die letzten zehn Jahre gemacht. Hat immer Glück gebracht.

✧

Ruhiger Flug. Der Purser ist betrunken, bringt kaum einen geraden Satz übers Mikro.

Nach der perfekten Landung wird geklatscht. Schöne Geste, die zwischendurch fast ausgestorben war. Auf Inland-Flügen sowieso.

Lese, mit schlaffen Lidern, Kurzgrotesken von Link. Die heitern mich auf. Erinnern mich an eigene Geschichten von früher – das Rencontre weit auseinanderliegender Stile, die Sprunghaftigkeit, die zum Teil einem lebhaften Geist, zum andern Teil einer gefüllten Schublade entspringt. Alles wird verwendet. Aber es gibt unter den Leberwürsten auch gute.

Tolles Aperçu: *Spezialisten sind Menschen, die von sehr wenig sehr viel verstehen, bis sie schließlich von nichts alles verstehen.*

✧

In Las Palmas erster Gang durch die Stadt, Grundnahrungsmittel beschafft, der Weg führt instinktiv zum Corte Inglès, einem großen Kaufhaus mit gut munitioniertem Lebensmitteluntergeschoß. Schade, der Eidechsen-Likör, in dem mit aufgeschlitztem Bauch und gelblich präpariertem Fleisch eine Eidechse schwamm, ist aus dem Sortiment genommen. Diesmal hätten wir sicher eine Flasche nach Deutschland überführt, als makabren Party-Gag. Stattdessen drei Sorten koscheren Rotweins. Was es alles gibt. Streichkäse mit Erdbeergeschmack und Olivenjoghurt. Fisch und Fleisch sind sehr teuer.

Kurz den pittoresken Schachspielern am Parque Santa Catalina zugeguckt. Keine Leuchten. Lassen sich ungern beobachten. Das letzte Mal war ich Dezember '96 hier, zum Superturnier mit Karpov, Kasparov, Anand, Ivantchuk, Kramnik und Topalov, dem vielleicht stärksten Turnier aller Zeiten. Begreiflich, daß da selten Langeweile aufkam. Damals machten Bea und ich eigentlich getrennten Urlaub am selben Ort.

Das Apartment im Brisamar Canteras (diesmal Nr. 14 statt Nr. 11) ist nicht mehr ganz so doll. Die Küche winzig. Es könnte schlimmer sein, nämlich mit Balkon zum Hof, in dems aus einer Voliere nervtötend zwitschert. Das Bad dafür sehr groß. An deutschen Fernsehsendern sind eingespeist: Eurosport, tm 3, und – alle Achtung – *Baden-Württemberg Aktuell,* aber das geht nicht gescheit her.

Abends Muschelnudeln gekocht. Noch ein Spaziergang im bunten Vorweihnachtstrubel. Hemd gekauft, Verlängerungskabel fürs Notebook besorgt. Ein Mann macht der Verkäuferin unzüchtige Anträge. Sie brüllt ihn zur Tür hinaus, mit einer in Kürze nicht wiederzugebenden Wucht, wendet sich danach mit einem aufgesetzten Lächeln mir zu.

Die Videokabinen eines Sex-Shops laufen für umgerechnet eine Mark fünfzig gleich 0,75 Euro glatte fünf Minuten. Das ist vielleicht preiswert. Von dreißig Porno- nur ein einziger Schwulenstreifen im Sortiment, während es in München immerhin knapp 20 Prozent sind. Das erspart teure Studien. Nirgends lassen sich sexuelle Mehrheiten ehrlicher ablesen als im Angebot der Wixkabinen.

Las Palmas – eine laute, bunte, sehr saubere Großstadt mit anarchischem, von vielen Einbahnstraßen geregeltem Straßenverkehr.

Der letzte große Freihandelshafen der EU. Zigaretten und (schlechter) Whisky so billig wie sonst nirgends. Guter Wein dagegen teuer. Empfehlenswert: El Coto. Neun Mark trinken sich wie zwanzig.

✧

Den Abend verbringen wir zuhause. Zu wenig Schlaf gehabt. Beatrice – so sexy, wenn sie müde ist. Wehrlosigkeit als niedliche Extremstrategie.

Nebenbei: Die Miß-World-Wahl im Fernsehen. Favorit ist eine Israelin, Cameron Diaz aus dem Gesicht geschnitten. Bea gefällt Miß Indien am besten, prompt gewinnt die. Danach auf tm 3 – *Delicatessen*. Toller Film, der knapp meine Catch 22-Liste verpaßt hat. 1990 war ein reiches Filmjahr. Ja, das Diptychon müßte inszeniert werden wie *Delicatessen*, nicht wie eine Parodie auf – auf, auf – scheiße ... komm immer noch nicht drauf ...

✧

Danach auf dem Balkon, mit Notebook, immer noch das uralte, das neue von Toshiba ist schon wieder beim Richten. Es windet. Rueda Superior. Passabel. Das Meerpanorama wirkt selbst bei Nacht gigantisch. Noch kilometerweit entfernt leuchten die weißen Streifen der Gischt. Wegen dieses Panoramas sind wir hier. Nirgends rauscht das Meer so laut. Als würde die Stadt als Schalltrichter dienen, und die Berge zur linken. Direkt unter dem Balkon liegt die breite, rot geziegelte Strandpromenade. Zehn Meter weiter, zwei Meter tiefer, durch ein Stahlgeländer abgetrennt, der Strand selbst. Alles durch Scheinwerfer erleuchtet, die ganze Nacht hindurch. Weil wir vor fünf Wochen erst in Kreta waren, hatte heute das Erlebnis, ans Meer, zum Fruchtwasser zu gehen, an Kraft verloren, glich nicht wie sonst dem Gefühl, heimzukommen, aber in Kreta lag die Küste ab der Dämmerung in sturem Dunkel, hier kann ich beim Schreiben die vorbeiziehenden Menschen betrachten und das immergleiche Spiel der Wellen auf den wie Aquariumszierat in die Brandung gestreuten Riffen. Hier wird man offensiver als sonst von Göttern beobachtet.

Das Meer pumpt und spült und tobt, man schreibt gegen es an und verliert – und gewinnt, weil man sich dessen bewußt ist.

Der Sound der anbrandenden Gischt – Grauenhaft zu denken: Ich müßte meinen Eltern trotz allem dankbar sein. Geht halt nicht.

16. Dezember

Lese zum Frühstück weiter in der SZ von gestern. Daß Monika Weimar doch verurteilt werden soll, nimmt mich mit. Die Frau ist so offensichtlich unschuldig, daß es wehtut. Und die Hauptbelastungszeugin, eine alte, hysterische, unglaubwürdige Kuh – man hat sie damals gesehen, als sie im Fernsehn die erste Urteilsverkündung kommentierte, laut aufjuchzend, aufspringend, mit gefalteten Händen zum Himmel betend: Gottseidank, jetzt wissen alle, daß ich net glogen hab – Typischer kann die Reaktion einer Lügnerin nicht sein. Wer die Wahrheit gesagt hätte, würde nicht derart auf Kohlen sitzen. Einer solchen Person ist es wichtig, in der Öffentlichkeit nicht als Lügnerin dazustehen, die Frage, ob eine unschuldige Frau ins Gefängnis muß, ist ihr egal. Als wahr gilt so einer alles, was ihr geglaubt wird – erst, wo man ihrer Aussage Glauben schenkt, wird deren Inhalt im eigenen Weltbild faktisch, die plötzliche Faktizität wird mit großer Erleichterung registriert. Weil sie sich selbst nicht sicher ist. Vermutlich hat sie gar nicht wissentlich gelogen. Das Strafrechtssystem würde zusammenbrechen, würde man zugeben, daß der Mensch sich in derartigem Ausmaß täuschen kann. Aber es ist so.

Von Anfang an paßt im Fall Weimar nicht *ein* Profil: Es sind in den allermeisten Fällen durchdrehende Väter, die ihre Kinder umbringen. Und warum soll eine Frau, der ihre eigenen Kinder egal sind, diese und den Ehemann nicht einfach verlassen, wozu muß sie sie erst töten? Ich bin überzeugt, Monika Weimar wurde verurteilt, weil *sie* das außereheliche Verhältnis hatte. Und ihr Mann – der wirklich jedes Täterprofil erfüllt, der in der Nervenheilanstalt hockt, wohin ihn die Tat getrieben hat, nichts sonst – ich glaube, jeder einigermaßen geschickte Psychologe könnte ihn binnen Stunden zu einem Geständnis bewegen – warum versucht das keiner? Und der Richter, dem Monika Weimar gegenübersitzt, ist offensichtlich festentschlossen, mit krankhafter Scheuklappenjustiz das *in dubio pro reo* außer Acht zu lassen. Es ist mehr als ein Skandal, was da passiert. Eine Tragödie.

Früher – Zola oder Theodor Lessing oder Truman Capote – heute ist es kaum vorstellbar, daß der Schriftsteller sich über subjektive indirekte Kommentare hinaus einmischt, die Rolle des Staatsanklägers und Gerichtsreporters einnimmt. Es würde, wenn es passierte, sofort als Mediengag abgetan werden, erntete Mißtrauen und Feindseligkeit. Das verdeutlicht, wieviel Nimbus der Autor mal besaß – und aus der Hand gegeben hat, indem er sich als Bücherverkäufer definierte, als Lieferant für die Unterhaltungsindustrie. Das hatte einiges für sich. Doch zuviel ist zuviel, der Götterbote wurde auf den Boden geholt, eine sanfte Schubumkehr würde nicht schaden. Gegenargumente sind ja nur antiquierte Modelle wie Grass: Allem im Weg. Schnauzbartsaurier.

✧

Bewölkter Himmel. 19 Grad.

Auch hier vereinzelt, wie in Kreta (dort sehr häufig) – Araukarien, diese Designer-Koniferen, diese Spielzeugbäume, wie für Modelleisenbahnlandschaften zusammengesteckt aus Pfeifenputzerdraht. Der einzige Baum, den ich scheußlich finde.

Wir gehen zum großen, zweistöckigen Marcedo Central an der Calle Galizia. Es gäbe frische Muränen, spottbillig, sieben Mark das Kilo, aber mit dieser Spielzeugpfanne? Nein, dazu bräuchten wir einen Ofen, oder am besten einen großen Holzkohlegrill. Uns unbekannt: Knallrote Fische – vielleicht aus der Familie der Lutianidae (Snapper z. B.) mit blauschimmernden Seitenflossen.

Wir kaufen ein Bündel Navajas – Scheidenmuscheln. Und sehr viel Obst in sonderbaren Subformen. Papayas, Bananen, Kaktusfeigen, Guaven, Avocados, Zwergmandarinen. Und Chayoten – kürbisartiges Zeug.

Vor drei Jahren, bild ich mir ein, hatte diese Stadt noch einen leichten afrikanischen Einschlag, der völlig wegeuropäisiert wurde. Wo sind die vielen schwarzen Straßenhändler hin?

Es ist verblüffend, wie sehr die Plaza de España der Piazza delle Provincie in Rom gleicht.

Die Guaven taugen einfach nicht zum Verzehr. Ihr Geruch ist überwältigend, fast betäubend – man sollte sie herumliegen lassen und irgendwann in den Müll werfen. Die kleinen lila Kaktusfeigen spritzen Purpurblut, wenn man sie anschneidet. Eine tolle Sauerei. Anders als die, die man bei uns bekommt, bestehen sie im Innern praktisch nur aus Saft und Kernen. Kaum Fruchtfleisch.

✧

Ein Horoskopautomat. Liebe gut, Geld schlecht, Gesundheit Durchschnitt.

Sie wiegen 5,4 Kilo zuviel. Heute ist Ihr 12941. Tag.

✧

Musikliste für Hörspiel *Dienstag:* Strangers in the Night, Poussage Nr. 4, Schnittke, Mahler, Kiss – Version Tom Jones. Dazu eine Liste der Geräusche.

Und die Pausen im Text nach drei Gruppen unterschiedlicher Länge sortieren.

✧

Die Navajas sind köstlich. Leichter Pilzgeschmack. Bea meint: Die Steinpilze des Meeres.

Zum Dessert französischer Käse. Port Salut.

✧

Nachmittags in die Fußgängerzone. Alles sehr bunt, glamourös und teuer. Cherry-Pez in einem Bonbonladen gekauft. Weil es in *Stand by me* heißt:

«If I could only have one food to eat for the rest of my life?»

«That's easy. Pez. Cherry flavor Pez. No question about it.»

✧

Im Parque San Telmo Abenteueressen. Getrockneter Tintenfisch wird direkt auf glühende Kohlen gelegt, in der Glut zwei Minuten lang gewendet, verfärbt sich orangebraun, schrumpft zusammen, wird in Papier gerollt und so verkauft. Konsistenz ähnlich hartem Kaugummi. Arbeitsbeschaffungsprogramm für die Zähne. Geschmack: Naja.

Das müssen Seefahrer früher auf weiten Reisen gefressen haben.

✧

Abends im Sala Recreativo um die Ecke (Super Galaxia) einen Jurassic-Park-II-Automaten entdeckt. Das haben wir in Kreta bis tief in die Nacht gespielt, sind einmal sogar im Experten-Modus von Anfang bis Ende durchgekommen. Man muß gut aufeinander eingespielt sein, jeden Schuß sinnvoll einsetzen, wenn möglich auch was damit treffen und nie das sofortige Nachladen vergessen. So «fährt» man durch die Locations des Spielbergfilms, wird ständig von Raubsauriern attackiert und muß um sein virtuelles Leben ballern, mit Plastikpistolen, die per Kabel mit dem Bildschirm verbunden sind.

Dies zur Erklärung für ältere Leser (kann ich mir nicht verkneifen).

✧

Hundsmüde. Kein klarer Gedanke.

In der Nacht ist es einfach: Dorthin, wo die Lichter sind.

Es gäbe ein eifriges Nachtleben. Und doch: Gibts alles auch woanders. Nur nicht den Balkon überm wütenden Meer.

Bewölkung nimmt zu. Ebenso der Wind. Schmale Sonnenflecken über den Bergen, dazwischen silbriger Küstendunst.

Morgens zum Las Arenas. Centro Comercial Continente. Weihnachtsfrauen, also Nikolausinen, laufen auf Rollschuhen herum, in roten Hot Pants.

Tiefgefrorene Guacamole. Nüsse mit Salz *und* Honig. Das wunderbare Tomato Frito von Orlando. Pimientos del Piquillo. Rote Langustini – Carabineros. Almejas Macho – große Teppichmuscheln.

✧

Abhängen bei Zitronenwasser und Papageiengeschrei. Es ist zu kalt zum Baden.

Strandspaziergang bei Ebbe. Die Klippen vulkanischen Ursprungs bilden tausende kleiner Wasserreservoire, in denen man auf Krebsjagd gehen kann. Kosmologisch-philosophische Gespräche. Das Weltall ist ein primitiver euklidischer Raum. Unfaßbar. Überhaupt, Urknall – unfaßbar – und daß wir überhaupt ein präzises Modell besitzen vom Anfang und vom Ende. Unfaßbar. Solche Gespräche kommen gravitätischer mit Blick aufs Meer. Am Anfang war all das so winzig. Zehn hoch minus 28 Zentimeter klein. Und jetzt?

Vor uns auf einem Riff sitzen ein Reiher und ein Ibis.

Irgendwann gehen die Lichter aus, der Brennstoff der Sterne verbraucht sich, die Masse verschwindet in schwarzen Löchern, das Universum stirbt den Kältetod. Nach zehn hoch 64 Jahren lösen sich selbst die schwarzen Löcher in langwellige Strahlung auf. Behauptet Hawking.

Und dann? Einzig rettender Gedanke: Daß es unendlich viele parallele Universen geben muß, ständig neue entstehen. Sonst wär das ja nicht auszuhalten.

✧

Der Reiher hat schwarze Beine und gelbe Füße. Sticht ins Wasser, trägt einen brillenbügellangen Fisch an Land.

✧

In einem Kiosk gesehen: Ein Whisky namens «Gun Club». Daher der Name der besten Band der Achtziger? Ich spreche, während ich durch die Straßen flaniere, auf das Diktaphon. Höre auf dem Zimmer das Diktaphon ab. Das Tonband läuft weiter, ich höre interessiert zu – es ist das selbe Tonband, das ich '93 benutzte. Ich höre meine Stimme von '93. Sie sagt: «Heute abend geh ich mit K. B. zum Gun Club-Konzert.»

Das ist gruselig.

✧

Noch gut an der Schmerznovelle gearbeitet zur Nacht. Den Verlauf endgültig festgelegt.

Deine Trauer hat dich interessant gemacht. Johanna hat diese Trauer, die du so gut vor der Welt versteckst, gleich erkannt, nur deshalb durftest du dich ihr nähern. Sie durchschaut jeden, und du – warst ein offenes Buch. Sie las dich gern. Deine Trauer ist leider das einzige, was an dir groß ist.

Dreck. Gestrichen.

Für Schmerznovelle: Noch einmal an den Schauplatz, im nächsten September, den Geruch der Gegend in jede Zeile hauchen. Ganz ganz harte Arbeit leisten. Nicht leichtfertig zufrieden sein mit dem, was aus sich selbst begonnen hat zu schreiben.

18. Dezember

Es wird wärmer. Und ich schlafe so gut wie selten.

Wir fahren mit dem öffentlichen Bus – der unterirdische Busbahnhof am Parque San Telmo gehört zu den Sehenswürdigkeiten der Stadt – hinauf in die Berge, zum Jardin Botanico, der in einer tiefen Schlucht liegt. Großes Panorama. Hinab gehts auf schmalen Steinpfaden ohne Geländer. Die Anlage ist fast menschenleer. Neben dem Weg fand ich intensiv duftende Waldchampignons. Beatrice gräbt einen Aaronstab aus. Bleibt sehr oft stehen, drückt ihre Begeisterung aus über wundersame Dinge, bückt sich hinab und seufzt selig. Manchmal lasse ich mir was erklären, aber es ist wie in der neuen Renault-Kangoo-Werbung: Zur einen Schiebetür rein, zur andern raus. Ich lerne, daß prachtgelb blühende Gehölze nichts Besonderes sind. Entzückend war der Strandflieder und der Gauchheil – aber den gibts bei uns auch. Mitten im Park das Grab des schwedischen Botanikers Sventenius. An den Toiletten hier hängen zur Unterscheidung von männlich / weiblich noch diese uralten Piktogramme – Der Herr mit Pfeife, die Dame mit Lippenstift.

Habe bei den Opuntien eine reife Kaktusfeige gepflückt und schwer bereut, die winzigen Stacheln taten nach einer Stunde noch weh. «Saftstrotzlinge und Geborstel», kommentiert B.

Kakteen, deren Arme sich wie benadelte Schlangen über den Boden winden.

Es gibt keine europäische Opuntienart. Nur Euphorbien und Sukkulenten. Für mich sind das alles Kakteen. Das sei aber Quatsch. Ja nu. In der Prosa geht das nicht anders, wo kämen wir denn da hin? Mit Euphorbien und Sukkulenten.

Laufen durch Lorbeerwälder. Halten Ausschau nach Gallotia stehlini – der kanarischen Rieseneidechse. Hat keine Lust auf uns. B. erwähnt, daß der Truthahn u. a. bei Andersen noch der «kalekuttische Hahn» hieß. Wie er zu diesem Namen kam, weiß sie auch nicht.

Die kanarische Palme, die sich für meine Augen von anderen kaum unterscheidet, ist eine endemische Spezies.

✧

Gegen vier zurück, Carabineros als Mittagessen, danach Strandlese. Viel Spaß mit winzigen Einsiedlerkrebsen gehabt. Das Wasser ist kalt, darin rumzuwaten, kommt einem Kneippgang gleich.

Um sechs nochmal zum Corte Inglès – vor allem in die Spezialitätenabteilung im zweiten Stock. Kauften Milchmarmelade und Zitronen-Verbene-Tee. In der Spielzeugabteilung gab es noch (oder wieder?) Merchandising-Produkte zu *Toy Story.* Darunter den dreiäugigen Alien, der auf Knopfdruck *The Claw is our Master* sagen kann. Gehört zu einer der schönsten und traurigsten Szenen des Films, der es ebenfalls ganz knapp nicht in die Catch 22 geschafft hat.

Wer nicht weiß, was mit *The Claw is our Master* gemeint ist: Es gibt Videotheken.

Bea rezitiert den (von der Klaue gepackten und nach oben gezogenen) Alien mit den Worten: *Machts gut, Kumpels. Ich gehe in ein besseres Leben …*

und ich könnte heulen.

✧

Abends allein in den *Club de Ajedrez.* Der geschlossen hat. Stattdessen gegenüber ins *Gran Casino.* Keine Atmosphäre. Nichts gegen das erhabene *Casino Teide* in Puerto de la Cruz, Tenerife, das mir einmal einen ganzen Urlaub vor der Langeweile gerettet hat. Das die Trauer zu verscheuchen half, damals, als Bukowski starb, ich denke noch oft an diesen März '94 zurück.

Hier ist es leer und düster und still. Blackjack, eingezwängt zwischen eiskalten Chinesen. Plusminusnull. Gewann vier Mille am Draw-Poker-Automaten. Peseten. Leider.

Mit dem Taxi heim. Es gibt eine Straße des 29. April. Beatrices Geburtstag wird endlich irgendwo angemessen gefeiert.

Danach Schmerznovelle. Mir fällt auf, daß der Text bisher fast gar nichts Komisches enthält. Und so sein muß. Zuviel Ironie wäre fehl am Platz. Nichtmal, wo die Überheblichkeit des Erzählers ihn selbst karikiert. Jetzt wird es ernst.

Was als Etüde begann, ist ein Spiel mit großem Einsatz geworden. Ungewollt. Ungelogen.

✧

Um halb zwei Uhr morgens setzen sich drei Gestalten auf den Gehsteig. Direkt unter meinem Balkon trommeln sie das Meer an, auf langtrichtrigen Metalltrommeln mit Plastikmembran. Tiefe, lange Töne. Sind es Männer oder Frauen? Sie sitzen mit dem Rücken zum Meer, tragen wallende monochrome Gewänder – gelb, schwarz und blau. Beatrice tritt hinter mich.

Was da los sei? Meerantrommler. Ist nicht wahr! Doch.

19. Dezember

Wetter wieder schlechter.

In der SZ ein sehr zu seinen Gunsten gehaltener Bericht über Schilling. Es ginge neben Unregelmäßigkeiten bei der Reisekostenabrechnung auch um Beamtenbeleidigung. Süffisanter Satz:

«Allerdings fand Schilling wohl von Anfang an nicht den richtigen Ton im Umgang mit einer Abteilung im damaligen Innenministerium, die zum Teil mit ausgedienten Beamten aus dem Bundeskriminalamt besetzt worden war.»

Daneben ein Bericht über das neue Buch von Crichton. Bekomme einen Schreck: Es ähnelt in manchen Handlungselementen meiner Story für Spiegel-Reporter. Aber das Thema lag auf der Hand.

✧

Gestern in tm *3 – Eine zuviel im Bett* mit Doris Day, die für die tote Marilyn Monroe eingesprungen ist. Berichtet Beatrice. Wie konnte das gehen? Man muß das Drehbuch völlig auf sie umgeschrieben haben.

«Ach, wenn die Doris Day und der Peter Alexander heiraten würden» – das war der Traum meiner Mutter.

✧

Sektion einer Riesencucaracha auf dem Gehsteig.

✧

Ein kulturpessimistischer Artikel von Ulf Poschardt über die Neunziger als Sieg der bürgerlichen Demokratie, des Kapitalismus, als Phase des Samplens und Recyclens, der politischen Experimentlosigkeit, sowie der wachsenden Vernuttung von Kultur. Bin in manchem mit ihm einverstanden, und dann doch wieder nicht, bin selbst ein Symptom dieser Neunziger, mache es auch für Geld, Selbstverständlichkeit, die erst hoffähig gemacht werden mußte, und ich besitze meine Seele noch – mehr noch, ich trage eine aus zu langer Affirmation entstandene Gegenbewegung in mir, die vielleicht schon das Signet der Nuller Jahre sein wird. Aber eine aggressiv antikapitalistische Kultur ist das letzte, was ich momentan vermisse. Könnte doch bloß peinlich sein.

Für die wachsende Zahl der Amokläufer und Terror-Kids den Begriff *Bürgerkrieg zu* verwenden, ist obszön. Genauso wurde die Kosovo-Strafaktion als Krieg bezeichnet. *Krieg* ist, wenn auf beide Seiten Bomben fallen.

✧

Was war gut? Die Zerschlagung der falschen Eliten, die Hinwendung zum Populären.

Was war schlecht? Daß neben der falschen Elite auch die richtige an Aufmerksamkeit verlor.

Was war gut? Die Leute schämen sich nicht mehr für Unbildung und schlechten Geschmack. Daher leben sie völlig ungeniert, die wahren Verhältnisse zeigen sich. Utopische Sanierungsmodelle erhalten so keine Chance.

Was ist schlecht? Man versucht, nicht dem Durchschnitt, sondern dem Idioten so weit wie möglich entgegenzukommen. Dadurch erst findet eine Senkung des Niveaus statt.

Was ist gut? Man versucht erst gar nicht mehr, den Kids Scheiße als Gold anzudrehen.

Was ist schlecht? Die Kids halten alles, was mit Bildung zu tun hat, sowieso für Scheiße. Anerzogene Ehrfurcht gibt es nicht mehr. Das ist zugleich gut und schlecht. Zu sehr viel Gutem im Leben wurde man mal mit Gewalt gezwungen.

Was war gut? Im Zuge einer apostrophierten Nouvelle Décadence, entstanden aus dem Zynismus und dem Ennui einiger Wohlstandsgören, erfand sich ein neues Stilbewußtsein. Auf der Basis des Kleidercodes wurde es wieder möglich, sich von der Masse abzugrenzen und zu dieser Distanz zu stehen. Ja, das ist gut, Frau Sozialpädagogin.

Was war schlecht? In die Nische der Trendberater der jüngeren Generationen stießen scharlatanische Schnösel, spielten Elite, waren selbst nur mit teuren Klamotten verkleidete Prolls.

Wer ist gut? Ich. Darf ich das sagen? Nein. Das ist schlecht. Warum darf ich das eigentlich nicht sagen? Na, du sagst es doch sowieso die ganze Zeit. Also ist es jetzt wieder egal?

Eben, es ist schon wieder egal.

Denkbar wäre eine Kultur, die sich hauptsächlich über Mode definiert wie früher über Literatur. Das ist die Konsequenz daraus, daß man ab einem Punkt alles für Kunst hielt: Werbung, Mode, Fußball etc. Aber das alles ist keine Kunst. Es gehört zur Kultur. Das ist was anderes. Musil beschwerte sich im MoE sehr früh, daß ein Fußballer *genial* genannt wird. Er verstand das Wort *genial* eben nicht gleichbedeutend zu *außerordentlich gut*.

Da war ein Mehrwert vorhanden. *Außerordentlich gut, mit dem Wissen der Götter und in ihrem Auftrag*. So lautete einst die Definition von ‹genial›.

Kein geiferndes Sektieren, keine Haßtiraden, keine Brandreden.

Nein, die Gegenbewegung muß sich produktiv zur Bewegung verhalten, wie zwei Fäden, die zusammen einen Teppich knüpfen. Zum Beispiel: Liebe Komponisten! Durchaus einmal das Phänomen *Musical* ernst nehmen – immer noch besser als Techno. Mal ein *besseres* Musical schreiben. Und dann ein *noch* besseres. Die Spaßkultur ist nicht blöde, sie ist nur geeicht auf unerzogene, entmündigte, unter Pharmaka gesetzte Arbeitnehmer. Spaß ist ja nichts als normierte Ekstase, vulgo die Freuden des Alltags. Das *ernst* nehmen. Durch allmähliche Verfeinerung das Musical wieder in Richtung Oper treiben, sozusagen. Wieder erzieherisch tätig sein. Ein Beispiel geben.

✧

Mit dem Bus – dem «Guagua» – in die Berge, vorbei an bunten Häusern, die Legosteinen ähneln, hinauf nach San Mateo. Dreiviertelstunde Fahrt. Temperaturunterschied: etwa sieben Grad. Großer Blumen-, Gemüse-, Kleidungs- und Tiermarkt. Jämmerlich frierende Welpen in engen Käfigen. Beos, Papageien, Leguane, Hennen und Hähne – und jede Menge zerzauster Stuben- oder Ziervögel.

Auf einer Plattform vor dem Bahnhof Musik und Tandaradei. Landschaft beeindruckt uns wenig. Hängt mit der Kälte zusammen, dem drohenden Regen. Busfahren das beste, was sich tun läßt. Selbst hier oben in der Pampa gibt es einen Videoautomaten, sprich: einen unbemannten 24-Stunden-Service für Videocassetten. Hab ich mich schon im *August* drüber ausgelassen – aber – warum gibts die in D. immer noch nicht? Würde mich echt interessieren.

✧

Gespräch darüber, wie schnell Lara Croft ihren Reiz auf mich verloren hat. Tombraider II – vor zwei Jahren war das wie Urlaub machen. Heute fehlt mir bereits die Geduld dazu, schaffe ich irgendeinen fiesen Dreifachsprung nicht, steig ich aus. Grafik und Atmo eines Spiels müssen schon einen echten Schritt nach vorne getan haben, um mich wieder vor den Bildschirm zu locken.

Wir denken an Corridor 7 zurück. Wieviel Angst wir damals hatten, die dunkle Halle mit den beiden Weißmonstern zu durchqueren!

Bea: «Das kann man nie mehr zurückholen.»

Als sie das sagt, wird mir klar: Die Computerspiele haben uns eine zweite Kindheit geschenkt. Ist nicht übertrieben, das war so. Und der Zustand der Unschuld, der zweiten Unschuld, liegt so kurz zurück ... Vielleicht daher das Gefühl schmerzhaften Erwachsenseins.

✧

Selbst hier fahren die Leute schon *Smart*. Bea: «Ein Auto, das man sich anzieht.»

✧

Wer mir gesagt hätte, daß ich mal Blumenkohl lieben würde ... Und zwar als Salat. Einfach kochen, dann in einer Schüssel mit neun Zwölftel Wasser, zwei Zwölftel

Essig und einem Zwölftel Olivenöl marinieren, kaltstellen, sechs Stunden ziehen lassen, rausnehmen, ein wenig abtropfen, Pfeffer und Salz dazu, das wars schon.

✧

N: Ein grober Trottel und Globetrotter.

✧

Über den Strand zum Las Arenas. Abends kurz vor acht, Sonntags, Weihnachtsgeschäft als Gralsersatz.

Der riesige Gebäudekomplex hängt über und über voll mit Lichterketten. Lichtdome. Lightshow total. Und dahinter blinkt noch bunt ein Lunapark.

Im Kühlregal des *Continente*: Fasane, Tauben, Schnepfen, Enten. Hängen ungerupft nach unten, einen Plastikbeutel um den Kopf gewickelt, in den das Blut tropft.

Bolleta-Jambon gekauft, die billigere Variante, für achtzig Mark das Kilo.

✧

Herrenreiter Willms in der SZ sinniert in klagendem Ton über die uns fremd gewordene Goethesche Maxime, daß die griechische und römische Literatur immer Grundlage jeder höheren Bildung sein müßten. Aber der Satz ist ja auch Quatsch. Warum denn Grundlage? Kann auch später noch Wunder wirken. Die SZ hat *Schweine und Elefanten* nicht besprochen (die FAZ auch nicht), einem Schreiberling wie Tom Wolfe, dem hat sie dutzende Artikel gewidmet. So sieht es aus.

✧

Laut schreiende Straßenhändler dealen mit Losen der großen Weihnachtslotterie, versuchen Passanten das Gefühl zu geben, sie gingen achtlos an ihrem Glück vorüber. Und beschimpfen einen beinahe deswegen, ziehen fassungslose, sehr um einen besorgte Gesichter.

20. Dezember

Der Tag beginnt mit Regen. Spät bricht die Sonne durch.

Fuhren Bus, fotografierten. Gingen über die Klippen. Bleistiftlange, armdicke Meeresnacktschnecken, fein gezeichnet, orange – oder schwarz mit Zierwülsten auf dem Rücken, die ihrerseits kleinen Schnecken glichen. Seeanemonen, Seeigel, schwefelgelbe Schwämme. Die Einsiedlerkrebse, die es zu hunderttausenden gibt, sind sehr feige, ziehen sich weit zurück, läßt man sie aber eine Weile auf der Handfläche liegen, stapfen sie los, schleifen ihr Häuschen mit sich.

Die Seeigel, die ein Gourmet sofort ausnehmen und roh verzehren müßte, haben wir in Ruhe gelassen.

✧

Der Leiter des paläo-pathologischen Instituts Las Palmas zeigt mir unter tausend ausgestellten Schädeln den, der meinem – angeblich – am ähnlichsten sehe.

«Hmhmm …» sage ich.

«Si si», sagt er. Und grinst.

Die Schädel liegen in beleuchteten Vitrinen aus Teakholz. Der Raum wird von goldfarbenem Licht erfüllt. Ich fühle mich wie in Cognac geschwenkt.

✧

Die Dominospieler im Catalina-Park. Etwa ein Dutzend Viererrunden unter Palmen.

Die schwarzen Matronen mit ihren prachtvollen Kopfpützen stolzieren auf und ab.

Ein Greis füttert Tauben. Etwa zweihundert sitzen auf der Parkbank – und auch auf ihm. Die Straßenlaternen springen an.

✧

Milchmarmelade schmeckt wie Nutella mit Werthers Echten gemischt. Nicht mein Fall.

✧

Bea hat die *33 Augenblicke des Glücks* von Schulze fertig. Ihr ist der Erfolg dieser Geschichten ein Rätsel. Mir ja sowieso. Wem nicht? Im Grunde altbackene Grotesken von zurückgeschraubtem Witz. Extensives Lokalkolorit, das einen Anstrich von Gegenwärtigkeit verleihen will. Viel Fleißarbeit und penible Recherche – man könnte auch sagen: Namedropping. Handwerklich nicht ungekonnt. Nur eben ohne Melodie und Risiko. Auch die Plastizität der Figuren läßt zu wünschen übrig. Manche Geschichten sind okay, ein paar sogar sehr okay, aber: Ich kenne niemanden, der das liebt. Manche schätzen Schulze, manche nicht, aber keiner liebt – oder haßt ihn. Ist das die neue Mitte? «Simple Stories» hab ich noch nicht gelesen, aber jeder sagt mir, daß das an den Vorgänger nicht ran käme.

Natürlich bin ich auch neidisch auf Schulzes Verkaufszahlen, anders als etwa bei einem Mainstream-Schreiber. Nur, abseits des Neides:

Ich verstehe das alles nicht.

Beatrice: «Gehn wir Saurier abknallen, davon verstehen wir was.»

21. Dezember

Morgens erzählt mir Beatrice, sie habe einen erotischen Traum gehabt, in den ich störend eingedrungen sei, sie habe ihren traumhaften Liebhaber wegschicken müssen, weil unten an der Treppe meine Schritte zu hören gewesen wären.

Holla. Wir haben eine innereheliche Affäre.

✧

Buey del mar – Meeresochse. Eine Krebsart. Das Fleisch herauszupulen beschäftigt die Hände eine Stunde lang.

✧

Manchmal, wenn mir langweilig ist, geh ich in den Internet-Shop und surfe. Ab und zu setze ich einen Text in den Pool. (www.ampool.de) Wozu, das weiß ich eigentlich nicht genau. Es macht Spaß. An Literatur wird wenig geboten, als Forum ist es interessant. Die merkwürdigen Minipoeme von Rainald Goetz – Na, warum nicht? Zwischen uns herrscht glaub ich so eine Art Nichtangriffspakt. Ich bin in fast allem der diametral entgegengesetzten Meinung wie er, auch gab es noch nie Text, mit dem ich so wenig anfangen konnte, wie mit seinem. Soviel Distanz schafft eine sonderbare Form der Nähe, und die Art, wie er sein Ding durchzieht, find ich dann schon wieder okay.

✧

Beatrice ist noch einmal allein in den Jardin Canarico aufgebrochen. Ich sitze auf dem Balkon, esse ungewürztes Huhn, sehe den Möwen zu, es ist regnerisch.

Später neue Funde beim Strandspaziergang: Blaue Seesterne mit orangefarbenen Saugnäpfchen. Noch viel riesigere, beinah armlange Meeresschnecken. Mädchenknöcheldick, mit einer schönen Zeichnung aus schwarzen Ellipsen.

Und das Tollste:

Ein von der Ebbe überraschter Kugelfisch, der um sein Leben kämpft. Wir werfen ihn ins Wasser zurück. Völlig entkräftet liegt er eine Weile auf dem Rücken, läßt sich hinabsinken, pumpt Luft in seine Kiemen, sieht uns dankbar an. Schwimmt dann davon. Der sah vielleicht niedlich aus.

✧

In der TZ München mokiert man sich in der Schlagzeile über etwas «denkbar Menschenverachtendes», eine «herzlose Gemeinheit» – was ist passiert?

Dieses Grab wurde zum wiederholten Mal bestohlen!
Was sind das nur für Menschen, die keine Skrupel haben,
die Blumen unserer lieben Verstorbenen wegzunehmen?

Mit diesem Zettel am Grab appellierten die Angehörigen ans Gewissen des Diebes ...

... doch der hängte kurzerhand diese freche Antwort daneben:

Liebe Familie Stecher / Ruf

ich bitte um Nachschub

frischer Blumen.

Vielen Dank

Ihr Blumendieb!

Das ist klasse. Und der Verfasser befolgt ja nur den Rat des Dichters: *Viel mehr Blumen während des Lebens / denn auf den Gräbern sind sie vergebens.*

Es gibt eine feingesponnene Ethik der Grabschändung. Mal ein paar Blumen stehlen für den Muttertag, wenn man kein Geld hat – das finde ich in Ordnung. Aber nie, in meiner ärmsten Zeit nicht, hätte ich zum Beispiel irgendeinen Wertgegenstand oder ein Erinnerungsstück von einem Grab gestohlen. Das ist interessant, weil hinter dieser Grenzziehung nicht irgendeine Erziehung steht, noch eine Jenseitsvorstellung, noch der Aberglaube, von den so bestohlenen Geistern verfolgt zu werden. Was ist es denn, das diese Grenze zieht? Respekt vor den Toten? Mitgefühl mit den Hinterbliebenen? Ich hab mir nie Gedanken gemacht zu dieser speziellen Genealogie einer Moral. Als ich achtzehnjährig mit Henrike gerne nachts über Friedhöfe schlich und sie die Witwenschleier von den provisorischen Holzkreuzen riß – die sammelte sie nämlich – fand ich nichts Kriminelles dabei. Heute: Naja ... Für H. war es ein symbolischer Tausch, sie identifizierte sich gern mit ihr unbekannten Witwen, der Diebstahl mündete in eine sonderbare Form des Gedenkens, der Todesmeditation. Das barg eine Entschuldigung in sich. Ein Grab zur bloßen Bereicherung zu bestehlen ist etwas anderes, und obwohl strikt rationales Denken wenig Argumente für eine übertriebene Inkriminierung des Vorgangs liefert, bleibt doch das gefühlsmäßige Tabu in mir recht stark. So, wie ich auch nie in der Oper einem Musiker sein Instrument geklaut hätte, wozu es oft Gelegenheit gab. In der Oper war man Teil eines Systems, die Musik eine lindernde Droge, die man dankbar verehrte, von daher war die Hemmschwelle leicht zu verstehen. Im Falle des Grabraubs ist es wohl der Respekt vor dem eigenen Tod, der eigenen Sucht, etwas hinterlassen zu wollen, der anderen Toten eine numinose Legislative zu verleihen scheint. Ein aus Selbstprojektion erschaffener Bannkreis. Hier in Gran Canaria gibt es überall Weihnachtskrippen auf öffentlichen Plätzen. Die Menschen werfen haufenweise 25-Peseten-Münzen auf die Figuren, die nachts nicht bewacht oder abgedeckt werden. Jeder Penner könnte sich – mit dem Recht der Armut – davon bedienen. Keiner tut es. Erstaunlich.

✧

Im Fernsehen: *Die Welt der Suzie Wong.* Mit William Holden. Wie stark sich die Physiognomie der männlichen Sexsymbole in wenigen Jahrzehnten verändert hat. Diese damals so attraktiven Typen: James Garner, Rex Harrison, William Holden, Glenn Ford (Extrembeispiel Victor Mature) etc. – wären heute filmisch höchstens noch randrollentauglich. Wenn überhaupt. Ausgerechnet Tarantino wars, der der heraufziehenden Herrschaft der Milchbubis zuwiderhandelte und in *Jackie Brown* zwei Gesichter aus vergangenen Zeiten zurückholte: Robert Foster und Pam Grier. Da ist keine Bewegung draus geworden. Jede Ära hat ihre physiognomischen Typologien. Ihr anachronistischer Einsatz wird zu einem Akt der Nostalgie, bestenfalls der Verbeugung. Die Reanimation von Burt Reynolds in *Boogie Nights* funktionierte auch nur, weil der Film in den Siebzigern beginnt.

Und weil Reynolds sich klugerweise mit einem Bart getarnt hat.

✧

Abends gearbeitet. Bin, wie fast immer im Urlaub, nicht zum Lesen gekommen. Dabei hatte ich mir das so sehr vorgenommen. Der Flaubert lag unbenutzt herum. Es hat aufgrund des Regens Momente der Langeweile gegeben. Doch mich mit einem Buch hinzusetzen, es aufzuschlagen, darin einzutauchen – unmöglich. Die Stalinorgel der Gischt. Ihr geb ich die Schuld. Unter Dauerbebrandung tauscht sich die Realität nicht gern gegen eine künstliche ein. Beim Schreiben jedoch, beim Realitäten *erschaffen,* wirkte sie äußerst unterstützend.

Die Nächte werden wieder kürzer.

22. Dezember

Ein strahlend sonniger Tag, warm, heiß, kein Wölkchen – was soll das? Heute, wo wir hier abfliegen ...

✧

Die Zone des Ra.

✧

Internet-Shop. Amazon.de. Der Verkaufsrang der *Kammermusik* hat sich um 200 000 Plätze nach unten gesteigert. Auch der Gedichtband. Da müssen mindestens vier bis fünf Exemplare von verkauft worden sein.

✧

Monika Böttcher ist tatsächlich verurteilt worden. Was für eine Freislerei!

✧

Strichen durch die Stadt. Spezereien der Sonne. Riesenseeteufel – Rape. Wuchtiges Steakbesteck gekauft. Vor drei Jahren hatten wir Schwierigkeiten, einen Dosenöffner zu finden, wie er bei uns gebräuchlich ist. Inzwischen zählen wir im Corte Ingles vierzehn verschiedene Modelle mitteleuropäischen Zuschnitts. Es war uns wichtig, das zu überprüfen.

✧

Keine Markenprodukte. Bei Benetton hätts für Bea einen netten Hosenanzug gegeben. Aber Benetton, also nee. Wiewohl der Haß auf Marken ein Relikt der Frühzeit ist, und bemüht bis humorlos wirken muß.

✧

Gestern führten uns zwei einheimische Früchtchen, um die sieben Jahre alt, am Strand vor, wieviel Spaß man mit einer Seegurke haben kann, indem man feste auf sie drauftritt. Ein weißes Ejakulat spritzt meterweit über den Boden. Kinder sind Monster.

✧

Gegen zwei Uhr wölkt sich der Himmel wieder zu.

Bea: «Wäre ja auch noch schöner gewesen.»

✧

Johnny Walker – Blue Label. 0,2 Liter fünfzig Mark.

✧

Idee: Frau verschwindet auf Flugzeugtoilette. Groteske Story.

✧

Rossini, Wilhelm-Tell-Ouvertüre. Die vielleicht wichtigste Voraussetzung für Wagner.

✧

MUC: Minus sechzehn Grad. Rasante Taxifahrt bei leichtem Nebel.

Sofort: Alle Post aufmachen. Alle E-Mails lesen. Egal,

wie dringend man pissen muß. Und unbedingt: die Reisetasche entleeren. Landet alles auf dem Boden. Mein Zimmer ist nicht länger passierbar. Fund vom Strand: Ein Set Angelhaken, drei Bleigewichte. Für kommende harte Zeiten. Robinson wäre froh drum gewesen.

✧

Iris mag den Gedichtband. Bezieht *das rote Lächeln* auf sich. Vielleicht mit Recht. Zu einem geringen Teil. Karin sendet ein schräges Bild als Weihnachtsgruß. So erotisch, so undurchschaubar.

Tom meldet, daß Franka bald in einem Ted Demme-Film neben Johnny Depp spielt.

Indigo hat die Option für *Könige über dem Ozean* verlängert. Ja, wird da noch was draus? Radio Schweden erkundigt sich nach meinen Gehaltsvorstellungen.

✧

Spät nachts noch herrliche Orgelmusik von Marcel Duprès, ich bekam den Titel nicht mit, irgendwelche Inventionen über ein Weihnachtsthema. Und vier Motetten von Poulenc, von denen die erste mitreißend war, die restlichen einschl …

✧

Gedanke: Es gibt kein schlimmeres Lob, als zu sagen: Für einen Siebzehnjährigen ist das okay. Das heißt eben nur: Es ist nicht okay, die mildernden Umstände haben sogar noch ein Verfallsdatum.

✧

Schöne Kritik zum Gedichtband von Lutz Hagestedt in der morgigen SZ. Das Distichon für Silke bezieht er allerdings fälschlich auf Silke Bischoff. Oder doch nicht so falsch? Natürlich hab ich das Mädchen aus Schweine Silke benannt aufgrund des Gladbeck-Geiseldramas. Das stimmt schon.

Im Pool schreibt Goetz zum ersten Mal etwas, dem ich zustimmen kann. Die Idee des Theaters hieße nicht «Generation». Die Idee der Kunst hieße «Qualität». Ferner richtig: Man muß Dieter Dorn nicht unbedingt Grüßgott sagen, bloß weil er im selben Raum frühstückt.

✧

Vollmond, prall. Ich habe nie Halb- oder Neumilchschokolade gegessen.

23. Dezember

Viele Briefe, Mails, Anrufe, Päckchen, Pakete erhalten und versandt.

Töteberg meldet, daß das Drehbuch zu *Könige über dem Ozean* da sei – «frei nach Motiven von». Ist vielleicht besser so. Das muß ich mir also auch noch gönnen. Mein Beruf besteht zu 90 % aus Organisation, zu 10 % aus Schreiben.

Zum Kotzen.

Durch Zufall das Hitchcockbuch wiedergefunden. Endlich Toms Aufsatz zu *The Wrong Man* gelesen. Ich begreife langsam, wie er mein Drehbuch visualisiert und die Szenen interpretiert haben muß. Viel zu langsam. Ich hätte ihm die Dialoge vorlesen sollen.

Wie alles gemeint war. *Eros* ist eine Ruine – und doch das Beste, was ich je gemacht habe. Möglicherweise könnte es doch noch als Roman funktionieren. Aber –

Große Unternehmen benötigen einen fast hysterischen Furor, der über alle Schwierigkeiten hinweglächelt und angreift. Dieser Moment ist verpaßt.

✧

Im Internet debattieren vier kindliche Literaturliebhaber über mich. *Schweine* sei das langweiligste meiner Bücher, spätpubertär, nur *Bagarozy* sei noch schlechter. *Melodien* ganz okay; käm aber halt doch nicht an Eco ran, die Tagebücher seien irgendwie elitär, meine Interviews arrogant, aber ein Klappenfoto recht sympathisch. *Könige* wird gelobt, weil ich darin die Wipers erwähne, eine «unterschätzte amerikanische Rock-Band».

✧

Weihnachtsgeschenk für Bea – eine römische Bernstein-Weißglas-Perlenkette aus dem 2. Jahrhundert n.C. Bekam ich auf einer Auktion in Köln quasi nachgeschmissen. Schmuck, der nicht mindestens 1000 Jahre alt ist, finden wir beide uninteressant.

✧

Der Vorderreifen ist wieder platt. Zwei Stunden des Nachmittags gehen mit Werkstattfahrten drauf.

Danach an Ab- und Zusagen herumgetippt. Eine Zusage an das Lyrik-Festival Landsberg am Lech formuliere ich so lange um, stelle soviele Bedingungen und verwerfe sie wieder, bis ich entnervt von mir selbst nach einer dreiviertel Stunde schließlich schreibe:

Sehr geehrte Ulla Kurz,

lieber doch nicht.
Danke für Ihr Interesse.
mfg

Ich werde wieder Lesungen geben. Nur nicht jetzt. Es muß sich zuvor strukturell viel verändern. Lesungen müssen anders gestaltet werden. Und das Publikum muß sich verändern.

✧

Noch mehr Weihnachtspost erledigt. Bis 21 Uhr. Dann eine Southpark-Pause. Die deutsche Synchro ist hundertmal besser als das Original. Nebenbei noch Ergebnislisten mit Auktionskatalogen verglichen. Dabei en passant zu Abend gegessen, irgendwas, raffiniert gewürzte Materie. Eine interessante Komposition – da müßte ich auch noch was dran machen. Irgendwann.

Von List wieder keine Nachricht erhalten. Die stellen sich taub und blöd.

✧

Eine neue Website entdeckt: *Justbooks.de.* Da gibt es antiquarische Bücher. Ich gebe meinen Namen in die Suchmaschine. 12 Ergebnisse. Und was für welche. Da hat jemand seine Krausser-Sammlung aufgelöst. Die Bücher kosten zwischen 50 und 100 Mark, je nachdem ob ich sie nur signiert, datiert oder auch einen Spruch dazugeschrieben habe.

Sehr gemischte Gefühle. Der eigenen Marmorierung zuzusehen.

Mich erreichen öfters mal eigene Bücher, in die ich was schreiben und sie dann zurücksenden soll. Meist liegt Rückporto bei, also macht man das. Fühlt sich geehrt.

Jetzt nicht mehr so.

✧

Der Tag ging vorüber mit unwichtigem Zeug. Jetzt bin ich zu müde, um noch irgendwas zu beginnen, sitze am Schreibtisch, trinke, rauche, starre ins Leere, denken wär das falsche Wort, jüngste Fragmente spulen sich ab, bandschleifenartig, irgendwas, ein schöner Satz, eine Fernsehwerbung, das Gespräch mit dem und dem, essentielle Wendungen daraus, neueste Ohrwürmer. Ein Kosmos aus Schlieren, Fasern, Gespenstern. Völliges Unbefriedigtsein.

Mit einem Tagebuch im Nacken bleibt zu wenig Zeit für das andere. Selbst wenn nichts geschieht, durchsucht man dieses Nichts unverhältnismäßig lang, statt einfach irgendwohin aufzubrechen, wie ein durstiges Tier.

Die Galerie der hilfreichen Väter. Die Galerie der abweisenden Väter. In einer entkeimten Zeit, der große Banalität entsprang, unter humanistischem Diktat.

Sie haben das Recht, mich zu töten. Aber Sie haben kein Recht, über mich ein Urteil zu fällen. (Colonel Kurtz in *Apocalypse Now*)

✧

Pärt und Kancheli. Mein Körper stört. Wände werden knochig. Ihr Inneres fett. Und ich – bin darin ein Knorpel, der sich abschleift an der Musik.

Pärt, dritte Symphonie – im Mittelsatz leuchtet ein Hauch Pfitzner durch, Palestrina-Vorspiel Nr. 1. Hinter den Nebeln schimmert schmal das Licht, das staubige Licht von Fünfzehnhundertnochwas. Ungeheure Verantwortung. Dann nichts mehr.

✧

Böse Antwort:
« Sag, wie werd ich Pfunde los? »
« Schneid dir eine Glatze,
masturbiere und dann wasch dich. »

✧

Ein Schrei.
Nicht zwei.

Denn da begriff ich noch nicht den Ruhm, diesen öffentlichen Abbruch eines Werdenden, in dessen Bauplatz die Menge einbricht, ihm die Steine verschiebend. (Rilke)

✧

Es ist wie die Wahl, schnell im eisigen Bergbach zu ersaufen oder langsam im warmen Moor, mit einem letzten Panoramablick auf die Landschaft. So sehr ich die Landschaft verehre, ich zöge den Herzschlag vor im Eisbach.

Die Quadratur des Teufelskreises. Orgasmus als kurzfristige Ausflucht – dann Rücksturz zur Hölle.

✧

anfangen mit dem aufhören
stille antizipieren,
einen roman schreiben, zuerst
das letzte wort: ende.
die erlösung.

24. Dezember

Ich schreibe mir die Träume nicht mehr auf, egal ob sie lüstern oder fies waren. Halte sie für zunehmend irrelevant. Traumdeutung wurde viel zu wichtig genommen. Wichtigkeit liegt aber nur dort vor, wo jemand eine Traum*kultur* entwickelt. Dazu würde zum Beispiel gehören, einfach mal aus Müdigkeit einzuschlafen, nicht allein durch Alkoholeinwirkung. Die Vorfreude auf Träume. Und das Training fürs traumbezogene Erinnerungsvermögen. Ja, das läßt sich trainieren, indem der Geist durch Autosuggestion gezwungen wird, sofort mit dem Erwachen in einen Zustand der Konzentration zu verfallen und festzuhalten, was da los war. Ich leg mich flach und laß es schleifen.

✧

Viel Post. Darunter ein langer Brief von Winand Herzog, der über die Könige-Rezeption bei seinen Schülern berichtet. Jemand hat eine Chronologie der Geschehnisse des Romans angefertigt, eine präzise Tabelle von Zeit, Ort und Handlung. Ich kann mich kaum noch an den Roman erinnern, wenn ich ehrlich bin.

✧

Überall Klagen über das Deppen-Millennium, «wenn hinten die drei Nullen auftauchen».

Aber das ist doch unerheblich. Wichtig ist, daß vorne die 1 auf die 2 klappt. Allein dieses Leitsignal rechtfertigt das Feiern in diesem Jahr. Unsere Zeiteinteilung – sieben Tage, 24 Stunden – stammt aus Babylon, hatte magische, nicht mathematische Gründe.

✧

In der Post auch das Drehbuch zu *Könige über dem Ozean*. Früher wär ich dem Postboten durch die halbe Stadt entgegengekommen, hätte nachts in der Hauptpost übernachtet, um möglichst schnell ein Drehbuch zu lesen, das nach einem Buch von mir gemacht wurde. So stolz und glücklich und aufgeregt und neugierig wär ich gewesen. Jetzt liegt es hier erstmal rum. Ist ja auch nur «frei nach Motiven von». Hab kurz hineingeschaut. Hagen heißt jetzt Nicolaus. Lidia heißt Frija. Was soll das? Niemals.

✧

Sonnenschein, 5 Grad. Weihnachtsgrüße von Marcel.

Kopfschmerzen. Dr. Robert Hübner kotzt mich an. (Zeitschrift SCHACH, 1/00, Leserbriefe)

✧

Vorm Glascontainer, in dem es Einwurfschlitze für grüne, weiße und braune Flaschen gibt, steht, ratlos und einsam auf dem Gehsteig, eine blaue Prosecco-Flasche.

✧

Vergewisserung: dionysisch oder apollinaris. Ist *nicht* von mir.
mens sana in campari soda. Ist von mir.
in dubio prosecco. Ist *nicht* von mir.

✧

Die Welt, die wir denken, gleicht nicht der, die wir leben. Gleicht sich ihr aber negativ an mit der Zeit, sei denn, es stemmte sich etwas dagegen – der Wahnsinn oder der kreative Akt. Eine Gegenwelt schaffen, die sich in der anderen zu behaupten weiß.

✧

Ich träume, der Henker sagt zu mir:
«Jetzt ein Bonmot – und du bist frei!»
«Und was bekomme ich für zwei?»

✧

Flaubert: Sätze wie berauschte Glissandi. Sätze wie Leuchtspurmunition.

✧

Von zwei bis sieben gearbeitet. Bin zu nichts gekommen. Weiche Birne. Eine halbe Stunde weiter an dem Lied komponiert – dann entdeckt: Ich hab den Text aus dem Gedächtnis vertont – und fast von Anfang an falsch! Die ganze bisher gefundene Musik wegschmeißen? Sofort denke ich mir eine Entschuldigung aus – na klar, hat nicht Strauss behauptet, perfekte Gedichte eigneten sich nicht für eine Vertonung: Jetzt ist es kein perfektes Gedicht mehr. Frappierend vor allem: Ich habe mich an die erste Fassung des Gedichts erinnert, damals noch kein Sonett.

Zu deinen Gunsten nehm ich an, du seist
gestorben, ohne daß du davon weißt.
Liefest dunkle Herbstalleen
vereinsamt auf und ab. Du süßer Geist.
Und wüßtest nicht, es wäre Zeit, zu gehen.

Bis hierher ist es schon auskomponiert. Unglaublich, so ein Fehler. Muß drüber nachdenken. Der gesamte Nachmittag ist mir verleidet. Zusammenbruch aller strategischen Strukturen.

Richtig wäre:
Zu deinen Gunsten nehm ich an, du seist
gestorben. Liefest dunkle Herbstalleen
vereinsamt auf und ab. Du süßer Geist.
Und wüßtest nicht, es wäre Zeit. Zu gehen.

Aber gerade «ohne, daß du davon weißt» ist die bisher stärkste melodische Phrase. Mogeln geht nicht. Geht schon. Geht immer. Ausprobieren. Hornochse. Penner. Sackratte.

✧

Ab sieben Uhr mit Schwiegereltern bei der Schwägerin in Hochstadt. War angenehm. Wir sahen aus den Augwinkeln das Video von *Nightmare before Christmas,* Film, der bei jedem Ansehen genialer wird. Aßen Raclette. Tauschten Asterix-Insidersprüche. Nebenher las ich ein bißchen im Drehbuch. Das ist echt KRANK! Gar nicht mal schlecht, völlig abgedreht, riskant, nicht arg witzig, kein blöder Mainstream, nein. Aber wer will sowas sehen? Zwei Typen, die einfach nur saufend durch die Welt torkeln und jede Wand vollquatschen. Erinnert am ehesten noch an die finnische Episode aus *Night on Earth.* Aber die dauerte nur eine Viertelstunde. Bezüge zum Roman äußerst vage.

Gegen Mitternacht wurde Memory gespielt. Stellte fest, daß mein Gedächtnis eher dem einer Amöbe als dem eines Elefanten gleicht. Und dachte dauernd wohlig daran, wie ich früher so gerne mit fünf Asterixbänden und einer Flasche Wein zu Bett ging, stundenlang las, vor allem im Winter, wenn die Bude klapperte im Wind, und beide Kochplatten liefen. Gegen die Kälte. War großartig – und scheiterte heute schon an meinem flachen Futon-Bett, das keine Form von Nackenstütze besitzt. Ließe sich ändern.

✧

Feist wie ein geölter Buddha.
So glänzte der.
Tief hinten in seiner Hütte,
an einer Wäscheleine,
hingen getrocknete Schäfchen.

Er schwenkte den Gedanken langsam von einem Ohr zum andern. Aus seinem Haar purzelten Raben – untrügliches Symptom einer Aufgeregtheit, die ihm nach so langer Verwesung nicht mehr zuzutrauen war.

Er ist einer der seine Tränen wieder hochziehen kann wie andere Leute ihren Rotz.

Er verwendet dieselben immer neu. Hat wohl nur die zwei.

✧

Nachts noch das Drehbuch fertig gelesen. Das ist abartig. Bad Lieutenant meets Tarkowskij meets Barfly. Völlig pervers. Eine lateinschwache Litanei. Eine Kotzorgie mit Totentanz. Das ist im Drogenrausch geschrieben. Mit allen Vor- und Nachteilen. Das ist abartig! Extrem! Unsäglich! Und doch intensiv. Wäre ein Film wie ein Schrei. Kann durch Mark und Bein – aber auch einfach nur auf die Nerven gehen.

Seltsames Gefühl: Jemand hatte das Bedürfnis, das,

was ich mit *Könige* wollte, weiter zu treiben, ins Extrem, als genüge mein Text nicht mehr, sei nicht krass genug, nicht zeitgemäß.

Man erlebt sich erstmals als aktualisierungsbedürftig.

25. Dezember

Allen Feinden sei vergeben,
außer denen, die noch leben.

✧

Beatrice drängte mir gestern abend Gemüse auf das Raclettepfännchen.

«Du brauchst jeden einzelnen Vitamin.»

✧

In der Nacht lösten sich schwere Eisbretter vom Dach. Rutschten polternd hinab. Stark reduzierter Schlaf. Taumle lustlos durch den Tag.

Blöde Filme fressen die Stunden. Wasteland. 15 Takte komponiert.

Im Internet gibt es den Trailer für GLADIATOR von Ridley Scott, der in den USA im Mai 2000 starten wird. Download dauert zu lange. Melde mich beim Spiegel zur Rezension an. Bin wahnsinnig gespannt darauf.

✧

Ich glaube, daß Sekunden, die unserem Leben Weichen stellten, es in ein *ist* und in ein *wäre* trennten, in die Lebenslinie Kurvenbahnen geschlagen haben, die die gerade

Strecke des Faktischen immer wieder kreuzen. An solchen Kreuzungspunkten erinnern wir uns, träumen uns zurück – sie gleichen neuronalen Verknüpfungen in der Zeit. Möglichkeiten und Geschehnis werden dabei gleichberechtigt real, weil die Vergangenheit nur in deren Wechselbeziehung *zu leben* beginnt.

✧

Das Glück, mein erstes Buch in Händen zu halten. Es sei gekommen, frisch aus der Druckerei, sagte mein Lektor mir am Telefon. Der Verlag werde jetzt geschlossen, aber ein Mitarbeiter aus der Sachbuchabteilung habe sich ein Exemplar mitgenommen, ich könne es bei ihm abholen, er wohne Nähe Marienplatz. Sofort fuhr ich in die Stadt, fand die angegebene Wohnung, der Mitarbeiter aus der Sachbuchabteilung verwickelte mich in ein Gespräch über Bergfleth, händigte mir nebenbei, fast widerwillig, das erste Exemplar von *Könige* aus. Ich verabschiedete mich schnell, stand draußen auf der Straße herum und strich mit beiden Händen über das Buch. Ein Kind kann jeder machen. Soviele Engel verfingen sich flötend in meinen Haaren. Das Buch war nicht arg schön, so von außen betrachtet. Weiß, mit einem schrägen Bild (*Tausend Kiffer pennen*) von Bernhard Springer auf dem Cover. Mein Buch. Ich konnte nicht erwarten, es Beatrice zu zeigen. Jetzt war alles gut oder würde gut werden. Das Gefühl gefühl mir.

So sehr, daß ich sofort davon abhängig war und im Jahr darauf Erzählungen bei Kirchheim herausgab, für ein Spottgeld, ohne zeitliches Limit. Kirchheim gibt mir die Rechte einfach nicht zurück. Hat mich jetzt ein Jahrzehnt lang ausgenutzt und nichts, rein gar nichts für mich getan. Hat mit mir gut verdient und will immer noch mehr. Dieser Ausbund an Gier und Geiz, salbt sich auch noch mit wohlfeilen Reden, verlangt Solidarität für sein Kleinverlegertum, dieser %&§!! Tausend Mark hab ich bekommen, damit sein verschrieener Scheißverlag mit mir werben durfte. Und jede Übersetzung der Erzählungen ins Ausland wird durch seinen Knebelvertrag verhindert, weil zu teuer. Der Kerl besitzt nicht den Hauch von Anstand. Redet sich dreist drauf heraus, daß das Buch bei ihm noch verkauft wird, ein paar Exemplare pro Jahr, die Tausender-Auflage wird noch ewig halten, weil jeder natürlich lieber zum Taschenbuch greift. Kritiken gab es damals auch kaum, da Kirchheim allen Ernstes Rezensionsexemplare nur unter der Bedingung zur Verfügung stellte, daß die Rezensenten das Buch nach erfolgter Besprechung zurückgeben. Ach, ich wollte über einen sehr glücklichen Moment meines Lebens erzählen …

✧

Die Klebestreifen für die Fliegen hängen vertrocknet herum. Da bleibt nichts mehr dran pappen.

Mein Zimmer müßte besser ausgeleuchtet werden. Ich verbringe den halben Tag in selbsterwähltem Halbdüster. In einem Provisorium.

Verfall. Auflehnung. Rückfall.

✧

Gerade die Leute, die ich wirklich verehre, sind oft nicht sehr nett zu mir, weisen mich zurück, genügen sich selbst. Dann frag ich mich, ob ich denen wirklich soviel geben könnte, wie ich glaube. Doch. Und ich versuche, deren Fehler bei mir selbst zu vermeiden, versuche, von jedem zu lernen – und frage mich, inwieweit das einer Ausnutzung dieser Person gleichkommt.

26. Dezember

Düsternis bis in den Mittag. Später fegen heftige Windstürme durch den Himmel. Alle zehn Sekunden neue Wolkengemälde. Auf den Straßen liegen umgeworfene Zeitungskästen.

✧

Ich bin in alte Unsitten verfallen und spiele im ICC Zweiminutenblitz – auf erbärmlichem Niveau. Kann mich nicht zur Arbeit überwinden. Die Schmerznovelle kommt nicht voran, weil ich mir immer noch nicht sicher bin, ob die gewählte sehr gewählte Sprache die richtige ist. Keine Anrufe, keine Mails. Wie ich Weihnachten hasse! Besonders den zweiten Feiertag, wenn die Welt einfach aussetzt und schweigt. Könnte man abends mal eine Party machen.

Wenn nicht jeder irgendwo auf Verwandtenbesuch oder in der Südsee wäre. Der Gladiator-Trailer läßt auf wenig schließen. Die Rohvertonung des Sonetts ist fertig.

✧

Ich habe Gästen fragwürdigen Wein vorgesetzt und müßte mich schämen, schäme mich aber für meine Gäste, weil sie ihn ehrlich loben.

Die Selbstentschuldungsmaschinerie ist derart perfektioniert, daß es für bald jede Schuld noch irgendeine Ausflucht gibt. Zuzugeben, man hat einen Fehler begangen, fällt so schwer, wo es doch eigentlich das Leichteste sein müßte, nämlich die schnellste Art, die Schande loszuwerden.

✧

Zwei übergeordnete Instanzen, die sich gegenseitig regulieren – die Automatik der Verklärung als Suche nach Höherem und Virtuell-Religiösem – und der Organ gewordene Skeptizismus – simplifizierend, auf die rationalste Begründung hinzielend, die aber oft nur die billigst mögliche trifft, aus der Erfahrung nackter Menschlichkeit. Oft neutralisieren sich diese Instanzen so stark, daß keine Kunst entstehen kann. Weder Hymnus noch Lakonik.

✧

Zuneigung mündet in den Wunsch zu vögeln. Das Natürlichste der Welt. Viel unnatürlicher ist es, einen fremden Hund zu kraulen.

✧

Man braucht nicht unbedingt einen Rasierpinsel. Kann den Schaum ganz gut mit den Händen verteilen. Als ich mir einen Rasierpinsel kaufte, das war 1992, wußte ich noch vor der Supermarktkasse, daß ich von nun an nicht mehr arm war. Wenn ich es je wieder sein sollte, dann hätte ich immerhin einmal einen Rasierpinsel besessen.

✧

18 Uhr in der Filmstation, dem tollen neuen Gilchinger Doppelkino mit Großleinwand und THX. *Käptn Blaubär.* Naja. Blieb unter meinen Erwartungen. Zu sparsam gesäte

Einfälle, zu simple Geschichte, zu langsames Tempo – bei nur 80 Minuten Laufzeit. Das Zamonien-Buch hat den Maßstab so hoch gelegt, daß man wohl zwangsläufig enttäuscht sein mußte. Die deutsche Stimme von Lisa Simpson – Sabine Bohlmann – gibt das rosa Bärchen. Dr. Phibes an der Orgel läßt grüßen, auch Mr. Garrison vom Southpark – obwohl letzteres wahrscheinlich ein unbeabsichtigtes Zitat ist, Southpark ist ja noch nicht so alt. Graphisch sehr gut gelöst: Das Wellenspiel. Die ständigen ironischen Brechungen der Geschichte, die banalen Anspielungen auf mediale Bedeutungsebenen – stören eher, man weiß nicht recht, wozu's gut sein soll. Die Musik – grausig. Völlig unklar bleibt, für welches Zielpublikum das gemacht wurde. Sollte wohl mal wieder jeder erreicht werden. Der halbe Weg zur Pleite.

Am Schluß stürzen die rettenden Wellenzwerge von oben herab – Hommage an Brazil, nehm ich an.

✧

Um 23 Uhr eine tolle Folge vom Kommissar: *Jähes Ende einer interessanten Beziehung.* Mit der damals noch immer schönen Johanna von Koczian. An sie hab ich oft gedacht, als ich die Eros-Sofie der Fünfziger kreierte.

✧

Danach Arbeit. Um die Schmerznovelle gekämpft. Jetzt ist das jüngste Kapitel besser geworden, aber noch lange nicht gut. Es geht um den schmalen Grat zwischen bizarrer Erotik und Pornographie. Letztere muß vermieden werden, ebenso darf die Erotik zwischen den Protagonisten nichts wirklich gemeinsam Leidenschaftliches besitzen. Der Punkt ist, daß jeder der beiden eine merkwürdige Leidenschaft erlebt, die sich aber im Auge des Lesers nicht organisch zu ein und derselben verbinden dürfen. Jeder Satz muß auf der richtigen Frequenz bleiben. Die Nadel schnellt bei den geringsten Erschütterungen in den roten Bereich. Die Geschichte ist unerotisch und muß auch so erzählt werden. Ohne sich den Vorwurf fehlender Sinnlichkeit einzufangen.

✧

Mir fällt die alte Faßbinderfreundin wieder ein, ihr Name nicht, dafür der Rat, den sie mir damals gab: Schreib bloß nichts Ehrliches über Sex. Damit kriegst du nur Ärger, jetzt und später. Aus der Sicht der Frauen beginnt gleich nach der Spätpubertät die Altherrenphantasie.

✧

Ein Orkan tobt über Deutschland und Frankreich. Die 2-Uhr-Nachrichten melden bereits über 50 Tote. Hier ist es relativ still, die Rolläden scheppern ein bißchen.

27. Dezember

Die Kette für Bea kommt an. Schöner als im Katalog. Provenienz vermutlich armenisch oder dakisch. Irgendwo aus der Ecke. Läßt sich nicht genau sagen. Der Bernstein ungeschliffen, schroff, bröselt leicht, wenn man an ihm reibt. Ich versuche mir die Frau vorzustellen, die diesen Schmuck einmal getragen hat. Und wer, wenn überhaupt, wird ihn in zweitausend Jahren tragen?

Draußen Sonnenschein. Noch immer sehr schneller Wind. Weihnachten vorbei. Das schlimmste aller Feste, die mieseste Zeit des Jahres.

✧

Heiner Link hat auf Anfrage freimütig eingestanden, daß das Aperçu mit den Spezialisten, die am Schluß von nichts alles wissen, nicht von ihm, sondern von Andi Neumeister stammt.

✧

Nichts passiert. Gedanken sämtlich supratextuell.

✧

Aus dem AEC:

Ich will von meinem Mann ans Hotelbett gefesselt, mit verbundenen Augen von 5 gesunden!! schlanken!! sympathischen (gern dicke Pimmel) jungen Männern nacheinander!! mehrmals durchgef... werden. Den ersten und den letzten Stoß übernimmt mein Schatz und alles dazwischen kommt von Euch. Ein Paar sollte sich nur melden, wenn Eure Sie neben mir gefesselt liegt.

Per E-Mail KONTAKTIEREN

✧

Noch ein Auszug aus NULL, der erhaltenswert erscheint:

Vorhin dachte ich an meinen verstorbenen Zeichenlehrer Emslander, 5. und 6. Klasse Oskar v. Miller-Gymnasium Schwabing. War ein prima Kerl, beleibt, beglatzt, von Stimmgewalt und Imposanz – und atemberaubend, wenn er den Zustand der Redseligkeit erreichte. Dann erklärte er uns vorpubertären Zeichenschülern, warum wir schon bald einer jetzt noch ekligen Susie ein Eis kaufen würden, wie es bei den RAF-Banden zuging (er konnte sich stundenlang darüber amüsieren, daß ‹Banden› sich jetzt ‹Gruppen› nannten) und auch von Goebbels erzählte er uns, spezieller von dessen berüchtigter Rede im Sportpalast – «WOLLT IHR DEN TOTALEN KRIEG?» Und alle, wie die Idioten: JAAAA!

Das konnte Emslander erzählen wie kein anderer, da lief es uns schaurig den Rücken hinab – was für ein Wahnsinn, unglaublich – und wenn ich ehrlich bin, fand ich das, sagen wir mal: vom filmischen Standpunkt aus – auch wieder toll.

Daß es soviel Wahnsinn nur in Deutschland geben konnte – es erfüllte einen insgeheim mit einer Art herostratischem Negativ-Stolz – und jenes JAAAA aus tausend Kehlen lief mir noch lange den Rücken hinab, ohne etwas von seiner Schaurigkeit einzubüßen.

Bestimmt hunderte Male sah ich inzwischen (zweieinhalb Jahrzehnte nach Emslander) im Fernsehen eingeblendet Grandgoschier Goebbels mit geballter Faust die Frage stellen: «WOLLT IHR DEN TOTALEN KRIEG?» Man sieht Goebbels meist von schräg unten, Brustbild mit Rostra – Schnitt – die Kamera zeigt das Publikum, zeigt die Irren und Idioten, wie sie «JAAAA!» schreien, Soldaten und Zivilisten, Frauen und Jugendliche, alle schreien «JAAAA!» und kein «Naja» ist drunter, oder ein «Mal sehen», niemand schweigt oder sagt «nein».

Toll. Irre. Eine der bedrückendsten Irrsinnsszenen, die sich das große Weltkino je ausgedacht hat.

Und dann kommt neulich der WDR und macht mir alles kaputt. Relativiert mir meinen Horrorfilm entzwei. Wie das?

Indem er die Sportpalastrede in einer Einstellung zeigte – Totale vom Eingang aus Richtung Rednerpult –, die ich vorher nie zu Gesicht bekommen hatte. In dieser Totalen, in der Goebbels nur ein Fleck mit Sprechblase ist, kann man zum erstenmal den Text der Banderole lesen, die sich von links nach rechts über das ganze Podium spannt.

Auf der Banderole steht:

DER TOTALE KRIEG IST DER KÜRZESTE KRIEG.

✧

Vanille-Eis mit Rambutan. Im Fernsehen beeindruckende Orkanschäden. Wir müssen hier im Auge gewesen sein. Die Russen verwenden beim Sturm auf Grosny Vakuumbomben.

In der AZ die Liste der Toten des Jahres. Woher kommt diese Tradition? Warum wartet man nicht bis Neujahr? Oder wenigstens bis zum 30.? Aufmunternde Mail von Albert.

✧

Ich war zu Besuch im Reinbeker Verlagshaus, die ganze Mannschaft trat an, weil ich den Wunsch geäußert hatte, die Mitarbeiter kennenzulernen.

Der Chef stellte mich einem jungen Spund vor.

«Sie sind also», fragte ich, «der Letztkorrektor von *Schweine und Elefanten* gewesen?»

Er bejahte, sichtlich stolz ob dieser verantwortungsvollen Aufgabe. Ich zeigte ihm eine Manuskriptseite, die Stelle mit dem wurstsemmelfressenden Mann. *«Das wirkte wie von Deix gemalt.»* Er lächelte. Ich zeigte ihm dieselbe Stelle im Buch.

«Das wirkte wie von Dix gemalt.» Er lächelte noch immer. Den Deix, den habe er halt nicht gekannt. Aber Dix – den kannte er.

«Verstehen Sie», fragte ich, «wenn ich ein bißchen sauer reagiere?»

«Klar», sagte er, und wurde kleinlaut. «Ich werds auch nicht wieder tun.»

«Da haben Sie allerdings recht.» Ich zog meine Knarre und pustete ihm die Birne weg. Das Blut spritzte meterweit durch den Konferenzsaal.

«Nun würde ich gern noch den Mitarbeiter kennenlernen, der in der Taschenbuchausgabe von MAI-JUNI aus Octave Mirbeau *Mirabeau* gemacht hat.»

Niemand meldete sich. Schweigen herrschte im Rund. Der Chef nahm mir die Pistole ab, murmelte etwas von Problemen mit der Gewerkschaft.

✧

Der Erfindungsreichtum der Menschheit zeigt sich nirgends so sehr wie darin, daß immer wieder, in regelmäßigen Abständen, mit revolutionären neuen Techniken ausgerüstete Zahnbürsten erfunden werden.

Braun Oral-B Plak Control 3D – das klingt wie schweres Gerät, das an die Türkei verschachert werden soll.

28. Dezember

Wie ich ein häusliches Wortgefecht gewann.

Sie: Du bist doch nur ein Sepp.

Ich: Und Du bist vom Seppen die Frau.

✧

Meine tyrannosaure Regina. Heult – und jedes Schluchzen knetet mein Gehirn. Bis ich um Vergebung flehe für ihre Sünden.

✧

Irres Jahrhundert. Mordswaslos.

Sechs Millionen. Todesursache: Jude.

Sechzehn Millionen. Lebendig eingemauert.

Und Stalin erst.

Andererseits raffte die Grippewelle 1919 mehr Menschen hinweg als der ganze erste Weltkrieg. Wurde da schon mal ein Film drüber gedreht?

Geschichte als Kino, 24 Tote pro Sekunde
abgeteilt in zwei Lager gewichtiger Sachen,
für die es sich irgendwann einmal zu sterben lohnte,
damit unsereins
spannende Geschichten drüber genießen kann.

✧

Elke Naters schreibt im Pool über so und so geschnittene Camouflage-Sandalen, denen sie nur einmal, irgendwo, und dann nie wieder begegnet wäre. Aha.

Nein, über Form und Wesenheit meiner Badeschlappen hab ich mir bisher kaum Gedanken gemacht. Das einzige Kleidungsstück das ich mal an- und fast zu Ende gedacht habe, war meine Lederjacke. Danach kam ich mir vor wie eine tote Kuh.

✧

Das Leben als Verschwendung desselben. Keine unraffinierte Idee. Hätte man denn deren tausend. Nicht nur eines.

✧

Neujahrsmail von Arezu:

> ich verbrachte x-mas mit meinen beiden freundinnen in einer aeusserst skurrilen umgebung, wir hatten ein kleines haus am meer in plettenbergh bay, einem deauville suedafrikas (oder so), das wir bei 35 grad weihnachtsgemaess dekorierten, mit flitterkram und firlefanz, direkt vor unserer terrasse stand eine dicke palme und dahinter rauschte gleich der ozean. ich als feuermeister kuemmerte mich am abend um das grillen und wir prosteten ueber unseren huehnerbeinchen allen menschen zu, die uns am herzen lagen. das haus lag in einem feriendorf, allerdings hatte es mehr aehnlichkeit mit einem sos kinderdorf als allem anderen. was vielleicht nicht nur an den leuten sondern auch an den magic mushrooms lag, die wir tagsueber gefuttert hatten, was wiederum so dermassen lustig war wie nichts

zuvor, und sehr schoen, weil wir drei frauen es allein und gemeinsam erlebten. kann man das verstehen? vermutlich nicht. in jedem fall bestand bei mir fuer kurze zeit der himmel aus lauter oktaedern und prismen, das rosa der kinderkleidchen war dermassen pink, dass es in den augen wehtat und die erde hat geatmet, das wasser hat geschichten erzaehlt und der sand unter meinem koerper hat mich gestreichelt. die tage zuvor hatten wir auf der farm meines ex freundes verbracht, einer polo lodge mit vielen pferden, (ja ich bin nicht runtergefallen:-))) umgeben von herrlichen bergen und einer grossartigen und heilsamen natur: lesotho und die drakensberge sind uebrigens der Ort, an dem tolkien die hobbits eingefallen sind und der herr der ringe etc., leg mal spasseshalber die landkarten von suedafrika und lesotho auf die in tolkiens buch …

✧

Ein langer Brief von Dietrich Menke aus Köln, beigelegt zwei CDs des Komponisten Alberic Magnard (1865–1914). Wo der das immer auftreibt? Und zwei giftige Zitate von Bruckner über Brahms.

Gernhardt sendet Neujahrsgrüße, mit höflichen Komplimenten für den Band. Läßt zwei gezeichnete Kasperlköpfe auf meine nächsten zwanzig Jahre anstoßen.

List hat endlich geantwortet, ja, ich kriege die englischsprachigen Auslandsrechte zurück.

Alles täte ihnen sehr leid und ginge jetzt sehr schnell. Ich solle bald mein Einverständnis signalisieren. Womit? Daß ich die Rechte zurückkriege? Das habe ich doch fünf Monate lang gefordert.

Am Nachmittag treffe ich zwei Mädels im Stadtcafé. Die

Facharbeit und die Magisterarbeit über Fette Welt. Aus Termingründen zusammengelegt, was gut kam, da die Fragen nie ausgingen, keine Gesprächsvakua entstanden. Beide waren gut vorbereitet, die Fragen präzise, wie man sichs wünscht.

Im Hugendubel: alle Krausser-Vorräte über Weihnachten abverkauft. Toll. Marais' Tagebücher vergeblich gesucht. Das ist ein Autor, von dem ich alles lesen werde. Ganz sicher. Ein Geschenk aus dem Archiv.

Kurz noch Frank von Dichtung&Wahrheit einen guten Rutsch gewünscht. Auch dort sind alle Gedichtbände weg bis auf einen.

✧

Manchmal überkommt einen das Gefühl einer force majeure, die gnädig mit einem gestimmt ist. Obwohl man gerade nichts Erwähnenswertes geleistet hat. Einfach so stülpt es sich über einen, und man geht über den matschigen Marienplatz, beobachtet, behütet. Mit nichts zu vergleichendes Gefühl, weder ekstatisch noch pathetisch. Eher sachliche Stimmung, wenn alles in Ordnung und das Dringendste erledigt ist. Die Schritte werden fester, jeder gehört zu einem Plan, der irgendwo ohne unser Wissen entworfen wurde. Vielleicht so zu beschreiben: Man hat vor einer Jury eine Prüfung abgelegt, die Jurymitglieder betreten den Saal, und bevor sie ihr Urteil verkünden, zwinkert einer dir zu. Könnte sich natürlich auch um ausgesuchte Grausamkeit handeln.

✧

In der Drei-Uhr-Zeitung gelesen, daß der erste Prototyp des E-Papers vorgestellt wurde. Es soll sich anfühlen wie normales Papier und auch genauso aussehen. Tatsächlich ist es aber ein Computerbildschirm, auf den man direkt mit einem speziellen Stift schreibt – und so oft man will. Der Bildschirm der Firma Xerox Parc ist nur 0,2 Millimeter dünn und besteht aus Silikongummi, das mit Millionen von kleinsten Kügelchen gefüllt ist. Bislang kann man bei starkem Lichteinfall kaum etwas erkennen, doch diesen Mangel wollen die Entwickler bald beheben.

Na also. Kommt meiner Vision vom flüssigen Buch doch schon sehr nahe. 1996 oder 97 im Spiegel prognostiziert. Ein Buch, das aus einer Art Flüssigkristallbildschirm besteht. Um zu blättern, drückt man einen Knopf. Das Ganze so dünn, daß man in einer Aktenmappe eine Bibliothek mit sich herumschleppen kann, und das Lesen doch seine haptischen Gewohnheiten behält. Noch in diesem Sommer hielt Iris Radisch in einer 3-sat-Diskussion für unmöglich, daß man sich an so etwas je gewöhnen könne. Manche Menschen haben nicht mehr Vorstellungskraft als ein Bildausfall.

✧

Zunehmend beherrschen wir Geräte, die wir nicht verstehen.

Ein Gerät, mit dem man nicht reden kann, wirkt beinahe schon langweilig.

Ich muß an Jünger denken, und dessen Zeilen von 1957 (aus *Gläserne Bienen*).

Es gibt Prognosen, die behaupten, daß unsere Technik eines Tages in reine Zauberei ausmünden wird … Lichter, Worte, ja fast Gedanken würden hinreichen. Ein System von Impulsen durchflutete die Welt.

Noch 97 machte sich Augstein über Jüngers zehn Jahre zurückliegende Voraussage lustig, daß ein Schachcomputer bald Großmeister besiegen würde. «Dazu ist es ja wohl noch immer nicht gekommen», stellte Augstein süffisant fest, obwohl Fritz 5 in diesem Jahr die Großmeister zumindest im Blitzschach schon deklassierte, und bald darauf Kasparov sein Deep-Blue-Debakel erlebte. Da fällt mir auch Willms ein, dessen Jünger-Nekrolog so abscheulich war, unter jedem Anstand, bäh, das will man nicht wiederholen.

✧

In der Zeitung. Über den Kasuar, einen australischen Lauf- und Bettelvogel.

Durch die Attacken dieses Vogels sind schon Menschen zu Tode gekommen. Nun haben Forscher herausgefunden, daß der Kasuar nicht etwa ein mordlüsternes Monstrum ist, sondern schlicht nach Futter giert. Für Kasuare sind Menschen eine Art lebender Futterautomat, den man nur lange genug traktieren muß.

Klingt nett. Und klug.

✧

Abends in der Filmstation: Preview von *Sixth Sense.* Recht ordentlich. Ausuferndste Exposition seit langer Zeit. Die gedehnten Pausen im Dialogrhythmus erinnerten an *Shining.* Die Pointe hab ich nicht kommen sehen. Bruce Willis und der Junge, H. J. Osment, spielen beide hervorragend. Wie man Kinder so hinbekommt? Ich fand ja auch im Gegensatz zu vielen Jake Lloyd als Anakin in *Phantom Menace* großartig, wie überhaupt den Film sehr stark. Hab ihn dreimal gesehen. Sogar Jar-Jar Binks und sein Neu-Sprech gefiel mir. Wurde deswegen schief angeguckt. Muß man dazu stehen. Offensiv. Selbst wenn man falsch liegen sollte, es bedeutet schon was.

Seltsam. Niemandem ist aufgefallen, daß ich mich nirgends, außer privat, zum Film «Der große Bagarozy» geäußert habe. Will ich auch nicht, muß nicht sein.

Ich war im Herbst emotional sehr mitgenommen durch den Filmrummel. Das Angebot, per Limousine vorzufahren und für die Kameras zu posieren, lehnte ich ab. Flüchtete vor allen Photographen, war schließlich nicht *mein* Film. Es war mir unangenehm, überall «Der große Bagarozy» lesen zu müssen. Etwas, was ich erfunden hatte, starrte mir von allen Litfaßsäulen entgegen. Es machte mich auch stolz, aber es war falscher Stolz. Kaum einer hat das Buch verstanden. Ich würde gerne haben, daß das Buch gelesen und verstanden wird. Es ist ein medienphilosophischer Essay über die Mechanismen und Rituale der Ikonisierung, über die Schuldfrage, sowohl der Ikone wie der Gesellschaft. Jetzt auch als Film mit Til Schweiger.

✧

Die Premierenfeier war ziemlich bewegend. Man gab den Film im MAXX in allen acht Kinos, danach leuchteten Butler im Kostüm von Detlev Buck den ganzen Weg bis zur Muffathalle aus. Die ganz in rotem Samt ausgeschlagen war. Von der Decke regnete es rote Rosen. Über sechshundert Menschen. Viele Freunde. Auf einer Großleinwand tauchten Szenen aus dem Film – und Sätze aus dem Buch auf. Das alles weil ich irgendwann in der AZ ein Foto von Maria Callas mit weißem und schwarzem Pudel gesehen hatte.

Sehr erstaunlich.

Boris Becker war sich zu fein, mir die Hand zu geben. Seine Frau war sehr nett. Wahrscheinlich genießt er diesen Zustand, nicht mehr jeden Dahergelaufenen per Handschlag berühren zu müssen. Ist verständlich. Eigentlich okay. Das devote Geschmeichel der Schauspieler kam mir viel grotesker vor. Ich begriff zum ersten Mal, wie leicht ein schwacher Charakter diesem Gesülz verfallen kann. Die Rituale der Traumwelt als Droge.

Begriff auch, daß das alles nicht so bleiben wird. Eine Welt, in der Schauspieler die bekanntesten Menschen sind, mit noch und nöcher Kohle ausgestattet. Sonderbar. Das alles wird zusammenfallen. Irgendwann einmal. Es liegt so nahe. Und der Gedanke wirkt fremder als irgendwas sonst, altlink bis peinlich, dennoch einnehmend intensiv, wie etwas, das sich noch nicht traut, aber wächst.

✧

Magnard (4. Symphonie cis-moll) – Eruptionen ohne Ende. Mixtur aus Strauss, Debussy und Nielsen. Findet nie zu einer klaren Linie. Stellenweise stupend instrumentiert. Und mündet in nichts ein. Die melodische Erfindungskraft fehlt. Moussierende Strukturen. Perlend, bald schal.

Aber man weiß jetzt mehr. Klassik ist unter anderem Klassik, weil die Ranglisten schon einigermaßen stimmen. Magnard sei 1914 bei der Verteidigung seines Besitzes in Baron / Oise durch deutsche Soldaten zu Tode gekommen. Laut Menke.

Danach noch Monteverdi-Madrigale aus dem achten Buch, zur Einstimmung auf Rom.

Zuhausmusik. Wunderbarer Tag. Danke.

✧

Sandor Marai –
dem haben die Musen einen geblasen.
weiß gott verdammt gut, verdammt saugstark.

✧

Wenn die Konjunktive der Vergangenheit zu leben begännen, mit dem Geschehenen gleichberechtigt würden, wenn die Erinnerung nicht mehr unterscheiden könnte zwischen dem, was Wirklichkeit geworden, was Traum geblieben ist. Wenn alles jemals Erwogene, Gewünschte, Vermiedene nachträglich faktisch wird und den noch lebenden Menschen mit allen Konsequenzen überfällt – dann hat er den Zustand des Ultrachronos erreicht.

Manche behaupten, im Dämmerzustand vor dem Tod könne jeder in dieses seltsame Reich abgleiten, sähe sein Leben um sovieles Verdrängte, Versagte bereichert, und stürbe dann mit einem Glanz in seinen Augen, den nur großes Kino verleiht. Einzelne behaupten sogar, man könne weit schon vor dem Tod in diese unglaubliche Landschaft eindringen und glücklich dort leben, während man für die Zeitgenossen als Wahnsinniger gilt. Ich träume davon, diesen Zustand zu erreichen, ohne daß meine Zeitgenossen etwas von meiner aufgefalteten Wahrnehmung bemerken. Es wäre eine Art von allerhöchster Schizophrenie. Meine Eitelkeit will ferner diesen Zustand beschreiben, etwas Unsagbares festhalten. Wahrscheinlich werde ich daran scheitern. Aber ein Versuch – was bleibt uns denn, wenn nicht Versuche?

✧

Warum ich im Bagarozy den Nagy Nagy genannt habe? Eine Studienrätin namens Stefanie Unger aus Zwiesel im Bayerischen Wald hat es herausgefunden. Endlich. Nach fast zwei Jahren.

Eigentlich völlig wurscht. Aber man hat ja sonst kaum Geheimnisse mehr.

✧

Nach Star Wars Episode I

Furcht wird Wut wird Haß wird Leid.
Wird Frucht wird Hab und Gut wird Lied.

29. Dezember

Schneefall. Wir rechnen mit dem Schlimmsten. Fahrt zum Flughafen unerwartet problemlos.

Weiße Äcker. Krähenschwärme stürzen sich auf Aas am Wegrand. Alle Bäume sind Birken geworden. Falken und alte Züge queren den Winter.

Beatrice: «In Rom benennen sie den Flughafen nach da Vinci, bei uns nach Franz Josef Strauß.»

Es weht Schneestaub von den Dächern der vor uns fahrenden Wagen.

Am Flughafen: *Ihre Maschine nach Rom kommt heute aus Bologna. Sie ist leider noch nicht in Bologna gestartet. Sobald sie das getan hat, können wir Ihnen das Ausmaß der Verspätung mitteilen.*

✧

Bea findet meinen vor drei Wochen verlorenen Haustürschlüssel in ihrer Jacke.

✧

Ihre Maschine ist soeben in Bologna gestartet. Voraussichtliche Eincheckzeit: 15.50. Wir bitten um ihr Verständnis.

Man könnte auch im entführten Flugzeug in Kandahar sitzen, seit vier Tagen, in bitterer Kälte und grauenhaftem Gestank. Kein Mitleid mit Flugzeugentführern. Mit allen sonst. Flugzeugentführer abknallen bei erster Gelegenheit.

Ihre Maschine aus Bologna ist jetzt gelandet. Wegen eines kleinen technischen Problems verzögert sich der Einstieg leider um unbestimmte Zeit.

✧

Zukunft ist die ungenutzte Möglichkeit, die heute an uns verzweifelt.

Die Maschine nach Rom ist jetzt zum Einstieg bereit am Gate A 15.

✧

Der kleine City-Liner ist voll bis auf den letzten Platz. Wir haben Rückenwind. Flugzeit eine Stunde zwanzig.

Auf dem Landeanflug. Die orangenen Lichter eines ummauerten Friedhofs glänzen direkt neben unserer Landebahn.

Einen Moment Geduld noch. Wir müssen eine Weile umherfahren, bis wir einen Parkplatz entdeckt haben.

Niedlicher Satz. Und immer noch nicht das Ende.

Leider ist die Ausstiegsrampe defekt. Wir bitten um Geduld.

In Jerusalem, auf dem Ölberg, hocken Fanatiker, die das Ende der Welt erwarten. Hier geht nicht mal ne Tür auf.

Jetzt. Endlich.

✧

Beim Anblick der aurelianischen Mauer: Behütet, geborgen sein. Erwartet.

Zehn Grad plus.

Villa Massimo. Der Duft von feuchten Zypressen. Am

Beginn des langen Kieswegs wurde eine weiße, hell ausgeleuchtete Krippe aufgestellt. Ein Horror, daß diese Anlage ein Jahr leerstehen wird. Aus unsinnigen Gründen. Das Haupthaus wird umgebaut. Die Fenster der Studios müssen aus Gründen des Denkmalschutzes reantiquiert, d. h. mit Holzrahmen versehen werden.

Wir wohnen in der 11. Rennen zum Einkaufen in den GS.

Danach zu Da Franco. 14 Leute. Annette ist hier. Anja. Volker. Und, wenigstens für diesen Abend, Thomas mit Friederike. Vollfreß mit obligatem Zusuff. Ich bin so glücklich.

Hier, zurück, unter Freunden zu sein.

Hettche verbringt die Millenniumsfeiern in der winterstillen Toskana, zu zweit mit seiner Liebsten. Keine schlechte Wahl. Den Geruch des dort überall abbrennenden Olivenholzes hebt er als lokales Stimulans hervor.

Danach, gegen Mitternacht, zu Anja, ins Studio 7. Thomas: Das *war* nicht, das *ist* meines!

Stimmt. So wie die 3 immer *meins* bleiben wird. Vivaldi-Arien, Orvieto und Frascati. Mit Thomas viel geplaudert, Positionen getauscht, Übereinstimmungen gefunden, ich war schon arg dicht, über meinen Gedichtband, den er nicht so ganz mochte, über Dichter, die wir nicht so ganz mögen, übers Theater und egalegal. Nebenbei gewann unser Internetprojekt durch Spontanideen an Profil.

Anja zeigte ihre Arbeiten. Erntete Bewunderung für dekonstruierte bausubstanzielle Antimaterie, die sich ausschnittsweise, – decolletiert – zurück an den urbanen Mythos schmiegt.

Nicht auf die Kröten treten? Ach was, die Kröten kommen erst im Februar.

✧

Vor einem Jahr, genau an dieser Stelle hab ich den ersten Text für NULL geschrieben.

Aber kein Kreis schließt sich. Es gibt keine Kreise in der Zeit, nur Spiralen.

Bestenfalls bastelt sich die Erinnerung Sprungfedern daraus.

✧

bdktnsrgbns – mgnnhlt

krstnbrtn. mt fttr sß.
schwnshxn mt krtfflkndl.
rndsbrtwrst vm grll mt snf.

mnschnflsch!!! ntstzlch.
zm ktzn. ch brch schnps.
gb mr vm ttn ds blt.

30. Dezember

Blick aus meinem Zimmer auf Orangenbäume im Zentrum des Kreuzwegs. Die Agave. Der Frauentorso. Sonne. Hätten wir im Hotel wohnen müssen, das Ganze wäre nicht halb so schön gewesen. Einmal noch, und wenn auch nur vier Tage, hier zu leben wie ein Kaiser.

Ich möchte mehr sein als nur ein großer Schriftsteller. Ich möchte zwölf große Schriftsteller sein.

✧

Entdeckung: Thomas und Albert haben am selben Tag Geburtstag.

✧

Traian wollte die Domus Aurea vom Antlitz der Erde tilgen, ließ sie mit Erdreich zuschütten – und hat sie eben dadurch konserviert. Ironie des Schicksals. Ähnelt dem Späterfolg verbotener Bücher.

✧

Fahren mit der Linea B zum Colosseo. Vor dem Forum fällt mir musikalisch sehr präzise die Finalszene *Götterdämmerung* zweiter Akt ein und läßt mich im Folgenden nicht los.

Helle Wehr – heilige Waffe – Spitze, hör meinen Schwur – das Racheterzett. Vielleicht – unter Boulez – die fiebrigste, dunkelekstatischste Haßmusik, die je geschrieben wurde. Ähnlich nur die Szene vor dem Revolutionstribunal in *Dantons Tod.*

Herrlicher Tag. Kein Wölkchen am Himmel. 14 Grad. Viel Völkchen am Boden. Die Stadt schwappt über. Der restaurierte Titus-Bogen empfängt mich wie ein weißgekleideter Priester. Ich bin der Kaiser der Welt.

In Rom könnte ich auf Dauer nicht leben. Es geht um das Heimkommen, nicht um das Hiersein. (Andererseits, wie Albert so schön sagt: «Daheim ist, wo die Rechnungen ankommen.») Übers Forum zu wandeln – ja, man geht nicht übers Forum, man wandelt übers Forum – ist immer wieder ergreifend. Und was seh ich: DIE KURIE STEHT OFFEN. Zum ersten Mal steht, wenn ich hier bin, die Kurie offen. Gefühl, mit Worten nicht zu beschreiben. Was eine Floskel der Faulheit ist.

✧

Beinahe hätte ich das Innere der Kurie beschrieben, so emphatisiert bin ich immer noch.

Auf den Ruinen der Rostra, wo man den Kopf Ciceros ausstellte und Fulvia ihm eine Haarnadel durch die tote Zunge stach, hockt mit zurückgebogenem Nacken ein Rotkehlchen. Und viele Stieglitze spielen. Das Cäsar-Forum ist schon ziemlich weit hinuntergebuddelt.

2249 wird Rom seine 3000-Jahr-Feier begehen. Vielleicht Ausgangspunkt für eine S&F-Story im Sinne der renovatio imperii? Apart.

In einem Touristenshop nahe der Aracoeli gibt es sehr viele Poster, Mousepads, Tischdecken, Schneuztücher etc. mit Motiven von Magritte, Miró, Escher, Keith Haring. Bevorzugt von diesen Vieren. Warum gerade die? Warum andere nicht? Wir redeten darüber, wieviele Menschen heute Kunstwerke nicht mehr über ein Museum oder einen Bildband kennenlernen, sondern beim Shoppingbummel im Ausland.

Als man noch – längst fälschlich – voraussetzte, daß der Durchschnittsbürger Gemälde wie *Das Reich der Lichter* oder *C'est ne pas une pipe* kennen würde, machte man solchen Andenkenshops den Vorwurf der Profanisierung und Verkitschung von Kunst. Art-Merchandising. Nun ist der Andenkenshop zum letzten Bollwerk, zum effektivsten Bildungsinstitut geworden.

Santa Maria sopra Minerva.

Verbürgt durch die vier Brüder Jesu lebte Maria zwar eine gewisse, mehr oder weniger lange Zeitspanne als Jungfrau, starb aber keineswegs als solche – der Katholizismus verehrt eine temporäre Phase der Gottesmutter, interessant, ebenso die Tatsache, daß jene vier Brüder von der Kunst kaum je thematisiert wurden.

✧

Die üblichen Ritualgänge. Pantheon, Trevi. Nicht zu fassen, wie sich der Bahnhof Termini verändert hat. Von der versifften Kloake endloser dunkler kahler Gänge hat er sich, völlig umgebaut, in ein strahlendhochglanzpoliertes Einkaufszentrum verwandelt, mit luxuriösem Einschlag. Es gibt einen Wasserladen. In dem wird nichts als Wasser verkauft, aus allen möglichen Ländern, teures Wasser, bis hin zu neun Mark pro Dreiviertelliterflasche.

Bea: «Vielleicht ein besonders guter Jahrgang?»

Auch hier noch vereinzelt Weihnachtsfrauen, aber in einer züchtigeren Version, mit weißen Strumpfhosen. Viele Gaukler. Ein zweiter McD im Untergeschoß. Alle Obdachlosen sind verscheucht worden. Wurden sie allerdings früher auch, wenn die Temperaturen nicht unter Null fielen.

Von der Via Livorno ein Blick auf die schneebedeckten Berge so klar wie noch nie.

Anja hat erzählt, daß mein «Lied des Mädchens» in ganz Italien ausgestrahlt worden sei. Auf Radio 3. Sie habe ein Interview dort gemacht und sich Musik wünschen dürfen.

✧

Ein schneller Text für den Katalog von M&M:

Auf der Via del Corso, Rom, etwa 300 Meter vom Flußbett des Tiber entfernt, ist an einer Häuserwand eine Markierung angebracht.

Eine horizontale Linie, daneben eine steinerne Tafel; sie erklärt, daß die Linie den höchsten Wasserstand bei der Überschwemmung des Tibers im Jahre 1485 anzeigt, also die Über-Die-Ufer-Tretung des Flusses quasi graphisch darstellt, man könnte sagen: szenisch nachempfindet.

Die Linie befindet sich exakt auf Höhe meines Kinns, wenn ich in normalen Straßenschuhen (solchen, deren Absätze der Normhöhe von Herrenschuhenabsätzen grob entsprechen) davorstehe.

Ich hätte demnach locker überlebt. Egal, was die naturgemäß übertreibenden Greise behaupten. Mehr noch, es wären sogar ein paar Zentimeter Spielraum geblieben, diejenigen zwischen Kinn und Nase, Schnupfenfreiheit vorausgesetzt, zusätzlich jene, die, wenigstens vorübergehend, durch das Gehen auf Zehenspitzen erreicht werden können.

Der Gedanke gefällt mir, daß ein gewisser Teil meines Körpers, die Mundpartie – die Zentimeter potentiellen Gelächters und permanenter Freßgier – sich so den schönen Begriff ‹Spielraum› – verdienen / erarbeiten / aneignen, bzw. vom Tiber benannt / anerkannt / eingestanden werden. Bemerkenswert nebenbei, daß der gesamte Körper eines Menschen von Zentimetern befallen ist, und man sich so daran gewöhnt hat, daß es eine Flutkatastrophe braucht, um es sich bewußt zu machen.

Fazit: 1485 hätte mich der Tiber, wäre ich ihm auf der Via del Corso begegnet, nicht umbringen können. Unter meinem Kinn bedrohlich herumgestanden wär er, gut. Vielleicht hätte er verfaulte Tiere gegen meine Brust gespült oder die Leichen ersoffener Zwerge, hätte mich giftigen Odem atmen lassen, etceterapepe. Das kann man, insofern man die Partei des Flusses partout ergreifen will, hinterher immer behaupten.

Ich dagegen glaube nicht an von Natur aus infame Flüssigkeiten, höchstens an temporär irregeleitete, denen im nachhinein alles leid tut. Die Sintflut haben militante Bergpropheten und Säulenheilige erfunden, um sich mit Abendsonne in schwappenden Wassern die Aussicht zu vergolden.

Dezember wäre allerdings gewesen. Damals, 1485. Will das jemand wirklich wissen?

✧

Andreas und Katharina sind eingetroffen. Bin müde, hab keine fünf Stunden geschlafen.

Tischtennis im Haupthaus. Das, liebe kommende Stipendiaten der Villa, hab ich initiiert: Die Tischtennisplatte. Sie wurde allerdings erst nach meiner Abreise aufgestellt. Von Moritz stammt der Kicker. Und von Thomas die Sonnenblenden im Studio 7.

✧

Im SPIEGEL lese ich von einer «Brennstoffzelle, die Wasserstoff und Luftsauerstoff direkt in Elektrizität umwandelt und garantiert unschädliches Abgas ausstößt – reinen Wasserdampf». Ab 2002 werden so die Nahverkehrsbusse in Island betrieben. Bald danach folgt die Umrüstung einer der größten Fischfangflotten der Welt auf Wasserstoffantrieb. Die isländische Regierung plant, ihr Land bis zum Jahr 2030 völlig unabhängig von Öl und Benzin zu machen.

Na also.

Prognosen, die ich vor vier Jahren noch nicht laut zu sagen wagte, sind heute nurmehr Platitüde. Augurische Inflation herrscht. Ich überlege mir, was ich noch schnell voraussagen könnte, bevor es zu glaubhaft erscheint.

Ebenfalls im SPIEGEL: Ein Haß-Pamphlet gegen Monika Weimar, das die (Rest-)Medien der emotionalen Berichterstattung zeiht, selber aber in keinster Weise sachlich argumentiert.

Gisela Friedrichsen sei hiermit zur Totenkopftusse des Monats ernannt.

✧

Zum Raum wird hier die Zeit. Ach, Rom …
Zur Zeit wird hier der Raum
instandgesetzt. Ach Rom …

✧

Abends Langeweile. Wir blieben zuhause, in Erwartung eines Vorfestes. Andere waren stravanzen gegangen, so fand man erst gegen Mitternacht in der 10 zusammen. Und Mißtöne gabs. Christoph hatte beschlossen, von wo man morgen die drei großen Feuerwerke ansehen müsse, mit der Option, dennoch per pedes nach Hause gehn zu können: Vom Quirinalspalast aus. Ich habe nicht vor, das Areal der Massimo zu verlassen. Wo sind wir hier? Pfadfindergemeinschaft? Gruppenzwang? Morgen Nacht wird in der Stadt die Hölle los sein. Wegen der Hölle bin ich nicht hergekommen. Will mit Beatrice auf der Brüstung stehen, in dem kleinen Tempel, und auf die Via 21 Aprile hinabschauen. Pfeif auf verbuntete Himmel. So werden wir das auch handhaben. Der Pincio und der Gianicolo werden ohnehin gesperrt sein, voll von Knallkörpern und Knallköpfen. Und der Straßenverkehr wird zusammenbrechen. Taxis ordern zu wollen, stellte sich als Lachnummer heraus. Irgendwo im Bus Silvester feiern – nee. Es war mir wichtig, hier zu sein, in dem, was ich als spirituelles Zuhause empfinde. Eingezwängte Menschenmassen, die vermutlich auch noch von irgendwelchen Irren mit Raketen beschossen werden – das kann ich mir ersparen. Notfalls bleiben wir zu zweit hier. Wär nicht das Übelste. Die Villa Massimo besitzt 40 000 Quadratmeter Fläche. Die mal für uns allein zu haben. Endlich – frei nach Nero – leben wie zwei Menschen. Das Feuerwerk – wenns nicht im Kopf stattfindet, dann nirgendwo.

Später gingen Volker, Andreas, Katharina und ich noch ins Kabuff, um zu kickern. Und ich wußte sofort, was ich in dem Dreivierteljahr seither am meisten vermißt – und wieder verlernt habe.

✧

Danach fragte ich mich, was ich eigentlich mit dem Millennium zu tun habe, was genau ich feiere. Nichts. Christus schon gar nicht. Aber 35 ist nach dem biblischen Wort, wonach unser Leben 70 Jahre währt, eine realistische Kerbe, um die Hälfte des Lebens zu feiern und zu begutachten. War schon viel. Massiv. Fast alles, was im Auge eines Regisseurs dazugehören kann. Nochmal dasselbe – da läge einiges vor mir. Naturgemäß wird es weniger sein. Aber immer noch ein beachtenswerter Batzen. 70 zu werden ist okay, danach krankt es.

Irgendwo las ich heute eine Vorausschau derzufolge im Jahr 2070 die ersten Menschen geboren werden, die ab einem selbstgewählten Zeitpunkt nicht mehr altern müssen.

Knapp verpaßt, kann ich da sagen. Knapp dem entgangen, könnte ich sagen, müßte ich sagen, nach allem, was ich weiß. Es wird einmal Menschen geben, die höchstens ein tragischer Unfall ihrer Existenz entreißen kann. Das ist sicher. Die Frage bleibt, ob diese neue Spezies, denn eine solche wird es sein, uns nicht sogar um unsere natürliche Fragilität beneiden werden wird. Ob diese «Unsterblichen» nicht ein viel schlimmeres Los ziehen. Ihrer selbst überdrüssig, irgendwann den Zeitpunkt erwählen zu müssen, freiwillig die Bühne zu räumen.

Das wäre spannend. Eine ganz neue Ethik und Philosophie müßte entwickelt, alle Gesetze umgeschrieben werden. Im Sinne des Spiels ist eine andere Entwicklung kaum denkbar.

Und angenommen, die durchschnittliche Lebenserwartung wird auf dreihundert Jahre hinaufgeschraubt werden. Spielt das Gehirn da einfach mit? Oder stellt es sich auf die veränderten Bedingungen ein? Wahrscheinlich. Leben ist Gewöhnungssache. Kann sein, daß die dreihundert Jahre genauso schnell empfunden werden wie unsere siebzig. Und es wird noch viel mehr zählen, was man aus der Zeit gemacht hat. Vermutlich wird man feststellen, daß die Verlängerung des Lebens, Quantität, sich nicht notwendigerweise in Qualität niederschlägt. Ich jedenfalls bin froh, jetzt und hier zu leben, und irgendwann gelebt zu haben, tot zu sein, das geht in Ordnung.

31. Dezember

Das ist er also, der letzte Tag des Jahrtausends. Herrlich warm, himmelblau und windstill.

Gestern fand an der Metro Piazza Bologna eine Fahrkartenkontrolle statt, und wir hatten ausnahmsweise mal gestempelt. Mit diesem Gefühl in den Tag.

Die Anlage Ostia Antica hat zu. Wegen Sturmschäden. Wir wollten hinten in den Äckern nach Glasscherben suchen. Ein majestätisch dahintrabender Hund begleitet uns ein Stück Wegs. Weiß, groß, langes Fell, gutmütiger Kopf. Ähnlich Retriever. Sehr anmutiger Pfotengang, ballettös. Bea: «Ein Lipizzanerhund.» Wir haben ihn fotografiert, in Hinblick auf das pompeianische Hundebuch, das, nach bald acht Jahren Planungszeit, ab Sommer in Angriff genommen werden wird.

In Ostia, auf den Stufen des popligen Theaters – wieviele Adoleszenten lauschten abgehalfterten Rhapsoden hier und träumten von Gladiatorenkämpfen und Wagenrennen?

Schönheit, Grausamkeit – eins ist ohne das andere nichts, gemeinsam ficken sie kraftvolle Bilder hervor.

Sekunden gibts, in denen möcht ich allen Toten danken, allein dafür daß sie einst lebten und – wie auch immer – gestorben sind zu unsern Gunsten.

✧

Grüne Hügel mit weidenden Schafen und Zweimannbunkern. Dann die tristen Hochhäuser der westlichen Peripherie.

✧

Generalamnestie für Krenz, Monika Weimar, Priebke und die einsitzenden RAF-Leute. Ein großer Rundum-Gnadenakt. Warum denn nicht? Warum ist Thierse so thiersig? Und Schröder so schröde? Und Rau so uar.

✧

Ende Affirmation. Formulierungen für die neue Distanz. Traute Heime zu Widerstandsnestern. Schwere Kampfverbände. Position beziehen.

✧

Cimitero acattolico. Kurz bei Keats und seinem «Deathbed-Companion». Seinem – Totenbettkantenhocker. Und mal wieder bei Malwida – auf dem Grabstein steht als Todesdatum richtig 1903. Ich hab mich einfach getäuscht.

✧

eben ging
eine frau
an mir vorbei –
grazie. du nachmittag,
du lichterloher …

✧

Billigsurf im Termini. Im POOL steht nur albernes Zeug, seit Girgl scheints Urlaub macht.

Die Banalität von Enzensbergergedichten. Jelzin ist zurückgetreten? Messerattentat auf George Harrison, 56.

Der dachte wohl auch schon, er hätte es überstanden. Hat er auch, war aber knapp.

Die kahlen Platanen der Nomentana. Das kupferne Spätlicht. Der Himmel siedendes Olivenöl.

In Berlin möcht ich heut nicht sein. Und morgen nicht.

Hatten viel Mühe, Safran zu kaufen, für die Quitten-Tagine. Fanden nur eine Steinpilz-Safran-Mischung fürs Risotto, die wir trennen mußten. In Sachen Gewürze ist das Sortiment der italienischen Supermärkte begrenzt. Cumin und Koriander muß man auf dem Vittorio Emanuele besorgen, bei den Indern oder Pakis.

Y2K-Survival-Shops haben gute Geschäfte gemacht, lese ich. Wie reich man werden kann, indem man Menschen wie Idioten behandelt.

In den Straßen geht es weniger schlimm zu als erwartet. Bea nimmt ihre Nudeln vor meinen aus dem Topf, mag es «ein bißchen denter».

✧

Keats' Ode auf eine griechische Urne – grobe Zusammenfassung

Da steckt was drin, was
mehr als Asche wiegt, es ist
verklungene Musik –
Schwarz, das weiße
Blüten treibt.
Alles, alles was
dem, der darin liegt
je widerfuhr, kehrt wieder.
Bunter Traum aus grauer Zeit.
Leid. Verwandelt. Neue Lieder.
Was je geliebt hat, bleibt.

schön = wahr & wahr = schön.
der Rest geht euch verdammt nix an.

✧

Das letzte Tischtennismatch des Jahrtausends. Bea: «Wer das gewinnt, hat alle gewonnen.»

Beim Stand von 1 : 1 nach Sätzen einigen wir uns auf ein Unentschieden. Alles andere käme im Tagebuch ja doof.

✧

Wie es in römischer Geschichte keine Seltenheit ist: Ein Bote des Kaisers erscheint, überbringt den mündlichen Befehl, der Adressat hätte Selbstmord zu begehen, am heutigen Tag noch. Grund hierfür wird keiner genannt. Der Bote geht ab.

Der zum Selbstmord Verurteilte – nehmen wir an, er sei ein glücklicher, wohlhabender Mann, gesund, sich keiner Schuld bewußt. Nehmen wir an, er hätte auf das Spiel der Macht verzichtet, hätte still für sich und die Seinen gelebt, hätte nicht durch übertriebenen Protz oder eine schöne junge Frau den Neid des Imperators erregt, wäre allerseits beliebt und geachtet. Wie verhält er sich?

Glaubt er an einen Irrtum, besteigt er den Pferdewagen nach Rom, um sich dem Kaiser zu Füßen zu werfen?

Bittet er um Gnade oder wenigstens um eine Erklärung?

Sicher nicht, zu viel wäre damit riskiert – ein langsamer, qualvoller Tod von fremder Hand, die Enteignung, vielleicht sogar Ermordung seiner Familie, die Verhöhnung seines durch die Straßen geschleiften Leichnams, die öffentliche Infragestellung seines Stolzes und Rufes.

Ihm bliebe nichts übrig, als an einem heiteren Tag, dessen Morgen nichts Übles prophezeite, zu sagen: Ja, das wars. Ich werde nie wissen, warum. Ich werde mir ein Bad einlassen, mein Testament niederschreiben, meine Adern öffnen und im entfachten Dampf von dieser Welt hinwegdämmern. Werde vorher noch einmal gut gegessen, mich von meiner Liebsten verabschiedet haben, ohne ihr zu sagen, daß es ein Abschied für immer sein wird, werde sie zu Verwandten schicken unter einem Vorwand. Werde sie küssen, ohne daß sie in dem Kuß etwas Besonderes erkennt, werde meine Tränen zurückhalten, äußerlich kalt sein und später meinen besten Freund beauftragen, ihr die Nachricht so schonend wie möglich beizubringen.

Werde meinen besten Sklaven die Freiheit schenken und mit den attraktivsten eine kleine Orgie feiern, werde mich berauschen und dem Leben danken, daß es mir so viele genußvolle Jahre gegönnt hat. Werde dem Mysterium, das meine Verurteilung umgibt, nicht nachspüren, denn einmal kommt der Tod ohnehin – und selten benötigt er einen triftigen Grund. Werde mit meinen Göttern sprechen, werde sie bitten, mich gnädig zu empfangen, oder werde, wenn da drüben nichts ist, nichts mehr spüren von den Unwägbarkeiten dieser Welt, auf der ich gerne zu Gast war.

So oder ähnlich hätte der ideale Römer gehandelt. Kaum einer floh maskiert in ferne Berge, versuchte einen Aufstand anzuzetteln, um sein Leben zu betteln oder sich freizukaufen. Die wenigen überlieferten Exempel solcher in aller Regel erfolglosen Widerstandsversuche werden von den Geschichtsschreibern meist mit Ekel erzählt, selbst wo den derart gegen sein Schicksal Aufbegehrenden nicht die leiseste Schuld traf und die Verurteilung ohne jegliches Motiv erfolgte.

Ich frage mich manchmal, ob eine solche Situation wirklich jene allerschlimmst mögliche wäre, aus dem Leben gerissen zu werden, als die sie mir anfangs erschien. Wie ich handeln würde, weiß ich nicht. Ob man zum Dasein, einem geglückten, das sei vorausgesetzt, nicht genau diese entspannte Haltung entwickelt haben müßte, die einen leicht, trotz allem dankbar, hinübergehen läßt. Den Tod als hinterlegtes Pfand für soviel Leben akzeptieren, auch wenn er früher kommt, als die Statistik es hätte erwarten lassen. Befreit vom Diktum der hora incerta. Gewißheit haben. Ich frage mich, ob es verlogen wäre, stolz zu sein, einsichtig, gelassen, frage mich, ob die einzig natürliche, menschliche Reaktion das Schreien, Klagen, auf Teufel-Komm-Raus-Weiterleben-Wollen sein müßte, und alles andere nur angelesenes, vom Todes-Knigge eingeredetes Zeug.

Ich bin mir nicht sicher. Ob der Geist Souveränität über seine tierischen Instinkte erlangen kann, ohne von philosophischen Denkmodellen verkleidet, vorbereitet worden zu sein. Modellen, die ihn mit dem Faktum des Todes leben und fertigzuwerden halfen. Beschwichtigende Konstrukte, die die Fragilität unsrer Existenz wattierten, relativierten, mit tieferem Sinn ausschmückten. Von denen wir im Laufe des Lebens das uns Genehmste wählten.

Ich wünschte mir, die Seelenruhe des Petron zu haben, jedoch ohne darstellendes Element. Meint: für alle Welt noch ein finales Schauspiel geben zu müssen.

Sicher würde ich klagen, schreien, Aufstände anzetteln, mich freizukaufen versuchen, maskiert in ferne Länder fliehen, um noch einige wenige frohe Tage mit meiner Liebsten zu genießen. Doch diese Tage wären ja nicht mehr

mehr froh, nicht zu genießen, sie wären von Furcht beherrscht, ein grausam zerdehnter, sadistischer Abschied.

Soviele narkotisierende Lügen, die drauf warteten, benutzt zu werden. Keiner würde ich anheimfallen wollen, und am wenigsten das Leben selbst eine Lüge nennen müssen, denn es ist eine, wenn auch knappe – Wahrheit.

Ich weiß nicht, wie ich handeln würde.

✧

Ab acht Uhr wird im Studio 4 gefeiert. Fünfundwanzig Personen. Einige hab ich noch nie gesehen und frage auch nicht nach deren Namen.

Eine lange Tafel ist gedeckt. Köstliche Linsensuppe gibts, marokkanisches Aprikosenfleisch, Fenchelsuppe, viele Salate, Lachsplatte, tonnenweise Gamberetti und fünf verschiedene Käselaibe, später Tiramisu. Der 98er Parrina ist nicht das. Weder der weiße noch der rote.

Oben auf der Galerie läuft ein Fernseher, zeigt stündlich neue Millenniumsfeiern von irgendwo. Um zehn war Moskau dran, um elf Jerusalem. Erster Hauch Weltstaat. Dazwischen die typischen seichten Show-Einlagen von Raiuno, denen wir den Ton abdrehen. Unten ist die ziemlich teure massimoeigene Hifi-Anlage aufgebaut. Jordan meinte zu Recht, man hätte die Schließung der Villa pompöser feiern können und sollen. Es wäre noch so viel Platz gewesen.

✧

Um halb zwölf verläßt die Hälfte der Leute das Studio um zum Quirinal zu fahren, wo Sinopoli Beethovens Neunte leitet. Raiuno überträgt den vierten Satz. Ich bin, obwohls nur schlechter Fernsehsound ist und um mich her gelacht und gegrölt und gewiehert wird, sehr, ja fast zu Tränen gerührt. Daß mich diese so irre große aber so abgenudelte Musik derart ergreifen könnte – deutscher Gesang auf einem römischen Hügel – unerwartete Gefühlswallungen.

Um fünf vor gehen alle Dagebliebenen hinaus auf die Brüstung mit den antiken Büsten, unter den riesigen Pinien wird der Schampus entkorkt. Beatrice und ich schleichen uns davon, stehen um Mitternacht in dem, wie wir es nennen, Tempelchen, ein Tympanon auf fünf Säulen. Umarmen uns. Das Geknalle beginnt. Fünf Meter unter uns eine völlig leere breite Straße. Wie von den Zinnen einer Burg herab kann man von hier bis hinunter zur Piazza Bologna sehen. Einige Autoalarmanlagen gehen los, wenn Feuerwerkskörper zu nah bei ihnen explodieren. Warum eigentlich? Neujahrswünsche, Bussis, Kelchklingklang. Eine gewaltige Fledermaus, durch den Krach in Panik versetzt, flattert über die Dächer. Das bringt Glück, hoffe ich.

Hier, wo vor fünfzehneinhalb Jahren unsere Liebe begann.

Bea: «Ob der Lipizzanerhund wohl auch feiert?»

Andreas hat für sechzig Mark Raketen, Knallfrösche und Feuerräder besorgt. Wir haben recht lange Spaß damit. Es ist kalt, minus ein Grad. Um halb eins schon kehren die Ausflügler zurück. Alles sei erstaunlich problemlos gegangen, die Italiener verhielten sich sehr diszipliniert, es habe auch kaum Geschosse gegeben, die auf Menschen losgegangen seien. Allerdings seien auf dem Quirinal ja auch die Klassikliebhaber gewesen. Große Popkonzerte gibts am Popolo und am St. Petersplatz.

✧

Zurück im Studio: Es läuft: Die schöne blaue Donau. Alle tanzen. Nach dem Walzer ein Tango. Zuletzt – unvermeidlich in diesem Jahr: Buena Vista Social Club. Und Salsa. Und noch mehr Latinozeug, das nach drei Nummern auf die Nerven fällt. War aber egal. Diskussion über die Dominanz des Wetters auf die Kultur. Je schwüler temperiert ein Land, desto mehr Vokale schleichen sich in seine Sprache, desto rhythmusbetonter wird seine Musik.

Nordische Kultur ist von daher kein so schwammiger Begriff.

Um ein Uhr feiert London. Um drei Uhr Brasilien. Um vier Uhr Argentinien. Irgendwo ist Sommerzeit. Um halb fünf schleppen Volker und Andreas den Kicker aus dem Kabuff an.

✧

Im März, als M&M hier noch ihre Videoabende abhielten, pflegten wir danach jeweils rumzusitzen und Filmtitel in die Runde zu werfen. Dann sagte jemand: Oh, der war toll. Und ein anderer: Ach, nein, der war doch beschissen. Und schon kam der nächste Filmtitel. Niemals tiefergehende Diskussionen. Immer nur *toll* oder *beschissen,* oder manchmal: *Geht so.*

Frances und Anja fanden das unter Niveau bis widerlich, aber ich liebte diese Konzisform des Austausches sehr. Nach zehn bis zwölf mal toll oder beschissen oder geht so läßt sich bereits ein passables Bild vom Geschmack des Gegenübers erstellen. Weit über filmische Belange hinaus. Da scheint fast alles durch.

Der Rest ist Gerede.

✧

Eduard Arnold, dem wir das alles hier zu verdanken haben, hatte am 8. Juni 150. Geburtstag.

Und es wurde von Schilling in keinster Weise gefeiert. Die Gründe seien dahingestellt. Ich stellte die Musik ab, rief alle zusammen und brachte einen Toast aus – auf Eduard Arnold, einen verehrungswürdigen Philanthropen.

Prince – *Kiss. Fat Boy Slim is fucking in heaven.* Beatrice hielt bis halb sechs durch, wir hatten seit der SpätWeit-Weg-Premiere '97 in Darmstadt nicht so viel getanzt, wenn überhaupt mal. Unterhielten uns in den Tanzpausen über körperliche Vorzüge und Nachteile der anwesenden Frauen. Sehr sachlich. Ein gelungenes Fest.

✧

Ja, das wars. Ursprünglich sollte Dezember / Januar ein zweimonatiges Projekt sein, bestehend aus dem letzten Monat des alten und dem ersten Monat des neuen Jahrtausends.

Aber man wird morgen feststellen, daß sich durch den Datumswechsel allein wenig verändert hat. Auch geht mir nach einem Monat regelmäßig die Lust verloren, Tagebuch zu führen, und ohne Lust wird da nichts draus. Es werden weiterhin wie bisher zwischen jedem Band 12 Monate liegen, somit ein sattes Stück Entwicklung, auf daß ich einmal, mit dann 40 Jahren, nachprüfen kann, wie es zu mir kommen konnte.

«Zeit ist das Feuer, in dem wir brennen.» (Mr. Spock)

1. Januar

B. hatte die Idee eines Bonustages. Schon für uns selbst. Ja gut.

✧

Wir haben sagenhaftes Glück mit dem Wetter. Hier noch ein bißchen Sonne tanken, dann nach Deutschland, wo es im Januar auch schon mal zu Frühlingsgefühlen kommen kann, danach ein Februar, der von Kaiser Augustus zu Recht zum kürzesten Monat degradiert wurde – und schon wird man erstes Grün begrüßen dürfen. Das Schlimmste ist überstanden. Es gefällt mir, daß der letzte Monat des Projekts der April sein wird, das paßt. Auf allen Bedeutungsebenen. Und was für ein Extrakt wird dann entstehen – wenn man den ganzen Scheiß wegstreicht und die Perlen übriglässt. Idee des Ganzen war ja Lichtenbergs Satz, demzufolge jeder ein gutes Buch zu schreiben fähig wäre, indem er nur die besten Gedanken eines Jahres notiere. Ich hab das Jahr ein wenig gestreckt. Ganz sicher wird das mein wertvollstes Buch werden. Eine schöne Ruine – um alle Schwachstellen gekürzte Ambition. *Substanz.* Taugt das als Titel?

✧

Vor der Santa Maria della Vittoria liegt ein toter Star. Wir stellen fest, daß sein Federkleid ähnlich wie bei einem Erpel grün-metallisch glänzt.

✧

Vom Millennium-Bug nirgends eine Spur. Das einzige was stehen blieb, war der alte Wecker von Andreas Ensslen. Die Stadt weist kaum Zerstörungen auf. Die Menschen scheinen gelassen und entspannt. Ich würde jetzt gern TV gucken. Worauf werden sich die Apokalyptiker in Jerusalem herausreden? Religiösen Fanatismus habe ich noch vor Jahren als letzten Rülpser einer überstandenen Ära bezeichnet. Heute sehe ich nichts anderes als ähnlich bedrohlich für das neue Jahrhundert. Ökologische Probleme, Verelendung der dritten Welt, mediale Idiosynkrasie und Herrschaft der Konzerne – all das ist nichts gegen die aufblühende Macht des Irrsinns. Die Selbstsicherheit und Ignoranz der Ratio könnte notwendige Schläge zu sanft führen, wo Wurzeln mit aller Härte ausgebrannt werden müßten. Rom hat das Christentum mit Verfolgungen nicht besiegen können. Könnte auch heißen: die Verfolgungen kamen *nicht früh – und nicht hart genug.* An den zwangsweisen finalen Sieg der christlichen Idee vermag ich nicht zu glauben. Über tausend Jahre Entwicklung haben uns der Galiläer bzw. seine Jünger gekostet und ca. 900 Millionen Tote. Das nötigt Respekt ab, mehr aber auch nicht.

✧

Die Geiselnahme in Afghanistan wurde beendet, den reduzierten Forderungen der Entführer, die von den Taliban mit Waffen versorgt wurden, entsprochen. In Rom sind durch die Jahrtausendfeiern zwei Tote und 140 Verletzte zu beklagen. Glimpflich. Putin hat mit Jelzin gedealt, ihm Straffreiheit per Gesetz zugebilligt, falls er sofort den Posten räumt.

✧

Entdeckung gestern: Der Korken des weißen Parrina '98 ist aus Kunststoff.

Nebensächlich? Nein. Absolut nicht. Ein Ja oder nein dazu? *Das* wäre nebensächlich.

✧

Spaziergang durch die immergrüne Villa Borghese. Drei vom Sturm umgelegte Bäume, parallel zueinander liegen sie am Boden, keiner kann die anderen mitgerissen haben. Warum gerade die drei? Die Gärten der Borghese sind geöffnet. Riesenzitronen, groß wie mittelwüchsige Wassermelonen. Das Licht ist heut sehr zart, mit Erinnerung aufgeladen. Ich bin sechs Milliarden Menschen und deren Ahnen.

Realität ist nur die naheliegendste Fiktion.

Die Welt ist, wie sie ist, weil ich sie so denke. Trete ich ab, denkt sie ein anderer, und alles wird neu sein.

✧

Blick vom Pincio. Leichter Dunst liegt über der Urbs, der allen Dächern und Kuppeln klare Konturen beläßt. Gnadenvolles Licht. Jenseitige Stimmung. Läßt schlimmste Überraschungen befürchten. In den Springbrunnen schwimmen die Korken der letzten Nacht. Ein schwarzer Mops kläfft. Sein Gesicht ähnelt dem einer Hufeisenfledermaus. Zerschlagene Sektflaschen säumen die Wege des Belvedere. Der beste Neujahrsspaziergang, den ich jemals unternahm. Triumphzug, aufs Pianissimo zurückgeschraubt. Unten, an der Piazza Popolo, sehen wir Marathonläufer. Man hat den Rom-Marathon ausgerechnet am Neujahrstag veranstalten müssen und breite Sektionen der Stadt für jeden Verkehr gesperrt. Daraus ergeben sich furchterregende Menschenmassen an der Spagna und, wenn man die Laufstrecke frech kreuzt, Gassen, die man nie zuvor so leer gesehen hat. Alle voll mit beige-rosa Glühbirnbäumen.

Das Pantheon ist geschlossen. Auf der Piazza Navona immer noch hunderte Weihnachtsbuden. Die Chiesa S. Agnese gesperrt wie ehedem. Ein Tartufo con Panna bei Tre Scalini. Jede Kalorie bewußt genossen. Nirgends fahren Busse. Wir stürmen durch die St. Andrea della Valle, deren Zentrum eingerüstet ist, deren Seitenkapellchen aber sorgfältig ausgeleuchtet sind, mit zartwarmen Farben, Ocker und Orange. Ein Seliger aus Wachs. Mit authentischem Skelett. In einer Vitrine aufgebahrt. Das Lächeln des Glaubens. Ergreifend, erschreckend. Wie Menschsein an sich. Dazu quillt über die Leisesprecher zweistimmiger Soprangesang, ganz wunderbar. Zwei Kerzen für Maria, die wenig dafür konnte.

✧

Der Tod ist das Entree in die Gleichzeitigkeit von allem. Hintereinander wird nebeneinander. Alles findet statt. Kausalitäten sind nicht mehr nach- noch vorvollziehbar.

Mit dem Tod beginnt eine lustige, verwirrende Existenz. Man wird zuhause sein, wo man vorher nur auf Schnuppervisite gewesen ist, streng an die Handschellen der Zeit gefesselt, überwachter Besucher eines Museums, der nunmehr alles berühren darf.

✧

An der Piazza Venezia toller Farbkontrast zwischen der giftgrünen Leuchtfläche der Millenniumsuhr, die *1 Giorno nel 2000* anzeigt, und der dahinter liegenden, in elegisches Abendrosa getauchten Kirchenkuppel. Zepter Traianssäule. Am Himmel bieten die Stare ein Schauspiel, mehrere Schwärme suchen zusammenzufinden, pulsieren, formen schnell sich wandelnde Figuren, ein Kaleidoskop wie von einem invertierten Radarbild in Zeitraffer.

Der Stadt-Marathon zwingt uns unterhalb des Colosseums zu langen Umwegen.

Auf Höhe der Via Labicana ist der Himmel noch mittelblau, geht dann sofort in Schwarz über. Das orangefarbige Zelt der Straßenlampen verschluckt jede Feinheit. Beatrice, fußkrank, schleppt sich mühsam vorwärts. Ich könnte weiter berichten, von den Dingen, die danach geschahen, von den Erzählungen der Freunde, die nachmittags am Meer gewesen sind, gebadet haben und bei noch hellem Horizont ein Feuerwerk sahen, so anrührend wie keines sonst. Angeblich. Das Leben ist groß.

P. S. – die Liste:

Catch 22

JACOBS LADDER	1990
THE SILENCE OF THE LAMBS	1990
WILD AT HEART	1990
PROSPEROS BOOKS	1991
BAD LIEUTENANT	1992
THE PLAYER	1992
UNFORGIVEN	1992
SHORT CUTS	1993
NIGHTMARE BEFORE CHRISTMAS	1993
PULP FICTION	1993
SCHINDLERS LIST	1993
REMAINS OF THE DAY	1994
LA REINE MARGOT	1994
LIVING IN OBLIVION	1995
FARGO	1996
NIGHTWATCH	1996
THE FULL MONTY	1997
THE TRUMAN SHOW	1997
DIE SIEBTELBAUERN	1998
LOLA RENNT	1998
WAKING NED DIVINE	1998
HAPPINESS	1998

2. P. S.

Lexikoneintrag vor *Nagy* (ung. Politiker):

Nagualismus, der: Bei Indianern (u. a. in Mexiko) weitverbreiteter Glaube, daß das Schicksal eines Menschen mit dem eines bestimmten Tieres *(Nagual)* eng verbunden sei.

Helmut Krausser bei belleville

Helmut Krausser

Gedichte '79–'99

174 S. – ISBN 3-933510-35-X – DM 38.–

«Dieser Band enthält Revolten wie Reverenzen, Befindlichkeiten, Wundertüten, Amouren, verfrühte Testamente, verspätete Manifeste, Knospen, Blüten, Blätter und Rinde, Nußschalen, Destillate, Kapriolen, Inkubationen, Licht gewordene Schatten.
Es ist mein mir wichtigstes Buch. Die Vielfalt der Stimmen und Stimmungslagen entspricht der abgelebten Zeit. Es gleicht dem Leben, hoffe ich, ist hoffentlich noch mehr als das. Mehr gibt es nicht zu sagen.»

Genie&Handwerk: Das Bootleg

Limitierte Auflage: 400 Stück – ISBN 3-933510-36-8 – DM 30.–

Von der Band **Genie&Handwerk** um Sänger Helmut Krausser und Gitarrist El Conde erschien während der Zeit ihres Wirkens (1985–1988) weder eine Platte noch eine Single. Dennoch erspielte sich **Genie&Handwerk**, mit insgesamt nur sieben (!!) Konzerten, darunter zweimal in der Alabamahalle, den Respekt der Zeitgenossen, und SPEX schrieb im Juli 87, **Genie&Handwerk** sei «die größte Hoffnung des süddeutschen Pop». Nun, zehn Jahre nach Auflösung der Band, liegt ein geremasterter Live-Mitschnitt der Spätphase vor.
«1988 waren wir die beste Band der Welt, und zwar vom siebten Mai bis zum zwölften Mai. Am dreizehnten lösten wir uns auf.»

Helmut Krausser: Kammermusik

Limitierte Auflage: 400 Stück – ISBN 3-933510-37-6 – DM 30.–

«Als Stipendiat der Villa Massimo wird man zu einer Abschlußarbeit eingeladen, die sich im Falle eines Literaten üblicherweise in Broschürenform präsentiert. Weil aber ohnehin das meiste, was ich derzeit schreibe, gedruckt wird – zum Glück oder nicht –, beschloß ich eine CD herauszubringen, mit einigen kammermusikalischen Kompositionen, die im Lauf der letzten beiden Jahre, unter anderem auch in Rom, entstanden sind. Es sind Lieder, Cello- und Klavierstücke, Bläserquartette sowie Musik für Steeldrums, Marimbaphon und Posaune.»